VERONICA HENRY

Weihnachten in dem kleinen Haus am Meer

Zum Buch

Alle lieben Weihnachten … besonders Lizzy Kingham. Doch in diesem Jahr will ihre Familie sie einfach nicht bei den Vorbereitungen unterstützen. Zwischen Tannenbaum und Weihnachtsbraten fragt sie sich: Was würde passieren, wenn sie alles stehen und liegen ließe und sich eine Auszeit nähme? Gesagt, getan. Lizzy flüchtet an ihren Lieblingsort, ein Häuschen am Strand. Aber auch hier kann sie sich dem Weihnachtszauber nicht entziehen, und schon bald ist alles mit Lichterketten dekoriert, und der Duft von Glühwein vermischt sich mit der salzigen Brise des Meeres. Doch irgendetwas fehlt, und Lizzy merkt, dass Weihnachten ohne ihre Familie einfach nicht das Gleiche ist …

»Ein Weihnachtsvergnügen.« *Katie Fforde*

Zur Autorin

Veronica Henry arbeitete für die BBC und als Drehbuchautorin für zahlreiche Fernsehproduktionen, bevor sie sich dem Schreiben von Romanen zuwandte. Sie lebt mit ihrem Mann und ihren drei Söhnen in Devon, England. Nach »Für immer am Meer«, »Wie ein Sommertag«, »Nachts nach Venedig«, »Liebe zwischen den Zeilen« und »Ein Haus fürs Herz« ist »Weihnachten in dem kleinen Haus am Meer« ihr sechster Roman im Diana Verlag.

VERONICA HENRY

Weihnachten in dem kleinen Haus am Meer

ROMAN

Aus dem Englischen von Charlotte Breuer und Norbert Möllemann

DIANA

Von Veronica Henry sind im Diana Verlag erschienen:
Für immer am Meer
Wie ein Sommertag
Nachts nach Venedig
Liebe zwischen den Zeilen
Ein Haus fürs Herz
Weihnachten in dem kleinen Haus am Meer

FSC
www.fsc.org
MIX
Papier aus verantwortungsvollen Quellen
FSC® C014496

Verlagsgruppe Random House FSC®-N001967

Deutsche Erstausgabe 11/2019

Die Originalausgabe erschien 2018 unter dem Titel
Christmas at the Beach Hut bei Orion, London

Redaktion: Heiko Arntz
Umschlaggestaltung: t.mutzenbach design, München
Covermotive: © Shutterstock/Hannamariah, Shaiith, Helen Hotson,
Vitalina Rybakova, Maryna Stamatova, freeskyline, Kristina_M
Satz: Christine Roithner Verlagsservice, Breitenaich
Druck und Bindung: GGP Media GmbH, Pößneck

Printed in Germany
ISBN 978-3-453-36063-1

www.diana-verlag.de
Dieses Buch ist auch als E-Book lieferbar.

Für Clair McLeish, die dafür sorgt,
dass der Weihnachtsstrumpf immer gefüllt ist.
Frohes Fest, meine Liebe!

Peppperpot Cottage
Astley-in-Arden

Liebe alle,

ich hoffe, ihr gehört nicht zu denen, die was gegen Rundbriefe haben. Bei mir bricht das Weihnachtsfieber ja bekanntlich aus, sobald die Zeit umgestellt wird, und ich freue mich immer zu hören, was andere so seit dem vergangenen Jahr erlebt haben, aber wenn euch das nicht interessiert, könnt ihr den Rundbrief der Familie Kingham gern ins Altpapier befördern! Er enthält jedenfalls keine Angeberei, ehrlich nicht! Wir waren nicht in der Karibik, wir haben uns keinen Zweitwohnsitz in Cornwall zugelegt und auch keinen Jaguar E …
Simon hat in letzter Zeit furchtbar viel um die Ohren und ist fast die ganze Zeit in London, weil sich dort die meisten Bauprojekte befinden, die er betreut. Zum Glück gibt es die neue Hochgeschwindigkeitsstrecke zwischen Birmingham und London, sodass er nicht so oft über Nacht bleiben muss. Seit er Anfang des Jahres zum Partner in seiner Firma wurde, hat er natürlich eine viel größere Verantwortung, vor allem, nachdem Colin, sein Chef, sich entschlossen hat, ein bisschen kürzerzutreten. Aber die Herausforderung ist natürlich auch ein Ansporn.
Die Zwillinge pauken für ihre Probeklausuren – das behaupten sie zumindest. Es gibt wirklich keine undankbarere Aufgabe als Teenager zum Lernen zu motivieren.

Hattie hat im Weihnachtsmärchen des Schlittschuhclubs das Schneewittchen gespielt, und Luke hat auf seinem »Fingerboarding«-Instagram-Account mehr als 20 000 Follower. Nein, ich kapier's auch nicht, aber zumindest ist es nicht so gefährlich wie auf einem richtigen Skateboard zu fahren! Siehe Fotos! Ich möchte gar nicht daran denken, dass die beiden schon nächstes Jahr aus dem Haus gehen, um zu studieren. Also, bitte, kommt uns nächsten Herbst in unserem leeren Nest besuchen! Hier in unserem schönen Warwickshire gibt es jede Menge gute Restaurants, man kann herrliche Wanderungen machen und sonntags gemütlich am Kaminfeuer sitzen. Ihr könnt ab sofort reservieren!
Ich habe mich übrigens bei Craven Court abfinden lassen, nachdem ich dort fast fünfundzwanzig Jahre lang Events und Hochzeiten organisiert habe. Das Hotel wurde verkauft und wird jetzt von dynamischen jungen Leuten geführt, die alle aussehen, als würden sie noch zur Schule gehen! Sie haben fast alles verändert, deswegen schien es mir der richtige Zeitpunkt, ebenfalls etwas zu verändern. Drei Tage vor Weihnachten ist mein letzter Arbeitstag – bis dahin ist noch viel zu tun, aber ich kann es kaum erwarten, nach so vielen Jahren endlich mal richtig ausspannen zu können.
Das wird das schönste Weihnachten, das wir je im Pepperpot Cottage hatten!

Euch allen frohe Weihnachten und einen guten Rutsch!
Lizzy, Simon, Hattie und Luke

Drei Tage vor Weihnachten

KAPITEL 1

»Was machst du da?« Harley stand auf dem Treppenabsatz, die Fäuste geballt.

Der Mann schaute sich in Harleys Zimmer um wie ein Vermieter auf der Suche nach einem Mangel, der ihn dazu berechtigte, die Kaution einzubehalten. Er betrachtete die originalen Plattenposter, die akustische Gitarre, die an der Wand lehnte, den *Star Wars*-Adventskalender, der über dem Bett hing.

Der Mann drehte sich um und lächelte. Seine Zähne leuchteten weiß in seinem sonnengebräunten Gesicht. Er hatte den Kragen seines Rugbyhemds hochgeschlagen und trug das Haar so lang wie Peter Pan, doch Harley ließ sich nicht täuschen. »Wollte nur mal nachsehen, ob hier alles seine Ordnung hat.«

Harley sah, dass die oberste Schublade seiner Kommode offen stand und dass seine Weihnachtskarten umgefallen waren. »Du hast meine Sachen angefasst.«

Tony zuckte die Schultern. »Ich wollte mich nur vergewissern, dass …«

»Dass was?«

»Ich will eben nicht, dass hier was Komisches passiert.« Er nickte, wie um sich selbst zu bestätigen, dass es vollkommen in Ordnung war, in Harleys Sachen herumzuschnüffeln.

Harley spürte, wie ihm ganz heiß wurde. Ein Adrenalinschub, der irgendwohin musste.

Sein Zimmer befand sich unterm Dach. Es war früher einmal, als das Haus noch die Wochenendvilla eines reichen viktorianischen Kaufmanns war, das Mädchenzimmer gewesen. Durch das große runde Fenster, von dem aus man den Hafen sehen konnte, fiel helles Licht bis in den Flur. Als sie hier eingezogen waren, war Harley ganz begeistert gewesen von dieser Aussicht und hatte stundenlang zugesehen, wie die Fischerboote einliefen und die Fischer ihren Fang löschten.

Er wusste genau, wovon Tony redete. Drogen. Es war das typische Vorurteil von Leuten wie Tony gegenüber Jungs wie Harley. Bloß weil Harleys Vater schwarz war und im Gefängnis saß. »Lass die Finger von meinen Sachen.«

Tony kam aus dem Zimmer und baute sich vor Harley auf. Der Mann war fast einen Kopf größer und bestimmt zehn Kilo schwerer. Aber Harley war ein geübter Kämpfer. Er trainierte jeden Tag im Boxclub und ging viermal pro Woche joggen, bei jedem Wetter.

Tonys Augen waren so eisig wie das Meer draußen. »Das ist mein Haus«, sagte er mit einem drohenden Unterton. »Wenn's dir hier nicht gefällt, kannst du gern zu deinem Vater ziehen.« Dann grinste er hämisch. »Ach nein, das geht ja gar nicht, da, wo der grade untergebracht ist.«

Er lachte in sich hinein.

Harley machte einen Schritt auf ihn zu. »Sag das noch mal.«

Tonys Blick ging zur Seite, als hoffte er auf Verstärkung. Hinter ihm befand sich die Treppe. Plötzlich wirkte er gar nicht mehr so selbstsicher.

»Ich wollte dich nur ein bisschen aufziehen«, sagte er. »Verstehst du keinen Spaß?«

Tony war nervös, das sah Harley an seiner Körpersprache.

Sie standen so dicht voreinander, dass Harley seinen Atem riechen konnte.

Schokolade. Tony hatte Schokolade gegessen.

»Hast du dich aus meinem Adventskalender bedient?«

Tony blinzelte. »Nur heute. Nummer zweiundzwanzig.«

»Das Türchen hatte ich noch gar nicht aufgemacht!«

Tony hob die Schultern. »Morgen kannst du ja wieder eins aufmachen.«

»Mein Vater hat mir den Kalender geschickt.« Harley schaute Tony herausfordernd an.

Er sah, wie Tony krampfhaft nach einer passenden Antwort suchte. Der Mann war nicht so mutig, wie er tat. Am Ende grinste er schief und machte eine Kopfbewegung. »Geh zur Seite, sei ein braver Junge.«

Harley rührte sich nicht. »Wehe, du gehst noch mal in mein Zimmer.«

Einen Moment lang herrschte Stille. Harley hörte das Blut in seinen Ohren rauschen. Der Druck war so groß, dass er glaubte, gleich zu explodieren.

Dann hob Tony eine Hand und stupste Harley mit dem Zeigefinger gegen die Brust. »Das ist nicht *dein* Zimmer«, sagte er und unterstrich jedes Wort mit einem Stoßen seines Fingers. »Du vergisst, dass das hier *mein* Haus ist. Wenn ich dich rauswerfen will, dann mach ich das.«

Bei jedem Stoß wurde der Druck größer. Harley hatte schon oft von rotem Nebel gehört. Jetzt wunderte er sich, dass dieser Nebel nicht weihnachtlich hellrot war, sondern tiefdunkel und gefährlich wie Blut.

Er packte Tony am Hemd und schüttelte ihn wie ein Hund eine Ratte.

»Immer mit der Ruhe, Junge.« Tony machte einen Schritt zurück. Jetzt stand er am Rand des Treppenabsatzes.

Harley müsste ihm nur einen leichten Stoß versetzen. Niemand wusste, dass er im Haus war. Es würde ihn also niemand verdächtigen. Es würde aussehen wie ein Unfall. Der arme alte Tony Brice, in seinem eigenen Haus die Treppe runtergestürzt. Noch dazu so kurz vor Weihnachten.

KAPITEL 2

Der Postbote Mick ging zügig die Hauptstraße entlang und zog seinen Handwagen hinter sich her. Er trug einen Fleecepullover und Shorts, weil er immer Shorts trug, egal, wie das Wetter war. »Uuh, ich friere ja schon, wenn ich Sie nur ansehe …«, sagten die Leute, aber er konnte es nun mal nicht ausstehen, dick in Klamotten eingepackt zu sein. Er spürte gern die kalte Luft an der Haut. Knackig frisch. Es mussten schon Minusgrade herrschen, ehe er sich eine lange Hose anzog.

Im Winter machte ihm sein Job besonders viel Spaß. Heutzutage bekamen die Leute nur noch Bußgeldbescheide, Rechnungen und Wurfsendungen, und ihre Mienen hellten sich nicht mehr auf, wenn sie den Briefträger erblickten. Aber kurz vor Weihnachten war das anders. Sein Zustellwagen war voll bepackt, denn in dieser Kleinstadt wohnten noch Leute, die einander tatsächlich Weihnachtskarten schickten.

Astley-in-Arden lag weit genug von Birmingham entfernt, um als eigenständig zu gelten. Es war klein genug, um den Bewohnern ein Gefühl von Zugehörigkeit zu geben, aber groß genug, um über eine Auswahl an guten Geschäften und Restaurants zu verfügen, sodass man nicht gezwungen war, weit zu fahren. Es gab eine breite Hauptstraße mit einer Mischung aus georgianischen Häusern aus rotem Backstein und schwarzweißen Fachwerkbauten. Und in diesem historischen Umfeld konnte man alle Annehmlichkeiten des modernen Lebens finden – von chemischen Reinigungen über exquisite Weinläden bis hin zu indischen Schnellrestaurants. Astley-in-Arden war so gut wie perfekt.

Und die Vorweihnachtszeit war hier auch richtig schön. Um die kahlen Äste der Eichen, die die Straßen säumten, wurden Lichterketten gewickelt, deren winzige Glühlampen silbriges Licht spendeten. Die Schaufenster wurden mit Lametta und Christbaumkugeln geschmückt. Auf dem Marktplatz wurde ein riesiger Weihnachtsbaum aufgestellt, vor dem die Schüler der örtlichen Schule samstagsnachmittags Weihnachtslieder sangen und für gute Zwecke Geld sammelten.

Das Einzige, was Astley jetzt noch fehlte, um die Weihnachtsstimmung abzurunden, war ein bisschen Schnee, dachte Mick. Mit erfahrenem Blick schaute er in den Himmel hoch, konnte jedoch keinerlei Anzeichen für bevorstehenden Schneefall entdecken, nur ein paar Wölkchen, die träge dahinzogen. Im Gegensatz dazu schienen die Leute in den Straßen heute ganz besonders aufgedreht zu sein. Drei Tage, bevor alles tagelang dichtmachte, lief den Leuten die Zeit davon.

Inzwischen hatte Mick auf seiner Tour die Geschäftsmeile hinter sich gelassen und die Wohnhäuser erreicht. Hier ging es langsamer voran, weil die Leute an die Tür kamen, wenn sie ihn sahen, entweder um ihn zu begrüßen oder sich zu bedanken oder gespannt nachzusehen, ob die Weihnachtsgeschenke, die sie im Internet bestellt hatten, rechtzeitig eintrafen, denn wenn nicht, würden sie noch einmal in aller Eile in die nächstgrößere Stadt Leadenbury oder sogar bis nach Birmingham fahren müssen. Es war jedes Jahr das Gleiche: Die Leute erledigten ihre Weihnachtseinkäufe in allerletzter Minute. Das würde sich vermutlich nie ändern.

Schließlich blieb er vor dem Pepperpot Cottage stehen. Das Haus stand am Ende der Hauptstraße, kurz vor der Straße nach Stratford-on-Avon. Es war sehr schmal, nur so breit wie ein Zimmer, dafür drei Stockwerke hoch, und mit seinem spitzen Reetdach erinnerte es ein wenig an einen Pfefferstreuer, was wohl seinen Namen erklärte.

Während Mick gerade die Weihnachtskarten für die Kinghams aus seinem Wagen kramte, ging die Tür auf, und Lizzy Kingham erschien auf der Schwelle. Sie trug einen mit Rentieren bedruckten Fleece-Schlafanzug und einen Haarreif mit Rentiergeweih auf dem Kopf. In ihren Locken befanden sich Spuren von Mehl und Kuchenteig.

Durch die Haustür gelangte man direkt ins Wohnzimmer, von dem aus eine Treppe nach oben führte. Mick erspähte schiefe Wände, einen abschüssigen Boden und eine Kaminecke. Er war noch nie im Haus gewesen, was er bedauerte, denn es lud einen regelrecht ein, es zu betreten. Es war immer erfüllt von Lachen und Musik und Küchendüften. Jetzt gerade roch es aus der Küche nach Schokolade, und im Radio lief ein Stück von Slade.

»Mick!«, rief Lizzy aus. »Endlich erwische ich Sie mal. Meistens bin ich ja längst weg, wenn Sie kommen. Aber seit heute bin ich frei – gestern war mein letzter Arbeitstag. Hurra!« Sie hielt eine Flasche Rotwein hoch, an der eine goldene Schleife prangte. »Für Sie! Simon sagt, es ist ein guter Tropfen.«

»Das wäre aber nicht nötig gewesen«, sagte Mick, nahm die Flasche jedoch dankbar entgegen. Die Zeiten, in denen die Leute dem Postboten Trinkgeld gaben, waren längst vorbei, aber ein paar von seinen Stammkunden machten ihm ab und zu Geschenke, was ihm eigentlich noch viel lieber war als Geld. »Oooh, ein Châteauneuf-du-Pape! Den hebe ich mir für eine besondere Gelegenheit auf. Vielen Dank.«

»Keine Ursache«, sagte Lizzy und nahm die Weihnachtskarten entgegen. Sie ging sie durch, betrachtete eine davon stirnrunzelnd und blickte dann auf, als ihr bewusst wurde, wie unhöflich sie war.

»Das riecht aber gut«, sagte Mick.

»Gefüllte Brownies. Sie brauchen leider noch zehn Minuten.« Lizzy verzog das Gesicht. »Mir bleiben noch drei Tage, um alles vorzubereiten. Das schaff ich nie.«

»Klar schaffen Sie das«, sagte Mick. »Ich weiß gar nicht, warum alle Leute so ein Gewese machen.«

»Ich möchte einfach, dass alles perfekt ist«, erwiderte Lizzy aufgeregt. »Und ich hab noch nicht mal den Baum aufgestellt. Ist das zu fassen?«

Mick lachte. »Davon geht die Welt nicht unter.«

Sie schaute ihn mit gespielter Empörung an. »Es ist erst Weihnachten, wenn der Baum geschmückt ist.«

»Sie kriegen das schon hin«, sagte Mick. »Da mach ich mir keine Sorgen.«

Lizzy nickte. »Hoffen wir's.«

Sie lächelte ihn an, und ihre blauen Augen funkelten, aber Mick fand, dass sie müde wirkte – und bei der Weihnachtspost war etwas, das ihr Sorgen bereitete, das merkte er daran, dass sie immer wieder einen Blick auf die Karten in ihrer Hand warf, während der Weihnachtsohrwurm Merry Christmas Everybody aus der Küche ertönte.

»Dann wünsche ich Ihnen viel Glück bei Ihren Vorbereitungen«, sagte Mick und legte eine Hand auf den Griff seines Wagens.

»Danke, Mick«, sagte Lizzy und hob eine Hand zum Gruß. Dann verschwand sie im Pepperpot Cottage und schloss die Tür, sodass kein Schokoladenduft und auch keine Musik mehr aus dem Haus drang.

KAPITEL 3

Lizzy eilte zurück in die Küche und setzte sich an den Tisch. Überall standen Backutensilien herum – leere Rührschüsseln, Holzlöffel –, und alles war weiß vom Mehl. Ohne sich um das Chaos zu scheren, suchte sie zwischen den Weihnachtskarten den Umschlag mit dem Absender »Missingham Manor Hotel« heraus und riss ihn mit klopfendem Herzen auf. Er enthielt hoffentlich gute Neuigkeiten. Sonst würden sie doch keine Briefmarke vergeuden, oder? Die meisten potentiellen Arbeitgeber schickten heutzutage eine E-Mail – wenn sie überhaupt antworteten. In der Regel ließen sie einen im Ungewissen, bis man nach mehreren Wochen kapierte, dass sie einen nicht wollten.

Sie nahm den Brief aus dem Umschlag und faltete ihn auseinander.

Sie wusste sofort Bescheid, denn er enthielt nur zwei Zeilen: *Bedanken wir uns … bedauerlicherweise … wünschen wir Ihnen …* Sie schluckte. Sie wäre wie geschaffen für den Job. Sie erfüllte alle Anforderungen.

Als sie ihre Stelle gegen eine Abfindung aufgegeben hatte, hatte sie sich vorgenommen, erst nach den Feiertagen auf Jobsuche zu gehen. Schließlich hatte sie immer durchgearbeitet, außer in dem halben Jahr nach der Geburt der Zwillinge, in dem sie sich weiß Gott nicht ausgeruht hatte. Und Simon hatte ihr gesagt, sie solle sich ruhig eine kleine Auszeit gönnen. Aber dann hatte sie doch nicht widerstehen können, Bewerbungen abzuschicken, und das hier wäre ihr Traumjob gewesen. Missingham Manor war ein Hotel in den Cotswolds, das aussah wie ein Märchenschloss. Gut, es hätte eine längere Anfahrt zur Arbeit bedeutet, aber wenn die Zwillinge im kommenden September anfingen zu studieren, würde sie im Haus nicht mehr so viel gebraucht. Eigentlich überhaupt nicht mehr.

Doch unwichtig, wie weit es bis zu dem Hotel war – sie hatten sie ja noch nicht einmal zu einem Vorstellungsgespräch eingeladen. Sie beruhigte sich mit den üblichen Beschwichtigungen – *wahrscheinlich haben sie die Stelle intern besetzt … das darf man nicht persönlich nehmen* –, dann zerknüllte sie den Brief und warf ihn in den Mülleimer. Stattdessen nahm sie sich die Weihnachtspost vor und versuchte, sich über die Grüße und guten Wünsche zu freuen, merkte jedoch, dass sie mit den Tränen kämpfte.

Plötzlich roch es angebrannt. Sie sprang auf und riss die Ofentür auf: Zwei Bleche Brownies ruiniert. Sie zog die Bleche aus dem Ofen und betrachtete betrübt die Bescherung. Sie war extra früh aufgestanden, um mit der Weihnachtsbäckerei voranzukommen, und jetzt würde sie wieder von vorne anfangen müssen.

Sie zuckte zusammen, als es an der Tür klingelte. Sie schaltete den Ofen aus und lief nach vorne, um aufzumachen. Vor der Tür stand Hatties neue beste Freundin Kiki, die neu in der Klasse der Zwillinge war. Lizzy konnte verstehen, dass Hattie sich zu dem jungen Mädchen mit der wuscheligen Kurzhaarfrisur, dem breitkrempigen Hut und der lila Lederjacke mit Fransen hingezogen fühlte. Neben Kiki stand ein Mädchen in schwarzen Lederleggins, einem übergroßen Mohairpullover und mit einer roten Mähne, und am Straßenrand wartete ein blitzblanker weißer SUV mit dunkel getönten Scheiben.

»Hallo, Mrs. Kingham«, sagte Kiki und fixierte Lizzy mit ihren etwas sonderbaren Augen – türkis mit winzigen schwarzen Pupillen. Lizzy hoffte, dass die Augen von Natur aus so waren. Sie konnte Kitty überhaupt nur schwer einschätzen. »Ist Hattie fertig?«

»Oh, Mist«, sagte Lizzy, die ganz vergessen hatte, dass Hattie mit ihren Freundinnen zum Shoppen nach Birmingham fahren wollte. »Sie hatte mich gebeten, sie zu wecken. Tut mir leid. Kommt rein. Hattie!«, rief sie nach oben, dann fragte sie Kiki: »Wartet deine Mutter im Auto? Sag ihr, sie soll auch reinkommen.«

»Ich bin Kikis Mutter«, sagte das junge Mädchen in den Lederleggins lächelnd und streckte Lizzy die Hand hin. »Ich bin Meg.«

Lizzy starrte sie einen Moment lang an, dann schüttelte sie der Frau die Hand. »Ach Gott, tut mir leid. Sie sehen so …«

Wie konnte die Frau Kikis Mutter sein? Sie wirkte kein bisschen älter als die Mädchen. Wobei – aus der Nähe betrachtet, sah man die kleinen Fältchen um die Augen. Sie hatte eine blasse, leicht sommersprossige Haut. Typ Julianne Moore.

Meg lachte. »Ich habe schon immer so ausgesehen. Eines Tages kippt das bestimmt schlagartig. Da bin ich mir ganz sicher.«

»Soll ich nach oben gehen und Hattie wecken?«, fragte Kiki, die diese Art von Gespräch garantiert schon hundertmal gehört hatte.

»Klar«, sagte Lizzy, und Kiki lief die Treppe hoch. »Kommen Sie doch in die Küche«, sagte sie zu Meg. »Kann ich Ihnen einen Kaffee anbieten? Es tut mir so leid. Ich sollte sie um halb acht wecken, aber ich hab's total vergessen.«

»Sie sind doch nicht dafür verantwortlich, dass Ihre Tochter rechtzeitig aufsteht«, sagte Meg. »Ich nehme an, Hatties Handy hat eine Weckfunktion, oder?«

»Bestimmt«, sagte Lizzy. Sie musste Meg recht geben, aber sie fühlte sich immer für alles verantwortlich. »Danke, dass Sie mit den beiden nach Birmingham fahren. Ich habe einfach nicht die Zeit dazu. Es gibt noch so viel zu tun. Ich hatte gestern meinen letzten Arbeitstag und hinke mit allem hinterher …«

Auf dem Weg durchs Wohnzimmer betrachtete sie das Chaos. Es war ihr peinlich, dass nichts aufgeräumt war, dass der Baum noch nicht geschmückt war, dass die Weihnachtskarten noch nicht aufgehängt waren.

»Überhaupt kein Problem«, sagte Meg. »Ich muss sowieso noch alles Mögliche besorgen. Irgendwie wird man nie fertig, nicht wahr?« Als sie die Küche betraten, schaute sie sich anerkennend um. »Was für eine bezaubernde Küche!«

Die Küche war nicht groß, aber gemütlich – mit den Terracotta-Fliesen, dem von Regalen umrahmten offenen Kamin und dem Panoramafenster mit Blick in den Garten. Hier aß die Familie an einem alten Holztisch mit Stühlen, die nicht zueinanderpassten. Die Regale waren vollgestopft mit Kleinkram, der sich über die Jahre angesammelt hatte, und an den Wänden hingen Fotos und Kinderzeichnungen und Stundenpläne. Sie musste unbedingt mal gründlich ausmisten, dachte Lizzy. Jetzt, wo sie arbeitslos war, würde sie ja dafür endlich die Zeit finden …

»Danke«, sagte sie, während sie diskret den Haarreif mit dem Rentiergeweih abnahm und auf den Tisch legte. Dabei wurde ihr bewusst, dass sie immer noch im Schlafanzug war. »Ich bin übrigens schon lange auf«, sagte sie und zeigte auf das Kuchenblech mit den traurigen Opfern ihrer Unaufmerksamkeit. »Davon wird man jedenfalls nicht dick.«

Meg trat näher und begutachtete die Brownies. »Die sehen doch okay aus. Nur am Rand ein kleines bisschen angebrannt. Bestreuen Sie sie einfach mit viel Puderzucker, dann merkt's keiner.« Sie brach ein Stückchen ab und steckte es sich in den Mund. »Mmmh.«

»Kaffee?«, fragte Lizzy.

Meg nickte und setzte sich an den Tisch. »Ich wollte Ihnen noch sagen, wie froh ich bin, dass Hattie sich mit Kiki angefreundet hat. Es war nicht einfach für Kiki, mitten im Schuljahr die Schule zu wechseln, aber auf der St. Margaret's hatte sie ein bisschen Ärger. Deswegen freue ich mich, dass die beiden Freundinnen geworden sind. Hattie hat einen guten Einfluss auf Kiki.«

Lizzy strahlte vor Stolz. Nichts tat so gut, wie wenn jemand ihre Kinder lobte.

»Ja, die beiden verstehen sich gut. Hattie ist sehr gern bei Ihnen.«

Hattie war ziemlich fasziniert von Kiki. Ihr Vater produzierte Popvideos und verdiente *eine Menge* Geld.

Meg lächelte. »Ich trete ein bisschen kürzer in der Firma, bis Kiki den Schulabschluss hat. Mein Mann ist mehr denn je unterwegs, deswegen finde ich es wichtig, dass wenigstens ich zu Hause bin.« Sie blinzelte eine Träne fort. »Ich machte mir Vorwürfe, dass ich nicht genug für sie da war, als sie noch klein war, und dass sie deswegen ein bisschen auf die schiefe Bahn geraten ist. Aber ich glaube, jetzt hat sie sich wieder gefangen. Auf jeden Fall scheint sie fleißig zu lernen.« Sie seufzte. »Wann hört das auf, dass man sich Sorgen um die Kinder macht?«

Lizzy stellte Meg eine Tasse Kaffee hin und setzte sich ihr gegenüber an den Tisch. »Wir geben alle unser Bestes. Aber wir können nicht für alles die Verantwortung übernehmen.«

Sie tätschelte Meg die Hand. »Das haben Sie doch eben erst zu mir gesagt, oder?«

Meg schaute sie an. Lizzy fragte sich, mit welchen Ängsten und Sorgen die Frau sich wohl herumplagte. Sie erkannte die vertraute Mischung aus Panik und Angst in Megs Blick. Eigentlich machte man sich immer mehr Sorgen um die Kinder, je größer sie wurden und je mehr sie ihre eigenen Entscheidungen trafen. Die nicht immer die besten waren.

»Sie haben recht«, sagte Meg. »Wir sind immer viel zu streng mit uns selbst. Aber es ist nicht einfach. Ich sehe vielleicht aus wie dreißig, aber ich fühle mich wie hundert.« Sie hob lachend ihre Tasse. »Prost! Auf verbrannte Brownies. Wen interessiert's?«

Mich, dachte Lizzy. Sie hatte zwei Bleche perfekte Brownies backen wollen, und sie würde gern vor dieser umwerfenden Frau stehen und sich wie eine respektable Person fühlen, in einem Haus, das nicht aussah, als wäre gerade eine Bombe eingeschlagen.

»Mum!« Hattie stürmte in die Küche, gefolgt von Kiki. »Du solltest mich doch wecken!«

Sie hat ihren Stil geändert, dachte Lizzy, der Einfluss von Kiki und Meg war nicht zu übersehen: die Haare blondiert, eine Strähne eisvogelblau gefärbt, enge Militärjacke, schwarzer Samt-Minirock. Sie sah großartig aus.

Die Erkenntnis, dass sie keinerlei Einfluss mehr auf den Kleidungsstil ihrer Tochter hatte, versetzte Lizzy einen Stich. Sie musste an ein gesmoktes Sommerkleid und rote Sandalen an kleinen braun gebrannten Füßen denken.

»Komm, Mum«, sagte Kiki zu Meg, die noch dabei war, ihren Kaffee auszutrinken.

Hattie und Kiki waren so aufgeregt und ungeduldig wie zwei junge Rennpferde.

Lizzy winkte Hattie zu sich und drückte ihr zwanzig Pfund in die Hand.

»Hier, fürs Mittagessen«, flüsterte sie.

»Ich weiß nicht, ob das reicht«, flüsterte Hattie.

Lizzy hob die Brauen. »Aber mehr habe ich nicht im Haus«, sagte sie mit einem strengen Blick.

Hattie zögerte, und Lizzy sah ihr an, dass sie überlegte, was sie darauf am besten entgegnen sollte. Schließlich lächelte sie und gab ihrer Mutter einen Kuss auf die Wange. »Danke, Mum.«

»Sieh zu, dass du um sechs zurück bist«, sagte Lizzy. »Heute wird der Baum geschmückt. Wenn er rechtzeitig geliefert wird …«

Sie schmückten den Baum immer gemeinsam, aber dieses Jahr waren sie spät dran – obwohl Lizzy ihrem Vater schon seit Tagen in den Ohren lag, er solle einen Baum bestellen. Er kannte jemanden, der billig Weihnachtsbäume besorgte, aber diesmal ließ der Baum auf sich warten. Simon hatte ihr versichert, er würde heute geliefert werden. Auf keinen Fall wollte er, dass Lizzy woanders einen kaufte.

»Dreißig Pfund für einen einsachtzig großen Baum, Lieferung frei Haus«, hatte er gesagt, bevor er zur Arbeit gefahren war. »Woanders bezahlst du dafür mindestens siebzig.«

»Ja, aber wenn der Baum nicht kommt, hilft uns das auch nicht.«

»Der kommt schon. Heute. Ich verspreche es dir.«

»Das hast du gestern schon gesagt. Und vorgestern auch.«

»Er hat mir sein Wort gegeben. Spätestens heute Mittag ist der Baum hier.«

»Gut. Dann können wir ihn heute Abend schmücken. Ich koche das Übliche.«

Das Übliche war Lasagne. Und während sie den Baum

schmückten, ließ Lizzy die Filmmusik von *Der Schneemann* laufen. Seit ein paar Jahren musste sie sich gegen die Zwillinge durchsetzen, die lieber ihre eigene Musik auflegen wollten. Bisher hatte sie noch jedes Mal gewonnen. Es war Familientradition, und sie wusste, dass ihre Kinder insgeheim darauf standen. Sie zogen sie immer auf, wenn ihr bei dem Stück »Walking in the Air« die Tränen kamen, aber es war einfach so herzzerreißend fröhlich. Das Christbaumschmücken mit der ganzen Familie war für Lizzy der Inbegriff von Weihnachten.

Lizzy begleitete Hattie, Kiki und Meg zur Haustür. Als die drei gerade in den SUV stiegen, hielt gleich dahinter ein Pritschenwagen mit einem Weihnachtsbaum auf der Ladefläche.

Lizzy strahlte und zeigte aufgeregt auf den Pritschenwagen, um Hattie darauf aufmerksam zu machen, dann reckte sie beide Daumen in die Höhe. Hattie reckte verstohlen ebenfalls einen Daumen in die Höhe, dann wandte sie sich ab. Lizzy musste selbst einsehen, dass es ein bisschen peinlich war, wenn die Mutter im Schlafanzug in der Haustür stand und einem zum Abschied winkte.

»Guten Morgen! Wo soll ich ihn abstellen?«, fragte der Christbaumlieferant, als er aus seinem Wagen sprang. »Ich hab ein echtes Prachtstück für Sie ausgesucht. Für Sie nur das Beste, hat Ihr Mann mir eingeschärft.«

Lizzy klatschte vor Freude in die Hände. Simon hatte sie nicht enttäuscht.

Das Weihnachtsfest war gerettet.

KAPITEL 4

Lizzy ging zurück in die Küche. Als Erstes machte sie den Abwasch, dann nahm sie sich die Brownies vor. Sie trennte die verbrannten Ränder ab und warf sie weg, schnitt den Rest in kleine Vierecke, die sie mit reichlich Puderzucker bestreute, wie Meg es ihr vorgeschlagen hatte. Später würde sie noch einen Kalten Hund mit Cranberries und Pistazien machen – den konnte sie wenigstens nicht verbrennen, und sie würde sich nicht wie eine Versagerin vorkommen.

Schließlich öffnete sie ihre Weihnachtsliste auf ihrem iPad. Gott, sie musste noch so viele Geschenke kaufen und verpacken, noch so viel backen und kochen, noch so vieles erledigen … Sie spürte, wie sich Panik in ihr breitmachen wollte, doch es gelang ihr, sich zu beruhigen: Sie hatte ihren Job aufgegeben, sie musste sich jetzt auf nichts anderes konzentrieren als auf Weihnachten.

Als Eventmanagerin im Craven Court Hotel hatte sie sich in der Vorweihnachtszeit immer fürchterlich abgehetzt. Zuerst jagte eine Weihnachtsfeier die nächste – ein Drei-Gänge-Menü mit einer halben Flasche Sekt für 24,95 Pfund pro Person, dazu ein DJ, das war ein unschlagbares Angebot, und sie waren regelmäßig den ganzen Dezember ausgebucht –, und später musste das Hotel vorbereitet werden für die Gäste, die ihr großzügiges Weihnachtspaket gebucht hatten: drei Übernachtungen plus Weihnachtsgeschenk (Kaschmirhandschuhe für die Damen, eine lederne Brieftasche für die Herren).

Die Vorweihnachtszeit war also immer extrem stressig gewesen. In der Mittagspause losrasen, um letzte Weihnachtseinkäufe zu erledigen. Verhandlungen mit Kollegen, die ihr einen Gefallen schuldeten, wenn sie mal einen Nachmittag frei haben wollte, um zu einem Weihnachtsliedersingen oder zu einem Krippenspiel zu gehen. Der gute Vorsatz, alles frisch zu kochen und selber zu backen, wurde jährlich aufs Neue gebrochen, stattdessen kaufte sie exquisite Pasteten und Würstchen im Schlafrock und Kuchen viel zu teuer bei Marks & Spencer ein. In einem Jahr war sie sogar gezwungen gewesen, eine Dose Kekse aus dem Hotel mitgehen zu lassen, weil sie vergessen hatte, welche zu kaufen. Und jedes Jahr hatte sie am Weihnachtstag ins Hotel fahren müssen, um sich zu vergewissern, dass alles glattlief: dass der Weihnachtsmann nicht betrunken war, dass in der Küche noch alles vorrätig war, dass die Lichterketten in den Buchsbaumsträuchern vor dem Hotel noch funktionierten. Alles hatte immer perfekt sein müssen.

Und in diesem Jahr würde im Pepperpot Cottage alles perfekt sein. Eine freiwillige Kündigung musste doch auch etwas Gutes haben.

Im Grunde war ihre freiwillige Kündigung nicht ganz so freiwillig gewesen. Lizzy war sehr wohl in der Lage gewesen, zwischen den Zeilen zu lesen. Die neuen Chefs wollten die alten Angestellten loswerden. Sie wollten eine junge Eventmanagerin, eine, die den Finger am Puls der Zeit hatte, die sich mit den sozialen Medien und den neuesten Cocktailkreationen auskannte. In den Prospekten der Hotelkette, die das Craven Court übernommen hatte, hatte Lizzy die hautengen chinesischen Cheongsam-Kleider gesehen, die die Angestellten trugen, und bei sich gedacht: *Du meine Güte*.

»Akzeptier die Abfindung und fertig«, hatte Simon ihr geraten. »Du brauchst dir auch nicht sofort eine neue Stelle zu suchen. Ich verdiene inzwischen genug für uns beide. Nimm dir eine Auszeit.«

Lizzy hatte ihren Mann verblüfft angesehen. Bis dahin war es ihr nie in den Sinn gekommen, nicht zu arbeiten. Sie war keine Frau, die zu Kaffeekränzchen ging. Oder ins Fitnessstudio. Sie war immer eine berufstätige Mutter gewesen. Etwas anderes konnte sie sich gar nicht vorstellen.

Doch dann, als sie am Ende des Sommers »freiwillig« gekündigt hatte und die neuen Chefs sich bedankt und ihr mitgeteilt hatten, wann ihr letzter Arbeitstag sein würde – der 21. Dezember –, hatte sie seltsamerweise mit keiner Wimper gezuckt. Sie war voller Selbstbewusstsein davon überzeugt gewesen, dass sie problemlos eine neue Stelle finden würde. Inzwischen jedoch konnte von Selbstbewusstsein keine Rede mehr sein. Vor allem seit der Absage von Missingham Manor. Es war bereits die vierte Absage, die sie erhalten hatte.

Sie holte tief Luft und schob das Problem beiseite. Sie sollte es lieber genießen, den ganzen Dezember über frei zu haben. Sie sollte es als Belohnung für all die Jahre betrachten, in denen sie sich in der Weihnachtszeit für andere ein Bein ausgerissen hatte und dabei noch ein Lächeln zur Schau tragen durfte. In diesem Jahr würde sie jeden noch so kleinen Augenblick genießen, jede Einzelheit würdigen – und sich hoffentlich ein bisschen ausruhen. Es war sowieso ein schlechter Monat, um sich auf Jobsuche zu begeben. Sie würde bis zum neuen Jahr warten und dann ausgeruht und entschlossen noch einmal durchstarten.

Sie warf einen Blick auf die Uhr. Fast halb zehn, und sie war immer noch nicht angezogen, dabei hatte sie um Viertel nach elf einen Arzttermin – als wären die drei Tage nicht schon voll genug.

Sie lief die zwei Treppen hoch zu den Zimmern der Zwillinge und klopfte an Lukes Tür. Da keine Antwort kam, öffnete sie vorsichtig.

Luke schlief tief und fest, seine Vorhänge waren zugezogen.

»Luke.« Sie rüttelte ihn sanft an der Schulter, und er wälzte sich mit einem Stöhnen auf den Rücken.

»Morgen, Mum«, murmelte er.

»Hör zu, ich muss los. Könntest du mir einen Gefallen tun?«

»Klar.« Er schaute sie verschlafen an.

»Kannst du den Christbaumschmuck vom Speicher holen und im Wohnzimmer neben den Baum stellen? Die Kartons stehen neben dem Wassertank, drei Stück. Du kannst sie nicht übersehen, es steht ganz groß Weihnachten drauf.« Wenn man Männern erklärte, wo etwas zu finden war, konnte man sich gar nicht präzise genug ausdrücken.

»Okay.«

Lizzy schaute sich im Halbdunkel des Zimmers um. Überall standen und lagen benutzte Teller und Tassen und Kleider herum.

»Und könntest du dein Zimmer vielleicht ein bisschen aufräumen?«

Es widerstrebte ihr, ihren Kindern auf die Nerven zu gehen. Es war ein langes, anstrengendes Halbjahr gewesen, und im Januar warteten die Probeklausuren. Andererseits war das noch lange kein Grund, den Schlendrian einkehren zu lassen. Das konnten sie tun, wenn sie an der Uni waren und ihre eigene Bude hatten.

»Okay, Mum, alles klar. Mein Zimmer ist ein Saustall, ich weiß.« Luke schenkte ihr ein entwaffnendes Lächeln. »Ich kümmer mich drum.«

»Freut mich. Ich komme heute Nachmittag zurück. Wenn du bis dahin dein Zimmer aufräumst und den Weihnachtsschmuck vom Speicher holst, kriegst du von mir einen Orden. Heute Abend wird der Baum geschmückt. Er ist eben geliefert worden, Gott sei Dank.«

Luke nickte. »Cool.« Er nahm sein Handy und scrollte durch seine Apps. Ende des Gesprächs, dachte Lizzy. Er würde jetzt seine Likes auf Instagram zählen, da konnte sie nicht mithalten. Sie beugte sich zu ihm hinunter und zauste ihm das Haar. Er schlug lächelnd ihre Hand weg, ohne den Blick von seinem Handy abzuwenden.

»Speicher. Christbaumschmuck. Nicht vergessen.«

»Hab dich lieb, Mum«, sang er. Es war das Mantra der Zwillinge, ihre Art, ihr zu verstehen zu geben, dass ihre Botschaft angekommen war.

Er blickte nicht auf, als sie das Zimmer verließ.

Lizzy lief hinunter ins Schlafzimmer, sprang kurz unter die Dusche und zog sich Jeans und ihren Weihnachtspullover an, auf dem ein Pudding und ein Ilexzweig prangten. Normalerweise machte der Pullover ihr gute Laune, aber als sie in den Spiegel schaute, musste sie an Meg denken, mit ihren schlanken Beinen und der Mähne, die so frisiert war, dass sie aussah wie unfrisiert. Lizzy versuchte, sich den Pullover über den Hintern zu ziehen in der Hoffnung, den gleichen Effekt zu erzielen wie Meg mit ihrem übergroßen Mohairpullover, aber entweder war ihr Pullover eingelaufen, oder sie hatte zugenommen.

Als sie vor dem Spiegel stand, fiel ihr außerdem ein, dass sie es schon seit Wochen vor sich herschob, sich die Haare zu tönen. Es war jedes Mal eine Riesensauerei, und hinterher musste sie das ganze Bad putzen. Aber ein bisschen grau war doch gerade modern, oder? Hieß es nicht heutzutage, dass Älterwerden bedeutete, sich mit seinen Unzulänglichkeiten anzufreunden? Seine Pölsterchen mit Stolz zu tragen? Die grauen Haare zu zelebrieren?

Einerlei. Sie war auf dem Weg zum Arzt, nicht zu einer Modenschau. Trotzdem war sie auf einmal sonderbar bedrückt. Es war diese verflixte Mischung aus Unsicherheit und Panik, mit der sie neuerdings dauernd zu kämpfen hatte. Sie dachte an nichts Böses, und plötzlich war dieses Gefühl da. Anfangs hatte sie es auf den Verlust ihrer Stelle geschoben, aber das war es nicht allein. Da war noch etwas anderes, etwas, über das sie nicht gern nachdachte, nämlich die Tatsache, dass sie von September an nur noch zu zweit in diesem Haus wohnen würden. Jedes Mal, wenn sie daran dachte, spürte sie, wie sich ein kalter Eisenring um ihr Herz legte und die Angst ihr fast die Luft raubte. Und das war der Grund, warum sie vor einem Monat ihre Hausärztin aufgesucht hatte.

»Ich habe das Gefühl, verrückt zu werden.«

Die Ärztin hatte sie mit hochgezogenen Brauen angesehen, um ihr zu bedeuten, dass sie mehr Informationen brauchte.

»Alles kommt mir auf einmal so sinnlos vor. Ich fühle mich nutzlos. Und ich habe Schlafstörungen. Ich wache um zwei Uhr nachts auf und kann nicht mehr einschlafen, weil mir tausend Gedanken durch den Kopf gehen. Nach ein paar Stunden schlafe ich dann ein, und am Morgen komme ich kaum aus dem Bett. Ich hab keine Energie mehr. Ich hab sechs Kilo zugenommen. Und ich …« Sie hatte nach den richtigen Worten gesucht. »Ich habe große Angst. Dabei habe ich überhaupt keinen Grund, mir Sorgen zu machen. Jedenfalls nicht mehr als andere Leute auch …« Sie lächelte ratlos. »Gut, die Zwillinge gehen nächsten September an die Uni, das liegt mir ein bisschen auf dem Magen.« Sie holte tief Luft. »Manchmal möchte ich mich am liebsten einfach in Luft auflösen«, schloss sie mit einem Seufzer, und zu ihrem Entsetzen füllten sich auch noch ihre Augen mit Tränen. »O wie furchtbar.« Sie wischte sich die Tränen fort. »Tut mir leid.«

»Ihre Gefühle sind ganz normal in Ihrem Alter«, sagte die Ärztin.

Lizzy nickte. »Na ja, vielleicht. Aber ich hatte nicht damit gerechnet, dass ich mich so elend fühlen würde.«

»Wenn es nicht besser wird, kann ich Ihnen vielleicht ein Antidepressivum verschreiben. Oder eine Hormonersatztherapie. Aber diese Medikamente wirken nicht bei jedem gleich, und ich würde vorschlagen, wir warten erst mal ab und sehen, ob Sie es ohne schaffen.« Die Ärztin begann, eine Liste zu machen. »Reduzieren Sie den Konsum von Koffein, Alkohol und scharfen Gewürzen. Verschaffen Sie sich viel Bewegung und viel frische Luft. Machen Sie etwas, das Ihnen hilft, sich zu entspannen. Yoga oder Pilates.«

Lizzy nahm den Zettel entgegen und betrachtete ihn skeptisch. Die Liste stimmte sie nicht gerade zuversichtlich.

Und jetzt hatte sie wieder einen Termin. Sie hatte einen Monat Zeit gehabt, die Empfehlungen ihrer Ärztin in die Tat umzusetzen, aber eigentlich fühlte sie sich nicht besser, sondern schlechter, so als hätte sie überhaupt nichts in der Hand. So als würde das Leben ihr seine Bedingungen diktieren, anstatt umgekehrt. Sie war immer so optimistisch und gut gelaunt gewesen, aber jetzt kam es ihr vor, als würde sie durch Schlamm waten. Kleinigkeiten wuchsen sich zu Riesenhindernissen aus. Sie hatte versucht, ihren Zustand vor allen zu verbergen – Simon hatte schon genug Sorgen im Job, das fehlte ihm noch, dass er sich um eine Frau in den Wechseljahren Gedanken machen musste –, aber sie brauchte jemanden, der ihr sagte, dass es in Ordnung war, so durcheinander zu sein, dass das ganz normal war und wieder weggehen würde.

Sie schaute ihr Spiegelbild aufmunternd an, sagte sich, dass es kein Zeichen von Versagen war, wenn man sich Hilfe holte, und dann suchte sie eine Viertelstunde lang nach ihrem Autoschlüssel. Der im Zündschloss steckte.

Das passierte ihr *andauernd*. Ein weiterer Beweis dafür, dass sie dabei war, verrückt zu werden.

Sie traf zwei Minuten vor ihrem Termin bei der Praxis ein. Als sie die Stufen hochstieg, überlegte sie, wie oft sie wohl dieses Gebäude schon betreten hatte. Seitdem die Kinder da waren, war sie fast wöchentlich hier gewesen, oder jedenfalls kam es ihr so vor – entweder ihretwegen oder weil eins der Kinder irgendetwas hatte. Vorsorgeuntersuchungen, Impfungen, Brustentzündung, Koliken, Windpocken, Mittelohrentzündung, Hautausschlag. Als die Zwillinge das Teenageralter erreicht hatten, war sie immer seltener mit einem von ihnen hier gewesen, und sie selbst hatte bis vor wenigen Wochen ewig keinen Termin mehr gehabt.

»Es hat sich also nicht gebessert?«

Lizzy saß der Ärztin gegenüber auf dem Besucherstuhl, spielte mit den Zipfeln ihres Halstuchs und fragte sich, ob sie die Zeit der Ärztin vergeudete. Sie hatte den Termin vor einer Woche ausgemacht, nachdem sie bei der Arbeit wegen einer Nichtigkeit in Tränen ausgebrochen war und sich auf der Toilette eingeschlossen hatte. Jetzt kam sie sich vor wie eine Schwindlerin.

»Es geht halt auf und ab. Manchmal komme ich gut zurecht, dann passiert irgendeine Lappalie, und ich krieg eine Krise. Es ist so lächerlich …« Sie schluckte. »Und manchmal … manchmal habe ich das Gefühl, dass es überhaupt keinen Unterschied ausmachen würde, wenn ich nicht mehr da wäre.«

Dr. Redmond, etwa halb so alt wie Lizzy, schlank, bekleidet mit einer schwarzen Hose und einer marineblauen Strickjacke, das dunkle Haar zu einem perfekten Bob geschnitten, legte den Kopf schief und schaute sie an, als würde sie ihr zum ersten Mal begegnen. »Haben Sie Selbstmordgedanken?«

Lizzy musste überlegen. »Nein. Aber manchmal wünsche ich mir, ich könnte mich irgendwo zusammenrollen und einschlafen und würde nie wieder aufwachen.«

Diesmal wirkte die Ärztin besorgt. Beim letzten Mal hatte Lizzy eher den Eindruck gehabt, dass sie gelangweilt war, als hätte sie sich gewünscht, etwas Aufregenderes diagnostizieren zu können. Aber jetzt wurde sie plötzlich lebhaft.

»Ich denke, wir sollten es mal mit Antidepressiva versuchen. Die werden Sie stabilisieren und dafür sorgen, dass Sie Ihren Gefühlen nicht mehr so ausgeliefert sind.«

Sie tippte etwas auf ihrer Tastatur. Lizzys Herz begann, schneller zu schlagen. Wann war sie zu einer Frau geworden, die Antidepressiva brauchte? Sie war doch immer ein wahrer Sonnenschein gewesen. Hatte sich nie unterkriegen lassen. Aber als der Drucker das Rezept ausspuckte, spürte sie Hoffnung in sich aufkeimen. Sie nahm das Rezept entgegen im Vertrauen darauf, dass sie sich wieder wie sie selbst fühlen würde, wenn sie das Medikament nahm, und nicht wie ein grauer Schatten. Sie hörte mit halbem Ohr zu, als die Ärztin ihr die Einnahme erklärte und ihr sagte, dass die Tabletten nicht sofort wirken würden und dass sie während der Dauer der Behandlung keinen Alkohol trinken durfte, dann stand sie auf und bedankte sich.

Als sie mit dem Rezept das Wartezimmer durchquerte,

fragte sie sich, wie viele Leute ihr ansahen, was sie da in der Hand hielt. Natürlich niemand. Wahrscheinlich würde es auch niemanden interessieren.

Draußen war heftiger Wind aufgekommen, und einen Moment lang war sie versucht, das Rezept einfach vom Wind davontragen zu lassen. Wer wusste denn, ob diese Tabletten ihr überhaupt helfen würden? Der Gedanke, dass sie das Medikament brauchte, um ihr Leben in den Griff zu bekommen, machte ihr Angst.

Sie steckte das Rezept in ihre Handtasche und zog ihren Mantel fester um sich, entschlossen, sich zusammenzureißen. Abgesehen davon, dass sie ihre Stelle verloren hatte und dass ihre Kinder in absehbarer Zeit das Haus verlassen würden, hatte sie keinen Grund, sich zu sorgen. Sie musste einfach das Beste aus allem machen. Weihnachten stand vor der Tür. Sie freute sich darauf, zusammen mit Simon und den Zwillingen den Baum zu schmücken und anschließend mit ihnen am Tisch zu sitzen, eine dampfende Lasagne vor sich, und mit ihrer Familie zu lachen und zu scherzen.

Sie stieg in ihren Wagen und blieb eine Weile sitzen. Seit einigen Monaten kam sie sich vor wie ein Schwan auf einem Teich. Scheinbar glitt sie ruhig dahin, aber für die Betrachter unsichtbar strampelte sie wie verrückt mit den Beinen, um vorwärts zu kommen. Jetzt hatte sie sich Hilfe geholt. Sie hatte das Richtige getan, sagte sie sich. Es ging ihr jetzt schon besser.

Sie entschloss sich, ihre Liste Liste sein zu lassen. Eigentlich müsste sie frische Blumen kaufen, Sachen aus der Reinigung holen, noch ein paar Süßigkeiten besorgen – aber stattdessen würde sie auf direktem Weg nach Leadenbury fahren. Die neuen Chefs des Craven Court hatten ihr zum Abschied einen großzügigen Gutschein für das Edelkaufhaus Inglewood's überreicht.

Sie würde sich ein bisschen verwöhnen und sich etwas Schönes kaufen, das sie an Weihnachten anziehen würde. Ein lässig elegantes Kleid vielleicht, dazu ein Paar schwarze Stiefeletten (mit Absatz, aber nicht so hoch, dass sie riskierte, sich den Hals zu brechen). Vielleicht würde sie sich auch noch in der Kosmetikabteilung nach allen Regeln der Kunst schminken und ein bisschen von diesem schimmernden Rouge auftragen lassen, das einem hohe Wangenknochen verlieh.

Die Vorstellung versetzte sie in Hochstimmung. Wozu brauchte sie Tabletten, wenn sie shoppen gehen konnte?

KAPITEL 5

Das Inglewood's war ein Familienbetrieb in Leadenbury, einem kleinen Ort in der Nähe von Astley-in-Arden. Lizzy ging lieber in Leadenbury einkaufen als in Birmingham, wo die Auswahl zwar größer war, wo sie sich aber immer furchtbar gestresst fühlte. Sie konnte mit dem Großstadtverkehr und der Parkplatzsucherei und den Menschenmassen einfach nicht mehr umgehen, deswegen war sie so froh, dass Meg die Mädchen begleitete.

Leadenbury war ein bisschen altmodisch, aber Lizzy hatte dort einen geheimen Parkplatz, und dort befand sich auch ihr Lieblingscafé. Und das Inglewood's war kürzlich modernisiert worden. Vorher war das Angebot dort recht tantig und altbacken gewesen, lauter Schafwollpullover und wadenlange Röcke, aber eins der jüngeren Mitglieder der Familie Inglewood hatte dem Laden neues Leben eingehaucht. Es war zwar immer noch nicht das Selfridges, aber es wirkte sehr einladend.

Zum neuen Image gehörte auch, dass man sich sehr viel Mühe mit der Dekoration gab, und jetzt glänzte und glitzerte das ganze Kaufhaus weihnachtlich in Rot und Grün. Im Hintergrund liefen Weihnachtslieder, und es duftete herrlich nach Zimt und Nelken.

Voller Vorfreude fuhr Lizzy mit der Rolltreppe in den zweiten Stock. Es war wichtig, sich auch selbst zu belohnen, dachte sie. Zwar hatte sie ihre Liste längst noch nicht abgearbeitet, aber sie musste auch mal an sich denken. Selbstpflege, so nannte man das doch heutzutage. Sie hatte in einer Zeitschrift einen Artikel darüber gelesen, und auch wenn ihr die Bezeichnung ein bisschen fragwürdig erschien, war sie doch voll und ganz mit dem Konzept einverstanden.

In der Abteilung für Damenoberbekleidung angekommen, erteilte sie sich die Erlaubnis, sich genau das zu kaufen, was sie haben wollte. Alter und Konfektionsgröße waren nichts als Zahlen. Sie war vielleicht über die Jahre ein bisschen rundlicher geworden, aber sie hatte immer noch ein schönes Dekolletee und schmale Fesseln.

Was war das für ein Luxus, die Zeit zu haben, um sich die ganze Weihnachtskollektion anzusehen: smaragdgrüner Satin, silberne Pailletten, schwarze Federn und weißer Kaschmir. Sie hatte die Qual der Wahl … Schließlich entschied sie sich für ein cranberryrotes Samtkleid mit Fledermausärmeln, dessen Schnitt ihrer Figur schmeichelte. Sie fand ein Exemplar in ihrer Größe und ging zu den Umkleidekabinen.

Am Eingang blieb sie wie angewurzelt stehen. Mitten im Raum stand eine Frau und bewunderte sich im Spiegel, die Hände in die Hüften gestemmt. Lizzy konnte sich nicht vorstellen, so etwas jemals zu tun. In letzter Zeit schaute sie nur noch in den Spiegel, wenn es sich unter keinen Umständen vermeiden ließ.

Aber dieser Frau da schien zu gefallen, was sie sah. Sie wirkte wie eine Amazone mit dem wasserstoffblonden Kurzhaarschnitt, der ihre Wangenknochen zur Geltung brachte. Sie probierte gerade einen ärmellosen Jumpsuit aus weißem Crêpe-Satin an, ein Kleidungsstück, das jede normale Frau mit Entsetzen erfüllen würde.

Amanda. Simons Ex-Frau und die Mutter seiner Kinder Lexi und Mo.

Die allerletzte Frau, der Lizzy in einer Gemeinschaftsumkleide begegnen wollte.

Neben Amanda lag ein Berg Kleider, die sie offenbar bereits anprobiert hatte. Lizzy wusste genau, dass die Frau sich nicht die Mühe machen würde, die Sachen wieder auf die Bügel zu hängen. Das würde sie der Verkäuferin überlassen, die neben ihr stand und bewundernd nickte.

»Wir haben auch ein großes Angebot an Formwäsche«, sagte die Verkäuferin gerade. »Also, falls Sie glauben, dass Sie so etwas brauchen.«

Amanda schaute die Verkäuferin mit hochgezogenen Brauen an. »Nein, nein, ich denke nicht«, sagte sie und tätschelte den nicht vorhandenen Bauch. »Das ist nur eine kleine Beule von meiner Kaiserschnittnarbe.«

Lizzy hielt sich eine Hand vor den Mund und hatte Mühe, nicht laut zu lachen. Wie konnte Amanda nur so etwas sagen?

»Dazu silberne Highheels«, sagte Amanda, »und silberner Nagellack.«

»Absolut«, flötete die Verkäuferin. Dann sah sie Lizzy zögernd im Eingang stehen. »Möchten Sie das gern anprobieren?«

»Nein, danke«, krächzte Lizzy und trat den Rückzug an. Sie wollte vermeiden, dass Amanda sie entdeckte. Das Kleid neben Amanda anzuprobieren, wäre zu demütigend, das würde sie nicht ertragen. Amanda sah aus wie eine Schneekönigin in ihrem weißen Jumpsuit – in dem Teil würde Lizzy aussehen wie ein Schneemann.

In dem Augenblick riss Amanda sich von ihrem Spiegelbild los und stieß einen Schrei aus. »Lizzy!«

Lizzy schloss die Augen. Sie konnte das Kleid der Verkäuferin vor die Füße werfen und losrennen. Aber das würde wohl arg hysterisch wirken, und es fehlte ihr noch, dass das

Simons Mutter zu Ohren kam. Sie hatte nämlich immer den Verdacht, dass Simons Mutter und Simons Ex hinter ihrem Rücken über sie tratschten.

Sie glättete ihr Haar und hob die Mundwinkel zu einem freundlichen Lächeln.

»Hallo Amanda«, sagte sie.

»Komm rein, bloß keine falsche Scheu! Wir sind doch unter uns.«

»Nein, ich hab's mir anders überlegt. Ich wollte mir was Neues kaufen, aber eigentlich brauche ich …«

»Komm schon, verwöhn dich ein bisschen. Es ist Weihnachten! Da dürfen wir Frauen ausnahmsweise mal an uns selbst denken.«

Lizzy hob eine Braue. Amanda dachte doch immer an sich selbst. Es war eine Fähigkeit, um die Lizzy sie insgeheim beneidete. Sie hatte schon oft versucht herauszufinden, wie Amanda das machte. Der Trick war offenbar, dass man sich einen feuchten Kehricht darum scherte, was andere wollten. Ärgerlicherweise schien das Verhalten Amanda noch nicht mal geschadet zu haben. Alle mochten sie, und sie schien immer zu bekommen, was sie wollte.

Amanda betrachtete das Kleid, das Lizzy über dem Arm hatte.

»Das ist ein traumhaftes Kleid. Darin siehst du bestimmt toll aus. Mir würde es überhaupt nicht stehen. Ich habe ja im Gegensatz zu dir kein bisschen Busen. Komm, probier's mal an.«

Lizzy wusste nicht, was sie tun sollte. Meinte Amanda das ernst, oder wollte sie sie in eine Falle locken, um sie zu demütigen? Das Risiko wollte sie nicht eingehen.

»Ach, nein. Ich wüsste sowieso nicht, wo ich es anziehen sollte«, entgegnete Lizzy lahm.

»Unsinn!«, sagte Amanda. »Du brauchst doch keine besondere Gelegenheit. Es ist Weihnachten!«

»Es würde zu Ihrem Teint passen«, sagte die Verkäuferin. »Und es macht eine gute Figur. Es hat einen hohen Anteil an Elastan.«

»Um diese Jahreszeit brauchen wir alle ein bisschen Elastan«, sagte Amanda und tätschelte wieder ihren nicht vorhandenen Bauch.

Amanda aß einfach nichts. In den zwanzig Jahren, seit Lizzy sie kannte, hatte sie nicht einmal erlebt, dass sie ein Stück Kuchen oder ein Plätzchen oder Kartoffelchips gegessen hätte. Sie schaute auf ihre Uhr. »Eigentlich hab' ich gar keine Zeit …«

Amanda bedeutete der Verkäuferin, sie möge ihr helfen, den Reißverschluss in ihrem Rücken zu öffnen, dann ließ sie den Jumpsuit zu Boden gleiten, stieg heraus und stand in Spitzentanga und Push-up-BH vor Lizzy.

»Vielen Dank übrigens, dass ihr Cynthia über die Feiertage nehmt«, sagte Amanda, während sie sich wieder anzog.

»Wie bitte?«, fragte Lizzy verblüfft.

»Man kriegt schließlich nicht alle Tage ein Chalet in Val-d'Isère zum halben Preis angeboten, das Angebot konnte ich unmöglich ablehnen. Bringt der Job mit sich.« Sie schloss den Reißverschluss an ihrer engen Jeans und brauchte dabei noch nicht mal die Luft anzuhalten.

»Tut mir leid«, sagte Lizzy, »aber ich glaube, ich verstehe nicht, wovon du redest.«

»Mo und Lexi fahren mit, sie sind ganz aus dem Häuschen, aber für Cynthia ist einfach kein Platz.« Amanda verschwand kurz in einem schwarzen Rollkragenpulli, dann kam ihr Kopf wieder zum Vorschein. »Das Chalet hat nur zwei

Schlafzimmer.« Sie fuhr sich durchs Haar, bis jede Strähne wieder da war, wo sie hingehörte.

Lizzy holte tief Luft und versuchte, aus dem schlau zu werden, was Amanda erzählte.

»Ihr fahrt über Weihnachten in Skiurlaub?« Lizzy bemühte sich um einen ruhigen Ton. »Aber ihr seid doch dieses Jahr dran.«

Lizzy und Simon wechselten sich mit Amanda ab, in einem Jahr verbrachten Simons Kinder und Simons Mutter die Feiertage bei ihnen, und im nächsten Jahr bei Amanda. Lizzy war froh, dass sie dieses Jahr unter sich waren, denn mit den anderen dreien war ihr Haus jedes Mal restlos überfüllt, ganz abgesehen von dem Lärm und der Tatsache, dass doppelt so viel Abwasch anfiel. Sie mochte Lexi und Mo, und die Zwillinge verstanden sich gut mit ihren Halbgeschwistern. Jetzt, wo sie alle etwas älter waren, machte der Altersunterschied sich nicht mehr so bemerkbar, und obwohl Mo und Lexi schon Anfang zwanzig waren, machte es ihnen Spaß, sich wie Teenager aufzuführen. Es lief ständig laute Musik, es wurden Brettspiele gespielt, und es wurde ausgelassen gelacht.

Aber Cynthia war ein anderes Thema.

»Ich hab mit Simon gesprochen. Er meinte, es ist kein Problem. Er hat es dir doch sicher erzählt?« Amandas Lächeln wurde noch etwas breiter, weil sie spürte, dass ihre Pläne noch durchkreuzt werden könnten. Andererseits würde das eine Amanda natürlich nicht davon abhalten, in die Alpen zu fahren.

Lizzy schüttelte den Kopf. »Nein, er hat nichts verlauten lassen.«

»Ach du je. Okay, ich weiß ja, wie viel er in letzter Zeit um die Ohren hat. Wahrscheinlich hat er es vergessen. Sie macht euch doch keinen Ärger, oder?«

Lizzy blinzelte. Nein, Ärger nicht direkt. Aber sie wollte Cynthia nicht über Weihnachten im Haus haben.

Das Verhältnis zwischen ihr und ihrer Schwiegermutter war von Anfang an angespannt gewesen. Cynthia bewunderte Simons erste Frau und war furchtbar geknickt gewesen, als Simon und Amanda sich getrennt hatten. Lizzy hatte immer das Gefühl gehabt, ein unzulänglicher Ersatz zu sein. Zwar hatte Cynthia ihr nie direkt gesagt, sie sei eine Enttäuschung, doch sie machte kein Hehl aus ihrer Bewunderung für Amandas Erfolg mit ihrem Reisebüro für Luxusreisen.

Und Lizzy bekam genau mit, was Amanda alles für Cynthia tat: die üppigen Blumensträuße zum Geburtstag, die Karten für Konzerte von Michael Bublé oder Alfie Boe, die Urlaube. Amanda hatte Lizzy mal gesagt, Cynthia betrachte sie als »die Tochter, die sie nie hatte«. Lizzy hatte keine Möglichkeiten, mit Amandas protziger Großzügigkeit zu konkurrieren, und hatte immer das Gefühl, im Schatten von Simons Ex-Frau zu stehen.

Und vor vier Jahren, kurz nachdem Simons Vater gestorben war, hatte Cynthia etwas ganz Schlimmes getan. Etwas, wovon nur Lizzy wusste. Cynthia war völlig verzweifelt gewesen und hatte sie schwören lassen, es für sich zu behalten. Lizzy hatte Wort gehalten, aber seitdem war sie froh, wenn sie Cynthia so selten wie möglich begegnete. Sie fand es ausgesprochen anstrengend, so zu tun, als wäre ihr Cynthia willkommen, während sie ihr in Wirklichkeit nicht verzeihen konnte, was sie damals getan hatte. Es war pures Glück, dass die Sache nicht zu einer Tragödie geführt hatte.

Aber von all dem konnte sie Amanda natürlich kein Wort erzählen, so groß die Versuchung auch sein mochte. Sie fragte sich, was Amanda wohl sagen würde, wenn sie die Wahrheit über ihre Ex-Schwiegermutter wüsste. Die loyale Lizzy hielt seit vier Jahren den Mund, weil sie keine Unruhestifterin war und nicht wollte, dass Simon sich wegen seiner Mutter beunruhigte.

Sie wusste, dass sie am Ende nachgeben würde, denn sie konnte Cynthia nicht verraten. Wenn sie protestierte, würde es einen Aufschrei in der Familie geben, und dann würde sie die Wahrheit sagen müssen. Also würde sie wieder den Mund halten. Amanda würde nach Val-d'Isère abdüsen, und Cynthia würde Weihnachten bei ihnen verbringen.

Alle würden das Weihnachtsfest bekommen, das sie sich wünschten, alle außer Lizzy. War das etwa fair?

Amanda hatte die Verkäuferin gebeten, den Jumpsuit mit zur Kasse zu nehmen, und hob ihre Handtasche auf. Lizzy konnte nicht weiter mit Amanda über das Thema diskutieren, sonst riskierte sie, dass sie in Tränen ausbrach und sich lächerlich machte. Sie wusste aus Erfahrung, dass sie am Ende immer als die Unvernünftige dastand. Als diejenige, die labil war. Es war immer dasselbe.

Sie drehte sich wortlos um und verließ den Umkleideraum.

KAPITEL 6

Lizzy ging zwischen den Ständern mit all den Kleidern hindurch, die eben noch eine so große Verlockung dargestellt hatten. Sie würdigte sie keines Blickes. Die Ungerechtigkeit machte sie rasend. Warum sollte sie sich das gefallen lassen? Sie konnten ihr Cynthia nicht einfach so aufs Auge drücken, drei Tage vor Weihnachten. Sie wusste genau, was alle dachten: »Ach, Lizzy macht das schon.« Und das machte sie nur noch wütender. Dass alle glaubten, sie würde selbstverständlich einen zusätzlichen Platz am Tisch decken und alles organisieren.

Tja, vielleicht würde sie es diesmal nicht tun. Niemand hatte sich getraut oder die Höflichkeit besessen, ihr zu sagen, dass es eine Änderung im Plan gab. Dabei war dieses Jahr *ihr* Weihnachten. Das Weihnachtsfest, das sie sich gewünscht hatte. Nein, sie würde sich nicht manipulieren lassen. Diesmal würde sie es machen wie Amanda und nur an sich denken.

Sie nahm ihr Handy aus der Handtasche und rief Simon an. Als er sich meldete, fauchte sie ihn ohne Umschweife an: »Wann wolltest du mir das mit deiner Mutter sagen?«

»Wie …?«

»Ich bin gerade bei Inglewood's und hab zufällig Amanda getroffen, und die hat mir erzählt, dass deine Mutter über Weihnachten zu uns kommt.«

»Ach, verdammt.« In dem Fluch lag die Angst eines Mannes, der wusste, dass er einen Bock geschossen hatte.

»Du weißt es also?«

»Amanda hat gesagt, sie würden vielleicht in Skiurlaub fahren, sie würde sich aber noch mal bei mir melden. Dann hab ich nichts mehr von ihr gehört, deswegen dachte ich, es hätte sich erledigt.«

»Also, Amanda fährt morgen nach Val-d'Isère, und die Sache ist abgemacht.«

»Eigentlich war abgemacht, dass sie sich noch mal meldet.« Simon klang defensiv.

»Du hättest mir sagen sollen, dass es überhaupt zur Debatte stand.«

»Ich wollte dir keinen Stress machen.«

»Dafür habe ich jetzt umso mehr Stress.« Lizzy hörte selbst, wie sie lauter wurde.

»Lizzy, es wird alles gut. Ich kümmere mich um alles. Es ist doch nur eine Person mehr am …«

»Es ist Cynthia. Es ist nicht *nur* eine Person mehr am Tisch. Das ist ein Überfall.«

»Unsinn. Es bedeutet einen zusätzlichen Stuhl und ein paar zusätzliche Kartoffeln.«

Lizzy schloss die Augen und betrat die Rolltreppe.

»Ich muss noch ein Geschenk für sie besorgen. Sie kann doch nicht einfach mit leeren Händen dasitzen, während wir unsere Weihnachtsstrümpfe auspacken. Ich muss zusätzliche Lebensmittel einkaufen, und ich muss einen extra Plumpudding ohne Kirschen machen, weil sie keine Kirschen mag. Wir müssen die ganze Küche umräumen, damit ein zusätzlicher Stuhl an den Tisch passt, und wir werden nicht mal in Ruhe frühstücken können, weil *du* nämlich hinfahren und sie abholen musst … Außerdem muss ich das Gästezimmer vorbereiten, das Bett frisch beziehen und …«

»Ich mach das wieder gut«, sagte Simon.

Lizzy atmete tief aus. »Ich hatte mir gewünscht, dass wir nur unter uns wären. Das letzte Weihnachten, bevor die Kinder aus dem Haus gehen.«

»Die Kinder sind doch nächstes Jahr Weihnachten auch wieder dabei.«

»Du verstehst das nicht.«

»Ich kann ihr doch nicht sagen, dass sie nicht zu uns kommen kann.«

»Doch! Sag Amanda, *sie* soll es ihr klarmachen. Sag Amanda, dass wir was anderes geplant haben und dass sie eine Lösung finden muss. Schließlich hätte sie sich noch mal melden sollen, was sie nicht getan hat.«

»Das kann ich nicht machen, Lizzy.« Simon klang panisch.

»Und warum nicht? Genauso würde es laufen, wenn es umgekehrt wäre.«

»Es ist aber nun mal nicht umgekehrt. Und Cynthia ist *meine* Mutter, nicht Amandas. Sie verbringt die Weihnachtstage nur bei Amanda wegen Lexi und Mo. Ich fühle mich ihr verpflichtet.«

»Und weil alle was anderes wollen, wird mein Weihnachtsfest ruiniert?«

Die letzte Frage hatte sie laut und schrill ins Telefon geschrien. Einige Leute vor ihr auf der Rolltreppe drehten sich um. Zu ihrer Überraschung jedoch lächelten sie sie mitfühlend an.

»Soll ich dir mal was sagen?«, fragte sie leise. Ihre Stimme zitterte. Aber sie würde jetzt *nicht* weinen. »Ich wäre wirklich froh, wenn du es *einmal* schaffen würdest, dich für mich stark zu machen.«

Sie hörte Simon seufzen. »Ist der Baum eigentlich angekommen?«

Lizzy antwortete nicht sofort. »Ja«, sagte sie schließlich.

Jetzt erwartete er auch noch von ihr, dass sie dankbar war, obwohl der Baum schon vor einer Woche hätte kommen sollen. »Danke«, fügte sie zähneknirschend hinzu. »Bis später.«

Sie steckte das Handy wieder in die Handtasche. Eine Frau sprach sie an.

»Ich kann's Ihnen nachfühlen. Weihnachten ist ein Albtraum. Von mir aus könnte man Weihnachten ganz abschaffen. Am besten, Sie kaufen sich eine Flasche Baileys, dann überstehen Sie's leichter.«

Lizzy lächelte, als sie die Rolltreppe verließ. Hocherhobenen Hauptes durchquerte sie die Kosmetikabteilung. Sie drückte die schwere Glastür auf und trat auf den Gehweg, wo ihr eisige Luft entgegenschlug. Sie atmete tief ein und sagte sich, dass sie nicht allein war. Es gab zahllose Frauen wie sie, die tapfer lächelnd versuchten, das perfekte Weihnachtsfest auszurichten. Sie durfte das alles nicht persönlich nehmen.

Auf der anderen Straßenseite verkaufte jemand an einem Stand heiße Schokolade und Doughnuts. An der Ecke spielten ein paar Mitglieder der Heilsarmee Weihnachtslieder, und es duftete herrlich nach Vanille. Lizzy fiel ein, dass sie noch nicht zu Mittag gegessen hatte. Ihr lief das Wasser im Mund zusammen. Etwas Süßes wäre jetzt genau das Richtige. Als sie gerade die Straße überqueren wollte, spürte sie eine Hand an ihrer Schulter. Sie drehte sich um in der Erwartung, noch eine Frau vor sich zu sehen, die ihr Mitgefühl zum Ausdruck bringen wollte.

»Verzeihen Sie, Madam.«

Vor ihr stand ein Mann vom Sicherheitsdienst in schwarzer Uniform. Auf seiner linken Brusttasche stand *Inglewood's*. Lizzy lächelte.

»Ja?«

Er zeigte auf ihren Arm. »Haben Sie dieses Kleidungsstück bezahlt?«

Sie schaute nach unten und sah, dass sie das Samtkleid immer noch über dem Arm trug.

»Großer Gott!«, stieß sie hervor und sah den Mann entsetzt an. »Das war ein Versehen! Ehrlich. Ich wollte es anprobieren, dann war plötzlich die Ex meines Mannes in der Umkleide, und ich bin rausgelaufen und habe vergessen, es zurückzuhängen.«

Der Mann musterte sie mit starrer Miene. Er hatte ein Gesicht wie eine Kröte, mit dicken Tränensäcken unter den Augen.

Sie lächelte ihn an und hielt ihm das Kleid hin.

»Hier. Tut mir leid. Ich wollte es eigentlich zurückhängen. Ich kann es nämlich nicht ausstehen, wenn Leute die Sachen nicht wieder ordentlich aufhängen, nachdem sie sie anprobiert haben.«

Er machte eine einladende Geste.

»Würden Sie mich bitte begleiten, dann können wir das in Ruhe besprechen.«

»Wie bitte?«

»Kommen Sie bitte mit.«

Er war sehr förmlich und sehr eindeutig. Es war klar, dass er keine Diskussion duldete.

Lizzy spürte, wie sie hochrot anlief. Ihr Herz pochte wie wild. Passanten drehten sich nach ihr um, warfen ihr entsetzte und vorwurfsvolle Blicke zu.

»Nehmen Sie es einfach«, sagte sie. »Bitte. Ich hätte es zurückgebracht, sobald ich es gemerkt hätte. Ehrlich. Ich will es gar nicht haben. Ich weiß ja nicht mal, ob es mir überhaupt passt.«

Er nahm das Kleid, hielt es am Bügel hoch, sodass alle es

sehen konnten, und deutete mit einer Kinnbewegung in Richtung Eingang.

»Wenn ich bitten darf.«

Sie schaute sich fassungslos um. Sie konnte einfach weglaufen, aber was, wenn ein Passant sie zu Boden warf wie eine Verbrecherin? Ihr blieb nichts anderes übrig, als der Aufforderung nachzukommen.

»Es ist ein Missverständnis. Aber wenn Sie darauf bestehen.«

Es gab wirklich nichts Peinlicheres, als von einem Sicherheitsmann quer durch eine Kaufhausabteilung geführt zu werden. Lizzy versuchte, ein Lächeln aufzusetzen, an dem sich ablesen ließ, dass sie unschuldig war und der Mann einem fürchterlichen Irrtum aufgesessen war.

Der Mann führte sie in ein kleines Hinterzimmer. Dort erwartete sie eine Frau etwa in ihrem Alter. Auf ihrem Namensschild stand *Shirley Booth – Stellvertretende Verkaufsleiterin.*

»Misses …?«

»Kingham«, sagte Lizzy. »Es handelt sich um ein schreckliches Missverständnis.«

Shirley Booth nickte mit ausdruckslosem Blick. »Dann wollen wir erst mal die Formalitäten erledigen.«

Die nächsten Minuten vergingen wie in einem Nebel. Lizzy gab bereitwillig ihren Namen und ihre Adresse an, zu erschüttert, um zu protestieren. Sie hatte keine Ahnung, was ihre Rechte waren oder wie sie sich verhalten sollte.

»Wir müssen ein Foto von Ihnen machen«, sagte der Kaufhausdetektiv und hielt eine Kamera hoch.

»Was? Wieso denn?« Lizzy betastete ihre Frisur. Machte sich auch noch lächerlich. Die wollten kein Modefoto von ihr machen, sondern ein Verbrecherfoto.

»Für unsere Datenbank. Für den Fall, dass wir Ihnen Hausverbot erteilen müssen.«

»Hausverbot?«, fragte sie entgeistert und richtete sich kerzengerade auf. »Ich kaufe hier ein, seit ich denken kann. Ich habe in diesem Kaufhaus schon ein Vermögen ausgegeben. Erst letzte Woche habe ich einen neuen Staubsauger bei Ihnen gekauft!«

Das klang, als würden sich Stehlen und Staubsaugen gegenseitig ausschließen.

Der Mann lachte nicht. »Wir nehmen Ladendiebstahl sehr ernst. Und wir geben die Fotos an andere Geschäfte in Leadenbury weiter. Seit den Stellenstreichungen bei der Polizei müssen die Einzelhändler zusammenhalten.«

Die wollten sie fotografieren und dann in jedem Geschäft in der Stadt verkünden, dass sie eine Ladendiebin war? Lizzy drehte sich der Magen um. Sie wandte sich an Shirley Booth. Eine Frau würde sie doch bestimmt verstehen.

»Ich bin keine Ladendiebin. Es war ein Versehen, ehrlich. Ich will das blöde Kleid gar nicht haben. Ich wollte es wieder an den Ständer hängen. Ich hab es noch nicht mal anprobiert!«

»Sie sind mit dem Kleid über dem Arm aus der Umkleide gekommen und damit auf direktem Weg nach draußen gegangen«, sagte der Mann.

»Ich habe mit meinem Mann telefoniert. Seine Ex hatte mir gerade eröffnet, dass seine Mutter über Weihnachten zu uns kommt.«

»Typische Ablenkungstaktik. Mit so was kommen sie uns alle.«

»Sie scherzen doch. Bitte, sagen Sie mir, dass das ein Scherz ist.«

Shirley seufzte und betätigte eine Fernbedienung. »Wir haben Sie auf Video.«

Plötzlich sah Lizzy sich auf dem Bildschirm. Sie fuhr die Rolltreppe hinunter, ihr Handy am Ohr.

Lizzy lehnte sich verwirrt zurück. »Ich weiß nicht, was ich machen soll. Ich wollte das Kleid nicht stehlen. Muss ich jetzt meinen Anwalt anrufen?«

»Wir müssen die Polizei benachrichtigen. Das ist eine Straftat.«

Plötzlich kam Lizzy ein Gedanke. Sie nahm ihre Handtasche und kramte darin herum.

»Moment«, sagte sie und zeigte ihnen die Gutscheine, die sie mitgebracht hatte. »Ich bin hergekommen, um die hier einzulösen. Warum sollte ich ein Kleid stehlen, das ich bezahlen kann? Das ergibt doch überhaupt keinen Sinn, und das wissen Sie auch.« Sie warf die Gutscheine auf den Schreibtisch.

»Manchmal sind es gerade die Reichen, die klauen«, sagte der Mann ungerührt.

Lizzy konnte den Typen mit seinem gehässigen Mund und seiner näselnden Sprache nicht ausstehen.

»Sie müssen wohl eine Quote erfüllen, wenn Sie Ihren Job behalten wollen, oder wie?«

Er hob die Augenbrauen. »Sie haben das Kaufhaus mit einem Kleid über dem Arm verlassen. Sie können nicht behaupten, ich hätte Sie reingelegt.«

Sie wandte sich an Shirley Booth, die stirnrunzelnd ein Standbild auf dem Bildschirm betrachtete. Wut und Verzweiflung standen Lizzy ins Gesicht geschrieben, während sie da auf der Rolltreppe telefonierte.

Sie versuchte, an die Menschlichkeit der Frau zu appellieren.

»Sie wissen doch bestimmt, wie das ist, wenn man versucht, es an Weihnachten allen recht zu machen. Ich war nur eine Sekunde lang unkonzentriert und habe einen Fehler gemacht. Wir Frauen müssen zusammenhalten. Es geht uns doch allen gleich. Wir sollten uns gegenseitig unterstützen, anstatt einander das Wasser abzugraben.«

Shirley und der Mann tauschten einen Blick aus. Der Mann verdrehte die Augen, als wollte er sagen: *Da haben wir ja die Richtige erwischt.*

Lizzy lehnte sich zurück und verschränkte die Arme. »Also gut. Machen Sie, was Sie wollen. Meinetwegen verhaften Sie mich. Im Gefängnis muss ich mich wenigstens nicht mit meiner verdammten Schwiegermutter rumplagen.«

Einen Moment lang herrschte Schweigen. Dann traf Shirley Booth eine Entscheidung.

»Okay«, sagte sie. »Sie können gehen.«

»Was?«, fragte der Mann. »Das können Sie nicht machen. Das verstößt gegen die Vorschriften.«

»Sie sehen doch, dass die Frau wegen Weihnachten gestresst ist.«

»Sie fallen doch nicht auf diesen alten Trick herein?«

»Ich weiß genau, wie das ist«, sagte Shirley Booth. »Alle kommen dauernd mit Sonderwünschen, erwarten Gott weiß was von einem, stellen alle möglichen Forderungen, ohne zu bedenken, dass sie damit alle Pläne über den Haufen werfen, ohne auf die Idee zu kommen, dass man vielleicht auch mal gern die Beine hochlegen und fünf Minuten ausspannen würde. Und am Ende muss man noch seine eigenen verdammten Geschenke verpacken, weil alle anderen was Besseres zu tun haben …«

Sie brach ab und wirkte plötzlich peinlich berührt über ihren Gefühlsausbruch.

»Tja«, sagte Lizzy. »Sie haben den Nagel auf den Kopf getroffen.«

»Ich hab keine Ahnung, wovon Sie beide reden«, sagte der Mann.

»Ganz genau!«, riefen die beiden Frauen im Chor.

Als Lizzy ihre Handtasche nahm, lächelte Shirley Booth sie verschwörerisch an.

»Ich wünsche Ihnen ein angenehmes Weihnachtsfest«, sagte sie mit einem Augenzwinkern.

»Danke«, sagte Lizzy. »Ich werde dafür sorgen, dass ich eins habe.«

KAPITEL 7

Auf der Heimfahrt konnte Lizzy immer noch nicht glauben, dass ihr das passiert war. Sie ließ alles noch einmal Revue passieren, in allen Einzelheiten. Sie wusste nicht, ob sie lachen oder weinen sollte.

Sie hatte sich nur für Weihnachten ein neues Kleid kaufen wollen. Und hatte sich zutiefst blamiert. Zuerst vor Amanda, die ausgesehen hatte wie eine Göttin und klargestellt, wer die Schönere war. Dann vor allen Leuten im Inglewood's, als sie von dem Kaufhausdetektiv abgeführt worden war. Wer weiß, wer sie alles gesehen hatte. *Amanda* zum Beispiel. Das war gar nicht so unwahrscheinlich. Lizzy wurde ganz anders bei dem Gedanken.

Es spielt keine Rolle, redete sie sich ein. Heute Abend wird der Baum geschmückt. Er wird wunderschön aussehen, und du wirst in Kreise deiner Lieben sein, wo du gut und sicher aufgehoben bist. Und sie werden dich wieder zum Lachen bringen.

Vielleicht würde sie ihnen ja erzählen, was am Nachmittag passiert war. Nach einem Glas Wein würde sie vielleicht sogar selber darüber lachen können. In letzter Zeit war sie so überempfindlich, dass sie sich ihrer eigenen Gefühle nicht mehr sicher war.

Sie wollte nicht mehr an Amanda denken. Und sie würde einfach gnädig sein und Cynthia willkommen heißen. Wenn sie ihre Schwiegermutter ausschloss, würde sie ihr Geheimnis verraten müssen, und sie hatte ihr versprochen, das nicht zu tun. Lizzy hatte ihr Wort gegeben, vielleicht wider besseres Wissen, aber sie hatte es getan, um ihren Mann zu schützen, den sie liebte. Es war paradox, dass sie für ihre Loyalität bestraft wurde, aber deswegen würde sie noch lange nicht die Katze aus dem Sack lassen.

Manchmal war es harte Arbeit, ein anständiger Mensch zu sein.

Zu Hause war alles still. Als sie durchs Wohnzimmer ging, bemerkte sie als Erstes, dass die Kartons noch nicht vom Speicher geholt worden waren. Luke würde doch wohl nicht immer noch im Bett liegen … Sie hatte nichts dagegen, dass sich jemand mal richtig ausschlief, aber in ihrem Haus galt die Regel, dass alle bis Mittag aus den Federn sein mussten. Sie ging nach oben, klopfte an seine Tür und machte auf.

Sein Bett war leer. Die Vorhänge waren zugezogen, und die benutzten Teller und Tassen, die er hatte wegräumen sollen, standen noch herum. Lizzy schluckte ihre Enttäuschung hinunter. Immerhin hatte er seine Kleider vom Boden aufgehoben. Offenbar war er in aller Eile aufgebrochen und hatte vergessen zu erledigen, worum sie ihn gebeten hatte. Sie seufzte.

Sie liebte ihre Kinder, aber sie konnten unglaublich egoistisch sein. Lizzy wusste, dass das für viele Jugendliche galt, aber das machte es nicht weniger anstrengend. Wieder einmal fühlte sie sich in eine Ecke gedrängt, in der sie eine Entscheidung treffen musste, die ihr widerstrebte: sich aufzuregen und zu meckern oder selbst zu erledigen, was sie in Auftrag gegeben hatte.

Sie entschied sich für Letzteres. Sie wollte den Abend nicht verderben, indem sie Luke hinterhertelefonierte und herumjammerte. Gut, wenn sie ihn nicht ausschimpfte, erteilte sie ihm auch keine Lektion, aber sie hatte heute keine Nerven mehr für eine weitere Konfrontation. Also stellte sie einen Stuhl aus Lukes Zimmer unter die Speicherluke und zog an der Kordel. Sie konnte diese wackelige Leiter auf den Tod nicht ausstehen. Wenn sie sie herunterzog, bis der Riegel einschnappte, blieb ihr jedes Mal vor Schreck fast das Herz stehen, weil sie fürchtete, sich die Finger einzuklemmen.

Nachdem alle Kartons mit Weihnachtsdeko unten waren und Lizzy ganz verschwitzt und außer Atem war von der Kletterei auf der verhassten Leiter, schloss sie die Speicherluke und trug die Sachen nach unten ins Wohnzimmer.

Jedes Jahr riss sie am 6. Januar in aller Hast die Deko vom Christbaum, weil sie immer zu spät mitbekam, dass es schon Dreikönige war und sie Angst hatte, dass es Pech brachte, den Baum länger stehen zu lassen, und das, obwohl sie eigentlich gar nicht abergläubisch war. Entsprechend war das Durcheinander aus Lametta und Sternen und zerbrochenen Christbaumkugeln, als sie die Kartons öffnete. Traurig betrachtete sie die Bescherung: Sie würde eine Ewigkeit brauchen, um das alles zu sortieren und in Ordnung zu bringen. Sie gehörte einfach nicht zu den Leuten, die eine Lichterkette ordentlich um eine leere Pringles-Dose wickelte. Aber dieses Jahr würde sie das tun, das nahm sie sich fest vor.

Der Baum stand stolz in einem roten Topf in der Ecke neben dem offenen Kamin. Einen Meter achtzig groß, ein schöner, ebenmäßiger Kegel. Simon hatte sich nicht lumpen lassen, das musste sie zugeben, und es hatte sich gelohnt, auf diesen Baum zu warten. Er war so perfekt, dass man beinahe hätte meinen können, er sei unecht, doch der herrliche Duft nach frischen Fichtennadeln, der das Zimmer erfüllte, bewies das Gegenteil. Aber wahrscheinlich gab es inzwischen sogar künstliche Bäume, die genauso dufteten, dachte Lizzy. Heutzutage gab es doch alles als Imitat: Rentiere, Eisbären, Schnee …

Sie hatte sich im Internet einen Workshop zur Dekoration von Weihnachtsbäumen angesehen. Dieses Jahr würde sie ihrem Baum eine noch nie da gewesene Pracht verleihen. Natürlich ohne irgendeine Familientradition zu vernachlässigen. Nicht auszudenken – sie wusste, dass es einen Aufschrei geben würde, wenn sie irgendetwas von ihrem alten, heiß geliebten Christbaumschmuck wegwarf.

Außerdem hatte sie bei dem Workshop gelernt, wie man alten Christbaumschmuck aufpeppte, indem man ihn mit breiten Samtbändern am Baum befestigte. Sie hatte ein Heidengeld ausgegeben für meterweise orangefarbenes Samtband.

Aber erst einmal musste sie alles aus den Kartons zusammensuchen, was kaputt war, und es entsorgen. Dann musste sie alle Einzelteile der Größe nach ordnen. Offenbar hängte man die größten Kugeln eher in die Mitte des Baums, um ihm Tiefe zu geben, und die kleinen eher außen.

Wie hatte sie Weihnachten bisher ohne professionelle Tipps für die Baumdekoration überlebt?

Sorgsam nahm sie nacheinander alles aus den Kartons, den gesammelten Weihnachtsschmuck aus zwanzig Jahren. Jedes einzelne Teil weckte eine Erinnerung, von den sechs hölzernen Wichteln, die sie für ihr erstes Weihnachten im Pepperpot Cottage gekauft hatte – damals hatten sie nur einen ganz winzigen Baum gehabt –, bis hin zu den fedrigen Flamingos, die sie im vergangenen Jahr erstanden hatte. Dann die leimverkrusteten Kunstwerke, die Hattie und Luke im Kindergarten gebastelt hatten. Sie fand zwei kleine, mit Goldbronze bemalte Tonscheiben mit den Handabdrücken ihrer Kinder, die ihr fast die Tränen in die Augen trieben.

Diese Kartons mit der Weihnachtsdeko enthielten ihr ganzes Familienleben.

Das beste Stück war der ramponierte Satin-Engel mit dem Heiligenschein aus weißen Federn, den sie für das erste Weihnachten mit den Zwillingen gekauft hatte. Seit sie groß genug dafür waren, setzte jedes Jahr einer von ihnen ganz zum Schluss den Engel auf die Spitze des Baums. Wer war dieses Jahr an der Reihe? Lizzy konnte sich nicht erinnern, aber die Zwillinge würden es wissen. Der arme Engel hatte schon bessere Tage gesehen, aber er war unersetzlich. Undenkbar, dass sie etwas anderes auf die Baumspitze setzten. Lizzy säuberte ihn vorsichtig mit einem feuchten Küchentuch, plusterte die Federn ein bisschen auf und legte ihn beiseite für das große Finale.

Schließlich war sie ziemlich erschöpft, aber sie hatte alles ordentlich sortiert. Planen und Vorbereiten, so lautete ihr neues Motto. Sie hatte genug von Zufall und Chaos.

Sie entschloss sich, die Sache mit dem »Aufpeppen« einmal auszuprobieren. Sie schnitt ein Stück Samtband ab und fädelte es durch die Öse eines besonders kitschigen, mit Glitzer beklebten Weihnachtsmanns. Aber so sehr sie sich auch bemühte, das mit dem Samtband wurde einfach nichts. Sie hatte eine schöne Schleife mit einem dicken Knoten in der Mitte binden und dann in die Enden ein hübsches V schneiden wollen, wie die Floristen es machten, aber ihre Schleife war schlaff und unansehnlich. Mit Pracht hatte das nichts zu tun.

Frustriert warf sie den Weihnachtsmann zurück in den Karton. Sie war einfach unfähig. Zu nichts zu gebrauchen. Sie war die fantasielose Lizzy mit den zwei linken Händen, die nichts so hinbekam, wie es in den Zeitschriften aussah.

Sie musste sich beruhigen. Einen Weihnachtsbaum zu

schmücken, sollte doch Spaß machen. Es war kein Leistungssport. Es war nichts, was bewertet wurde. Es ging nur um ihre schöne Weihnachtstradition. Der Baum sollte doch ein Barometer für die Entwicklung der Familie sein und kein Maßstab für guten Geschmack, oder?

Sie seufzte. Irgendwie hatte sie sich gewünscht, dass in diesem Jahr alles anders sein würde. Sie hatte sich vorgenommen, dafür zu sorgen, dass diesmal alles, na ja, vielleicht nicht perfekt, aber wenigstens so stilvoll und interessant aussah, dass die Leute es bemerkten und kommentierten.

Sie hatte sich vorgestellt, dass der Baum auf den ersten Blick einfach nur prächtig aussehen würde. Dann bei näherer Betrachtung würden die Leute die kitschigen Überbleibsel vergangener Zeiten und die Kindergartenbasteleien bemerken, und sie würden Lizzy für ihr künstlerisches Geschick loben, für ihre Fähigkeit, Erinnerungsstücke und Neues geschickt zu kombinieren.

»Wie raffiniert! Ich wünschte, ich hätte auch so ein Händchen für solche Sachen«, hörte sie Megs Stimme sagen.

Skeptisch betrachtete Lizzy die nackten Zweige, dann entschloss sie sich, einen letzten Versuch zu machen. Sie schnitt ein Stück Samtband ab, fädelte es durch die Öse des Weihnachtsmanns, band es zu einer Schleife, und siehe da, die Schleife war perfekt. Lizzy trat einen Schritt zurück und betrachtete ihr Kunstwerk. Sie war froh, dass sie nicht aufgegeben hatte. Sie hielt die Schleife an den Baum, um den Effekt zu begutachten. Sie war mit ihrem Werk zufrieden. Vielleicht sollte sie so etwas öfter machen? Das Gefühl, etwas erreicht zu haben, tat einfach gut.

In dem Moment fiel ihr das Rezept für die Tabletten ein, das sich noch in ihrer Handtasche befand. Sie ging in die Küche, nahm es aus der Tasche und betrachtete es. Wenn sie das Medikament nahm, wäre das ein Eingeständnis ihres Versagens? Würde es bedeuten, dass sie sich damit abfand, dass sie ihren Alltag nicht bewältigen konnte? Eigentlich gab es nichts, was die Einnahme dieser Tabletten rechtfertigte. Sie hatte weder einen Todesfall zu verarbeiten noch eine Scheidung noch ein anderes Trauma. Brauchte sie wirklich ein Antidepressivum? Oder sollte sie vielleicht lieber versuchen, das Leben bei den Hörnern zu packen, wie es so schön hieß? All die Dinge tun, die zu tun ihr bisher die Zeit gefehlt hatte? Wie zum Beispiel aus Samtband Schleifen binden?

Natürlich brauchte sie kein Antidepressivum. Sie war eine ganz normale Frau mittleren Alters, die damit zurechtkommen musste, dass ihr Leben sich veränderte. Sie steckte das Rezept hinter die Werbung für den indischen Imbiss an der Pinnwand und übte so lange Schleifen zu binden, bis sie den Bogen raushatte.

KAPITEL 8

Das Sonnenlicht verschwand schneller aus dem blassen Winterhimmel, als Harley gehen konnte. Er hatte mit Ach und Krach den letzten Bus erwischt, der mit einem Zischen der Bremsen und einer Wolke von Auspuffgasen an der Promenade hielt. Harley war der Einzige, der ausstieg. Nicht zu vergleichen mit den Sommermonaten, wenn der Busfahrer manchmal zehn Minuten warten musste, bis alle Fahrgäste den Bus verlassen hatten. Die Sommersaison, die viele Urlauber und dringend benötigtes Geld nach Everdene spülte, war kurz. Der Winter war lang und dunkel und brachte schlechtes Wetter – Sturm und eiskalten Nebel und furchteinflößende Wellen, die keine Gnade kannten.

Er sprang aus dem Bus und schaute auf den Strand hinaus. Heute war das Meer ruhig, die Flut kroch leise über den blassrosa Sand. Im schwindenden Licht schimmerte das Wasser satt türkis und färbte sich allmählich dunkelblau.

Fast alle Läden an der Promenade waren geschlossen. Everdene lag zu weit abseits der üblichen Touristenwege, um im Winter für Besucher interessant zu sein. Vor dem Supermarkt standen ein paar mickrige, in Netze gezwängte Weihnachtsbäume. Im Ship Aground wurde Glühwein ausgeschenkt, während im Hintergrund immer dieselbe Weihnachtsmusik lief. Die Einheimischen waren jetzt wohl alle auf dem Heimweg von der Arbeit, zumindest diejenigen, die das Glück hatten, nicht arbeitslos zu sein. Später würden ein paar Leute vielleicht noch einmal in den Pub gehen. Aber im Moment wurde es still in der kleinen Küstenstadt, Lichter gingen an, und aus den Schornsteinen stieg weißer Rauch.

Harley schulterte seinen Rucksack und ging zum Strand hinunter. Er wollte rechtzeitig in der Hütte sein, denn hier draußen wurde es stockdunkel, und das trübe Licht der Straßenlaternen reichte nicht weit. Der Himmel würde schon bald so schwarz sein wie das Display eines ausgeschalteten Handys. Falls keine Wolken aufzogen, würden wenigstens die Sterne ein bisschen Hoffnung spenden, wie weihnachtliche Lichterketten am Horizont.

Er war noch ganz aufgewühlt von dem Streit am Morgen. Er musste an die Feindseligkeiten in den Augen seines Gegners denken, an seinen verächtlichen Blick, und er spürte immer noch dessen Fingerspitzen an der Brust. Er wusste genau, was Tony wollte. Er wollte ihn aus der Reserve locken. Damit er es hinterher so darstellen konnte, als wäre er, Harley, der Böse. Schon seit Monaten bearbeitete er ihn. Traktierte ihn mit Sticheleien, kleinen Bemerkungen, die niemand außer Harley verstand. Tony vereinte alle Eigenschaften in sich, die Harley verabscheute: Er war rassistisch, sexistisch, engstirnig, herrschsüchtig … Er war ein typischer Kleinstädter, der über eine gewisse Macht verfügte und das weidlich ausnutzte. Die meisten Leute kannten natürlich nur den lächelnden Tony, es geschah nur selten, dass seine Maske verrutschte. Aber Harley konnte er nichts vormachen.

Und Harley konnte es nicht länger aushalten. Er hatte rausgemusst, bevor er sich vergaß. Zum Glück hatte er beim Boxen gelernt, wann es klug war, nicht zurückzuschlagen. Sein Trainer hatte ihm beigebracht, wie man sich beherrschte. Aber alles hatte eine Grenze, und er fürchtete sich vor seiner eigenen Wut.

Das Adrenalin pulsierte immer noch durch seinen Körper, während er in Richtung der Bootsrampe ging, die zum Strand hinunterführte. Die feuchte Meeresluft umfing ihn. Allmählich konnte er wieder normal atmen. Seine Wut verrauchte.

Der Mann war seine Wut nicht wert.

Dennoch hatte er einen Klumpen im Magen. Eine Mischung aus Hilflosigkeit und Angst. War es feige, die beiden Menschen, die er am meisten liebte, bei dem Menschen zurückzulassen, den er am meisten hasste? Aber Harley wollte Leanne und River das Weihnachtsfest nicht verderben. Die Gefühle seiner Mutter und seines kleinen Bruders waren wichtiger als seine. Tony betrachtete Harley als Bedrohung, und vielleicht würde im Haus alles einfacher sein, wenn er nicht da war.

Er spürte den kalten Sand durch die dünnen Sohlen seiner Sportschuhe. Als er sich am Ende der Bootsrampe nach links wandte, schlug ihm der Wind entgegen, wie um ihn zu verhöhnen, und er zog seine wattierte Jacke enger um sich. Mit eingezogenem Kopf ging er am Wasser entlang. Zu seiner Linken begann die Reihe der Strandhütten, von hinten durch die Dünen geschützt.

Er kannte sie alle. Als sie in den Sechzigerjahren gebaut wurden, waren es einfache Holzhütten mit einem einfachen Klo gewesen. Heute befanden sich nur noch wenige im Originalzustand. Im Lauf der letzten zehn Jahre hatten wohlhabende Familien die meisten gekauft und sie aufgemotzt, bis Everdene aussah wie Nantucket. Jetzt waren die Hütten alle schneeweiß mit blauen Türen und Fensterrahmen. Einige hatten eine richtige Luxusausstattung: supermoderne Kühlschränke mit Eiswürfelspendern und schicke Herde mit Pizzaöfen, und hinter den meisten Hütten standen angesagte Holzkohle-Grills. Manche Hütten wurden an Feriengäste vermietet, aber viele Familien verbrachten auch den ganzen Sommer in ihrer Hütte, um sich vom Großstadtleben zu erholen. Einige wurden nur hin und wieder genutzt.

Zu einer von den letzteren war Harley jetzt unterwegs. Ein schlauer Geschäftsmann hatte die Hütte namens Lobster Pod Ende der Siebzigerjahre für seine Frau und seine Kinder gekauft, damit sie die Sommerferien dort verbringen konnten, während er arbeitete. Sie gehörte immer noch derselben Familie. Die Tochter des Mannes wohnte inzwischen in Dubai. Caroline Openshaw stieg dreimal im Jahr in Everdene ab, ansonsten stand die Hütte leer. Normalerweise verbrachte sie mit ihrer Familie hier Weihnachten, und Harley hatte in der Hütte alles für sie vorbereitet, aber Anfang der Woche hatte sie ihm mitgeteilt, dass sie in diesem Jahr nicht kommen würden. Als er die Nachricht erhalten hatte, hatte er nicht weiter darüber nachgedacht, aber dann war die Sache zwischen ihm und Tony eskaliert, und plötzlich war es ihm wie eine glückliche Fügung erschienen.

»Sie können die Hütte ruhig benutzen, wenn Sie wollen«, hatte Caroline in ihrer E-Mail geschrieben. »Sie muss ja nicht leer stehen!«

Sie gehörte zu den Hüttenbesitzern, die sich großzügig zeigten. Harley jobbte als eine Art Hausmeister für mehrere Hütten. Er kümmerte sich um die Instandhaltung, nahm Postsendungen entgegen, füllte die Kühlschränke mit Wein und Lebensmitteln, vermittelte Putzhilfen und Babysitter und Taxifahrer, damit die Sommergäste während ihres Aufenthalts in Everdene keinen Finger zu krümmen brauchten. Früher hatte sich nur Roy, Harleys Chef, um die Hütten gekümmert. Er war schon seit den Sechzigern dabei. Inzwischen hatte er sechs Leute, die für ihn arbeiteten, hauptsächlich Schüler. Es war ein ziemlich angenehmer Job. Während der Sommerferien konnte Harley die ganze Zeit am Strand verbringen. Und es gab immer hübsche Mädchen, mit denen man ein bisschen quatschen konnte.

Die Mädchen standen auf Harley mit seiner zimtfarbenen Haut und den hellgrünen Augen. Hier in der Gegend gab es keinen wie ihn. Er war exotisch und verführerisch. Wenn die Mädchen ihn sahen, dachten sie an Reggae. Obwohl sein Vater nicht aus Jamaika, sondern aus Handsworth stammte, war er authentischer als manche von den Surfern, die versuchten, seinen Stil nachzuahmen. Er gab nicht damit an, dass er Jamaikaner war, aber die Mädchen spürten es. Mit seinen hochgekrempelten Skinny Jeans, seinen verwaschenen T-Shirts und den kunstvollen Tattoos war er einfach unwiderstehlich.

Natürlich war Tony nicht der Einzige, der ihm unterstellte, er würde den Urlaubern Dope verkaufen, aber so was glaubten nur Idioten. Harley war im Gegenteil absolut sauber. Er trank hin und wieder bei Sonnenuntergang mal ein Bier, aber im Allgemeinen lebte er für das Boxen und für seine Kunst. Er hatte schon in mehreren Cafés und Restaurants in der Gegend Wandbilder gemalt, alles Meerlandschaften. Die Leute konnten anscheinend nicht genug kriegen von Meerjungfrauen und Piraten. Er wollte unbedingt Kunst studieren. Aber bisher war das nur ein schöner Traum. Er konnte sich kein Studium leisten, und er wollte seine Mutter nicht allein lassen. Jedenfalls noch nicht.

Aber jetzt hatte er sich erst einmal unsichtbar gemacht. Er wusste nicht, ob es wegen Weihnachten war, aber irgendwie hatte sich in letzter Zeit alles zugespitzt. Harley wusste, dass Tony sich von ihm provoziert fühlte. Allein seine Anwesenheit reichte aus, um den Mann auf die Palme zu bringen. Vielleicht würde sich die Lage im Haus ein bisschen entspannen, wenn er sich eine Weile rar machte.

Andererseits wollte er das auch wieder nicht, denn eigentlich hoffte er, dass seine Mutter zur Besinnung kam. Warum bekam Leanne nicht mit, was Tony für ein Typ war? Ließ sie sich tatsächlich davon blenden, dass er Vorsitzender des Yachtclubs und Mitglied des Stadtrats war? War sie wirklich so leicht zu beeindrucken? Vielleicht lag es daran, dass Tony so anders war als Leannes Vater … Vielleicht fühlte sie sich von seiner Seriosität angezogen.

Von seiner scheinbaren Seriosität. Bloß weil man einen blauen Blazer trug und im Stadtrat saß, war man noch lange kein guter Mensch. Dass von ihm erwartet wurde, Tony Respekt entgegenzubringen, ging Harley total gegen den Strich. Okay, wenn man in Tawcombe eine Genehmigung oder eine Lizenz für irgendwas brauchte, konnte Tony dafür sorgen, dass man sie bekam, aber das tat er in der Regel nur, wenn er irgendwie davon profitierte. Er machte alles nur aus Eigennutz.

Harleys größte Angst war, dass Tony und Leanne heiraten könnten. Seine Eltern hatten nie geheiratet, aber er spürte, dass seine Mutter gern einen Ring am Finger hätte, um sich sicher zu fühlen. Wegen River. Dabei war Tony nicht mal Rivers Vater. Falls es so weit kam, würde es noch schwerer werden, ihr die Augen zu öffnen.

»Tony ist ein anständiger Kerl«, pflegte Leanne zu sagen. Sie war dem Mann immer noch dankbar dafür, dass er ihnen ein Dach über dem Kopf gegeben hatte. Sie begriff einfach nicht, dass der Preis dafür ihre Freiheit war.

Harley sah Dinge, die sie nicht sah. Harley hörte Dinge, die sie nicht hörte. Es lag ihm nicht daran, den Traum seiner Mutter zu zerstören, aber es fiel ihm immer schwerer, nicht auszusprechen, was er von den überflüssigen Regeln und Erwartungen hielt, mit denen Tony die Familie drangsalierte.

Im ersten Sommer war alles noch ganz entspannt gelaufen. Es gab Grillabende und Bootsausflüge. Aber kaum waren sie bei Tony eingezogen, hatte der Mann angefangen, sich zu verändern. Plötzlich wurden Ruhe und Ordnung verlangt – und durchgesetzt. Es fühlte sich überhaupt nicht so an, als wären sie bei Tony zu Hause. Wenn man das Haus betrat, musste man die Schuhe ausziehen, es war verboten, laute Musik zu hören oder irgendwas irgendwo rumliegen zu lassen …

Leanne schien nicht zu bemerken, was sich da abspielte.

»Es ist schließlich sein Haus«, sagte sie, wenn Harley sich beklagte. »Das müssen wir respektieren. Wir können uns glücklich schätzen.«

Die Dinge auf die Spitze zu treiben, nur um zu beweisen, dass er recht hatte, war auch keine Lösung, im Gegenteil, das wäre gefährlich. Aber wenn Harley es nicht tat, würde es ewig so weitergehen. Es war unerträglich. Zumindest für ihn. Leanne schien sich irgendwie damit abzufinden. Aber sie hatte sich schon immer mit allem abgefunden. Es war eine Stärke und zugleich eine Schwäche.

War es Ironie des Schicksals, dass Tony das genaue Gegenteil war von Harleys Vater, der in einer Welt aus Chaos und Gefühlsausbrüchen gelebt hatte? Sobald Richie irgendwo aufkreuzte, ging alles drunter und drüber. Richie, der aufgeweckte Typ aus Handsworth, der es wider Erwarten auf die Oberschule geschafft und sich zum Finanzberater hochgearbeitet hatte – bis alles schiefgelaufen war und er wegen Betrugs verurteilt wurde … Plötzlich hatten die Leute die Köpfe zusammengesteckt und hinter vorgehaltener Hand getuschelt. Die Leute waren immer schnell dabei, andere zu verurteilen.

Richie hatte immer wieder beteuert, er sei unschuldig, er sei von seinem Partner Aubrey Fennel hereingelegt worden, aber auf allen Unterlagen stand Richies Unterschrift. Alle

Spuren führten zu ihm: Sein Partner und er hatten fast das ganze Geld ihrer Kunden in riskante Investitionsprojekte gesteckt, die von einem fallenden Aktienmarkt ausgingen. Und dann war er nicht gefallen.

Bloß weil Aubrey sich mit allem, was noch übrig gewesen war, aus dem Staub gemacht hatte, hieß das noch lange nicht, dass Richie nicht auch verantwortlich dafür war, dass das Geld ihrer Kunden weg war. Man hatte an ihm ein Exempel statuiert. Ein Finanzberater musste nun einmal vertrauenswürdig sein. Richie hatte den Ruf des ganzen Berufsstands beschmutzt. Er hatte vier Jahre Knast bekommen, und sein Vermögen war konfisziert worden, um damit die geprellten Kunden zu entschädigen.

Harley konnte sich gut erinnern, wie sie von einem Tag auf den anderen alles aufgeben mussten. Denn natürlich wurde ihr Haus verkauft. Und Leanne hatte die Schande nicht ertragen können, denn auch einige Freunde hatten zu Richies Kunden gehört.

Deswegen war sie mit Harley und River aus Birmingham geflüchtet, um dem Klatsch und Tratsch zu entkommen. Und so waren sie hier gelandet, an einem Ort, den sich Leanne als das Paradies für einen Neuanfang mit ihren zwei Jungs erträumt hatte.

Harley kam an einer Hütte vorbei, wo zwei Mädchen aus London letzten Sommer eine Riesenparty hatten steigen lassen, um ihren Schulabschluss zu feiern. Die Sache war ziemlich außer Kontrolle geraten. Am Ende waren alle sturzbesoffen gewesen, und einer wäre um ein Haar ertrunken. Harley hatte den beiden Mädchen am nächsten Tag beim Aufräumen geholfen. Die Hütte war komplett verwüstet. Die beiden waren völlig aufgelöst gewesen. Reiche, verwöhnte Mädchen. Aber sie waren Harley dankbar gewesen für seine Hilfe.

Inzwischen war es fast dunkel. Das Meer war pechschwarz, und es war kalt geworden. Harley ging schneller. Er kannte diesen Teil des Strands wie seine Westentasche, er kannte jede Hütte, jedes Astloch. Hier konnte man ihn blind aussetzen, und er würde nur am Geruch erkennen, wo er sich befand: der scharfe Wind, der nach Salz und Seetang roch wie eine frisch geöffnete Auster.

Endlich war er da. Die geräumige Hütte mit der Veranda schimmerte im Halbdunkel so weiß wie Walknochen. Er ging auf die Rückseite und grub die kleine Blechdose aus, in der sich der Schlüssel befand. Wie oft hatte er Caroline geraten, ein neues Schloss mit einem Sicherheitscode anbringen zu lassen, aber obwohl sie im Geld schwamm und ein Jetset-Leben führte, hielt sie, vermutlich aus Sentimentalität, an der Tradition fest, und dazu gehörte nun einmal, dass man den alten Schlüssel in einer rostigen Dose aufbewahrte.

Er betrat die Veranda und schloss die Tür auf. Das Innere der Hütte war – Tradition hin oder her – komplett renoviert worden. Hier hatte Caroline keine Kosten gescheut. Harley drückte den Schalter, und warmes Licht erfüllte den Raum.

Die Holzwände waren cremefarben gestrichen. Auf einer Zwischenetage unter dem Dach gab es ein Doppelbett und auf der anderen Seite hinter einem Vorhang ein Etagenbett. Den unteren Raum nahmen das Wohnzimmer und eine kleine Küche ein. Die Küchenmöbel waren aus Treibholz gebaut, und zwei niedrige, tiefe Sofas flankierten einen Kaminofen, neben dem ein Brennholzvorrat ordentlich gestapelt war. Auf dem Boden lagen Schaffellteppiche, die so flauschig waren, dass man auf Wolken zu gehen glaubte.

Harley fühlte sich gleich besser. Er atmete tief ein und genoss die Ruhe und die Stille. Die Hütte schien ihn willkommen zu heißen und ihm die Umarmung zu schenken, die er brauchte. Er meinte beinahe zu hören, wie sie flüsterte, dass alles gut werden würde. Er ließ sich auf eins der Sofas fallen.

Er schloss die Augen. Er hatte fast befürchtet, dass er Tonys Gesicht vor sich sehen würde, sobald er die Augen zumachte, oder dass er seine Sticheleien hören würde, mit denen er immer wieder versuchte, Harley aus der Reserve zu locken. Es kostete ihn jedes Mal all seine Kraft, nicht zu reagieren. Aber er würde Tony niemals die Genugtuung verschaffen und die Beherrschung verlieren, das hatte er sich geschworen.

Er musste sich zurückziehen und sich überlegen, wie er weiter vorgehen konnte. Er hatte *Die Kunst des Krieges* gelesen. Was er jetzt tat, war ein taktischer Rückzug. Sollte Tony ruhig denken, er hätte gewonnen, zumindest vorerst. Aber im Moment wusste er noch nicht, was er als Nächstes tun sollte. Schließlich war er nur ein Junge, und er hatte weder Geld, noch Macht, noch Einfluss. Trotzdem war er sich ziemlich sicher, dass sich über kurz oder lang etwas ergeben würde.

Siegen wird der, der weiß, wann er kämpfen muss und wann nicht.

Und es gab noch etwas, worüber er sich Gedanken machen musste, aber im Moment hatte er dafür den Kopf nicht frei. Er fühlte in der Hosentasche nach der Karte. Sie hatte auf seiner Kommode gelegen, und er hatte sie eingesteckt, bevor er losgegangen war. Sein Vater hatte sie ihm geschrieben, und der Gedanke daran machte ihn traurig. Gab es im Gefängnis einen Laden? Oder wo hatte er den Adventskalender aufgetrieben? Er musste daran denken, wie sein Vater und er in der Schlange gestanden hatten, um sich *Die Rache der Sith* anzusehen. Harley war damals erst fünf gewesen, aber sein Vater hatte sich alle *Star Wars*-DVDs mit ihm angesehen, und er war furchtbar aufgeregt gewesen und an der Hand seines Vaters auf und ab gehüpft.

Aber im Moment wollte er nicht an seinen Vater denken. Das würde ihn noch mehr bedrücken, und die Situation war so schon kompliziert genug. Wenn er sich überlegt hatte, was er wegen Tony und seiner Mutter unternehmen wollte, konnte er sich immer noch mit seinem Vater auseinandersetzen. Er sollte seiner Mutter eine SMS schicken und ihr mitteilen, dass er über Nacht wegbleiben würde. Das machte er oft, es würde sie also nicht misstrauisch machen. Morgen würde er sie anrufen und ihr reinen Wein einschenken. Ihr sagen, dass er Weihnachten nicht zu Hause sein würde.

Er schickte ihr eine SMS, dann nahm er eine Fleecedecke, die gefaltet auf der Sofalehne lag, und wickelte sich darin ein. Er war hundemüde, aber es fühlte sich komisch an, sich zum Schlafen in eins der Betten zu legen, auch wenn Caroline gesagt hatte, er könne die Hütte benutzen. Das Angebot anzunehmen, machte ihn immer noch ein bisschen verlegen. Wenn er ihr seine Situation erklärte, würde sie ihm bestimmt sagen, er könne so lange in der Hütte bleiben, wie er wolle. Aber er wollte niemandem erzählen, was bei ihm zu Hause los war, denn erst, wenn er es aussprach, wäre es real.

Er wusste nicht, wo er sonst hinsollte. Über Weihnachten konnte man nicht bei seinen Kumpels pennen. Weihnachten war ein Familienfest. Vorerst würde er sich in der Hütte verkriechen. Es würde keinem auffallen, dass er hier war. Hier konnte er Kraft sammeln, seine Gedanken ordnen und sich überlegen, was zu tun war.

Es dauerte keine Minute, bis er eingeschlafen war.

KAPITEL 9

Um fünf Uhr machte Lizzy sich eine Tasse Tee und gönnte sich zwei Mince Pies, von denen sie die Teigdeckel abhob, um noch etwas Sprühsahne darunterzuspritzen. Sie war die Einzige in der Familie, die auf Mince Pies stand. Für sie waren sie der Inbegriff von Weihnachten – buttrig und würzig und süß –, und sie genoss jeden Bissen.

Dann bereitete sie die Lasagne vor. Sie war keine begnadete Köchin, aber was Essbares bekam sie immer hin. Als sie und Simon ganz frisch zusammen waren, hatte es ihm gefallen, dass sie so gerne aß. Als sie zum ersten Mal Spaghetti Bolognese für ihn gekocht hatte, war er vor Wonne zerflossen – nichts Besonderes, nur Spaghetti mit Fertigsoße und geriebenem Cheddar obendrauf, aber für ihn war es das reinste Manna gewesen.

»Du hast ja keine Ahnung«, hatte er gesagt, während er sich über die Spaghetti hergemacht hatte. »Du hast ja keine Ahnung. Amanda hat immer nur Instantsuppen und Hähnchenbrust und Pampelmusen gegessen.«

Im Lauf der Jahre hatte Lizzy ihr Repertoire erweitert und ihre Methoden und Zutaten verfeinert, aber sie kochte immer noch ziemlich durchschnittlich. Lasagne war das Lieblingsgericht ihrer Familie. Inzwischen benutzte sie auch keine Fertigsoße mehr, sondern machte sie selbst, und benutzte frischen Mozzarella für die Käsesoße. Während sie hackte und schnippelte und rührte und die Weihnachtslieder mitsang, die im Radio liefen, verflog allmählich der Schrecken des Nachmittags.

Um sechs war die Lasagne fertig und brauchte nur noch in den Ofen geschoben zu werden. Zusätzlich bereitete Lizzy noch zwei Knoblauchbaguettes vor – mit reichlich Butter und gehackter Petersilie –, wickelte sie in Alufolie, sodass sie sie kurz vor dem Essen aufbacken konnte.

Sie betrachtete gerade zufrieden ihr Werk, als ihr Handy klingelte. Es war Hattie.

»Mum! Kiki hat mich eingeladen, noch mit zu ihnen zu fahren. Bei ihnen in der Straße ist heute Weihnachtssingen. Meg sagt, sie fährt mich hinterher nach Hause. Da kommen jede Menge coole Leute hin. Ist es in Ordnung, wenn ich mitfahre?«

»Oh«, sagte Lizzy. Sie wusste genau, was das bedeutete. Kiki wohnte in einer schicken Gegend, wo mehrere Schauspieler und Profifußballer ihre Häuser hatten. Offenbar hoffte Hattie, einen Abend unter den Reichen und Schönen zu verbringen. Sie konnte ihr unmöglich sagen, sie solle nach Hause kommen, schließlich wollte sie ihr nicht den Spaß verderben.

»Kein Problem«, antwortete sie, bemüht, sich ihre Enttäuschung nicht anmerken zu lassen. »Die anderen sind gleich da.«

»Danke, Mum, hab dich lieb. Ich schick dir eine SMS, falls ich jemand Berühmtes sehe«, sagte Hattie, dann legte sie auf.

Lizzy sah das Gesicht ihrer Tochter vor sich, die vor Aufregung geröteten Wangen. Glücklich wie ein kleines Kind angesichts des gefüllten Weihnachtsstrumpfs. Der Gedanke machte sie unendlich traurig.

Also gut, dachte sie. Dann würde sie den Baum eben mit

Simon und Luke schmücken. Vielleicht kam Hattie ja sogar früh genug nach Hause, um den Engel auf die Spitze zu setzen – Lizzy war sich ziemlich sicher, dass Luke im vergangenen Jahr an der Reihe gewesen war.

Um sieben war weder Simon noch Luke zu Hause. Stirnrunzelnd nahm Lizzy ihr Handy. Sie hatte so inbrünstig »Last Christmas« mitgesungen, dass sie die SMS von Simon gar nicht mitbekommen hatte.

> Die Mädels aus dem Büro haben mich überredet, noch auf einen Drink mitzugehen. Ablehnen würde schlecht ankommen. Verdrücke mich, so bald wie möglich. X

Wenn sie ihn anriefe, würde er sofort nach Hause kommen, das wusste sie. Aber wollte sie wirklich betteln? Nein. Sie wollte, dass er nach Hause kam, weil er es wollte, weil es ihm etwas bedeutete. Weil er daran gedacht hatte. Aber anscheinend vergaß er alles, was wichtig war. Oder blieb er aus, weil er sich vor einer Gardinenpredigt fürchtete? Das konnte sie sich nicht vorstellen. Sie war doch kein Hausdrachen.

Allerdings kam sie sich allmählich so vor. Sie spürte, wie sie sauer wurde. Sie war kein Hausdrachen, und sie war auch nicht übertrieben anspruchsvoll. Deswegen konnten sie doch wenigstens den einen Abend mit ihr verbringen, von dem sie wussten, dass er ihr wichtig war.

Sie schluckte den Kloß hinunter, der sich in ihrem Hals bildete. Dann rief sie Luke an.

»Hi, Ma.« Sie hörte dröhnende Bässe im Hintergrund, was ihr jedoch nicht dabei half zu erraten, wo er war.

»Ich wollte nur mal fragen, um wie viel Uhr du nach Hause kommst?«, fragte sie, bemüht, nicht den leisesten vorwurfsvollen Unterton durchklingen zu lassen. Und sie würde auch kein Wort davon erwähnen, dass er vergessen hatte, die Kartons mit dem Christbaumschmuck vom Speicher zu holen.

»Ach, Mist. Äh …« Sie sah Luke vor sich, wie er sich nervös am Kopf kratzte und seine Kumpels hilfesuchend anschaute. »Um wie viel Uhr soll ich denn da sein? Ich bin bei Hal. Wir nehmen unser Instagramzeugs auf, damit wir es über Weihnachten hochladen können.«

Am liebsten hätte sie ihn angeschrien, dass er längst hätte zu Hause sein sollen. Dass er es ihr noch am Vormittag versprochen hatte. Dass er ungezogen und rücksichtslos war. Am liebsten würde sie ihn fragen, wie es sein konnte, dass blöde Mini-Skateboards ihm wichtiger waren als seine Familie. Wichtiger als seine Mutter.

Aber sie behielt das alles für sich.

»Ist in Ordnung«, sagte sie. »Die anderen sind auch noch nicht da. Viel Spaß.«

»Meinst du das ernst?« Er sprach in dem verunsicherten Ton, den halbwüchsige Jungs anschlugen, wenn sie sich nicht sicher waren, ob ihre Mutter gerade etwas Sarkastisches gesagt hatte. Weil sie tief im Inneren ihre Mutter immer noch lieb hatten und immer noch Angst vor ihr hatten, auch wenn sie das nicht davon abhielt, sich zu nehmen, was sie wollten.

Er wollte ihren Segen. Sie seufzte.

»Na klar.«

»Hab dich lieb, Mum.«

Normalerweise wurde ihr warm ums Herz, wenn die Zwillinge ihren Standardspruch losließen, aber diesmal knirschte sie mit den Zähnen.

Sobald er aufgelegt hatte, würde er sie vergessen, das war ihr klar. Dann würde er wieder voll und ganz in dem aufgehen, was er gerade mit seinen Kumpels machte. An den Weihnachtsbaum hatte er überhaupt keinen Gedanken verschwendet. Plötzlich fühlte Lizzy sich von Gott und der Welt verlassen.

Zuerst die Verzweiflung bei der Ärztin. Dann die Demütigung im Umkleideraum. Danach die Blamage auf der Straße. Und jetzt ließen ihre Lieben sie allein.

Lizzy betrachtete die Lasagne, die im Ofen vor sich hin brutzelte. Sie war herrlich goldbraun, am Rand sah Lizzy die Soße blubbern. Sie musste jetzt gegessen werden, jetzt sofort. Wenn Lizzy den Ofen herunterschaltete, um sie warm zu halten, würde sie in sich zusammenfallen, der Käse würde braun und der Pastateig ledrig werden. Sie schaltete den Ofen aus, nahm die Lasagne heraus und stellte sie auf den Küchentisch.

Sie spürte Wut in sich aufsteigen, so heiß wie der geschmolzene Käse. Wie konnten sie ihr das antun? Sie wussten doch ganz genau, wie viel ihr dieser Abend bedeutete. Oder etwa nicht? Vielleicht hatte sie es nicht laut und deutlich genug zum Ausdruck gebracht. Wie wichtig es ihr war, gemeinsam mit ihren Lieben das Weihnachtsfest vorzubereiten, den Christbaum zu schmücken, das Lametta im Licht glitzern zu sehen. Wie sehr sie es genoss, wenn die Scheite im Kaminfeuer knackten und knisterten und der Geruch der Bratäpfel auf dem Rost sich mit dem Duft nach Eukalyptus, Nelken und Zimt mischte.

Was hätte sie denn tun sollen? Allen eine schriftliche Einladung schicken?

Sollten sie ihr doch alle den Buckel herunterrutschen. Wenn die anderen sie nicht brauchten, dann brauchte sie sich auch nicht um die anderen zu kümmern.

Sie hatte sich alle Mühe gegeben, die Fassade zu wahren, ihre Enttäuschung herunterzuschlucken, es zu akzeptieren, dass Amanda in letzter Minute ihre Pläne geändert und ihnen Cynthia aufs Auge gedrückt hatte.

Amanda, dieses Miststück. Wie war es möglich, dass sie sich immer wieder in Simons und Lizzys Ehe einmischte? Amanda und Simon hatten sich vor über zwanzig Jahren scheiden lassen, und trotzdem schaffte Amanda es immer wieder, Simon nach ihrer Pfeife tanzen zu lassen.

Zum Glück waren die Kinder inzwischen erwachsen. Als sie alle noch klein gewesen waren, war es ein nicht endenwollender Kampf gewesen. Amanda hatte sich so gut wie nie an die Abmachungen gehalten. Sie hatte stets von Simon erwartet, dass er alles stehen und liegen ließ und Mo und Lexi übernahm, sobald ihr irgendeine Unternehmung in den Sinn kam. Oder sie sagte die Wochenenden, die die Kinder eigentlich bei Simon verbringen sollten, in letzter Minute ab oder brachte die Kinder später als verabredet vorbei, sodass Simon und Lizzy nie etwas planen konnten. Lizzy hatte sich immer bemüht, geduldig zu sein, schließlich war es wichtig, dass Mo und Lexi sich aufgehoben und geliebt fühlten, doch dann waren Hattie und Luke auf die Welt gekommen, und von da an war es nicht mehr so einfach gewesen, immer flexibel zu sein. Und trotz allem hatte Amanda es immer geschafft, es so aussehen zu lassen, als wäre Lizzy diejenige, die alles unnötig kompliziert machte. Aber da Lizzy keinen Streit wollte, hatte sie meistens kapituliert.

Und es passierte immer noch, selbst heute! Alle mussten gefälligst ihre Pläne für Weihnachten ändern, damit Amanda nach Val-d'Isère fahren und mit ihrer Chanel-Sonnenbrille umherstolzieren konnte. Also, Lizzy hatte es jetzt endgültig satt, sie würde das Spiel nicht mehr mitspielen.

Sie musste daran denken, wie sie mit dreizehn wegen einer Kränkung vor Wut außer sich geraten war. Wie sie von zu

Hause weglaufen wollte und sich ausgemalt hatte, wie leid es allen tun würde, dass sie sie nicht besser behandelt hatten. Was sie jetzt empfand, fühlte sich so ähnlich an: eine Mischung aus Empörung und Selbstmitleid. Aber darunter lag die Angst, dass sie den anderen nichts bedeutete. Dass es niemanden interessieren würde, wenn sie davonlief. Dass womöglich nur alle erleichtert aufatmen würden.

Sie würden ohne sie zurechtkommen. Sie würden sich weiterhin mit ihren Freunden treffen, brauchten keine Rücksicht auf Lizzys Zeitplan zu nehmen, konnten essen, was und wann sie wollten. Vielleicht würde Lizzy ihnen einen ganz kleinen Moment lang fehlen, zum Beispiel, wenn sie zum ersten Mal feststellten, dass kein Klopapier mehr da war, oder wenn Lizzy nicht zur Stelle war, um ihre Pakete anzunehmen, oder wenn sie irgendwohin gefahren werden wollten. Aber über kurz oder lang würden sie für alles eine Lösung finden.

Lizzy ging in der Küche auf und ab und kaute an ihrem Daumennagel. Jedes Mal, wenn sie die Lasagne betrachtete, wuchs ihre Wut. Jedes Mal, wenn sie sich vorstellte, wie Cynthia hereinstolzierte, musste sie sich schütteln. Jedes Mal, wenn sie daran dachte, wie Simon mal wieder eingeknickt war und Amanda nachgegeben hatte, knirschte sie mit den Zähnen.

Sie nahm ihr Weihnachtskochbuch vom Regal, schlug die Seite mit dem Kochplan für den Tag vor Weihnachten auf, legte es auf den Tisch und platzierte darauf den Bestellschein für die Lebensmittel, die am nächsten Tag vom Supermarkt geliefert werden würden.

Dann riss sie ein Blatt aus ihrem Notizheft. Sie bemühte sich, auch wenn es ihr schwerfiel, einen sachlichen Ton anzuschlagen:

Hallo, ihr Lieben. Ich habe mich entschlossen, ein paar Tage wegzufahren und mir eine Auszeit zu nehmen. Alles, was ihr für ein perfektes Weihnachtsfest braucht, findet ihr hier. Das Kochbuch ist idiotensicher, ihr braucht also nur die Anweisungen zu befolgen. Die Geschenke sind in meinem Kleiderschrank. Ihr braucht sie nur noch zu verpacken. Klebefilm und Schere findet ihr in der Küchenschublade. Überprüft die Lichterketten, bevor ihr sie an den Baum hängt.

Alles Liebe, Mum (Lizzy)

Dann ging sie nach oben und begann, ihre Sachen zu packen.

Als sie eine halbe Stunde später in die kalte Luft hinaustrat, konnte sie immer noch nicht glauben, was sie da tat. Sie öffnete den Kofferraum ihres Autos und wuchtete zuerst ihren Koffer und dann noch eine Reisetasche voller Bücher hinein.

Niemand hatte angerufen, um sich zu erkundigen, wie es ihr ging, oder um Bescheid zu sagen, dass er oder sie auf dem Heimweg war. Sie hatten nicht mal ein schlechtes Gewissen. Sie war ihnen *egal*. Aber sie gingen davon aus, dass alles so sein würde wie immer – so wie es seit achtzehn Jahren war, von der Mandarine ganz unten in ihrem Weihnachtsstrumpf bis hin zum Tipsy Trifle, den sie immer am zweiten Weihnachtstag machte. Tja, die Zutaten waren vorhanden, es gab das Kochbuch – sie konnten sich alles zubereiten, was sie wollten. Morgen würden Mandarinen und Sherry und Biskuitteig geliefert. Nur Lizzy würde fehlen.

Sie ließ den Motor an und überprüfte die Tankanzeige. Dreiviertel voll. Das sollte reichen.

Eine Viertelstunde später war sie auf der M5. Die Strecke hatte etwas Beruhigendes. Sie war sie so oft gefahren. Sobald sie das Hinweisschild »Südwesten« gesehen hatte und auf die

Autobahn gefahren war, überkam sie die gleiche Aufregung, die gleiche Vorfreude wie damals mit sechzehn. Damals hatte es Sommer und Sonne und Freiheit bedeutet, Madonna und Sonnenmilch und Bier, weiße Hotpants und Cowboystiefel. Caroline und sie hatten auf der Rückbank des Volvo gesessen, bemüht, möglichst cool zu wirken und zugleich so vernünftig und erwachsen, dass Carolines Mutter, die am Steuer saß, sie hoffentlich für ein paar Tage in der Strandhütte allein lassen würde.

Jetzt bedeutete es … ja, was eigentlich? Sie wusste es selbst nicht so genau. Aber die Schmetterlinge im Bauch waren da. Ihr wurde bewusst, dass sie sie schon seit Jahren nicht mehr gespürt hatte. Schmetterlinge im Bauch gehörten zu den Dingen, die einem mit zunehmendem Alter abhandenkamen, dieses warme Prickeln im Innern, wenn etwas Aufregendes bevorstand. Dieses Gefühl hatte ihr gefehlt. Vorfreude gehörte unbedingt zu einem Abenteuer.

Und genau das war es, was sie gerade unternahm: ein Abenteuer. Es war ihre Chance, etwas zu ändern. Sie fühlte sich so gut wie schon lange nicht mehr. Die Schmetterlinge hatten die unheilschwangere Stimmung, die sie seit Wochen gefangen gehalten hatte, verscheucht. Trotzig und glücklich drehte sie das Radio auf.

Chris Rea sang gerade »Driving Home for Christmas«, und sie dachte: Ha! Es müsste eher heißen »Running Away from Christmas«! Sie sang ihren neuen Text zu dem Lied, wobei sie jedoch auf den Tacho achtete, denn selbst jetzt, in ihrem persönlichen *Thelma & Louise*-Moment, meldete sich ihr Verantwortungsbewusstsein. Ihr alter Honda fuhr sowieso nicht gern schneller als hundertzehn, aber sie wollte keinen Strafzettel riskieren.

Eine Flucht änderte auf lange Sicht nichts daran, wer die

Macht hatte. Die Macht hatte immer derjenige, der kein Gewissen besaß und keine Rücksicht auf andere nahm. Aber zumindest in den kommenden Tagen würde sie selbst bestimmen, wie sie ihr Weihnachtsfest verbrachte. Sie würde sich selbst verwöhnen, und zwar nur sich selbst, von morgens bis abends. Sie würde essen, wann und was sie wollte, lesen, wann sie wollte, sich vor den Fernseher setzen, wann sie wollte, schlafen, wann sie wollte … Und vielleicht würde bei den anderen irgendwann der Groschen fallen, dass *ihre Bedürfnisse ja doch wohl genauso zählten wie die der anderen.*

Sie wusste genau, wo sie hinwollte. Alles, was sie brauchte, würde sie dort vorfinden. Sie dachte an die Weihnachtskarte, die Caroline ihr geschrieben hatte: *Der arme Richard hat sich das Knie verrenkt, wir können also dieses Jahr Weihnachten nicht kommen. Es geht ihm schon wieder besser, aber er will auf keinen Fall fliegen. Wir werden Weihnachten also bei 30 Grad am Pool verbringen. Ich weiß, das klingt nach Luxus, aber ich würde sonst was geben für ein paar Schneeflocken und ein knisterndes Kaminfeuer … Jedenfalls könnt ihr die Hütte jederzeit benutzen, wenn ihr wollt. Warum soll sie leer stehen?*

Sie wusste, wo der Schlüssel versteckt war. Lizzy spürte ihn schon in ihren Händen, schwer und kalt. Das Schloss war ein bisschen schwergängig, das lag am Salz. Aber die Tür würde aufgehen, auch wenn sie vielleicht ein bisschen würde drücken müssen. Sie war schon lange nicht mehr in der Hütte gewesen. Es hatte keinen Grund dafür gegeben. Das hatte sich jetzt geändert.

KAPITEL 10

Kurz vor Mitternacht lief »Stop the Cavalry« von Jona Lewie im Radio, und Lizzy sang aus vollem Hals mit, während sie die steile, kurvenreiche Straße nach Everdene hinunterfuhr.

»*Ba da ba da bam bam, ba da ba da bam …*« Gottogott, sie musste das Lied aus dem Kopf bekommen, sonst würde sie es die ganze Nacht nicht mehr loswerden. Wäre sie Weihnachten gern zu Hause?

Nein, sagte sie sich und dachte daran, wie sie allein und verlassen vor ihrem ungeschmückten Baum gestanden und darauf gewartet hatte, dass die anderen nach Hause kamen. Als sie darauf gewartet hatte, dass ein Mitglied ihrer Familie – welches auch immer – zur Kenntnis nehmen würde, dass sie existierte.

Überall war es dunkel, als sie die Promenade entlangfuhr. Sogar die Straßenlaternen waren schon abgeschaltet. Auch in den meisten Häusern brannte kein Licht mehr. Sie fröstelte. Zwar hatte sie die Heizung an, spürte jedoch, wie der Wind ihr Auto rüttelte. Sie wusste, dass sich vor ihr nur noch der weite Himmel und das Meer erstreckten, aber im Dunkeln konnte sie den Horizont nicht sehen.

Sie schluckte. Sie war noch nie im Winter in Everdene gewesen. Sie kannte hier nur laue Sommernächte, aber nicht diese Dunkelheit.

Sie fuhr auf den Strandparkplatz und schaltete den Motor aus. Angst kroch ihr in die Glieder. Vor lauter Eile, aus dem Haus zu kommen, hatte sie vergessen, eine Taschenlampe einzustecken. Wie dumm von ihr. Vielleicht sollte sie lieber im Auto schlafen und warten, bis es hell wurde. Nein, dafür war es zu kalt. So weit war es ja auch nicht bis zur Hütte, und sie kannte den Weg. In zehn Minuten würde sie im Warmen sein.

Ihr wurde bewusst, dass sie keine Wahl hatte. In Everdene konnte sie nirgend woanders übernachten. Kein gemütliches kleines Hotel, wo sie sich ein Zimmer nehmen konnte. Sie hatten alle über den Winter dichtgemacht.

Sie zog den Schlüssel aus dem Zündschloss. Dann kramte sie in ihrer Handtasche nach ihrem Handy, schließlich hatte es eine Taschenlampenfunktion – die machte zwar nicht viel Licht, aber immerhin. Sie fand Stifte, Kamm und Papiertaschentücher, aber kein Handy. Dann fiel ihr ein, dass sie es in der Küche zum Aufladen ans Kabel gehängt hatte. Sie hatte vergessen, es einzustecken.

Hier war sie also – am Ende der Welt, es war stockdunkel, sie hatte kein Handy, und niemand wusste etwas über ihren Verbleib.

Plötzlich hatte sie das Gefühl, eine große Dummheit begangen zu haben. Das Abenteuer kam ihr gar nicht mehr verlockend vor. Panik machte sich bemerkbar. Was würde sie darum geben, sich jetzt zu Hause in ihrem Bett einkuscheln zu können …

Komm schon, sagte sie sich. Kneif jetzt nicht. Du hast doch keine Angst vor der Dunkelheit.

Sie stieg aus dem Auto. Der scharfe Wind raubte ihr den Atem, als sie nach hinten ging, um ihre Sachen aus dem Kofferraum zu nehmen. Vielleicht sollte sie erst einmal nur ihre Nachtsachen mitnehmen? Es würde anstrengend sein, ihren Koffer über den Sand zu ziehen. Sie klappte ihn auf, nahm ihren Waschbeutel und ihren Schlafanzug heraus und stopfte beides in ihre Handtasche. Der Wind wehte ihr die Haare ins Gesicht, und sie setzte ihre Kapuze auf, schob den Koffer wieder zurück und warf den Kofferraumdeckel zu.

Sie überquerte den Parkplatz. In der Ferne hörte sie die Wellen an die Küste schlagen. Sie fühlte sich sehr klein und sehr allein. Sie musste verrückt sein. Die Strandhütten standen da, dunkel und still und kein bisschen einladend. Es waren mehr, als sie in Erinnerung hatte, und sie fürchtete, dass sie Carolines Hütte nicht wiedererkennen würde. Mit eingezogenem Kopf stapfte sie weiter und lauschte auf den Wind, der um die Hütten pfiff. Zwölf, dreizehn … bestimmt würde sie Carolines Hütte erkennen, sobald sie sie sah. Nur noch ein paar Minuten, dann würde sie im Warmen sein.

Endlich! Sie sah die vertraute Balustrade der Veranda. Sofort kamen die Erinnerungen: warmes Abendlicht, sie und Caroline im Bikini, an den Füßen Cowboystiefel, in der Hand eine Flasche lauwarmes Bier, den Blick auf den Strand gerichtet, auf der Suche nach netten Jungs.

Sie ging hinter die Hütte zu der Stelle, wo Caroline immer den Schlüssel vergrub. Sie wühlte im kalten, feuchten Sand, bis sie die Blechdose fand. Sie öffnete sie mit eiskalten Fingern.

Leer.

Sie hatte keinen Augenblick daran gezweifelt, dass der Schlüssel da sein würde. Er war immer da gewesen. Seit Jahrzehnten befand er sich in dieser Dose. Einen Moment lang starrte sie wie gebannt die leere Dose an. Wie hatte sie nur so dämlich sein können?

Sie ging wieder nach vorne, stieg auf die Veranda und probierte die Tür. Man konnte ja nie wissen. Natürlich war sie abgeschlossen. Stöhnend lehnte sie sich gegen die Tür. Dann fiel ihr ein, dass sie ihren Tank fast leer gefahren hatte. Als sie von der Schnellstraße abgebogen war, hatte die Anzeige angegeben, dass sie noch genug Sprit für knapp fünfzig Kilometer hatte. In dem Moment hatte sie gedacht, dass das völlig ausreichend war, sie hatte es ja nicht mehr weit. Sie hatte sich gesagt, dass sie am nächsten Morgen tanken konnte. Aber so spät war garantiert weit und breit keine Tankstelle mehr geöffnet.

Sie unterdrückte ein Schluchzen. Man würde sie am nächsten Morgen erfroren am Strand finden. Möwen würden sich an ihr gütlich tun. Wieder musste sie an ihr Bett denken, an die kuschelige Daunendecke, die sie sich letzten Sommer gekauft hatte. Warum in aller Welt war sie davongelaufen? Amanda war doch die Drama Queen, nicht sie, die ruhige, ausgeglichene Lizzy.

Plötzlich ging in der Hütte Licht an. Lizzy erschrak und trat einen Schritt zurück, ihr Herz hämmerte gegen ihre Rippen. Dann wurde die Tür aufgestoßen.

Vor ihr stand der schönste junge Mann, den sie je gesehen hatte. Seine Haut schimmerte golden im Lampenlicht, sein Haar bildete einen Heiligenschein aus Dreadlocks. Hellgrüne Augen schauten sie verwundert an.

»Alles in Ordnung mit Ihnen?«, fragte er. Seine Stimme klang kräftig und freundlich.

»Entschuldigung. Sie haben mich erschreckt«, sagte Lizzy, eine Hand an ihrem pochenden Herzen. »Ich hatte nicht damit gerechnet, hier jemanden anzutreffen.«

Der junge Mann war etwa in Lukes Alter, dachte sie. Sie zerbrach sich den Kopf, wer er sein könnte – ein Freund oder ein Verwandter von Caroline? Oder vielleicht hatte Caroline die Hütte ja vermietet, ohne ihr Bescheid zu geben? Warum hätte sie ihr auch Bescheid geben sollen? Ihre Einladung, die Hütte zu benutzen, galt grundsätzlich, und Lizzy hatte noch nie davon Gebrauch gemacht. Vielleicht hätte sie noch einmal nachfragen sollen, ehe sie sich auf den Weg hierher gemacht hatte.

»Mrs. Openshaw hat nichts davon gesagt, dass sie Gäste erwartet«, sagte der Junge vorsichtig.

»Ich habe die Hütte nicht gemietet«, sagte Lizzy. »Caroline hat mir gesagt, ich könnte sie über Weihnachten benutzen, wenn ich wollte.«

Der junge Mann lächelte. »Dasselbe hat sie mir auch gesagt.«

»Typisch Caroline«, sagte Lizzy. »Die Großzügigkeit in Person.«

Der junge Mann nickte. Dann wies er ins Innere.

»Kommen Sie lieber rein. Da draußen ist es doch eiskalt.«

Lizzy zögerte. »Ich weiß nicht, wo ich sonst hinsoll«, sagte sie dann. »Und ich hab meinen Tank leer gefahren. Ich heiße übrigens Lizzy. Ich bin mit Caroline zusammen zur Schule gegangen.«

»Ich bin Harley«, sagte Harley. »Ich bin der Hausmeister. Ich bin für mehrere der Strandhütten hier zuständig.«

»Früher sind wir jeden Sommer hergekommen. Aber ich bin schon seit …« Sie musste überlegen. »… seit über zwanzig Jahren nicht mehr hier gewesen.« Sie lachte. »Heutzutage besuche ich Caroline lieber in Dubai. Da ist es wärmer.«

Sie ging hinein, und er schloss die Tür.

Lizzy schaute sich um. Sie erkannte die Hütte kaum wieder. In ihrer Kindheit war sie wie eine Art Schuppen gewesen, mit Feldbetten und einem kleinen Gaskocher, einem uralten Waschbecken und einem primitiven Klo. Jetzt sah es hier aus wie auf einem Foto in *Schöner Wohnen* – ein gemütliches Refugium in Cremeweiß und Taubenblau.

»Caroline hat mir mal erzählt, dass sie die Hütte verschönert hat, aber das ist ja wirklich unglaublich.« Caroline musste für die Renovierung der Hütte mehr ausgegeben haben, als sie und Simon jemals in ihr Haus investiert hatten. »Früher war hier alles ziemlich runtergekommen. Es gab ein altes Sofa, das muffelte, und einen wackeligen Tisch, und nichts funktionierte. Ich bin total beeindruckt.«

»Es ist meine Lieblingshütte«, sagte Harley. »Ein paar sind sogar noch luxuriöser eingerichtet. Aber die hier ist immer noch gemütlich.«

Lizzy betrachtete die flauschigen Kissen und die dicken Schaffellteppiche und die blau-weiß-gestreiften Rollos an den Fenstern, wo früher ziemlich scheußliche geblümte Vorhänge gewesen waren. Auf dem Sofa lag eine Decke. Anscheinend hatte Harley auf dem Sofa geschlafen, und sie hatte ihn geweckt.

»Sie übernachten also hier?«, fragte sie.

»Das hatte ich jedenfalls vor. Bei mir zu Hause hat es Streit gegeben.«

»Ach, da sind wir ja schon zu zweit«, sagte Lizzy lachend. »Das heißt, ich hab mich aus dem Staub gemacht, bevor der Streit ausgebrochen ist.«

Ihr Lächeln verschwand, als sie sich daran erinnerte, warum sie hier war.

»Ich auch.«

Einen Moment lang sahen sie einander ein bisschen verlegen an.

Harley räusperte sich. »Ich hatte gehofft, dass es Mrs. Openshaw nichts ausmachen würde. Sie hat mir mitgeteilt, dass sie dieses Jahr nicht kommen, und ich dachte …« Er wirkte furchtbar nervös. »Ich wusste nicht, wo ich sonst hinsollte.«

»Ist schon in Ordnung«, sagte Lizzy. »Caroline hat bestimmt nichts dagegen.«

»Die Betten sind alle bezogen. Ich hab alles für Caroline und ihre Familie vorbereitet, als ich noch dachte, sie würden herkommen. Oben gibt's ein Doppelbett und ein Etagenbett.« Er zeigte auf das Sofa. »Ich dachte, es wäre vielleicht etwas dreist, mich in eins von den Betten zu legen, deswegen hab ich auf dem Sofa geschlafen.« Er trat an die Küchenzeile. »Ich bin noch nicht dazu gekommen, Lebensmittel einzukaufen. Es ist also keine Milch da. Aber es sind noch ein paar Flaschen Bier hier von ihrem letzten Aufenthalt.«

Er schaute sie erwartungsvoll an.

»Danke, für mich nicht. Ich habe unterwegs einen Kaffee getrunken.« Plötzlich wollte Lizzy sich nur noch hinlegen und die Augen schließen. »Ehrlich gesagt, am liebsten würde ich gleich ins Bett gehen.«

»Wenn Sie mich nicht hier haben wollen, kann ich auch gehen.«

Lizzy schaute den jungen Mann an. Er wirkte unsicher. Aber hinter der Fassade spürte sie inneren Frieden. Er bewegte sich mit einer Anmut, die den meisten jungen Männern heutzutage fehlte. Sie musste an den schlaksigen Luke denken.

»Aber du hast doch gesagt, du weißt nicht, wo du sonst hinsollst.«

»Stimmt. Aber Sie haben ein größeres Recht darauf, hier zu sein als ich.«

»Ach was. So spät finden weder du noch ich eine andere Unterkunft.« Sie lächelte ihn an. »Eigentlich ist es lustig. Ich glaube, Caroline würde sich köstlich amüsieren, wenn sie uns beide jetzt sehen könnte. Zwei verirrte Obdachlose in ihrer Strandhütte.«

Harley schien immer noch nicht überzeugt. Anscheinend hatte er das Gefühl, bei etwas Ungehörigem erwischt worden zu sein, aber Lizzy vertraute ihm und kaufte ihm seine Geschichte ab.

»Pass auf«, sagte sie. »Ich schlage vor, wir schlafen jetzt erst mal, und morgen sehen wir weiter.«

Harley nickte. »Ich lege noch ein bisschen Holz nach. Ich wollte nicht zu viel Brennholz verbrauchen, aber Sie müssen sich aufwärmen.« Er öffnete die Glastür des Kaminofens, nahm ein paar Scheite vom Stapel und schob sie hinein. »Das wird gleich richtig schön warm hier.«

Lizzy war hundemüde. Die lange Fahrt und die Kälte waren anstrengend gewesen, dazu kam der emotionale Stress, den es ihr bereitete, etwas zu tun, was normalerweise so gar nicht ihre Art war. Auf einmal war sie verunsichert. Ihr war beinahe, als hätte sie Heimweh. Und Simon fehlte ihr ganz schrecklich.

Sie verdrängte das Gefühl.

»Ich gehe dann jetzt ins Bett«, sagte sie.

Harley zeigte nach oben. Das alles war früher nicht da gewesen, Caroline musste einen fantasievollen Tischler gefunden haben, der ihr die Empore und die kleine Leiter eingebaut hatte.

»Das Bett ist ziemlich groß, und da oben ist es gemütlicher, als es von hier aussieht. Wenn Sie wollen, können Sie auch den Vorhang zuziehen.«

»Wenn das für dich okay ist.«

Sie ging ins Bad, um sich den Schlafanzug anzuziehen und die Zähne zu putzen. Früher hatte es ein schäbiges Klo mit einem winzigen Waschbecken und einer behelfsmäßigen Dusche hinter einem Plastikvorhang gegeben. Man hatte aufpassen müssen, dass man nicht alles überschwemmte, und trotzdem musste man hinterher immer aufwischen. Aber da das Wasser höchstens lauwarm wurde, blieb sowieso niemand lange unter der Dusche. Jetzt waren Wände und Boden mit silbrig schimmerndem Mosaik gefliest, und die Regendusche befand sich hinter einer dicken Glastrennwand. Das Bad war immer noch winzig, aber es war blitzsauber und luxuriös, und alles funktionierte, wie es sollte.

Wenig später verließ sie das Bad. Sie blieb an der Leiter stehen, ein bisschen verlegen in ihrem Schlafanzug.

»Ich hab die Tür wieder abgeschlossen«, sagte Harley. »Auch wenn um die Zeit da draußen keiner rumläuft.«

Lizzy lächelte. »Gute Nacht«, sagte sie und hatte Mühe, nicht laut zu lachen über die absurde Situation. Sie spürte, dass Harley ein anständiger Kerl war. Man konnte immer viel daran ablesen, wie ein junger Mensch einen anschaute, und in Harleys Blick hatte sie keine Großspurigkeit gesehen, sondern ruhige Aufrichtigkeit.

Oben kroch sie unter das Federbett. Die Laken waren aus Leinen, die Kissen unglaublich weich. Alles duftete nach Lavendel. Sie fühlte sich wie in einem Kokon, den sie um nichts auf der Welt wieder verlassen würde. Wenn sie morgen aufwachte, konnte sie darüber nachdenken, wovor sie eigentlich davongelaufen war, und was sie als Nächstes tun würde. Aber im Moment wollte sie nur schlafen.

KAPITEL 11

Simon stieg ins Taxi und atmete erleichtert auf.

Er genoss es, in Birmingham auszugehen. Die Stadt hatte heute viel mehr zu bieten als in seiner Jugendzeit. Colin, sein Chef, hatte ihn gebeten, die jüngeren Kollegen noch auf einen Drink einzuladen, schließlich war es der letzte Arbeitstag vor Weihnachten.

»Ich hab das schon mal gemacht«, sagte er, »aber mit mir gehen sie nicht mehr so gern aus.« Dann hatte er Simon ein Bündel Zwanziger in die Hand gedrückt und ihm auf die Schulter geklopft. Simon verstand, was Colin von ihm erwartete. Im Moment war es wichtiger denn je, die Moral der Truppe hochzuhalten, denn überall wurden kompetente Mitarbeiter abgeworben, und er konnte Colin die Bitte nicht abschlagen. Er würde als Colins Stellvertreter agieren und dabei sowohl bei Colin als auch bei den jungen Kollegen Pluspunkte sammeln.

Und so waren sie alle zusammen aufgekratzt in einer Cocktailbar in Edgbaston gelandet. Es gab viel Glitzer und exotische Cocktails, und es herrschte eine festliche Atmosphäre. Gegen elf waren die meisten reichlich beschwipst, und Simon beschloss, sich zu verdrücken, bevor das Ganze aus dem Ruder lief. Noch knutschte niemand die falsche Person, und noch war niemand in Tränen ausgebrochen, aber die Hemmschwelle war zweifellos gesunken.

Nicht dass er sich dafür verantwortlich fühlte, wie die Leute sich außerhalb der Arbeitszeit verhielten, aber als stellvertretender Chef konnte er es auch nicht ignorieren, wenn Kollegen sich vor seiner Nase danebenbenahmen, deswegen zog er es vor, sich zurückzuziehen.

Es dauerte eine Weile, bis er sich von allen verabschiedet hatte. Die jungen Frauen waren inzwischen ziemlich zutraulich, und er musste sich aus ihren Umarmungen befreien. Dann hinterlegte er den Rest des Geldes, das Colin ihm mitgegeben hatte, beim Barkeeper, damit die jungen Kollegen weiter trinken konnten, und bestellte sich ein Ubertaxi, auf das er eine Ewigkeit warten musste. Heute Abend hatten Taxifahrer vermutlich mehr zu tun als an jedem anderen Abend im Jahr, weil alle ihren letzten Arbeitstag für dieses Jahr hinter sich gebracht hatten und in Feierlaune waren.

Er setzte sich auf die Rückbank, lehnte sich zurück und versuchte, den Gestank des Duftbäumchens zu ignorieren, das am Rückspiegel des Wagens hing. Hängten Taxifahrer die Dinger extra auf, um betrunkene Fahrgäste zu quälen? Die wollten doch bestimmt nicht, dass einer ihnen den Wagen vollkotzte.

Mit dem Taxi nach Hause zu fahren war ein Luxus, aber er hatte den letzten Zug verpasst, und Lizzy würde es bestimmt nichts ausmachen, ihn morgen in die Stadt zu fahren, damit er sein Auto abholen konnte. Nach drei Cocktails hatte er aufgehört, denn in letzter Zeit vertrug er nicht mehr so viel Alkohol, und er würde auch so morgen einen dicken Kopf haben. Er ärgerte sich über sich selbst. Die Weihnachtszeit mit einem Kater anzufangen war nicht gerade optimal, doch er tröstete sich damit, dass er seinen jungen Kollegen das Gefühl gegeben hatte, gemocht und gebraucht zu werden.

Nach Mitternacht war Birmingham besonders schön. Am klaren Nachthimmel funkelten die Sterne wie Spiegelungen der Lichterketten, die in den Straßen, Geschäften und Restaurants hingen. Mit einem Mal wurde ihm bewusst, wie sehr er diese Stadt liebte, der er so viel zu verdanken hatte. Die Aussicht auf zwei Wochen Urlaub entlockte ihm einen tiefen Seufzer, und er streckte zufrieden die Beine aus. Seine Arbeit machte ihm Spaß, das Problem war nur, dass er nicht abschalten konnte. Man musste der Konkurrenz immer eine Nasenlänge voraus sein. Der Markt war begrenzt, und man musste um seinen Anteil am Kuchen kämpfen.

Er schloss die Augen, während das Taxi durch die Vororte fuhr. Im grünen Warwick durchquerten sie mehrere kleine Dörfer, bis sie schließlich nach Astley-in-Arden kamen. Simon mochte die kleine Stadt, in der sie wohnten. Und er mochte das Pepperpot Cottage, auch wenn es eigentlich für eine Familie wie die ihre zu klein war.

Als die Zwillinge ungefähr sechs waren, hatten sie gemerkt, dass das Haus für eine vierköpfige Familie einfach nicht groß genug war. Klar, es gab genug Zimmer, aber nur ein Bad und kein Esszimmer, nur ein Wohnzimmer und eine Küche, in die gerade mal ein Tisch passte, an dem vier Personen bequem, sechs einigermaßen und acht mit Ach und Krach Platz hatten. Damals hatten sie sich entschlossen, das Haus zu verkaufen und sich ein größeres zu suchen, eins mit einem größeren Garten.

Sie hatten einen guten Preis für das Pepperpot Cottage bekommen. Aber obwohl sie überall gesucht und ihren Radius proportional zu ihrer wachsenden Panik vergrößert hatten, konnten Lizzy und Simon nichts finden, das ihnen wirklich zusagte. Am Ende hatten sie sich für einen protzigen Neubau in Stratford entschieden. Das Haus hatte fünf Zimmer und drei Bäder und war mit allem Schnickschnack ausgestattet. »Von Architekten entworfen« hatte im Werbeprospekt gestanden. Wer sonst hätte es entwerfen sollen, hatte Simon gefragt. Ein Zahnarzt? Ein Topmodel?

An dem Tag, als die Übergabe stattfinden sollte, war Lizzy aufgewacht und in Tränen ausgebrochen.

»Ich kann das nicht«, jammerte sie. »Wir können nicht umziehen. Das Pepperpot Cottage ist unser Zuhause.«

»Aber heute findet die Übergabe statt. In zwei Wochen ist alles geregelt.«

Ohne etwas zu erwidern, war sie aufgestanden, hatte ihn an die Hand genommen und nach unten in die Küche geführt. Dort hatte sie die obere Hälfte der Holztür geöffnet, die in den Garten führte. Sonnenlicht und der Duft von Geißblatt waren hereingeströmt.

»Sieh doch, wie schön unser kleiner Garten ist«, sagte sie. »Der neue ist so steril. Da blüht überhaupt nichts. Ein Holzzaun und Rasen, das ist alles.«

»Wir können doch was daraus machen.«

»Aber nicht so etwas. Der Garten da wird nie so sein wie dieser hier.« Sie zog ihn mit sich ins Wohnzimmer und zeigte auf den abgenutzten Perserteppich vor dem offenen Kamin. »Da. Auf diesem Teppich haben wir sie gezeugt. Hattie und Luke. Wir können doch nicht von hier weggehen.«

»Was spricht dagegen, den Teppich der wundersamen Empfängnis mitzunehmen?«, entgegnete er.

Lizzy schüttelte den Kopf. »Nein. Ich geh nicht hier weg.«

Er schaute sie entgeistert an. Dann dämmerte ihm, dass sie es ernst meinte.

»Das ist doch verrückt. Die Leute reißen uns den Kopf ab.«

»Mir egal«, sagte Lizzy und verschränkte die Arme. »Das hier ist mein Haus. Hier sind meine Kinder zu Hause. Hier gehöre ich hin. Ich ziehe nicht aus.«

Simon stöhnte. »Und wie stellst du dir das vor? Was glaubst

du, wie das wird, wenn die beiden erst mal Teenager sind. Wenn sie ihre langbeinigen Freunde mit ins Haus bringen? Wenn wir alle gleichzeitig ins Bad wollen?«

»Es gibt Leute, die in noch viel kleineren Häusern wohnen.«

»Aber … die doppelte Garage? Die eingebaute Spülmaschine … Du hast vor Freude in die Hände geklatscht, als du die gesehen hast. Das *Esszimmer.*« Simon wirkte zutiefst schockiert. Er hatte sich längst auf den Umzug eingestellt. Er freute sich darauf, in einem Haus zu wohnen, wo nicht andauernd irgendetwas repariert werden musste, wo der Wind nicht durch die Fensterritzen pfiff und nicht ständig die Sicherungen rausflogen.

»Ich unterschreibe jedenfalls nichts«, sagte Lizzy. »Du brauchst meine Unterschrift, aber die bekommst du nicht.«

»Du hast doch längst alles unterschrieben. Die Verträge sind beim Notar. Die Sache ist gelaufen.«

»Ich rufe ihn an und sage ihm, ich hab's mir anders überlegt. Noch hat die Übergabe nicht stattgefunden. Es ist noch nicht zu spät.«

»Du kriegst bloß kalte Füße, das ist alles. Es bedeutet ja auch eine große Veränderung.«

Lizzy schüttelte den Kopf. »Du wirst mich mit Gewalt hier rausschaffen müssen. Freiwillig geh ich jedenfalls nicht.« Um ihre Worte zu unterstreichen, setzte sie sich demonstrativ aufs Sofa.

Simon kratzte sich am Kopf. Er kannte Lizzy gut genug, um zu wissen, dass sie es ernst meinte.

Er seufzte. »Also gut. Ich rufe den Notar an.«

Und jetzt, zehn Jahre später, wohnten sie immer noch dort. Und es störte niemanden, dass sie nur ein Bad hatten, denn mit der Zeit hatte sich ein Rotationssystem eingespielt, und keiner hielt sich länger als nötig in dem Raum auf. Da sie fast direkt an der Hauptstraße wohnten, hatten sie oft das Haus voller Besuch. Leute kamen auf dem Weg zum Restaurant auf einen Aperitif vorbei und auf dem Rückweg noch mal auf einen Kaffee. Auch die Freunde der Kinder kamen gern, denn von der Schule bis zu ihnen war es nur ein Katzensprung. Simon und Lizzy pflegten ein offenes Haus und hatten die am besten gefüllte Tiefkühltruhe in ganz Warwickshire. Zu jeder Tages- und Nachtzeit konnte es passieren, dass jemand eine Pizza aus dem Ofen zog, eine Portion Chips mit Mozzarella überbackte oder Schalen mit Vanilleeis füllte.

Das Pepperpot Cottage war ein Familienhaus, das mittlerweile durch die intensive Nutzung ziemlich ramponiert war. Ein neuer Besitzer würde den alten, abgewetzten Küchentisch rauswerfen und das Bad modernisieren. Hin und wieder blätterte Lizzy in Werbeprospekten für moderne Kücheneinrichtung, schob sie jedoch dann beiseite und sagte: »Ach was, mir gefällt die Küche so, wie sie ist. Sie ist gemütlich, und das ist die Hauptsache.«

Andere Männer beneideten Simon um seine anspruchslose Frau. Anscheinend wurden sie permanent unter Druck gesetzt mit Plänen für Umgestaltungen, Renovierungen, Anbauten und die Anschaffung lebensverändernder neuer Geräte.

»Wie kann ein Mensch zweitausend Pfund für einen Retrokühlschrank ausgeben?«, hatte ein Freund einmal gestöhnt, und Simon hatte ihm keine Antwort geben können. Er war froh, dass Lizzy mit dem zufrieden war, was sie hatte. Nicht, weil es ihm widerstreben würde, Geld für sie auszugeben, ganz im Gegenteil, sondern weil es anstrengend wäre, mit ihrer Unzufriedenheit zu leben. Lizzy brauchte nicht dauernd etwas Neues, und wenn doch, dann kaufte sie es einfach und versuchte nicht, ihn zu manipulieren oder ihm ein schlechtes Gewissen zu bereiten.

Dafür liebte er sie. Und weil sie nur energisch wurde, wenn es um wirklich wichtige Dinge ging. Deswegen hatte es ihn auch so verunsichert, als sie so vehement dagegen protestiert hatte, dass Cynthia die Weihnachtstage bei ihnen verbringen sollte. Es passte so gar nicht zu Lizzy. Sie war wohl gerade im Stress gewesen, und außerdem konnte sie es nicht ausstehen, wenn Amanda sie mit etwas überfuhr. Mehr steckte vermutlich nicht dahinter. Inzwischen würde sie sich wieder beruhigt haben, da war er sich ganz sicher.

Simon öffnete leise die Haustür, streifte seine Schuhe ab und schlich die Treppe hoch. Er wollte Lizzy nicht wecken. Die Kinder waren anscheinend auch schon ins Bett gegangen. Es brannte nirgendwo Licht, und es war auch keine Musik zu hören. Er warf einen Blick auf seine Armbanduhr – kurz vor eins. Mist, er hatte gar nicht gemerkt, wie die Zeit vergangen war. Eigentlich hatte er vorgehabt, spätestens um Mitternacht zu Hause zu sein.

Er schlüpfte ins Gästezimmer, um Lizzy nicht mit seinem Schnarchen zu belästigen. Nicht nur er, auch seine Freunde mussten neuerdings immer häufiger im Gästebett schlafen. Er gehörte noch zu den Glücklichen, die nicht permanent aus dem Ehebett verbannt worden waren. Aber er wollte Lizzy jetzt nicht belästigen. Manch andere Ehefrau war da wesentlich weniger gnädig. Zwei seiner Freunde mussten hässliche Antischnarchgeräte benutzen, wenn sie mit unters Federbett wollten. Zum Glück wurde sein Schnarchen nur unerträglich laut, wenn er getrunken hatte. So wie heute.

Er ließ seine Kleider auf den Boden fallen, ging ins Bad, pinkelte, putzte sich so leise wie möglich die Zähne und legte sich dann ins Bett.

Zwei Tage vor Weihnachten

KAPITEL 12

»Auf geht's!«, rief Jack und schloss den Kofferraum so vorsichtig wie möglich. Sie fuhren nur für fünf Tage weg, aber der Kofferraum war voll bis obenhin.

Sie hatten genug Lebensmittel eingepackt, um eine halbe Kompanie zu versorgen. Im Prospekt hatte es geheißen, dass es im Dorf einen kleinen Lebensmittelladen und in gut zwölf Kilometern Entfernung einen Supermarkt gab. Aber Jack wollte nichts dem Zufall überlassen. Die Vorstellung, in der Gefriertruhe eines Supermarkts nach einer Tüte Ofenpommes zu suchen, war ihm ein Horror. Deswegen hatte er alles, was sie in den nächsten fünf Tagen an Lebensmitteln brauchen würden, ordentlich in Kühlboxen und Kühltüten verstaut.

Aber er hatte keinen einzigen Sprout- oder Mince-Pie, keine Grillwürstchen und keine Maronen eingepackt, kurz, nichts, was auch nur entfernt an ein traditionelles Weihnachtsfest erinnerte. Am fünfundzwanzigsten würde es Lammschulter geben, schön lange in Kaffee und Rübensirup geschmort, gewürzt mit Sternanis und Fenchelsamen. Die Schmorflüssigkeit würde er zu einer dicken Soße einkochen und das zarte Fleisch zu buttriger Polenta servieren.

Okay, vielleicht war er ein bisschen zwanghaft, was Essen anging. Tatsächlich konnte er kaum an etwas anderes denken. Aber es hielt ihn davon ab, an Dinge zu denken, die ihn quälten. Eine Mahlzeit zu planen, die Zutaten zu besorgen, das Essen zuzubereiten und es mit anderen zu teilen gab seinem Leben einen Sinn und spendete ihm Trost wie sonst nichts.

Außer Nat natürlich. Sein Kumpel, sein Komplize, sein Lebensinhalt. Er schaute in den Rückspiegel und lächelte. Nat saß auf der Rückbank und las in seinem *Sesamstraße*-Buch, als wäre er in *Krieg und Frieden* vertieft, eine angedeutete Falte zwischen den geraden Brauen, obwohl er mit seinen drei Jahren noch gar nicht lesen konnte. Der Kleine war gut darin, lange Autofahrten durchzuhalten. Musik und regelmäßige Boxenstopps und reichlich Käsewürfel und Datteln und Apfelschnitze hielten ihn bei Laune.

Jack ging das Herz über vor Liebe und Stolz. Er hoffte, dass er das Richtige tat, dass er Nat mit seiner Ablehnung von Weihnachten nicht traumatisierte.

Es war ganz einfach gewesen, den anderen etwas vorzuschwindeln. Seinen Freunden hatte er gesagt, er würde Verwandte besuchen, und seinen Verwandten hatte er erzählt, er würde zu Freunden fahren, und sie hatten ihm alle geglaubt, weil sie sein Bedürfnis nach Privatsphäre respektierten und nie versuchten, ihm etwas aufzudrängen, wohl wissend, dass das problematisch werden würde.

Würde es je aufhören, problematisch zu sein?

Er konnte den Weihnachtsrummel einfach nicht ertragen. Die Gerüche, die Aromen, die Rituale, das ganze Lametta und all der Firlefanz, die Musik, die Fernsehsendungen – all das machte ihn nur krank. Es versetzte ihn regelrecht in Panik. Wenn er Nelken roch, musste er würgen. Das Geräusch von Glöckchengebimmel raubte ihm den Atem.

Die Strandhütte war die Rettung. Er hatte keine Lust, in ein Hotel zu gehen, da würde er dem Weihnachtszirkus auch nicht entkommen. Ein Ferienhaus wäre zu trist und eher was für ältere Leute. Und ins Warme zu fliegen war auch keine Option, weil er Flugangst hatte. (Entwickelte er womöglich zu viele Ängste? Darauf würde er mal achtgeben müssen.)

Aber eine Strandhütte war perfekt, genau das Richtige für zwei Jungs auf der Suche nach Abenteuern. Zum Schwimmen war es natürlich viel zu kalt, aber sie konnten die Küste erkunden, in Gezeitentümpeln herumstochern und vielleicht sogar den Drachen steigen lassen. Die Hütte, die er gemietet hatte, verfügte über eine gut ausgestattete Küche, und er hatte verschiedene Filme auf seinen Laptop geladen.

Außerdem hatten sie Clouseau dabei, der gerade in seinem Korb schlief. Clouseau war nicht unbedingt ein Naturbursche, aber vielleicht gefiel ihm ja der Strand.

Wenn ihm jemand prophezeit hätte, dass ein hässlicher kleiner Mops einmal das Loch in seinem Herzen wenigstens halbwegs füllen würde, hätte er laut gelacht. Er hatte den Welpen für Nat gekauft, weil ihm jemand gesagt hatte, dass es für einen kleinen Jungen wichtig war, einen Vertrauten zu haben, und weil er nicht wollte, dass ihr Verhältnis etwas Angestrengtes bekam. Ein Hund konnte ihm etwas von der emotionalen Last nehmen, hatte er sich gesagt, und er hatte recht behalten.

Aber es war Jack, der das kleine Fellbündel in seinen dunkelsten Momenten in den Arm nahm und an sich drückte. Es war Jack, der Clouseau in die lächerlichen Schlappohren flüsterte. Der Trost fand in den weisen braunen Augen. Clouseau war weise, und er schwieg und furzte, und er war besser als jeder Therapeut.

Seit er Clouseau hatte, ging es Jack viel besser. Er hatte mit ihm seine Wutphase überwunden.

»Sei nicht so verbittert«, hatte seine Schwester Clemmie

ihm zu Anfang des Sommers mehr als einmal gesagt. »Das tut dir nicht gut. Und Nat tut es auch nicht gut.«

»Ich bin nicht wütend auf Nat.«

»Nein, aber er hat einen glücklichen Vater verdient.«

Jack hatte sie ungläubig angesehen. »Wie soll ich jemals wieder glücklich sein?«

»Eines Tages wirst du wieder glücklich sein«, sagte Clemmie. »Glaub's mir. Nicht auf dieselbe Weise. Auf andere Weise, aber glücklich.«

Jack schüttelte den Kopf. »Du hast ja keine Ahnung …«

»Vergiss nicht, dass sie auch meine Freundin war«, sagte Clemmie. »Du bist nicht der Einzige, der um sie trauert.«

Jack sah sie verblüfft an. »Was willst du denn damit sagen?«

»Du glaubst, es ist Wut. Aber vielleicht ist es auch einfach nur Feigheit.«

Jack wusste nicht, was er sagen sollte. »Ich kann doch nichts für meine Gefühle. Sie sind einfach da.«

»Mag sein. Aber ich weiß, dass Fran das nicht gewollt hätte.«

»Was soll ich also deiner Meinung nach tun? Tanzen gehen? Mich bei Tinder registrieren? Abgesehen von allem anderen muss ich mich außerdem um Nat kümmern, hast du das vergessen?«

»Ich weiß, dass es nicht einfach ist. Und natürlich ist es dein gutes Recht, traurig zu sein. Aber ich kann es kaum mit ansehen, dass du dich so …«

»Was?« Jack hob die Brauen. »Dass ich mich gehen lasse? Dass ich fett geworden bin? Na los, sag's schon.«

Er war schon immer kompakt gewesen. Über einsachtzig groß und breit. Was in Ordnung gewesen war, als er noch Rugby gespielt hatte. Aber inzwischen war er sechsunddreißig, da wurde es schwieriger, das Gewicht zu halten, und als es Fran immer schlechter gegangen war, hatte er aufgehört, ins Fitnessstudio zu gehen.

Clemmie seufzte.

»Du bist nicht fett, Jack. Aber du wirst es werden, wenn du nicht aufpasst.«

»Also gut, ich tröste mich mit gutem Essen. Ist immer noch besser, als seinen Kummer in Schnaps zu ersäufen, oder?«

»Klar.« Clemmie wählte ihre Worte mit Bedacht. »Ich möchte nur nicht, dass du dich selbst sabotierst.«

»Haben Mum und Dad dich geschickt, um mir zu sagen, dass ich zu dick werde?« Er wusste, dass das unfair war. Clemmie war loyal und immer für ihn da. Aber er fühlte sich angegriffen.

Clemmie zeigte mit dem Finger auf ihn. »Du weißt genau, was Fran dazu sagen würde.«

»Ja.« Er nickte. Fran würde ihm sagen, er solle aufhören, sich in Selbstmitleid zu suhlen. »Ich weiß ganz genau, was sie sagen würde, weil ich nämlich Tag und Nacht ihre Stimme im Kopf höre. Und du hast recht. Sie würde sagen, dass ich fett geworden bin.«

Clemmie zuckte zusammen. Doch dann wurden ihre Züge weicher. »Nein, das würde sie nicht sagen, Jack. Mach dich doch nicht immer selber schlecht.«

So widerspenstig er sich auch gab, eigentlich hörte er auf Clemmie. Er hatte schon immer viel auf den Rat seiner Schwester gegeben. Nachdem er Clouseau angeschafft hatte, ging er viel spazieren. Er nahm weniger Kohlehydrate zu sich und verlor innerhalb von drei Monaten über sechs Kilo. Und irgendwie verringerte sich mit seinem Gewicht auch seine Wut. Im Herbst hatte er sogar ein paar Dates gehabt. Clemmie hatte sich so lange um Nat gekümmert und ihn ermuntert, bevor er losging, denn er war jedes Mal furchtbar nervös gewesen. Die Frauen waren alle ganz nett gewesen, aber nicht so interessant und amüsant und nervtötend wie Fran. Keine konnte ihr das Wasser reichen. Aus Höflichkeit hatte er allen hinterher eine SMS geschickt und ein Kompliment gemacht, damit sie sich nicht abgelehnt fühlten, wenn er sich nicht mehr meldete, aber keine hatte ihm geantwortet. Wahrscheinlich hatten sie gespürt, dass er nicht mit dem Herzen dabei war.

Als der Herbst zu Ende ging und der Dezember nahte, hatte ihn allmählich Panik befallen. Weihnachten war einfach zu viel. Und zwar wegen der guten ebenso wie wegen der schlechten Erinnerungen. Also hatte er sich entschlossen, Weihnachten diesmal ausfallen zu lassen. Das machte es für alle Beteiligten einfacher. Dann brauchte niemand um den heißen Brei herumzureden.

Als er jetzt durch Ealing in Richtung M4 fuhr, war es noch dunkel. Nur in ein, zwei kleinen Eckläden regte sich zu dieser frühen Stunde schon etwas. Nat war wie jeden Morgen um sechs aufgewacht, sodass sie zeitig hatten losfahren können. Am frühen Nachmittag würden sie an der Küste sein.

»Alles gut, mein Großer?«, fragte er mit einem Blick in den Rückspiegel. Nat reckte seinen kleinen Daumen in die Höhe.

Nächstes Jahr, dachte Jack, würde er das ganze Weihnachtsprogramm mitmachen, denn bis dahin würde er sich hoffentlich gefangen haben. Natürlich hatte er auch diesmal den mit Geschenken gefüllten Weihnachtsstrumpf für Nat im Gepäck und auch ein bisschen Tischfeuerwerk. Schließlich konnte er Weihnachten nicht komplett übergehen. Aber in einer fremden Umgebung, weit weg von Freunden und Verwandten, würde es halbwegs erträglich sein. Er hoffte nur, dass das nicht allzu egoistisch von ihm war. Nat war noch klein, er hatte keine festen Erwartungen. Außerdem fuhren sie an die Küste. Sie würden jede Menge Spaß zusammen haben.

Er drehte das Radio lauter. Die Hot 8 Brass Band machte unweigerlich gute Laune. Nat sang auf dem Rücksitz aus vollem Hals mit.

Ich hab dich lieb, kleiner Mann, dachte Jack und gab Gas. Je eher sie in Everdene eintrafen, desto besser.

KAPITEL 13

Als Lizzy aufwachte, betrachtete sie einen Moment lang verwirrt die weiße, holzverkleidete Zimmerdecke. Wo in aller Welt war sie? Sie rieb sich den Schlaf aus den Augen und versuchte, sich zu orientieren. Über ihrem Bett befand sich ein Bullauge, durch das sie den grauen Himmel sehen konnte. Sie schaute sich um und stellte fest, dass sie sich auf einer Art Empore befand, zugedeckt mit babyblauem Bettzeug.

Die Strandhütte. Jetzt fiel es ihr wieder ein. Ihre verrückte nächtliche Flucht. Ihre Ankunft in pechschwarzer Nacht. Und …

Sie lugte durch das Geländer nach unten. Harley lag zusammengerollt auf dem Sofa unter der Decke und schlief tief und fest, wie nur Teenager es konnten. Der Anblick weckte mütterliche Gefühle in ihr. Es war so ein schwieriges Alter, der Übergang vom Jungen zum Mann, dieses komplizierte Navigieren zwischen der Unsicherheit des Heranwachsenden und dem Anprobieren von breiteren Schultern. Sie fragte sich, was ihn wohl dazu bewogen haben mochte, von zu Hause wegzulaufen, und hoffte, dass es ihm wieder besser gehen würde, wenn er sich erst einmal ordentlich ausgeschlafen hatte. Sie war der Meinung, dass das Unterbewusstsein im Schlaf viele Probleme ganz allein löste.

Allerdings hatte sie nicht das Gefühl, dass ihre eigenen Probleme sich gelöst hatten. Aber mit denen wollte sie sich jetzt noch nicht befassen.

Sie zog sich an, kletterte so elegant sie konnte die Leiter hinunter und öffnete die Haustür.

Vor ihr lag der Grund, warum sie hergekommen war: ein herrlicher, sonniger Wintertag. Im hellen Licht wirkten alle Konturen messerscharf. Der Sand glitzerte blassrosa, und das Meer schillerte wie blaues Glas, nur hier und da unterbrochen von kleinen weißen Schaumkronen, wo die Wellen sich brachen. Genüsslich sog sie ihre Lunge mit frischer Meeresluft voll. Die kühle Brise umfing sie zärtlich und verführerisch wie ein Liebhaber. *Wo warst du so lange?*, schien sie zu fragen.

Dann, plötzlich, spürte sie die Kälte. Sie nahm ihren Mantel vom Haken hinter der Tür, zog ihn über und trat auf die Veranda hinaus. Vorsichtig schloss sie die Tür, um Harley nicht zu wecken.

Jetzt im Tageslicht sah sie die lange Reihe von Strandhütten – und staunte nicht schlecht. Sie sahen alle ganz anders aus als früher. Und es waren viel mehr geworden. Einige waren jetzt größer, hatten eine Außendusche oder eine Veranda, auf der ein Pizzaofen stand. Da erinnerte nicht mehr viel an die wackeligen kleinen Hütten von damals, was Lizzy bedauerte. Für ihren Geschmack war das alles schon ein bisschen zu schnieke. Und dass die Hüttenbesitzer einander Konkurrenz machten, hatte es in ihrer Jugend auch nicht gegeben: Offenbar waren die Strandhütten zum Statussymbol avanciert.

Sie ging hinunter an den Strand, der gespenstisch still dalag. Nur das Kreischen einiger Möwen und das leise Rauschen der Wellen war zu hören. Es war Ebbe, und außer ihr schien niemand am Strand zu sein. Nach den wenigen Autos zu urteilen, die sie am Vorabend auf dem Parkplatz gesehen hatte, waren im Moment nur sehr wenige Leute hier. Everdene lag weit ab vom Schuss, und das Wetter konnte recht rau werden. Familien würden über Weihnachten wohl nicht kommen. Das war Lizzy nur recht. Je weniger sie mit Menschen in Kontakt kam, umso schneller konnte sie einen klaren Kopf bekommen. Der einzige Mensch an einem leeren Strand zu sein, wo nur das Meer sie von der walisischen Küste trennte, hatte etwas enorm Befreiendes. Sie streckte sich und schaute zu den grauen Wolken hoch, die wie eine riesige Decke über ihr lagen.

Genau das brauchte sie jetzt. Frieden und Einsamkeit und Zeit zum Nachdenken.

Am liebsten hätte sie laut gejubelt und einen kleinen Freudentanz aufgeführt, aber sie traute sich nicht. Wenn Harley sie sah, würde er denken, sie sei völlig übergeschnappt. Sie warf einen Blick auf ihre Uhr. Im Pepperpot Cottage war garantiert noch niemand auf, allerdings fragte sie sich, was Simon wohl gedacht hatte, als er am Abend das leere Bett vorgefunden hatte. Falls es ihm überhaupt aufgefallen war. Wahrscheinlich hatte er einen im Tee gehabt und sich gleich ins Gästezimmer begeben. Hattie und Luke würden sowieso nichts davon mitbekommen haben, dass sie nicht da war.

Gut, dass sie weggefahren war. Abgesehen davon, dass es eine eindeutige Ansage war, gab es ihr Gelegenheit, Abstand zu gewinnen. Zu Hause wäre sie jetzt schon wieder dabei, Listen zu machen, Plätzchen zu backen, letzte Einkäufe zu erledigen und Geschenke zu verpacken. Allein bei dem Gedanken daran, sich derart zu stressen, während alle anderen taten und machten, was ihnen gefiel, zog sich ihr der Magen zusammen.

Dabei war das noch nicht einmal die wirkliche Ursache für ihre Beklemmungen. Amanda und Cynthia. Cynthia war das greifbare Ärgernis an der Oberfläche, aber darunter war Amanda das eigentliche Problem. Sie hatte von Anfang an für Spannungen in Lizzys Ehe gesorgt. Wie war es möglich, dass sie immer noch einen so großen Einfluss auf ihr Leben hatte?

Lizzy stopfte die Hände tiefer in ihre Manteltaschen und ging in Richtung Wasser. Wenn sie schon draußen war, konnte sie auch gleich dafür sorgen, dass sie etwas Bewegung bekam. Sie ging schneller und spürte, wie sich ihre Stimmung mit jedem Schritt besserte. Sie hob das Gesicht in den Wind und atmete die salzige Luft ein.

Amanda, dieses Miststück, dachte sie. Andererseits, wenn Amanda nicht gewesen wäre, hätte sie Simon nie kennengelernt. Lizzy erinnerte sich daran, als wäre es erst gestern gewesen, dabei waren zwanzig Jahre vergangen, seit Amanda zu ihr gekommen war, um ihre Hochzeitsfeier zu buchen. Ihre *zweite* Hochzeit, versteht sich. Lizzy war damals ein bisschen neidisch gewesen, denn sie selbst war noch immer unverheiratet gewesen.

»Ich erwarte, dass Sie uns einen guten Preis machen, denn wir werden dem Hotel jede Menge Publicity bescheren. Die Fotos von unserer Hochzeit werden in allen Zeitungen und Zeitschriften erscheinen.«

Amanda geschiedene Kingham und zukünftige Fantini hatte sich im Besucherstuhl zurückgelehnt und Lizzy angelächelt.

Um elf Uhr am Morgen, nachdem sie gerade eine Stunde im Fitnessstudio verbracht hatte, war Amanda wie aus dem Ei gepellt. Ihre Haare waren perfekt frisiert. Sie trug einen ledernen Minirock, einen schwarzen Rollkragenpulli, eine schimmernde Strumpfhose und Stilettos. Sie schlug die Beine übereinander und klopfte erwartungsvoll mit ihrem Stift auf ihren Notizblock.

»So funktioniert das leider nicht«, hatte Lizzy geantwortet.

Amanda mochte glauben, mit Lizzy hätte sie leichtes Spiel, aber da hatte sie sich getäuscht.

Amanda lächelte unverwandt, doch ihre Augen wurden schmal. »Es gibt jede Menge andere Lokalitäten, die sich über die kostenlose Werbung freuen würden. Das Craven Court wäre unsere erste Wahl, aber …«

Lizzy unterdrückte einen Seufzer. Sie wunderte sich immer wieder, wie ausgekocht heiratswillige Frauen sein konnten. Heutzutage hatte die Planung einer Hochzeitsfeier nichts Romantisches mehr. Die Frauen feilschten wie auf dem Basar. Männer waren da viel unkomplizierter. Sie suchten sich das Passende aus dem Angebot aus und baten Lizzy, ihnen die Rechnung zu schicken.

»Wo Sie Ihre Hochzeit ausrichten, ist Ihre Entscheidung«, sagte Lizzy. »Ich kann Ihnen nur sagen, was wir Ihnen zu welchem Preis anbieten können, und Ihnen versprechen, dass ich persönlich dafür Sorge tragen werde, dass alles glatt läuft.« Sie hielt die drei Prospekte hoch, in denen die drei Gesamtpakete beschrieben waren, die sie im Angebot hatten. »Ich nehme an, Sie interessieren sich für das Platinpaket. Es ist das teuerste, aber Sie bekommen auch puren Luxus: den Ballsaal, den besten Champagner, ein Fünf-Gänge-Menü, live-Musik und einen DJ …«

Amanda betrachtete mürrisch die Prospekte. »Selbstverständlich kommt nur Platin infrage.«

Lizzy räusperte sich. »Wenn Sie es sich nicht leisten können«, sagte sie in einem vertraulichen Ton, »dann empfehle ich das Gold-Paket. Das ist auch sehr schön. Außerdem brauchen Sie da nicht so aufwendige Hochzeitsfotos.«

Lizzy wusste, dass die Spitze ins Schwarze getroffen hatte. Normalerweise würde sie niemals Kunden gegenüber Vermutungen darüber anstellen, was die sich leisten konnten oder nicht, aber bei Amanda würde sie mit Feinfühligkeit nicht weit kommen. Sie würde jedenfalls nicht auf Amandas Schleimspur ausrutschen. Dieses falsche Lächeln, das die Augen nicht erreichte, diese Kleinmädchenstimme und das gehauchte Lachen, die Art, wie sie einem dauernd eine Hand auf den Arm legte, wenn sie mit einem redete, um einem das Gefühl zu geben, es würde einen etwas ganz Besonderes mit ihr verbinden.

Sie kannte die Frau vom Sehen, denn sie ging mehrmals in der Woche in das Fitnessstudio, das zum Hotel gehörte, und Lizzy hatte schon so einiges über sie gehört.

»Sie steckt mitten in einer hässlichen Scheidung«, hatte Kim, die Frau am Empfang des Fitnessstudios, ihr vor einem Jahr mal zugeraunt. »Für die Kinder tut es mir leid, die sind nämlich echt süß. Sie bringt sie am Wochenende manchmal mit und gibt sie bei der Kinderbetreuung ab, und zwar für mehrere Stunden …« Kim hatte kein Hehl aus ihrem Missfallen gemacht.

Es war nicht zu übersehen, dass Amanda ihren Körper in Schuss hielt. Ihre Muskeln waren straff, ihre Haut war gebräunt, ihr Haar gestylt, ihre Brauen waren perfekt gezupft. Lizzy hatte nichts dergleichen zu bieten. Als Angestellte des Hotels konnte sie das Fitnessstudio eigentlich kostenlos benutzen, aber irgendwie fand sie nie die Zeit dazu. Und nach Feierabend konnte sie gar nicht schnell genug in das kleine Haus kommen, das sie sich vor Kurzem gekauft hatten, und an dem noch viel zu renovieren war. Sie war fest entschlossen, alles selbst zu machen, und das Gästezimmer zu streichen war zehnmal befriedigender, als sich auf dem Crosstrainer abzurackern. Außerdem hatte sie irgendwo gelesen, dass man bei handwerklichen Tätigkeiten ordentlich Kalorien verbrannte, und zwar genau 326 pro Stunde, *und* hinterher hatte man sogar noch etwas Schönes geschaffen.

Die Tinte auf Amandas Scheidungsurteil war noch nicht getrocknet, da machte die Neuigkeit auch schon die Runde im Hotel, dass sie eine Affäre mit dem italienischen Fußballer hatte, der in der örtlichen Mannschaft spielte und im Fitnessstudio des Craven Court Krafttraining machte und sich massieren ließ.

»Sie hat echt keine Zeit verloren«, sagte Kim zu Lizzy. »Es heißt, die beiden hätten es hier in der Sauna miteinander getrieben«, fügte sie naserümpfend hinzu.

Lizzy wollte sich das lieber nicht so genau vorstellen. Und sie hatte wirklich keine Lust, Amanda bei der Planung ihrer Hochzeitsfeier zu helfen, doch leider blieb ihr nichts anderes übrig. Ihr war außerdem klar, dass sie sich sogar ordentlich würde ins Zeug legen müssen, denn Amanda gehörte zu den Menschen, die einem das Leben schwer machten, wenn sie nicht bekamen, was sie wollten.

Aber sie würde der Frau keinen Rabatt einräumen.

»Hm«, sagte Amanda. »Ich dachte, Sie würden das verstehen. Von der Publicity würden wir doch beide profitieren.«

Lizzy seufzte. Amanda würde nicht lockerlassen. »Wir haben unser eigenes PR-Konzept. Und das sieht nicht vor, dass wir unsere Kunden als Aushängeschild verwenden. Für uns steht die Hochzeit im Mittelpunkt, und wir wollen, dass das Fest für Braut und Bräutigam ein unvergessliches Erlebnis wird. Wenn uns das gelingt, sind wir zufrieden.«

Amanda wandte sich ab. Lizzy konnte beinahe sehen, wie ihre grauen Zellen arbeiteten und nach einem neuen Ansatz suchten.

Als Amanda Lizzy wieder anschaute, hatte sie Tränen in den Augen.

»Das ist meine Chance, es diesmal richtig zu machen«, sagte sie. »Als ich zum ersten Mal geheiratet habe, dachte ich, es sei eine Entscheidung fürs Leben. Aber dann hat sich herausgestellt, dass mein Mann andere Vorstellungen hatte …«

»Verstehe«, sagte Lizzy, nicht sonderlich beeindruckt von Amandas Darbietung.

»Es ist schrecklich«, sagte Amanda, »zu erfahren, dass der Vater Ihrer Kinder Sie betrügt.«

»Das glaube ich Ihnen gern«, sagte Lizzy, obwohl sie das Gefühl hatte, dass Amanda ein bisschen zu dick auftrug, um zu bekommen, was sie wollte.

»Zum Glück hat Fabio einen festen Charakter. Und ist absolut anständig.«

Und sehr reich, dachte Lizzy, die sein schnittiges Auto gesehen hatte.

»Deswegen möchte ich, dass alles absolut perfekt wird«, sagte Amanda.

»Das verstehe ich«, erwiderte Lizzy, »und es wird alles perfekt sein, dafür werde ich sorgen. Aber der Preis ist fix.«

Zwei Tage später rief der Hotelmanager Lizzy in sein Büro.

»Amanda Kingham sagt, dass ihre Hochzeitsfotos gute Werbung für uns sein würden, und Sie haben kein Interesse gezeigt?«

»Ich hielt die Sache für nicht angebracht.«

»Natürlich ist es angebracht. Die beiden haben sich schließlich hier im Hotel kennengelernt. Wir werden in der Presse groß rauskommen. Geben Sie ihr fünfzig Prozent Rabatt auf alles. Eine solche Gelegenheit können wir uns nicht entgehen lassen.«

Lizzy war noch nie so wütend gewesen. Sie fühlte sich manipuliert und gedemütigt. Amanda hatte sich über ihren Kopf hinweg an ihren Chef gewandt, und der hatte ohne sie entschieden.

»Kein Problem«, sagte sie, während sie ihren Kugelschreiber umklammerte, mit dem sie den Manager am liebsten erstochen hätte.

Warum alle so hingerissen waren von Amanda und Fabio, war Lizzy schleierhaft. Sie waren schließlich nicht die Beckhams. Lizzy fügte sich und entschloss sich, dafür zu sorgen, dass es eine wahrhaft märchenhafte Hochzeit wurde. Sie wusste genau, dass Amanda nur darauf lauern würde, irgendetwas zu finden, woran sie etwas aussetzen konnte. Deswegen zog Lizzy alle Register. Sie besorgte die exotischsten Blumen, die spektakulärste Hochzeitstorte (neunzig Zentimeter hoch, dreistöckig, mit handgeschnitzten Schokoladenfiguren), ließ den Chefkoch ein unvergessliches Menü zusammenstellen und rollte buchstäblich den roten Teppich aus für das glückliche Paar.

Wenn Amanda ihr Gesicht unbedingt in sämtlichen Zeitungen abgedruckt haben wollte, dann würde Lizzy dafür sorgen, dass das Hotel Craven Court der Star auf den Fotos war.

Alles war für Amandas Hochzeit vorbereitet. Es war April, und es herrschte herrliches Frühlingswetter. Lizzy stand in der Mitte des großen Partyzelts, das das Hotel für größere Hochzeitsgesellschaften aufstellte, und schaute sich um. Das Dekor war eine Sinfonie aus Cremeweiß und Rot, den Farben von Fabios Fußballmannschaft. An den Lehnen der goldenen Stühle prangten rote Satinschleifen, die Tische waren mit Gestecken aus roten Rosen geschmückt, und der Eingang des Zelts war von einem Herzen aus roten Luftballons eingerahmt, das das Paar bei seiner Ankunft durchschreiten würde. Amanda würde entzückt sein, dachte sie.

Sie wischte ein Stäubchen von der schneeweißen Tischdecke und legte die Stirn in Falten. Wieso war es ihr wichtig, dass Amanda sich freute, eine Frau, die sie doch eigentlich nicht ausstehen konnte? Hatte sie Angst vor ihr, oder wollte sie vor ihr bestehen? Es war schon merkwürdig, wie diese Frau es schaffte, alle nach ihrer Pfeife tanzen zu lassen. Selbst ihr Ex-Mann kam zu ihrer Hochzeit, was Lizzy ganz besonders wunderte. Bis ihr aufging, dass dem Mann die Rolle des unbezahlten Babysitters zugedacht war.

»Simon kümmert sich um die Kinder«, sagte Amanda. »Es ist für mich sehr wichtig, dass Mo und Lexi dabei sind, und für Fabio natürlich auch, denn von heute an wird er ja ihr Vater sein. Aber es ist natürlich klar, dass ich heute mit anderen Dingen beschäftigt sein werde.« Sie lächelte, und Lizzy fiel auf, dass ihre Zähne noch weißer waren als beim letzten Mal. »Mein Ex-Mann und ich verstehen uns ganz großartig, schon allein der Kinder wegen, und deswegen schien es mir die beste Lösung, dass Simon sich heute um die beiden kümmert. An einem Tag, wo es um große Gefühle geht, möchte ich sie keinem Kindermädchen anvertrauen.«

Oder eins bezahlen, dachte Lizzy.

Lizzy hatte sich unter Amandas erstem Ehemann einen geckenhaften Charmeur vorgestellt und auf keinen Fall damit gerechnet, dass er ihr sympathisch sein würde. Doch er gefiel ihr auf Anhieb, als er in einem schlichten grauen Anzug im Hotel erschien, an jeder Hand ein Kind. Er war nicht auf klassische Weise gut aussehend, aber er hatte dichtes braunes Haar, freundliche braune Augen und ein ausgesprochen gewinnendes Lächeln. Lizzy wäre nie im Leben auf die Idee gekommen, dass Simon und Amanda zusammengehören könnten, dafür war Simon viel zu nett und höflich. Aber irgendetwas musste Amanda ja an ihm gefunden haben, als sie ihn geheiratet hatte. Verlässlichkeit vielleicht?

Am Tag des Hochzeitsfests sah er ein bisschen mitgenommen aus, was er jedoch zu überspielen versuchte. Zweifellos war das Fest eine Tortur für ihn: Dauernd musste er gemeinsamen Freunden erklären, warum er überhaupt da war, musste Leuten die Hand schütteln, denen er vorgestellt wurde, und zugleich die Kinder im Auge behalten. Mo und Lexi waren die einzigen Kinder auf dem Fest. Der zweijährige Mo trug einen Anzug, und die vierjährige Lexi ein weißes Spitzenkleid, eine Kopie des Hochzeitskleids ihrer Mutter. Alle Gäste waren hingerissen von den Kindern, und Amanda ließ sich pausenlos mit ihnen fotografieren, nur um sie gleich darauf wieder zurück in die Obhut ihres Vaters zu schicken.

Lizzy sorgte dafür, dass es den dreien an nichts fehlte.

»Bestellen Sie für die Kinder, was sie wollen«, sagte sie. »Und falls es für die Kleinen hier zu trubelig wird, können Sie sich auch gern mit ihnen in den Aufenthaltsraum zurückziehen, da steht ein großer Fernseher, und im Schrank gibt's jede Menge Spielsachen.«

Simon lächelte schmallippig.

»Vielen Dank, die beiden sind Trubel gewohnt. Und ich brauche nur bis acht zu bleiben.« Er verdrehte die Augen. »So lauten zumindest die Anweisungen.«

Lizzy legte ihm eine Hand auf die Schulter. »Das muss ein schwerer Tag für Sie sein.«

Simon antwortete nicht gleich. »Hauptsache, sie ist zufrieden«, sagte er dann. »Wenn Amanda zufrieden ist, sind alle anderen auch zufrieden.«

Und Amanda schien zufrieden zu sein. Gerade posierte sie mit Fabio und seinen Mannschaftskameraden vor dem Luftballonherzen, und der Fotograf machte beglückt eine Aufnahme nach der anderen. Nach dem Essen schnitten Braut und Bräutigam die Torte an, und anschließend eröffneten sie den Tanz mit »How Deep is Your Love?«.

Wie tief sind deine Taschen?, würde wohl eher stimmen,

dachte Lizzy, und einen Moment lang tat Fabio, der seiner Braut beim Tanzen verzückt in die Augen schaute, ihr richtig leid.

»Ich hau ab«, sagte der Fotograf zu Lizzy. »Die Aufnahmen hab ich im Kasten. Ich sehe zu, dass ich die so schnell wie möglich bearbeite und an die Zeitungen schicke.«

»Danke«, sagte Lizzy.

Später sah sie Simon auf der Tanzfläche. Mo auf dem Arm und Lexi an der Hand tanzte er zu »Dancing Queen«. Am anderen Ende der Tanzfläche drehte sich Amanda mit erhobenen Armen im Kreis ihrer Brautjungfern, während Fabio mit einem Glas Champagner in der Hand voller Bewunderung vom Rand aus zuschaute.

Lizzy fand es tapfer von Simon, dieses Fest über sich ergehen zu lassen, und sie fand es großartig, dass ihm seine Kinder offenbar wichtiger waren als die eigenen Gefühle. Es war rührend zu sehen, wie er sich um die beiden kümmerte. Der kleine Mo hatte offenbar genug. Er war an Simons Schulter eingeschlafen. Was für ein guter Vater dieser Mann doch war …

Plötzlich hob Mo den Kopf. Er bog den Rücken durch und erbrach sich auf Simons Jackett. Entsetzt drückte Simon den kleinen Jungen an sich, um zu verhindern, dass noch jemand anders etwas abbekam.

Lizzy eilte Simon zu Hilfe. Aus dem Augenwinkel sah sie, wie jemand Amanda auf das Drama aufmerksam machte, die jedoch nur die Schultern zuckte und sich wieder unter die Tanzenden mischte, damit nur ja niemand auf die Idee kam, sie um Hilfe zu bitten.

»Meine Güte, Sie Ärmster«, sagte Lizzy zu Simon. »Und der arme Kleine.«

Mo brüllte inzwischen wie am Spieß. Simon wirkte vollkommen entsetzt.

»Es tut mir furchtbar leid. Es ist so heiß hier drinnen … Er hat seinen Saft zu schnell getrunken. Ich hoffe, es ist nicht alles auf dem Boden gelandet.«

»Nein, nein, nur ein kleines bisschen. Machen Sie sich keine Gedanken. Das haben wir gleich.« Lizzy winkte einen von den Kellnern herbei. »Kommen Sie mit«, sagte sie dann zu Simon und nahm Lexi an die Hand, die das Geschehen mit großen Augen verfolgte. »Komm, Lexi, wir suchen uns ein ruhiges Zimmer.«

»Es tut mir wirklich leid«, sagte Simon noch einmal, dem die Sache unendlich peinlich war.

»Ach was«, sagte Lizzy.

Sie führte ihn in eins der Zimmer, die sie freigehalten hatte für den Fall, dass irgendwelche Gäste sich in letzter Minute entschließen sollten, über Nacht zu bleiben.

»Ich kann Ihnen gar nicht genug danken«, sagte Simon, während sie den mit Teppich ausgelegten Flur hinuntergingen. »Das ist ein Albtraum. Zum Glück habe ich ein paar saubere Sachen für die Kinder mitgebracht.«

Simon lächelte sie über Mos Kopf hinweg entschuldigend an, während Lizzy die Tür für ihn öffnete. Es war ein kleines Doppelzimmer mit Bad, Bettwäsche aus Chintz und lauter Rüschen und Volants und Zierkissen. Lexi warf sich freudig auf das große Bett.

»Lexi, nicht. Das ist nicht unser Zimmer«, schalt Simon sie.

»Ach, lassen Sie sie nur«, sagte Lizzy. »Sie muss sich bestimmt ein bisschen austoben. Die beiden sind die ganze Zeit so brav gewesen.«

»Bis auf das kleine Unglück.«

»Aber das ist doch nicht seine Schuld. Der arme Kleine.« Lizzy lächelte Mo an, der sich an Simons Schulter kuschelte und sie aus dem Augenwinkel beäugte. Lizzy fiel auf, dass er die langen Wimpern seines Vaters hatte. »Kommen Sie, wir duschen Mo und ziehen ihm saubere Sachen an, und während Sie sich waschen und umziehen, passe ich auf die Kleinen auf.«

»Sie sind ein Engel.«

»Das hab ich schon öfter gehört.« Lizzy lächelte ihn an.

»Die sauberen Sachen für die Kinder sind hier drin.« Simon hob eine kleine Reisetasche an, die er in der freien Hand hielt. »Aber ich weiß nicht, was ich anziehen soll. Meine Hose hat zum Glück nichts abbekommen, aber Hemd und Jackett kann ich unmöglich wieder anziehen.« Er schaute an sich hinunter und verzog das Gesicht.

»Ich sehe mal nach, ob ich bei den Fundsachen was Passendes für Sie finde. Die Leute lassen ja alles Mögliche liegen. Wenn es Ihnen nichts ausmacht, das Hemd eines Fremden zu tragen?«

»Besser als ein vollgekotztes Hemd.«

Sie mussten beide lachen.

»Wir lassen die liegen gebliebenen Sachen für alle Fälle immer reinigen.«

»Sie sind unschlagbar.«

Er schaute sie dankbar an. In seinem Blick lag noch etwas anderes, das Lizzy nicht recht deuten konnte, aber was auch immer es war, es ließ sie erröten. Sie nahm die Fernbedienung vom Nachttisch.

»Komm, Lexi«, sagte sie ein bisschen aufgeregt. »Mal sehen, ob wir eine Kindersendung für dich finden.«

Sie schaltete den Fernseher an und zappte durch die Sender, während Simon ins Bad ging. Er schloss die Tür, und Lizzy schluckte.

Gott, was für ein netter Mann, dachte sie.

Sie wünschte, sie hätte etwas Hübscheres an als ihre Arbeitskleidung, die aus einem knielangen Rock und einem streng geschnittenen Blazer bestand und nichts Feminines an sich hatte. Doch dann sagte sie sich, dass Simon sich sowieso nicht für sie interessierte. Schließlich war er mit Amanda verheiratet gewesen und stand offenbar auf aufgedonnerte, glamouröse Frauen. Lizzy hatte sich das Haar mit einem Gummi im Nacken zusammengebunden, und von dem bisschen Schminke, das sie am Morgen aufgelegt hatte, war nicht mehr viel übrig. Sie war so sehr damit beschäftigt gewesen, die Hochzeitsgäste bei Laune zu halten, dass sie noch gar keine Zeit gefunden hatte, zwischendurch ihren Lippenstift nachzuziehen.

Fünf Minuten später schob Simon den frisch geduschten und in ein weißes Badetuch gewickelten Mo aus dem Bad. Lizzy hob den Kleinen hoch, setzte ihn neben Lexi aufs Bett und nahm die sauberen Sachen aus der Reisetasche, die Simon auf dem Boden abgestellt hatte.

»So, ihr zwei«, sagte sie. »Soll ich euch was zum Knabbern besorgen?«

»Pommes«, sagte Mo.

»Pizza«, sagte Lexi.

»Pommes und Pizza, kein Problem!« Lizzy bestellte beides beim Zimmerservice. Im Fernsehen lief *Scooby Doo*, trotzdem hörte sie im Bad das Wasser rauschen. Sie errötete ein bisschen, als sie sich dabei erwischte, wie sie sich Simon unter der Dusche vorstellte.

Zehn Minuten später kam er in einem der weißen Bademäntel, die das Hotel zur Verfügung stellte, aus dem Bad. Der Bademantel war ihm ein bisschen klein, er spannte an den Schultern und ließ sich nur so gerade schließen. Lizzy fielen seine wohlgeformten Waden auf.

»Ich habe Pizza bestellt«, sagte sie mit belegter Stimme. »Ich gehe mal eben nachsehen, ob ich für Sie was zum Anziehen finde. Bin gleich wieder da.«

Als sie zurückkam, lag er zwischen Mo und Lexi auf dem Bett und schaute mit ihnen *Scooby Doo*. Sie traf gleichzeitig mit dem Essen im Zimmer ein.

Lizzy reichte Simon eine Jeans, ein kariertes Hemd und ein Sweatshirt.

»Oh«, sagte er. »Vielen Dank.«

Er zerfloss regelrecht vor Dankbarkeit, so als wäre er es nicht gewohnt, dass man nett zu ihm war oder ihm half.

Sie lachte. »Überhaupt kein Problem. Ziehen Sie sich in Ruhe an, ich kümmere mich solange um die zwei hier.«

Nachdem er im Bad verschwunden war, setzte sie sich aufs Bett.

»Für euch ist bestimmt bald Schlafenszeit«, sagte sie zu Lexi.

Lexi schüttelte den Kopf. »Nein, wir dürfen bis zum Schluss bleiben.«

»Das glaube ich eher nicht. Das Fest geht sicherlich bis Mitternacht.«

Lexi legte die Stirn in Falten. »Was ist Mitternacht?«

Lizzy überlegte. »Na ja, um Mitternacht ist es sehr dunkel. Aber zu Mitternacht können auch ganz besondere Dinge geschehen. Kennst du die Geschichte von Aschenputtel? Darin heißt es, wenn die Uhr zwölf schlägt, muss sie den Ball verlassen.«

Lexi nickte. »Da hat sie ihren Schuh verloren.«

»Ganz genau. Aber später hat sie ihren Schuh wiedergefunden. Und ihren Prinzen.«

Schuhe und Prinzen, dachte Lizzy. Das beschrieb ihren Job ziemlich gut. Leute fanden ihren Traumpartner. Dann gaben sie ein Heidengeld aus, um diese Tatsache einen Tag lang zu feiern. Es hatte schon etwas Ironisches, dass sie ihr Geld damit verdiente, anderen Leuten zur Erfüllung ihrer Träume zu verhelfen, und selbst ihrem Prinzen noch nicht begegnet war. Sie hatte einfach keine Zeit, sich auf die Suche zu begeben. Und sie wusste nicht einmal so genau, was sie wollte. Im Grunde war sie ja auch eigentlich noch gar nicht über Tom weg …

Die Badezimmertür ging auf, und Simon kam heraus. In der Freizeitkleidung sah er sogar noch besser aus.

»Ich bin mir nicht sicher, ob mir das Blau steht«, sagte er und streckte die Arme aus, als käme er gerade aus einer Umkleidekabine.

»Ich finde, es steht Ihnen sehr gut«, sagte Lizzy und meinte es ernst.

»Also, ich bringe die Kinder jetzt am besten nach Hause, sie müssten eigentlich längst im Bett sein. Ich wollte schon um sechs mit ihnen gehen, aber Amanda hat darauf bestanden, dass sie dabei sind, wenn die Torte angeschnitten wird und der Tanz beginnt.«

»Soll ich Ihnen ein Taxi rufen?«

»Nein, danke, ich bin mit dem Auto da. Ich habe wohlweislich keinen Alkohol getrunken. Selbsterhaltungstrieb.« Er verzog das Gesicht. »Alkohol kann einen ganz schön sentimental machen, finden Sie nicht auch?«

Lizzy trank nur wenig Alkohol. Nach einem Glas redete sie zu viel, und nach dem zweiten schlief sie ein. Aber sie wusste, dass sie eine Ausnahme war. »Es ist Ihnen bestimmt nicht leichtgefallen, zu dem Fest zu kommen.«

Er zuckte die Schultern. »Na ja. Es ist meine Schuld, dass die Ehe in die Brüche gegangen ist.«

Lizzy zog die Brauen zusammen. »Ach ja?«

»Ich … nun ja, ich habe mich ein bisschen verliebt, als ich

mit Amanda verheiratet war. Es ist eigentlich gar nichts passiert, aber …« Er zuckte erneut die Schultern. »Amanda hat es nicht gefallen, dass ich eine andere Frau zum Abendessen ausgeführt habe. Sie hat die Rechnung gefunden. Das war die teuerste Pizza meines Lebens.«

»Oh.« Sein Geständnis überraschte Lizzy. Dann hatte Amanda ja doch die Wahrheit gesagt. Allerdings hatte sich das bei ihr so angehört, als wäre wesentlich mehr als eine Pizza im Spiel gewesen.

Einen Moment lang schwiegen sie verlegen, und Simon wirkte, als wünschte er, er hätte den Mund gehalten. Er zupfte nervös an den Ärmeln seines Sweatshirts, dann schaute er Lizzy an.

»Ich wollte, dass Sie das wissen«, sagte er. »Damit Sie mich nicht für einen Heiligen halten.«

Insgeheim fand Lizzy, dass jemand, der es länger als einen Tag mit Amanda aushielt, definitiv ein Heiliger sein musste, aber es stand ihr nicht zu, eine solche Bemerkung über eine Kundin zu machen.

»Wer ist schon ein Heiliger?«, sagte sie stattdessen. »Jeder macht mal einen Fehler.«

Simon nickte. »Mein Fehler hat mich meine Ehe gekostet. Und ich kann ihn mir nicht verzeihen, wegen der Kinder. Ich habe die Familie zerstört.«

Er wirkte auf einmal sehr traurig.

»Sie hätte Ihnen verzeihen können. Mit einer Frau eine Pizza essen zu gehen, ist doch kein Verbrechen.«

Simon hob die Brauen. »Amanda – verzeihen?« Er lachte laut auf. »Verrückte Vorstellung. Aber reden wir nicht mehr darüber, es deprimiert mich nur.«

Ob er Amanda immer noch liebte? Tat ihm sein Fehltritt deswegen so leid?

Er streckte ihr die Hand hin. »Vielen Dank noch mal für Ihre Mühe. Ich bin Ihnen was schuldig. Ich bringe Ihnen die Kleider so bald wie möglich zurück.«

Lizzy schüttelte ihm die Hand. Sie war warm und trocken, und sein Händedruck war angenehm fest. »Machen Sie sich wegen der Sachen keine Gedanken, die liegen schon seit Wochen bei uns.«

»Es war wirklich sehr nett von Ihnen, sich um uns zu kümmern.«

Er hielt ihre Hand immer noch fest. Sie schauten einander tief in die Augen. Lizzy schluckte. Was sie empfand, war nicht gerade sehr professionell. Und so wie Simon sie ansah, schien es ihm ähnlich zu ergehen. Aber sie musste jetzt wirklich zurück zum Hochzeitsempfang. Es fehlte gerade noch, dass während ihrer Abwesenheit irgendetwas schiefgegangen war und Amanda sich auf dem Kriegspfad befand.

Sie löste ihre Hand aus der seinen, denn die Situation drohte peinlich zu werden.

»Das gehört zum Service«, sagte sie mit einem unsicheren Lachen. »Ich muss los.« Sie zauste Mo und Lexi das Haar. »Und ihr zwei seid schön brav.«

Die Kinder saßen wie gebannt vorm Fernseher und beachteten sie gar nicht. Simon lachte. »Nehmen Sie's nicht persönlich. Gegen *Scooby Doo* habe nicht mal ich eine Chance.«

»Ich versuch's«, sagte Lizzy. Sie verließ das Zimmer und schloss leise die Tür. Draußen im Flur lehnte sie sich an die Wand. Reiß dich zusammen, Lizzy, schalt sie sich. Simon war der Typ Mann, der jeder Frau das Gefühl gab, der Mittelpunkt des Universums zu sein, sobald er ihr seine Aufmerksamkeit widmete, egal, ob sie eine Kellnerin oder seine Geliebte war. Er besaß natürlichen Charme und Herzenswärme, sie durfte da nicht zu viel hineinlegen.

Sie hielt sich die Hände vor den Mund und atmete tief ein und aus. Ihr Herz pochte. Was war bloß in sie gefahren? So hatte sie sich noch nie gefühlt …

Als sie jetzt in Everdene am Strand stand, dicht am Wasser, empfand Lizzy das gleiche Gefühl. Es gab Wendepunkte im Leben, an denen etwas in Bewegung geriet, Momente, in denen man wusste, dass etwas geschehen würde, und jener Moment damals im Flur des Hotels war genau so einer gewesen. Sie schaute aufs Meer hinaus, betrachtete die Wellen, die sie zu necken schienen, indem sie so nah kamen, dass sie fast ihre Füße berührten, nur um sich sofort wieder zurückzuziehen. Sie wich den Wellen aus. Sie hatte nur ein Paar Schuhe dabei und wollte nicht, dass sie nass wurden.

Sie sollte ihre Sachen aus dem Auto holen und dann einkaufen gehen. Sie hatte große Lust auf eine Tasse Tee. Sie drehte sich um, spürte den Gegenwind im Gesicht. Sie fragte sich, ob der heutige Tag auch ein Wendepunkt sein würde, ob es ihr gelingen würde, die Frau zu werden, die sie sein wollte, anstatt die Frau zu bleiben, die immer nur darauf bedacht war, es allen recht zu machen.

KAPITEL 14

Simon wachte um halb acht auf. Er lauschte auf Geräusche von Lizzy – die Kinder schliefen garantiert noch –, aber es war mucksmäuschenstill im Haus. Vermutlich hatte Lizzy beschlossen, endlich einmal auszuschlafen, obwohl es sonst nicht ihre Art war. Das hatte nichts mit Pflichtversessenheit zu tun. Es gefiel ihr einfach, in Morgenmantel und Pantoffeln im Haus herumzuwuseln, Tee zu trinken, Radio zu hören oder bei schönem Wetter im Garten umherzugehen. Aber heute war sie offenbar im Bett geblieben.

Simon beschloss, nach unten zu gehen und ihr eine Tasse Tee zu machen. Sie musste ihn nicht zum Büro fahren. Die Straßen würden total verstopft sein. Er würde den Zug nehmen.

Er schlich die Treppe hinunter, die direkt ins Wohnzimmer führte, und zog unter dem schwarzen Balken den Kopf ein. Unten schaltete er das Licht an. In der Ecke neben dem offenen Kamin stand ein prächtiger Weihnachtsbaum in einem Tontopf. Daneben waren mehrere Kartons mit Baumschmuck gestapelt.

So schön der Baum auch war, es schien ihm nicht zu gefallen, so nackt dazustehen. Simon runzelte die Stirn. Dann fiel ihm ein: Eigentlich hatten sie am Abend zuvor zusammen mit den Kindern den Weihnachtsbaum schmücken wollen. Das hatte er in dem ganzen Chaos gestern völlig vergessen. Und als er angerufen hatte, um Bescheid zu sagen, dass er später kommen würde, hatte sie nichts davon gesagt, soweit er sich erinnerte.

Nein, dachte er. Sie hatte es definitiv nicht erwähnt. Dafür hatte sie seine Mutter erwähnt. Die Cocktails, die er am Vorabend getrunken hatte, rumorten in seinem Bauch, als er an die Cynthia-Geschichte dachte. Aber in der Angelegenheit konnte er überhaupt nichts machen. Er konnte Amanda nicht verbieten, in Skiurlaub zu fahren, und er konnte seiner Mutter nicht verweigern, die Weihnachtstage bei ihnen zu verbringen.

Das würde Lizzy verstehen, da war er sich ganz sicher. Bestimmt hatte sie sich mittlerweile beruhigt und sich mit dem Gedanken abgefunden, dass Cynthia mit ihnen Weihnachten feiern würde. Er ärgerte sich über sich selbst, dass er nicht noch einmal mit Amanda geredet hatte, doch es wunderte ihn nicht, dass sie einfach ihren Urlaub gebucht hatte, ohne sich noch einmal mit ihm abzusprechen. Warum vergaß er immer, welche Schwächen andere Leute hatten? Wahrscheinlich war er einfach zu optimistisch.

Mit der unterschwelligen Selbstverachtung des Verkaterten ging er in die Küche. Er brauchte jetzt ein ordentliches Frühstück.

Er schaltete das Licht an und runzelte die Stirn. Der Tisch war gedeckt, und in der Mitte stand eine Lasagne. War das der neueste Weihnachtsbrauch, von dem er noch nichts mitbekommen hatte? Lasagne zum Frühstück? Ein neuer Einfall von Jamie Oliver vielleicht?

Doch dann merkte er, dass die Lasagne kalt war.

Auf Lizzys Platz lag aufgeschlagen ihr heiß geliebter und abgegriffener Weihnachtsratgeber von Delia Smith, und darauf ein Zettel mit etwas in Lizzys Handschrift. Zuerst dachte Simon, es wäre eine Einkaufsliste, aber als er näher hinsah, stellte er fest, dass es eine Nachricht war. Er nahm den Zettel in die Hand.

Die Nachricht war an ihn und die Kinder gerichtet.

Hallo, ihr Lieben. Ich habe mich entschlossen, ein paar Tage wegzufahren und mir eine Auszeit zu nehmen. Alles, was ihr für ein perfektes Weihnachtsfest braucht, findet ihr hier. Das Kochbuch ist idiotensicher, ihr braucht also nur die Anweisungen zu befolgen. Die Geschenke sind in meinem Kleiderschrank. Ihr braucht sie nur noch zu verpacken. Klebefilm und Schere findet ihr in der Küchenschublade. Überprüft die Lichterketten, bevor ihr sie an den Baum hängt.
Alles Liebe, Mum (Lizzy)

Beim Lesen wurde ihm mulmig, seine Hände begannen zu zittern. Er las die Nachricht noch einmal, dann schaute er sich in der Küche um, als könnte Lizzy hinter ihm stehen und ihn schelmisch angrinsen.

Aber sie stand nicht da.

Mit dem Zettel in der Hand rannte er die Treppe hoch, zog den Kopf ein, um ihn sich nicht an dem Balken zu stoßen, und stürmte ins Schlafzimmer.

Die Wände waren hellblau gestrichen, eine Wand war mit einer Mustertapete beklebt, die mit Wellensittichen und Vogelkäfigen bedruckt war –, Lilly hatte stundenlang über Tapetenmustern gebrütet, bevor sie das Zimmer im vergangenen Sommer renoviert hatten.

»Es soll aussehen wie in einem ›Boutique-Hotel‹«, hatte sie gesagt.

Simon hatte nicht so recht gewusst, was damit gemeint war, dann hatte sich herausgestellt, dass sie sich bodenlange Vorhänge wünschte, jede Menge alberner Kissen und einen

Flachbildfernseher. Aber er hatte sich bemüht, die Wünsche seiner Frau zu erfüllen, wohl wissend, dass bei ihrem Mangel an Ordnungssinn der »Boutique-Hotel-Stil« sowieso nicht lange überleben würde. Lizzy war hingerissen von dem Ergebnis und hatte es erstaunlich lange geschafft, im Zimmer Ordnung zu halten.

Jetzt herrschte dröhnende Stille im Schlafzimmer. Die geöffneten Vorhänge ließen das erste schmutziggraue Morgenlicht herein, und das Bett war unangerührt. Er schlug das Federbett zurück und legte eine Hand aufs Laken. Es war kalt.

Sein Herz pochte heftig. Ihn ergriff Panik. Er trat in den Flur hinaus.

»Hattie! Luke!«, rief er nach oben.

Natürlich kam keine Antwort. Er lief die Treppe hoch und schaute in Lukes Zimmer, das leer war, was nichts Ungewöhnliches war. Luke übernachtete oft bei einem seiner Kumpel. Er klopfte bei seiner Tochter an, dann öffnete er vorsichtig die Tür.

»Hattie – hast du Mum gesehen?«

Ein süßlicher Duft erfüllte den Raum, eine Mischung aus Parfüm, Weichspüler, Räucherstäbchen und Haarspray. Hattie schlief tief und fest. Im Halbdunkel des Zimmers, das nur erleuchtet wurde von einer Lichterkette an der Wand, sah er sie im Bett liegen. Sie hatte sich auf der Seite zusammengerollt, ihr Haar lag auf dem Kopfkissen ausgebreitet. In letzter Zeit wechselte sie ihre Haarfarbe so oft wie ihre Kleider. Im Moment war ihr Haar wasserstoffblond mit ein paar blauen Strähnen. Darüber, wie viele Chemikalien nötig waren, um den hippen Effekt zu erzeugen, wollte er lieber nicht nachdenken. Er sagte auch nichts dazu. Bei Teenagern musste man sich gut überlegen, wann es sich lohnte, sich mit ihnen anzulegen.

»Hattie! Wach auf!« Er ging zu ihrem Bett, vorsichtig darauf bedacht, nicht auf herumliegende Kleider und Schuhe zu treten.

Hattie öffnete stöhnend die Augen. »Was ist denn los?«

»Wann hast du Mum zuletzt gesehen?«

Sie drehte sich auf den Rücken, streckte sich und überlegte. Simon spürte, wie er ungeduldig wurde.

»Hattie?«

»Weiß nicht.« Sie zog die Nase kraus. »Gestern Morgen? Ich war den ganzen Tag in Birmingham. Shoppen. Ich hab so gegen fünf angerufen, um ihr zu sagen, dass ich noch mit Kiki zum Weihnachtssingen gehen wollte.«

»Und wie hat sie sich angehört?«

»Sie … Normal. Weiß nicht. Ich war grade bei Selfridges, da war's ziemlich laut.« Hattie setzte sich auf und nahm ihr Handy. »Wieso?«

Simon gab ihr den Zettel.

»Ich seh nix. Kannst du den Vorhang aufziehen?«

Simon zog den roten Vorhang auf und schaute nach draußen. Die Einfahrt war leer.

»Mist.«

Lizzys Auto stand nicht da.

Das war ihm gestern Abend gar nicht aufgefallen. Aber gestern Abend hatte er sowieso nicht mehr viel mitgekriegt.

Hattie blickte stirnrunzelnd auf. »Was hat das zu bedeuten?«

Simon breitete die Arme aus. »Ich weiß es nicht. Sie ist nicht hier. Auf dem Küchentisch steht eine kalte Lasagne, und daneben lag dieser Zettel.«

Hattie sah ihn verblüfft an. »Hast du sie gestern Abend nicht gesehen?«

»Ich bin spät nach Hause gekommen. Ich musste noch mit

den Kollegen auf eine Weihnachtsfeier, und dann hab ich im Gästezimmer geschlafen.«

Sie sahen einander an.

»Sie wollte den Baum schmücken«, sagte Hattie langsam. »Sie hat gesagt, wenn ich nicht käme, würde sie es eben mit euch beiden machen.«

»Mit Luke und mir?«

»Ja. Ich wäre nicht zu dem Weihnachtssingen gegangen, wenn sie mir gesagt hätte, dass ihr das was ausmacht. Oder wenn ich gewusst hätte, dass du nicht nach Hause kommst.«

»Ich glaube, Luke war auch nicht hier.«

Simon sah ihr an, dass sie die Informationen erst einmal sacken lassen musste. Er hoffte inständig, dass sie ihm eine Erklärung für Lizzys Verschwinden geben konnte, auf die er noch nicht gekommen war. Dann kam ihm eine Erinnerung: Er fühlte sich plötzlich wie ein kleiner Junge, der hoffte, dass seine Eltern ihn beruhigten. Aber Hattie wirkte noch beunruhigter als er. Was an sich schon besorgniserregend war, denn normalerweise sorgte Hattie sich nur wegen Sachen, die sie selbst betrafen. Wie alle jungen Mädchen.

»Eine Auszeit«, sagte er. »Wieso nimmt sie sich ausgerechnet an Weihnachten eine Auszeit? Gerade Weihnachten ist doch ein Familienfest.«

»Ja, aber gestern waren wir nicht da.«

»Meinst du, sie will uns dafür bestrafen?«

Hattie zuckte die Schultern. »Weiß nicht. Aber in letzter Zeit war sie öfter ein bisschen komisch, findest du nicht? Irgendwie nicht sie selbst.«

Simon nickte. »Seit sie ihren Job verloren hat.«

»Ich dachte, das macht ihr nichts aus. Das hat sie mir jedenfalls gesagt.«

Simon seufzte. »Ich glaube, es hat ihr in Wirklichkeit ziemlich viel ausgemacht. Du kennst sie ja, sie tut nach außen hin immer so tapfer.«

Und genau das war das Problem. Alle glaubten immer, Lizzy würde nichts etwas ausmachen, weil sie sich so unerschütterlich gab. »Kein Problem, es ist ja niemand gestorben«, sagte sie gern, wenn ein Malheur passierte. Sie war immer für alle anderen da, wenn irgendetwas schieflief. Vielleicht hatte der Verlust ihres Jobs sie härter getroffen, als sie sich anmerken lassen wollte.

Hattie nahm ihr Handy. »Ich ruf Luke an. Ich glaub, er war gestern Abend bei Hal. Ich hab ihr Video auf Instagram gesehen.«

Simon verdrehte die Augen. Luke und seine Freunde verbrachten Stunden damit, Videos von ihren Kunststücken mit den fingergroßen Mini-Skateboards aufzunehmen. Sie bastelten extra Rampen und Miniatur-Skateparks. Sie hatten ziemlich viele Follower und sogar Sponsoren und galten unter Gleichaltrigen als ziemlich cool. Es war ein Kult, der die meisten Leute vor ein Rätsel stellte, aber das war wohl der Sinn eines Kults. Luke war garantiert die ganze Nacht auf gewesen, um zu sehen, wie viele Likes er bei Instagram bekam.

»Der ist bestimmt noch nicht ansprechbar«, sagte Simon.

Hattie rief ihn trotzdem an. »Die arme Mum. Echt blöd gelaufen. Wo kann sie nur hin sein?«

»Am besten, wir bewahren erst mal die Ruhe. Vielleicht ist die Nachricht nichts weiter als ein Denkzettel, und sie ist nur zu Waitrose gefahren.«

Aber Simon war selbst nicht von dem überzeugt, was er da sagte. Das Haus fühlte sich anders an. Irgendwie tot. In der Küche lief kein Radio, Lizzy sang nicht vor sich hin, kein

Kaffeeduft drang nach oben. Und in der Dusche duftete es nicht nach Kokos.

»Luke!«, sagte Hattie, als ihr Bruder sich meldete. »Es gibt ein Problem. Mum ist abgehauen.«

»Das wissen wir doch noch gar nicht!«, protestierte Simon. Hatties Worte versetzten ihm einen Stich.

Hattie hielt eine Hand über das Handymikro. »Ich muss ihm das sagen, damit er wach wird«, flüsterte sie. Dann sprach sie wieder ins Handy. »Komm so schnell wie möglich nach Hause.« Sie schaute Simon an. »Er will wissen, ob du ihn abholen kannst.«

»Mein Auto steht noch vor dem Büro.« Simon warf einen Blick auf seine Uhr. Er würde sich bald auf den Weg machen müssen, wenn er es holen wollte, denn er war sich ziemlich sicher, dass das Parkhaus über Weihnachten geschlossen sein würde.

»Nein«, sagte Hattie zu Luke. »Du musst leider zu Fuß herkommen. Beeil dich.«

Sie beendete das Gespräch, dann sah sie ihren Vater an. »Hast du schon versucht, sie anzurufen?«

»Oh, daran hab ich noch gar nicht gedacht.« Wieso war er nicht gleich darauf gekommen? Es musste die Panik gewesen sein.

Hattie wählte die Nummer ihrer Mutter und wartete.

»Ich lande sofort bei Voicemail«, flüsterte sie.

»Hinterlass ihr eine Nachricht«, flüsterte Simon.

»Mum? Hier ist Hattie. Wir haben deinen Zettel gefunden. Was ist los? Wir machen uns Sorgen. Hast du einen Nervenzusammenbruch? Wir sind egoistische Arschlöcher, und wir haben dich nicht verdient. Bitte, komm nach Hause!«

Sie legte auf.

»Ich brauch einen Kaffee«, sagte Simon.

Hattie stieg aus dem Bett. »Sie ist bestimmt nicht weit weggefahren«, sagte sie. »Mum ist keine Drama Queen. Sie ist nicht wie Amanda.«

»Ja, stimmt«, erwiderte Simon hastig. Er wollte jetzt nicht an die Fehler seiner Ex erinnert werden. Für Hattie und Luke war Amanda ein heikles Thema. Einerseits bewunderten sie sie, aber andererseits hatten sie auch eine Menge an ihr auszusetzen.

»Hast du Mum eigentlich deswegen geheiratet?«, fragte Hattie. »Weil du was Solides brauchtest, nach all dem Theater?«

Simon seufzte. Es gab viele Gründe, warum er Lizzy geheiratet hatte.

»Ich habe sie geheiratet, weil sie ein liebenswürdiger Mensch ist. Und weil sie mich zum Lachen bringt.«

Hattie nickte. »Ja, Mum ist wirklich ziemlich lustig.«

»Aber eigentlich neigt sie nicht dazu, einem böse Streiche zu spielen«, sagte Simon stirnrunzelnd. »Und deswegen mache ich mir jetzt ernsthaft Sorgen. Wir müssen sie unbedingt finden.«

Zehn Minuten später stürmte Luke in die Küche. Simon musste immer wieder darüber staunen, wie aus dem kleinen Jungen mit den kurzen roten Igelhaaren ein ein Meter achtzig großer Krieger geworden war, ein junger Mann mit dunklen rotbraunen Locken, die unter einem Hut oder einer Mütze oder einer Basecap hervorquollen.

Meistens trug er langärmelige T-Shirts und dazu ein kariertes Hemd, das er sich um die Hüften band, ein Stil, der Simon wehmütig an die frühen Neunziger denken ließ. Aber wenn die Kids mal Nirwana laufen ließen und er sich zum Mitsingen hinreißen ließ, brachten sie ihn sofort mit vernichtenden Blicken zum Schweigen. Dass er bloß nicht auf die Idee kam zu glauben, er hätte noch etwas von einem Teenager an sich …

»Mum hat gesagt, dass es ihr nichts ausmacht«, sagte Luke, das Entsetzen im sommersprossigen Gesicht. »Wenn sie was gesagt hätte, wär ich nach Hause gekommen. Sie hat gesagt, die Lasagne würde nicht schlecht werden, und wir könnten den Baum ja heute schmücken.«

»Aber anscheinend ist ihr das mit dem Baumschmücken wichtig«, sagte Simon. »Ich wusste gar nicht, dass ihr das was bedeutet.«

»Bisher haben wir es immer alle zusammen gemacht«, bemerkte Hattie.

»Ja, aber keiner hat ein Gewese darum gemacht. Wir haben einfach mit angepackt, weil es sich so ergeben hat. Oder?« Simon schaute sich hilfesuchend um, während er zu rechtfertigen versuchte, warum er Lizzy hatte hängen lassen.

»Offensichtlich bedeutet es ihr mehr, als uns bewusst ist«, sagte Hattie.

»Aber es kann doch nicht sein, dass sie abgehauen ist«, sagte Luke. »Wo sollte sie denn hin?«

»Wir rufen sie noch mal an.« Simon schnappte sich sein Handy und wählte Lizzys Nummer

Lizzy hatte das Smartphone, das das Hotel ihr zur Verfügung gestellt hatte, nach ihrer Entlassung zurückgegeben, und benutzte jetzt Lukes altes Nokia-Handy, an dem sie angeblich hing. »Außerdem brauch ich keine Angst zu haben, dass ich es verliere oder fallen lasse«, hatte sie gesagt.

Sie zuckten alle zusammen, als es neben dem Wasserkocher klingelte, wo es am Ladegerät hing. Dann sahen sie einander an.

»Sie hat nicht mal ihr Handy mitgenommen«, sagte Hattie.

»Sehr scharfsinnig, du Schlaumeier.« Luke verdrehte die Augen.

»Aber dann kann sie nicht weit weg sein. Niemand geht weit weg ohne sein Handy.«

»Es sei denn, jemand möchte nicht angerufen werden. Außerdem wissen wir alle, dass Mum nicht auf Handys steht. Sie vergisst doch dauernd, es mitzunehmen.«

Simon nahm das Handy und scrollte durch das Menu in der Hoffnung, irgendwelche Hinweise zu finden.

»Als Letztes hat sie dich angerufen, Luke.«

Luke machte ein verblüfftes Gesicht. »Wieso hat sie denn nicht gesagt, dass sie was dagegen hatte, dass ich noch bleiben wollte?«, fragte er. »Wenn sie was gesagt hätte, wär ich nach Hause gekommen.«

»Weil eure Mutter nun mal nicht so ist«, sagte Simon, wütend auf sich selbst. »Lasst uns noch mal alles durchgehen. Vielleicht finden wir heraus, wo sie hin ist.«

»Um wie viel Uhr ist sie verschwunden?«, wollte Hattie von Simon wissen. »War sie im Bett, als du letzte Nacht nach Hause gekommen bist?«

Stille.

»Keine Ahnung. Ich hab im Gästezimmer geschlafen. Wegen dem Schnarchen …«, fügte er verlegen hinzu.

Luke schnaubte. »Das reinste Sägewerk.«

»Hast du ihr denn keinen Gutenachtkuss gegeben?«, fragte Hattie.

Simon schaute seine Tochter an. »Nein. Du vielleicht?«

Hattie kaute an ihrem Daumennagel. »Ich wollte sie nicht wecken.«

»Na also. Ich auch nicht.«

Luke schaute die beiden abwechselnd an. »Soll das heißen,

Mum war nicht hier, und ihr zwei habt es noch nicht mal gemerkt?«

»Jedenfalls sind wir im Gegensatz zu dir nach Hause gekommen!«, konterte Hattie.

»Wir wissen doch gar nicht, ob sie nicht hier war.«

Simon schaute sich in der Küche um. Er betrachtete den Tisch, stellte sich vor, wie Lizzy ihn gedeckt hatte. Sie hatte Weihnachtsservietten mit »Rudolph«-Motiven neben die Teller gelegt und die guten Weingläser rausgeholt. Offensichtlich hatte sie sich darauf gefreut, dass sie alle zusammen um den Tisch sitzen und essen würden. Er bekam ein furchtbar schlechtes Gewissen.

Simon musste erst einmal etwas zu sich nehmen, um einen klaren Kopf zu bekommen. Er nahm den Wasserkocher und hielt ihn unter den Wasserhahn.

»Kann ich mir ein Stück von der Lasagne nehmen?«, fragte Luke. »Ich hab gestern nichts zu Abend gegessen.«

»Nein«, sagte Simon, nahm die Lasagne vom Tisch und schob sie in den Kühlschrank. Sobald sie Lizzy gefunden hatten, konnten sich sich alle an den Tisch setzen und die Lasagne essen. »Mach dir Toastbrot.«

Er holte ein Toastbrot aus dem Brotkasten und warf es neben den Toaster. Er reagierte so ungehalten, weil er sich ärgerte – wenn auch hauptsächlich über sich selbst, dass er so egoistisch gewesen war. Andererseits hatte nicht nur er Lizzy hängen lassen. Das hatten sie alle drei getan.

»Und was machen wir jetzt?« Hattie knibbelte an ihrem Nagellack, und winzige Flöckchen glitzerndes Grün rieselten auf die Tischdecke. Das machte sie immer, wenn sie nervös war.

»Ich sehe mir mal ihre E-Mails an. Und ihre Facebook-Seite.« Luke öffnete die Tischschublade und tastete nach Lizzys iPad mit der geblümten Hülle.

Seit sie ihr das Ding vor vier Jahren zu Weihnachten geschenkt hatten, hatte sie es, während die anderen fernsahen, immer auf dem Schoß und suchte Pflanzen für den Garten aus oder bestellte irgendwelche Bücher oder schaute sich Fotos auf Instagram an. Oder sie sah sich die Sendungen von Monty Don (Gartenbau) oder Kevin McCloud (Wohnungseinrichtungen) oder Rick Stein (Kochen) an. Sie war ein großer Fan dieser drei Männer, verfolgte gewissenhaft im Internet, was sie publizierten, kaufte ihre Bücher und versuchte, ihnen so gut es ging nachzueifern. Zwar bekam sie es nie so richtig hin, aber davon ließ sie sich nicht die Laune verderben, sondern nahm sich frohen Mutes das nächste Projekt vor.

Luke gab Lizzys Passwort ein. Sie alle kannten ihr Passwort. Lizzy vertraute ihrem iPad keine Geheimnisse an. Luke scrollte durch die Apps und ging die Nachrichten durch.

Plötzlich wurde Simon nervös. Was, wenn sie etwas Schlimmes auf dem iPad fanden?

»Ich weiß nicht, ob das eine gute Idee ist«, sagte er. Er sah einen kräftigen, wettergegerbten Gärtner vor sich, den sie irgendwo kennengelernt hatte. Es waren schon merkwürdigere Dinge passiert. Lizzy war keine klassische Schönheit, aber es gab genug Männer, die sich von ihr angezogen fühlten – von ihrer Herzenswärme, ihrem Lachen, dem Funkeln in ihren Augen …

War er in letzter Zeit ihr gegenüber aufmerksam genug gewesen? Hatte er ihr nach ihrer Entlassung genug Bestätigung gegeben? Oder hatte er sie mit ihrem Kummer allein gelassen? Obwohl er ihr gesagt hatte, sie brauche sich nicht sofort einen neuen Job zu suchen, war sie seitdem ein bisschen bedrückt und nervös. Er selbst verdiente inzwischen mehr denn je, seine Prämien konnten sich sehen lassen.

Lizzys Einkommen würde ihnen nicht fehlen. Aber das hatte er unerwähnt gelassen, nicht, weil ihm daran gelegen war, ihren Beitrag zum Familieneinkommen kleinzureden, sondern weil er sie nicht hatte unter Druck setzen wollen. Weil sie die Freiheit haben sollte, zu tun und zu lassen, was sie wollte.

Sein schlechtes Gewissen machte ihm ebenso zu schaffen wie sein Kater. Er hatte am Abend zuvor einen Martini nach dem anderen getrunken und dazu mehr als ein Glas billigen Sekt. Er beruhigte sein Gewissen mit dem Argument, dass es seine Pflicht gewesen war, für Colin einzuspringen, die jungen Kollegen bei Laune zu halten, Geld an der Bar zu hinterlegen, die Moral hochzuhalten.

Noch einmal betrachtete er Lizzys Nachricht. Es musste sich um einen Scherz handeln. Wahrscheinlich war sie einfach besonders früh aufgestanden, um ihre Besorgungen zu machen, bevor das große Gedränge einsetzte, und hatte ihnen diesen Zettel hingelegt, um ihnen eins auszuwischen.

Nur dass Sarkasmus einfach nicht zu Lizzy passte. Das war nicht ihr Stil. Ihm brach der Schweiß aus. Wenn er zu viel getrunken hatte, war er hinterher immer sorgenvoll, selbst wenn es gar keinen Grund dafür gab. Er versuchte, seine Gedanken zu ordnen. Auto. Er musste sein Auto holen. Ohne Auto waren sie aufgeschmissen.

»Nichts Auffälliges in den E-Mails«, sagte Luke. »Nur Bestellungen für Weihnachten.«

»Nicht ankucken«, sagte Hattie. »Du willst dir doch nicht die Überraschung verderben. Lass mich mal sehen.«

Sie versuchte, Luke das iPad wegzunehmen, doch er hielt es von ihr weg.

»Mann, ey!«, fauchte Hattie. Sie war sofort auf hundertachtzig.

»Da gibt's nix zu sehen«, sagte Luke nachdrücklich und verstaute das iPad wieder in der Tischschublade.

»Hört mal, ihr zwei, ich fahre jetzt mit dem Zug nach Birmingham und hole das Auto. Ihr haltet so lange hier die Stellung, okay? Und dabei könnt ihr auch gleich ein bisschen sauber machen. Mum ist bestimmt bis zum Mittagessen wieder zurück.«

Er glaubte es selbst nicht. Die Nachricht war allzu untypisch für sie, und das machte ihm Sorgen. Aber Hattie und Luke zuliebe, die beide ungewöhnlich beunruhigt wirkten, musste er sich optimistisch geben. Es war wirklich ein merkwürdiges Alter. Jugendliche konnten so unglaublich cool sein, doch wenn ein wirklich unerwartetes Ereignis eintrat, waren sie plötzlich wieder ganz Kind.

Und die Bombe, die Lizzy hatte platzen lassen, war weiß Gott aus heiterem Himmel gekommen.

Was zum Teufel sollten sie tun, wenn sie tatsächlich abgehauen war?

KAPITEL 15

Lizzy brauchte länger als erwartet vom Strand bis zum Parkplatz. Der heftige Gegenwind und das Gehen auf dem feuchten Sand waren anstrengend. Wenn sie das jeden Tag machte, würde sie bald topfit sein, dachte sie. Und ein Spaziergang an einem windumtosten Strand machte wesentlich mehr Spaß, als sich auf einem Crosstrainer abzustrampeln oder an einem Aerobic-Kurs teilzunehmen.

Und hier draußen an der frischen Luft konnte man in Ruhe nachdenken, ohne dass einen die täglichen Pflichten ablenkten. Sie wollte herausfinden, wer sie war und was sie wollte. Nicht dass sie mit Simon unglücklich gewesen wäre, aber sie hatte das Gefühl, dass ihr die Kontrolle über ihr Leben immer mehr entglitt. Dass alles Vertraute sich verflüchtigte und dass ihre Familie sie permanent einschränkte. Natürlich musste man Kompromisse eingehen, aber sie hatte das Gefühl, dass sie die Einzige war, die dazu bereit war. Und dann konnte man es ja wohl kaum noch als Kompromiss bezeichnen, oder?

Sie wollte, dass die anderen das einsahen, ohne dass sie es ihnen unter die Nase reiben musste. Und jetzt war sie weggelaufen. Das würde ihnen hoffentlich einen Schrecken versetzen, damit sie endlich anfingen, auch mal über sie nachzudenken. War das unfair? Oder war es »passiv-aggressiv« – was neuerdings das größte Verbrechen zu sein schien, das man begehen konnte. Aber irgendetwas musste sich ändern. Mit ihrer Ehe war sie im Grunde zufrieden. Simon und sie passten gut zusammen. Aber immer wieder funkten andere Leute dazwischen.

Sie musste lächeln, als sie sich an den Vorfall erinnerte, den sie heute als »Operation Kinderkotze« bezeichneten. Es war zwei Uhr nachts gewesen, als sie von Amandas Hochzeit nach Hause kam – nichts Ungewöhnliches in ihrem Job. Kein Wunder, dass sie immer noch single war, musste sie doch fast jeden Samstagabend arbeiten und kam erst so spät nach Hause, dass sie den Sonntag dann auch abschreiben konnte.

Es hatte sie ziemliche Mühe gekostet, Amandas Gäste vor die Tür zu setzen. Sie konnten einfach kein Ende finden und bestellten sich immer noch einen Drink. Nachdem die letzten Gäste schließlich gegangen waren, musste Lizzy dafür sorgen, dass das Reinigungspersonal das Festzelt wieder in Ordnung brachte. Sie wartete grundsätzlich nicht bis zum nächsten Morgen damit. Zum Schluss hatte sie noch alles eingesammelt, was die Leute hatten liegen lassen – zwei Paar sehr teure Highheels, ein Paar glitzernde Ohrringe und ein Satz Autoschlüssel. Wahrscheinlich waren die Besitzer mit dem Taxi nach Hause gefahren und würden am nächsten Morgen merken, dass ihre Schlüssel fehlten.

Als Lizzy schließlich zu Hause war, streifte sie ihre Schuhe ab und ging in die Küche. Während sie sich einen Tee aufbrühte, fragte sie sich, ob Simon mit seinen Kindern gut nach Hause gekommen war. Sie dachte daran, wie er ihre Hand gehalten, wie er sie angeschaut hatte. Als sie den letzten Rest Milch in ihren Tee tröpfeln ließ und sich vornahm, am nächsten Tag einkaufen zu gehen, egal, ob es regnete oder schneite, wurde ihr bewusst, dass sie sich zum ersten Mal seit Langem zu jemandem hingezogen fühlte.

Sie nahm ihren Tee mit ins Schlafzimmer und kuschelte

sich unter das Federbett. Morgen würde sie das Gästezimmer fertig streichen und anschließend wieder einräumen. An ihrem Nest zu bauen, gab ihr Sicherheit. Es fühlte sich gut an, auch wenn es nur für sie selber war. Außerdem würde sie morgen auch noch auf den Antiquitätenmarkt gehen. Vielleicht fand sie ja ein kleines Möbelstück, das sie aufarbeiten konnte, eine Kommode zum Beispiel oder ein Nachtschränkchen. In solchen Projekten ging sie vollkommen auf. Sie war zwar nicht besonders geschickt, aber die Arbeit bereitete ihr gute Laune. Man musste nicht viel nachdenken und war zugleich produktiv.

Am Montagmorgen stand ein riesiger Strauß Lilien auf dem Empfangstresen des Hotels. Lizzy ging daran vorbei. Es kam häufig vor, dass für Gäste Blumen geliefert wurden. Doch Kim, die Empfangsdame, rief hinter ihr her.

»Lizzy! Die sind für dich! Also, glaub ich zumindest.«

»Kann nicht sein.« Lizzy ging zurück, um nachzusehen. Sie spürte ihr Herz schlagen.

Auf dem Umschlag des Begleitbriefs stand: *Für die Hochzeitsorganisatorin mit den Locken und den Vergissmeinnichtaugen.*

»Vergissmeinnichtaugen«, sagte Kim.

Lizzy betrachtete die Worte und überlegte, ob wirklich sie gemeint war. Sie war unbestreitbar die Hochzeitsorganisatorin, und sie hatte Locken – sie betastete ihre Haare, wie um sich erneut davon zu überzeugen –, und ihre Augen waren zweifellos blau, aber sie würde in ihrem Bestimmungsbuch *Was blüht denn da?* nachschlagen müssen, ob sie tatsächlich so blau waren wie Vergissmeinnicht.

»Nun mach schon auf!«, drängte Kim.

Lizzy öffnete den Umschlag und nahm eine Karte heraus.

Danke, dass Sie mich am Samstag gerettet haben.
Würden Sie mir erlauben, Sie zum Dank zum Abendessen einzuladen?
Simon

Unter seiner Unterschrift stand seine Telefonnummer.

»Meine Güte«, sagte Lizzy. Das war der schönste und aufregendste Augenblick ihres Lebens.

»Ruf ihn an. Sofort.«

»Ich kann nicht.«

»Doch, das kannst du! Er hat dir gerade einen Riesenblumenstrauß geschickt und dich zum Abendessen eingeladen.«

Lizzy steckte ihre Nase in die Lilien und überlegte. Der schwere, süßliche Duft war berauschend, und Lizzy fühlte sich wie im siebten Himmel. Wollte er sie wirklich zum Abendessen einladen? Oder sagte er das nur aus Höflichkeit? Sie betrachtete noch einmal die Grußkarte und las die Telefonnummer. Sie wusste nicht, wie sie den Mut aufbringen sollte, sie zu wählen. Was in aller Welt sollte sie sagen, wenn er wirklich abnahm?

»Also gut«, sagte Kim, nahm ihr die Karte aus der Hand und nahm den Hörer ihres Telefons ab. »Wenn du ihn nicht anrufst, tu ich's.«

Sie begann, die Tasten zu drücken.

»Nein!«, rief Lizzy.

»Hallo, Mr. Kingham? Lizzy Matthews möchte Sie sprechen.« Kim hielt ihr den Hörer hin.

Lizzy schloss die Augen und sammelte sich. Dann nahm sie Kim den Hörer ab und hielt ihn sich ans Ohr.

»Hallo?«, sagte sie mit belegter Stimme.

»Aha«, sagte Simon. Seine Stimme klang warm und amüsiert und schmerzlich vertraut. »Sie heißen also Lizzy.«

»Ja. Danke für die wunderschönen Blumen. Das wäre aber nicht nötig gewesen.«

»Ich weiß. Ich hätte sie persönlich vorbeibringen und Sie von Angesicht zu Angesicht zum Essen einladen sollen. Aber ich hab mich nicht getraut.«

»Nicht getraut? Sie haben Angst vor mir?«

»Nein, nicht vor Ihnen. Vor dem, was Sie sagen könnten. Wie sieht's denn aus? Nehmen Sie meine Einladung an?«

Lizzy schluckte. »Also … ja. Gerne.«

Sie öffnete die Augen und sah Kim lautlos Beifall klatschen.

»Heute Abend?«

O je, er verlor wirklich keine Zeit. »Morgen«, antwortete sie entschlossen und dachte an das Zimmer, das sie streichen wollte.

»Ich bestelle einen Tisch im Pinocchio«, sagte Simon. »Ist Ihnen acht Uhr recht?«

»Perfekt«, sagte Lizzy. Sie mochte das kleine italienische Restaurant in Leadenbury. »Dann also bis morgen.«

Sie gab Kim, die nervös auf ihrem Stuhl wippte, den Telefonhörer zurück.

»Ich gehe mit ihm essen«, sagte Lizzy ungläubig. »Oder glaubst du, das ist ein Scherz? Oder ein Trick?«

»Herrgott noch mal«, sagte Kim. »Nein! Der Mann, der dir diesen Blumenstrauß geschickt hat, ist bis über beide Ohren in dich verliebt.«

»Verliebt«, wiederholte Lizzy und konnte es nicht fassen.

Kim nahm noch einmal den Hörer ab.

»Ich mache dir einen Termin im Spa. Augenbrauen zupfen, Gesichtspeeling, Bikinizone …«

»Nichts da Bikinizone«, sagte Lizzy. »Jetzt mach mal halblang.«

»Es ist rein psychologisch«, sagte Kim. »Es erhöht das Selbstvertrauen, wenn man da unten hübsch proper ist, vertrau mir.«

Lizzy zog die Nase kraus. Hübsch proper? Aber mal ganz abgesehen von Bikinizonen – was sollte sie anziehen?

Ein halbes Jahr später planten Lizzy und Simon ihre eigene Hochzeit. Sie saßen bei einer Flasche australischem Shiraz in Lizzys Küche und stellten die Gästeliste zusammen.

Lizzy war heilfroh, dass Simon sich in ihrem Haus so wohlfühlte. Seit er es zum ersten Mal betreten hatte, war es, als hätte er von Anfang an hierher gehört, egal, ob er vor dem Fernseher auf dem Sofa lag oder sich zu ihr unters Federbett kuschelte. Sie konnte immer noch nicht recht glauben, dass es Wirklichkeit war, wenn sie morgens die Augen öffnete und seinen dunklen Haarschopf auf dem Kopfkissen neben sich sah.

»Mo und Lexi laden wir auch ein, oder?«, sagte Lizzy. »Ich mag diese todernsten Hochzeiten nicht, wo Kinder unerwünscht sind.«

»Natürlich. Meine Mutter wird sich um sie kümmern«, sagte Simon und trug die Namen der drei in den Plan für den Brauttisch ein, den Lizzy angefertigt hatte.

Lizzy runzelte die Stirn. »Aber deine Mutter möchte sich doch bestimmt amüsieren, oder?«

»Wahrscheinlich …«

»Könnte Amanda sich nicht um die Kinder kümmern? Das hast du auf ihrer Hochzeit doch auch für sie gemacht.«

Simon schaute sie an und seufzte. »Ich werde sie nicht mal fragen.«

»Aber fragen kann doch nicht schaden.«

»Es hat keinen Zweck, Lizzy, vergessen wir's einfach.«

»Ist sie wirklich so egoistisch?«

Er schenkte Wein nach. »Können wir über was anderes reden, bitte? Es geht doch um uns. Von jetzt an gehört Amanda nicht mehr zu meinem Leben.«

Damals hatte er so entschlossen geklungen. Sie hatte keinen Grund gehabt, ihm nicht zu glauben. Aber als Lizzy jetzt den Strandparkplatz erreichte, dachte sie, wie absurd das war: Zwanzig Jahre waren seitdem vergangen, und Amanda zog immer noch die Strippen. Lizzy konnte sich nicht erklären, warum sie die Situation einfach nicht in den Griff bekam. War sie denn wirklich so willensschwach? Oder war Amanda am Ende wichtiger als sie?

Vielleicht hatte sie ja durch ihre Flucht dafür gesorgt, dass jetzt alle genau das Weihnachtsfest bekamen, das sie sich wünschten, weil sie endlich von allen Verpflichtungen und Traditionen befreit waren. Vielleicht tat sie ihnen allen einen großen Gefallen.

Sie öffnete den Kofferraum und nahm ihren Koffer und die Tasche mit den Büchern heraus, die sie in aller Eile eingepackt hatte. Sie würden den Nachmittag im Sessel neben dem Ofen verbringen, sich eine heiße Schokolade machen und sich in eins ihrer Bücher vertiefen. Sie würde ihren Weihnachtstag genauso verbringen, wie es ihr gefiel, ruhig und entspannt in dem Wissen, dass alle anderen es ebenso taten. Es würde himmlisch werden.

KAPITEL 16

Simon stand ungeduldig auf dem Bahnsteig und schaute immer wieder abwechselnd zu den Gleisen und zu der Tafel mit den Abfahrtszeiten. Er hatte kurz überlegt, ein Taxi zu nehmen, aber in Anbetracht des Verkehrsaufkommens würde er so vermutlich eher Zeit verlieren als gewinnen. Es sei denn, der Zug hatte Verspätung … Er fröstelte in der kalten Luft, dann atmete er erleichtert auf, als der Zug in den Bahnhof einlief.

Kurz darauf zwängte er sich zusammen mit Leuten in den Zug, die mit Weihnachtsmannmützen und Rentiergeweihen auf dem Kopf und Christbaumkugelohrringen in die Stadt fuhren, um ihre letzten Weihnachtseinkäufe zu tätigen. Es gelang ihm, einen Fensterplatz zu ergattern. Ihm war flau im Magen. Zu seinem Kater und der Angst um Lizzy kam jetzt auch noch die schlechte Luft im Waggon und der Geruch nach allen möglichen Parfüms, Schweiß und kaltem Zigarettenrauch.

Er saß mit eingezogenen Schultern, verschränkten Armen und hängendem Kopf auf seinem Platz und betete, der Zug möge schneller fahren. Da er weder eine Zeitung noch jemanden zum Reden hatte, blieb ihm nichts anderes übrig, als die Fahrtzeit zum Nachdenken zu nutzen, was ihm überhaupt nicht gefiel.

Er verfluchte sich einmal mehr dafür, dass er am Abend zuvor mit den jungen Kollegen in die Bar gegangen war. Warum hatte er nicht daran gedacht, dass Lizzy den Baum schmücken wollte? Warum war er nicht nach dem ersten Cocktail verschwunden? Das hätte er ohne Weiteres tun können. Warum war er nicht früher nach Hause gefahren, anstatt sich nach Mitternacht betrunken in ein Taxi zu setzen?

Weil er sich noch einmal jung fühlen wollte? Weil er es genossen hatte, mit den jungen Leuten zu trinken und zu lachen? Weil er eitel und egoistisch und oberflächlich und unsensibel war? Oder bestenfalls gedankenlos? Oder schlimmstenfalls selbstsüchtig? Welcher Mann benahm sich so? Einer, der sich vor dem Altwerden fürchtete. Einer, der die Liebe einer Frau wie Lizzy nicht verdient hatte.

Simon wusste, dass er jünger wirkte, als er war, weil er sich pflegte und gut kleidete und dreimal pro Woche joggte, um sich fit zu halten. Aber es war nicht zu übersehen, dass sein Haar dünner wurde und er Geheimratsecken bekam, und dass er sein Haar viel kürzer tragen musste, denn es gab nichts Peinlicheres als alte Männer mit schütterem langem Haar. Außerdem hatte er inzwischen auch ein paar graue Strähnen. Okay, die grauen Schläfen sahen vornehm aus – oder bekam man das nur von anderen gesagt, oder redete man sich das nur selber ein, um sich davon abzulenken, dass man tatsächlich alt wurde?

Es hatte ihm einfach gefallen, sich noch einmal so richtig gehen zu lassen, mehr nicht. Auf keinen Fall hatte er ein Interesse daran, irgendeine von seinen jungen Kolleginnen anzubaggern. Okay, er hatte ein bisschen geflirtet, aber bei der Vorstellung, irgendwie intimer zu werden, musste er sich schütteln. Dass man ihm nachsagen könnte, er sei ein Schürzenjäger, war ihm ein Graus.

Es gab genug Männer in seinem Alter, die in viel zu engen Jeans und taillierten Jacketts herumliefen, Typen mit gegeltem Haar, die um attraktive Frauen um die dreißig herumscharwenzelten. Sie glaubten, unwiderstehlich zu sein, mit ihrem Charme und ihrer Kohle auf dem Bankkonto. Aber Simon hatte oft genug beobachtet, wie diese jungen Frauen sich heimlich angegrinst hatten. In so eine peinliche Situation würde er sich nie im Leben begeben. So ein Typ war er einfach nicht.

Aber er war es einmal gewesen, rief er sich in Erinnerung.

Er schwitzte in dem überheizten Waggon. Hin und wieder stimmten ein paar junge Leute Lieder wie »Rocking Around the Christmas Tree« an und versuchten, die übrigen Fahrgäste zum Mitsingen zu bewegen. Simon konnte sich nicht dazu überwinden.

»Kopf hoch, Kumpel! Es wird alles gut!«, sagte ein gut gelaunter junger Mann zu ihm.

Er seufzte und wischte sich die Stirn mit dem Handrücken. In zehn Minuten würden sie in Birmingham sein.

Nina.

Nina war sein Sündenfall gewesen. Oder war sie der Katalysator gewesen? Sie hatten keine Affäre gehabt, das nicht. Andererseits, was genau machte eine Affäre eigentlich aus? War es schon Untreue, wenn man für eine andere Frau Gefühle hatte? War das emotionaler Verrat?

Nina hatte den Copyshop neben seinem Büro geführt, wo er häufig Broschüren und Flugblätter hatte drucken lassen. Sie hatten sich unterhalten, während Simon gewartet hatte, und so waren sie sich nähergekommen. Nina war freundlich gewesen, und die Gespräche mit ihr hatten ihm gutgetan in einer Zeit, als er ziemlich verzweifelt war, weil er nicht wusste, wie er alles unter einen Hut bekommen sollte – den Job, die zwei kleinen Kinder und eine extrem anspruchsvolle Frau. Mo und Lexi waren in einem Abstand von anderthalb

Jahren auf die Welt gekommen, aber Amanda sah keinen Grund, ihren Lebensstil zu ändern, sondern ging weiterhin nächtelang aus und blieb bis mittags im Bett liegen. Simon hatte kein Problem damit, für die Familie ein bisschen kürzerzutreten, aber Amanda schien kein Interesse an irgendeiner Art von Familienleben zu haben, und es kam ihr auch nicht in den Sinn, dass man in einer Ehe Kompromisse eingehen musste.

Als Simon Nina von Amanda erzählte, ihr schilderte, wie fordernd und zugleich rücksichtslos sie war, war Nina entsetzt gewesen. Sie hatte ihm Mut gemacht, sich endlich zur Wehr zu setzen.

»Du stehst total unter ihrem Pantoffel.« Sie war fünf Jahre jünger als Simon, aber sie nahm kein Blatt vor den Mund.

Amanda reagierte entsetzt, als sie feststellte, dass Simon nicht mehr alles mit sich machen ließ.

»Was ist neuerdings in dich gefahren?«, fauchte sie ihn an, als er sich weigerte, an einem Samstag auf Mo und Lexi aufzupassen, damit sie ins Fitnessstudio gehen konnte, und stattdessen vorschlug, sie sollten zusammen einen Ausflug in den Wald machen.

»Hinterher können wir noch in ein Café gehen«, sagte er, doch sie sah ihn an, als hätte er den Verstand verloren.

»In ein Café?«, wiederholte sie verächtlich.

Das Problem war, dass Amanda sich nicht mit einfachen Dingen begnügen konnte. Für sie konnte nichts teuer und extravagant genug sein, und Simon fragte sich, warum ihm das nicht aufgefallen war, bevor er sie geheiratet hatte.

Eines Abends, als Nina länger im Copyshop geblieben war, um ein paar Broschüren für ihn zu drucken, die dringend fertig werden mussten, hatte er sie hinterher noch auf einen Drink eingeladen. Eine ganz harmlose Sache. Sie waren in ein

Pub an der Ecke gegangen, und nach dem Drink hatte Nina gesagt, sie habe Hunger, und da Simon auch Hunger hatte, hatte er vorgeschlagen, Pizza zu bestellen. Sie hatten beide die Pizza Quattro Staggioni genommen. Er erinnerte sich noch daran, dass der Belag in genau vier Viertel aufgeteilt war: Schinken, Pilze, Oliven und Artischocken.

»Ich habe keine Lust, nach Hause zu gehen«, sagte Simon, nachdem er bezahlt hatte.

Sie schaute ihn an, auch sie spürte die entspannte, vertraute Atmosphäre zwischen ihnen, die es nahelegte, mehr daraus zu machen.

»Besser nicht«, sagte sie verlegen und nahm ihre Jacke vom Stuhl.

»Oh, ich wollte dich nicht kränken, ich …«

»Das hast du nicht. Im Gegenteil.« Ihre Blicke begegneten sich, und er sah Verwirrung, Angst und Traurigkeit in ihren Augen. Aber auch eine Warnung. »Es wäre … einfach nicht recht.«

Simon steckte die Rechnung ein, dann begleitete er Nina zur Tür, und sie verabschiedeten sich. Nina ging sehr schnell, ohne sich noch einmal umzusehen, und er fragte sich, was in ihr vorgegangen war – ob sie in Versuchung gewesen war, ob sie sich ebenso wie er wünschte, sie wären sich unter anderen Umständen begegnet. Auf dem Heimweg empfand er Bedauern. Es schien ihn regelrecht zu verhöhnen. Einen Moment lang hatte er von einem anderen Leben geträumt, von einer gleichberechtigten Beziehung, einer Beziehung, in der mehr Platz für Zuneigung war, in der er ein besserer Ehemann und Vater war.

Amanda hatte die Rechnung gefunden. Je selbstbewusster Simon geworden war, desto misstrauischer war sie geworden. Es war nur eine Rechnung aus dem Pub in der Nähe seines

Büros, und es waren nur zwei Pizzas und eine Flasche Chianti aufgeführt, aber das hatte ihr als Beweis gereicht.

Jetzt fragte sich Simon, ob er vielleicht gewollt hatte, dass Amanda die Rechnung fand. Nina hatte ihm damals leidgetan, denn sie gab sich die Schuld am Zerbrechen seiner Ehe, obwohl er sich befreit fühlte. Inzwischen hatte sie einen Freund, einen jungen Anwalt, der ihre Augen zum Leuchten brachte. Simon wusste, dass Nina sich nie auf eine Beziehung mit ihm eingelassen hätte, denn ihr hätte immer der Makel seiner gescheiterten Ehe angehaftet.

Aber dann war ein Wunder geschehen. Dann war er der Frau begegnet, die für ihn bestimmt war. Seine geliebte Lizzy: die urige, lustige, liebevolle Lizzy. Seit dem Moment, als sie ihm auf Amandas Hochzeitsempfang zu Hilfe geeilt war, nachdem Mo ihm Hemd und Jackett vollgespuckt hatte, war ihm klar gewesen, dass sie die Richtige war.

Jetzt lehnte er sich zurück und schloss die Augen, die vom Schlafmangel ganz trocken waren. Das Rattern des Zugs war einschläfernd, und er döste ein bisschen. Wenn er sich etwas wünschen dürfte, dann würde er sich wünschen, dass Lizzy zu Hause war, wenn er zurückkam, dass sie in der Küche stand und Würstchen im Schlafrock vorbereitete, die sie zusammen essen würden, wenn sie vom nachmittäglichen Gottesdienst in Astley kamen. Der Besuch des Gottesdienstes mit dem Krippenspiel gehörte zu ihren Weihnachtsritualen, obwohl sie gar nicht religiös waren. Sie mochten die Geselligkeit. In der Kirche trafen sie immer irgendwelche Freunde, die sie hinterher noch auf einen Drink zu sich nach Hause einluden.

Er seufzte und warf einen Blick auf sein Handy. Erfreut sah er, dass eine SMS eingegangen war, aber sie war von Lexi, die gerade unterwegs zum Flughafen war. Er rief sie an.

»Hallo Dad!«, sagte seine älteste Tochter. »Wir haben gerade eingecheckt.«

»Ich wollte euch nur einen guten Flug wünschen. Alles okay?«

»Klar. Mo ist gestern Abend mit seinen Kollegen versackt und hat einen Kater, aber das ist sein Problem.«

Simon lachte. »Ich hab dasselbe Problem. Aber er kann wenigstens im Flugzeug schlafen. Wie geht's eurer Mutter?«

Seltsamerweise machte er sich immer noch Gedanken, ob es Amanda gut ging, obwohl er längst nicht mehr für sie verantwortlich war. Und obwohl sie wegen ihrer Selbstsucht zum Teil daran schuld war, dass Lizzy jetzt verschwunden war.

»Ach, du kennst sie ja. Sobald wir im Duty-Free sind, geht's ihr blendend.«

Amanda würde mal wieder einen Großeinkauf machen, das war klar.

Simon überlegte, ob er etwas davon erwähnen sollte, dass Lizzy auf und davon war, sagte sich jedoch, dass es Unsinn war, Mo und Lexi in die Sache hineinzuziehen. Vorerst jedenfalls. Er wollte nicht, dass Amanda davon erfuhr und sich womöglich bemüßigt fühlte, Spekulationen anzustellen und sich an seinem Kummer zu ergötzen …

Er seufzte. Er sollte nicht bei jeder Gelegenheit so schlecht von seiner Ex-Frau denken. Das tat niemandem gut.

»Viel Spaß in Val-d'Isère! Ich ruf euch Weihnachten kurz an.«

»Frohe Weihnachten, Dad. Ich muss jetzt los.« Lexi machte ein schmatzendes Kussgeräusch und beendete das Gespräch.

Einen Moment lang fragte er sich, wie sein Leben wohl verlaufen wäre, wenn Amanda und er zusammengeblieben wären. Würden sie jetzt alle vier in dieses Flugzeug steigen?

Aber er wollte es sich gar nicht vorstellen. Dann hätte er Lizzy nicht. Und auch Hattie und Luke nicht.

Wo mochte Lizzy bloß stecken? Eine Auszeit. War sie vielleicht in irgendein Wellness-Center gefahren? Oder war sie womöglich irgendwo hingeflogen?

»Nächster Halt Birmingham Snow Hill«, ertönte die Ansage aus dem Lautsprecher. Alle sprangen wie auf Kommando auf und drängten Richtung Tür. Simon blieb wie angenagelt auf seinem Platz sitzen. Jetzt, wo sie angekommen waren, wäre er am liebsten immer weitergefahren. Aber die Endstation war Stourbridge, und da wollte er nun wirklich nicht landen. Also stand er auf und kämpfte sich zum Ausgang. Er musste schnell das Auto holen und zurückfahren.

»He, drängel nicht so, Kumpel!«

Jemand stieß ihn mit dem Ellbogen an. Simon beachtete ihn nicht weiter.

Er brauchte zehn Minuten bis zu dem Gebäude, in dem sein Büro untergebracht war. Er betätigte den automatischen Türöffner an seinem Schlüsselbund, um das Sicherheitstor zu öffnen, und hoffte, ungesehen hinein und wieder heraus zu gelangen. Eigentlich dürfte heute niemand da sein. Das Büro hatte offiziell über Weihnachten geschlossen.

»Du siehst ziemlich fertig aus.« Colin kam gut gelaunt aus dem Hintereingang, wie üblich in schwarzem Polohemd, Tweedjackett und ausgebeulter Hose. Natürlich war er da. Er würde wahrscheinlich auch morgen da sein. Er blieb immer am Ball. Er war sechs Tage die Woche im Büro, und das war ein Grund dafür, warum die Firma so florierte. Er zahlte gut und war großzügig in Bezug auf Urlaubstage, denn er wusste, dass nur zufriedene Mitarbeiter ihr Bestes gaben. Dass er selbst lebte, um zu arbeiten, bedeutete nicht, dass er das auch von seinen Angestellten verlangte.

Simon war sich ziemlich sicher, dass Colin ihn darauf vorbereitete, eines Tages sein Nachfolger zu werden.

»Einer musste schließlich die Moral der Truppe hochhalten«, erwiderte Simon grinsend.

»Ja, und du machst das viel besser als ich.« Colin mochte Multimillionär sein, aber er war sehr bodenständig. Extravagante Cocktails waren nicht seine Welt. »Ich hätte sie auf ein Bier und ein Solei ins Bricklayers' Arms eingeladen.«

Er kicherte, und Simon musste trotz seines Katers und seiner Sorgen lächeln. Er bewunderte Colin. Der Mann konnte auf hundert Meter Entfernung die Risse in einem Gebäude erkennen und das Kleingedruckte in einem Vertrag lesen. Und er hatte Nerven wie Drahtseile und eine Ausdauer wie ein Pferd. Simon wünschte, er hätte mehr von Colin.

»Also, genieß die Feiertage, Kumpel«, sagte Colin und tätschelte ihm den Rücken.

»Das würde ich gern …« Simon brach ab. Sollte er sich Colin wirklich anvertrauen? »Leider hab ich ein kleines Problem zu Hause.«

Colin hob seine buschigen weißen Augenbrauen. »Die Kinder?«

Simon seufzte. »Nein, Lizzy.«

»Ist sie krank?«

»Nein. Es ist ein bisschen komplizierter. Sie ist … verschwunden.«

Colins Augen weiteten sich. »Was?«

»Wir haben sie seit gestern nicht gesehen.«

»Heiliger Strohsack«, entfuhr es Colin. »Lizzy? Aber sie … sie ist doch sonst immer der Fels in der Brandung, oder?«

»Ja. Deswegen mach ich mir ja auch solche Sorgen. Als ich heute Morgen in die Küche kam, lag ein Zettel mit einer

Nachricht da. Es stand nicht viel mehr drauf als *Ihr kommt bestimmt klar, ich bin dann mal weg.*«

Ein- oder zweimal im Jahr luden Colin und seine Frau Simon und Lizzy zu einem opulenten Abendessen ein. Colin war ein eingefleischter Familienmensch. Und er amüsierte sich jedes Mal prächtig mit Lizzy.

Colin ließ die Information sacken. Er war ein nachdenklicher Mann, der instinktiv, aber nie impulsiv handelte. »Könnte das Alter sein.«

Simon runzelte die Stirn.

»Ich sage nur, Samthandschuhe. Du musst sie mit Samthandschuhen anfassen. Als wäre sie aus Porzellan. Und ganz allgemein: Halt die Klappe. Man kann sowieso nie das Richtige sagen.«

»Wie meinst du das?«

»Sei auf der Hut«, sagte Colin. »Selbst die sanftmütigste und freundlichste Frau kann sich in dem Alter in eine Xanthippe verwandeln.«

Simon sah ihn mit schmalen Augen an. Er wusste, dass Colin kein »moderner Mann« war. Dass er wahrscheinlich noch Sätze sagte wie: »Sie hat mal wieder ihre Tage«, was heutzutage ziemlich daneben war. Aber er besaß eine Menge Lebensweisheit. Und zweifellos sprach er aus Erfahrung.

»Eigentlich wollten wir gestern Abend alle zusammen den Christbaum schmücken«, sagte Simon. »Aber ich hab's vergessen. Das heißt, wir alle drei haben es vergessen.«

Colin verzog das Gesicht. »Oha. Wenn das so ist, dann kaufst du ihr am besten ein richtig gutes Geschenk. Etwas, das sie sich schon lange wünscht.«

»So ist Lizzy nicht.« Amanda war so gewesen. Ein solcher Fauxpas hätte ein extrateures Geschenk erfordert.

»Wie wär's mit einem Urlaub«, sagte Colin. »Buch einen

Kurzurlaub für sie. Nach Venedig oder nach Santorini würde ich vorschlagen.«

»Ich kann nichts buchen, solange wir sie nicht gefunden haben«, entgegnete Simon.

Colin nickte. »Sie kommt wieder, wart's ab. Schließlich ist Weihnachten, oder? Der Druck ist zu groß. Deswegen gehe ich mit meiner Familie ins Lygon Arms essen und überlasse den Stress anderen Leuten.«

Simon stellte sich Colin vor, wie er gut gelaunt und mit roten Wangen im Kreis seiner Kinder und Enkelkinder am Kopfende des Tischs saß, während Kellner teuren Wein einschenkten, den Colin sowieso nicht trank (er bevorzugte Bier), aber ohne mit der Wimper zu zucken bezahlte.

Simon stieg in seinen Wagen, und Colin klopfte zum Abschied aufs Dach. Mit zitternden Händen ergriff Simon das Steuerrad.

Ach, Lizzy, dachte er. Du dummes Mädchen. Wo in aller Welt steckst du? Wir *brauchen* dich.

KAPITEL 17

Harley zog die Vorhänge auf, um das fahle Morgenlicht hereinzulassen, das kaum reichte, um die Schatten zu vertreiben. Er betastete seine Nasenspitze: Sie war eiskalt. Die ganze Hütte war völlig ausgekühlt, und er machte sich daran, den Holzofen wieder anzuheizen.

Es wunderte ihn, dass er nicht eher aufgewacht war. Normalerweise weckten ihn die Möwen, und er war es gewohnt, früh aufzustehen. Die Frau, die am Vorabend unerwartet vor der Tür gestanden hatte, war fort. Das Bett auf der Empore war leer, und ihr Mantel war weg. Allerdings hatte sie ihre Zahnbürste im Bad liegen lassen, vielleicht war sie also nur kurz rausgegangen, um etwas fürs Frühstück einzukaufen.

Er nahm seine Jacke von der Sessellehne und holte die zerknitterte Weihnachtskarte aus der Tasche. Sie war billig und aus dünnem Papier, und von dem Glitzerstaub war nicht mehr viel übrig, was ihn ein bisschen traurig machte. Wahrscheinlich gab es im Gefängnis keine große Auswahl. Er stellte sich vor, wie sein Vater die Karte geschrieben hatte. Hatte er dabei in seiner Zelle gehockt und auf einem kaputten Kuli herumgekaut? Oder hatte er in einem Aufenthaltsraum gesessen und seine Worte gewählt, während um ihn herum alle durcheinanderredeten und lachten? Harley wurde bewusst, dass er keinen blassen Schimmer hatte, wie das Leben seines Vaters aussah.

Er las die Karte zum hundertsten Mal, seit sie zusammen mit dem Adventskalender eingetroffen war. Zum Glück hatte er das Päckchen gefunden, bevor seine Mutter es entdeckt hatte. Sie hätte es ihm zwar nicht abgenommen, aber sie hätte sich aufgeregt. Alles, was sie an Richie erinnerte, regte sie auf.

Lieber H,
ich weiß, dass du eigentlich schon zu groß bist für so ein albernes Geschenk, aber für Star Wars ist man nie zu alt. Jedenfalls wollte ich dir frohe Weihnachten wünschen. Ich denke jeden Tag an dich und River. Und noch etwas möchte ich dir sagen: Du bist jetzt achtzehn, das bedeutet, dass du mich von jetzt an besuchen darfst, wann immer du willst. Ich verstehe vollkommen, dass deine Mutter nichts mehr mit mir zu tun haben will. Ich habe sie furchtbar enttäuscht. Ich habe euch alle enttäuscht. Aber ich würde mich wirklich sehr über eine Chance freuen, dir alles erklären zu können.
Wie leicht es ist, aus Gründen, die man für gut hält, falsche Entscheidungen zu treffen. Ich bin dein Vater, und es ist meine Aufgabe, dir beizubringen, was richtig ist und was falsch ist. Und ich weiß, dass ich das Falsche getan habe. Ich lege dieser Karte einen Zettel mit meiner Registriernummer und der Telefonnummer bei, wo du anrufen musst, wenn du einen Besuchstermin vereinbaren möchtest. Es würde mir sehr viel bedeuten. Du und River, ihr seid meine Kinder. Ich bin mächtig stolz auf euch, und ich möchte euch nicht verlieren. Aber fühl dich nicht unter Druck gesetzt. Die Entscheidung muss von dir kommen. Habt ein schönes Weihnachtsfest.
Ich hab dich lieb,
Dad

Harley stieß einen tiefen Seufzer aus. Jedes Mal, wenn er die Karte las, verwirrte sie ihn nur noch mehr. Er hatte gehofft, wenn er von zu Hause wegginge, würde er klarer sehen, aber dem war nicht so. Er legte die Karte auf die Glasplatte des Sofatischs und ließ sich mit einem Stöhnen aufs Sofa fallen.

Über seinen Vater konnte er sich später noch den Kopf zerbrechen. Zuerst musste er mit seiner Mutter reden, musste ihr erklären, was er getan hatte, dann konnte er Pläne für einen Besuch im Gefängnis machen. Er nahm sein Handy, doch seine Daumen verharrten über dem Display, weil er nicht wusste, wie er seine Gefühle zum Ausdruck bringen sollte.

In diesem Moment ging die Tür auf, und da stand Lizzy. Ihre Wangen waren gerötet. Sie mühte sich mit mehreren Taschen und einem kleinen Koffer ab.

»Hi!«, sagte sie. »Du hast tief und fest geschlafen, als ich gegangen bin.«

Er sprang auf. »Sie hätten mich wecken sollen. Ich hätte Ihnen geholfen.«

Er nahm ihr den Koffer ab und trug ihn in die Hütte. Sie folgte ihm keuchend.

»Ich habe eingekauft«, sagte sie. »Tee und Kaffee und Milch und Schinken und Speck. Lust auf Frühstück? Ich jedenfalls kann an gar nichts anderes denken. Ich hab einen Mordshunger.«

»Klingt super«, sagte Harley, lächelte diesen Wirbelwind von Frau an und wunderte sich, wie sehr er sich freute, dass sie nicht gegangen war. »Soll ich schon mal Wasser aufsetzen?«

»Ich bitte darum!« Lizzy wuchtete zwei prall gefüllte Plastiktüten auf die Küchenanrichte und begann, ihre Einkäufe auszupacken.

Die neue Küche gefiel ihr. Sie konnte sich noch gut erinnern, wie Caroline und sie früher auf zwei Gasflammen gekocht und sich in einer kleinen Mikrowelle Sachen aufgewärmt hatten. Sie hatten sich hauptsächlich von gebackenen Bohnen und Spaghetti in Tomatensoße aus der Dose, hart gekochten Eiern und Kartoffelchips ernährt. Und ab und zu hatten sie sich ein Sandwich mit Würstchen und viel Tomatensoße gegönnt. Über Kalorien hatten sie sich damals keine Gedanken gemacht.

Jetzt gab es einen Induktionsherd und einen Toaster im glänzenden Kupferlook passend zum Wasserkocher. Es war alles ziemlich eindrucksvoll, aber wenn sie ehrlich war, hatte ihr die alte Hütte mit ihren Unzulänglichkeiten besser gefallen. Sie hatten emaillierte Teller benutzt und Plastikbecher und alte Gläser, die Carolines Mutter von zu Hause mitgebracht hatte, Sachen, die normalerweise weggeworfen worden wären, aber in der Hütte führten sie ein zweites Leben.

»Die Küche ist besser ausgestattet als die bei mir zu Hause«, sagte sie zu Harley, während sie die Eier zu dem brutzelnden Speck in die Pfanne schlug. »Kannst du ein paar Scheiben Brot toasten?«

Die Hütte mochte vielleicht luxuriös und modern sein, aber sie hatte nicht viel Charakter. Nicht dass Lizzy sich beklagte – einem geschenkten Gaul schaut man nicht ins Maul, sagte sie sich. Sie bewunderte die schweren, handgetöpferten Henkeltassen und die passenden, mit türkisfarbener Glasur überzogenen Teller, ebenso die verschieden großen Rot- und Weißweingläser.

Harley und Lizzy setzten sich an den Tisch und aßen schweigend ihr Frühstück, während die Sonne allmählich höher stieg. Es versprach ein schöner Tag zu werden.

»Hier draußen«, sagte Harley schließlich, »kann man all seinen Kummer vergessen. Es ist, als könnte einem hier nichts Böses zustoßen.«

»Ja, das stimmt«, sagte Lizzy. »Ich war schon seit Jahren nicht mehr hier, aber so habe ich mich früher, wenn ich mit Caroline hier war, auch schon immer gefühlt.« Nachdenklich schaute sie ihn an. »Möchtest du darüber reden?«

Er wischte sich einen Krümel aus dem Mundwinkel. »Ich kann Weihnachten nicht nach Hause. Also, eigentlich ist es gar nicht mein Zuhause. Das Haus gehört dem Freund meiner Mutter.«

»Verstehe.«

»Ich wäre froh, wenn es wieder so wäre wie am Anfang, als wir hierhergezogen sind. Da waren wir zu dritt, meine Mutter, mein kleiner Bruder River und ich. Wir hatten nur eine ganz kleine Wohnung, aber es fühlte sich an wie ein Zuhause.«

Er ließ den Rest Tee in seiner Tasse kreisen und betrachtete ihn, als könnte er darin eine Lösung für seine Probleme finden.

»Leider ist es so«, sagte Lizzy, »dass nichts bleibt, wie es ist. Nie.«

Harley blickte auf. »Ich weiß. Aber ich kann ihn nicht ausstehen. Den … Freund meiner Mutter. Oder wie man ihn nennen soll. Tony.« Er spuckte den Namen fast aus. »Ich habe mich wirklich bemüht, seine guten Seiten zu sehen. Und zu verstehen, was meine Mutter an ihm findet. Aber …«

Er sank in sich zusammen, ihm fehlten die Worte.

Lizzy legte ihm eine Hand auf den Arm. »Stiefvater oder Stiefmutter zu sein ist sehr schwer«, sagte sie. »Das weiß ich aus eigener Erfahrung. Mein Mann hat zwei Kinder aus erster Ehe, und mir fällt es noch immer nicht leicht, damit umzugehen. Mit den ganzen Familienproblemen.«

Harley schaute sie an. Seine Augen waren so grün wie Smaragde, und er wirkte bekümmert. »Er macht mir Angst.«

Er sagte das so trocken, dass Lizzy eine Gänsehaut bekam.

»Heißt das, er ist gewalttätig?«

Harley wählte seine Worte mit Bedacht. »Nicht direkt …«

»Aber?«

»Erst gestern hatte ich wieder das Gefühl, als wollte er …« Es fiel ihm schwer auszusprechen, was er dachte. »Als wollte er mich provozieren. Als würde er es darauf anlegen, dass ich auf ihn losgehe. Er hat mich verspottet. Er hat in meinem Zimmer rumgeschnüffelt. Wollte sich überzeugen, dass ich kein Marihuana unterm Bett horte. Als wäre ich automatisch ein Drogendealer, bloß weil mein Vater schwarz ist. Er weiß ganz genau, dass er mich damit auf die Palme bringt.«

»Das hört sich aber so an, als hättest nicht du ein Problem, sondern er.«

»Jedenfalls halte ich es nicht aus mit ihm im selben Haus«, sagte Harley.

Seine Augen funkelten wütend. Lizzy hatte fast den Eindruck, dass er mit den Tränen kämpfte.

»Gestern hätte er mich fast so weit gehabt. Er stand ganz dicht vor mir und …« Er machte eine Handbewegung. »Er wollte, dass ich zuschlage. Das weiß ich ganz genau.« Er rieb sich das Gesicht. »Dann könnte er meiner Mutter nämlich beweisen, dass ich genauso ein Versager bin wie mein Vater.« Er lächelte schief. »Also, die ganze Sache ist ziemlich verfahren.«

Lizzy schaute auf das Meer hinaus und dachte nach. Es war eine schwierige Situation, und sie wollte ihm keinen falschen Rat geben.

»Vielleicht ist eine Auszeit tatsächlich genau das Richtige«, sagte sie. »Nur schade, dass es gerade an Weihnachten passiert.«

»Meine Mutter ist bestimmt total enttäuscht. Sie wünscht sich so sehr, dass wir uns alle gut verstehen und eine glückliche Familie werden. Aber an mir liegt's nicht, wirklich nicht. Sie kapiert einfach nicht, was er für ein Typ ist.«

»Sind die beiden schon lange zusammen?«

»Zwei Jahre. Am Anfang war er echt nett. Wir dachten, es würde alles wieder gut. Wir hatten nämlich ziemlich harte Zeiten hinter uns. Mein Vater war ins Gefängnis gekommen. Alle denken immer sofort an Drogen. Aber er ist wegen Betrugs verurteilt worden. Mein Vater war Finanzberater. Er ist intelligent, aber das hat ihm nicht geholfen. Er hat unser ganzes Geld an der Börse verzockt.«

»Wie furchtbar«, sagte Lizzy.

»Ja. Sein Partner und er haben das Geld in ein riskantes Investitionsprojekt gesteckt.«

»Ach Gott.«

»Und nicht nur unser Geld war zum Teufel, sondern auch das von unseren Freunden. Das konnte meine Mutter ihm nicht verzeihen. Und dann all das Gerede. Alle haben sich von ihr abgewandt. Deswegen sind wir schließlich hierhergezogen. Als Kind ist sie hier immer im Urlaub gewesen. Sie dachte, es wäre schön für River, am Meer aufzuwachsen. Und sie dachte, es wäre besser für mich, hier aufs College zu gehen anstatt in einer Großstadt. Wahrscheinlich hatte sie Angst, dass ich auf die schiefe Bahn geraten könnte. Bei dem Vater …«

»Du wirkst aber nicht wie einer, der auf die schiefe Bahn geraten könnte.«

Harley lächelte. »Natürlich nicht. Ich bin ein Engel.«

»Und was hast du jetzt vor? Du solltest deiner Mutter sagen, wo du bist. Sie macht sich bestimmt Sorgen.«

Harley betrachtete sein Handy. »Ich hab ihr gestern gesagt, ich würde bei einem Kumpel übernachten. Noch macht sie sich also keine Sorgen. Vielleicht schick ich ihr einfach eine SMS und schreib ihr, dass ich vorerst nicht nach Hause komme.« Er verzog das Gesicht.

Lizzy sah ihm an, dass ihn das alles sehr belastete. »So etwas macht man immer besser von Angesicht zu Angesicht«, sagte sie. »Als Mutter würde ich mir das wünschen, glaub's mir. Eine Chance zu bekommen, über alles zu reden.«

Harleys Mutter tat ihr leid. Die Ärmste hatte offensichtlich einiges durchgemacht. Und jetzt war sie auch noch zwischen zwei ihr wichtigen Menschen hin- und hergerissen. Sie war wirklich nicht zu beneiden.

»Sie ist den ganzen Tag aus dem Haus. Sie hat einen Stand auf dem Candlelight Market in Micklestone. Sie stellt Kränze her.«

»Kränze?«, fragte Lizzy erschrocken.

Harley lachte. »Nicht für Beerdigungen, keine Bange, für Weihnachten.«

»Oh, verstehe. Wir könnten doch hinfahren. Mit dem Auto. Ein Weihnachtsmarkt – ist doch nett.«

»Finden Sie?« Er wirkte skeptisch.

»Ja. Ich bin in diesem Jahr noch gar nicht dazu gekommen, auf Weihnachtsmärkte zu gehen. Dabei macht es so viel Spaß, dort Dinge zu kaufen, die man eigentlich nicht braucht, und Sachen zu essen, die man nicht essen sollte.« Lizzys Augen leuchteten. »Micklestone ist doch nicht weit von hier, oder?«

»Zwölf, dreizehn Kilometer … Ja, das wäre echt super«, sagte er. »Nach Hause geh ich nämlich nicht. Das kann ich nicht.«

Lizzy sprang auf. »Also, los. Dann wollen wir keine Zeit verlieren.«

Harley schöpfte neuen Mut. Lizzy hatte etwas an sich, das ihn tröstete. Sie urteilte nicht, und sie war klug. Er öffnete den Mund, um sie zu fragen, was denn eigentlich passiert war, warum in aller Welt sie hier in der Strandhütte war, aber sie war bereits dabei, den Tisch abzuräumen und die Teller in die Spüle zu stellen. Sie wirkte ein bisschen aufgedreht, ein bisschen überspannt, so als würde sie etwas überspielen, und etwas an ihrer Körpersprache sagte ihm, dass es besser war, sie nicht zu fragen. Jedenfalls noch nicht.

KAPITEL 18

Cynthia erwachte aus einem langweiligen Traum – selbst ihre Träume waren neuerdings langweilig. Sie öffnete die Augen und sah ihr Handy, wie es langsam über den Nachttisch kroch, als sei es fest entschlossen, sich über den Rand zu stürzen. Das machte es immer, wenn sie es auf »stumm/vibrieren« schaltete, und es war ihr immer wieder unheimlich. Sie griff lustlos danach und versuchte, den Namen auf dem Display zu lesen. Sie hatte ihre Brille nicht auf, meinte aber zu erkennen, dass es Amanda war.

Sie konnte kein Telefon klingeln lassen, selbst wenn jemand anrief, mit dem sie eigentlich gar nicht reden wollte. Sie rutschte ein bisschen höher im Bett, sodass sie sich an das mit hellgrauem Samt bezogene Kopfteil lehnen konnte. Wie viele Schlaftabletten hatte sie am Abend genommen? Wenn es zwei gewesen waren, würde das erklären, warum sie keinen klaren Kopf bekam. Es war eine dumme Angewohnheit, aber der Tiefschlaf, den die Pillen ihr bescherten, war einfach zu köstlich.

»Cynth! Wir sitzen gerade in der Abflughalle und trinken Buck's Fizz!«

Amanda klang rundum zufrieden. Wahrscheinlich rief sie vom Flughafen aus an. Der Gedanke versetzte Cynthia einen Stich. »Schön.«

»Hör zu. Ich dachte, ich ruf dich besser an, um dich vorzuwarnen.«

»Wieso vorwarnen?«

»Ich glaube, Simon hat Lizzy nichts davon erzählt, dass du über Weihnachten bei ihnen bist.«

»Oh.« Sie versuchte sich zu erinnern, was für dieses Jahr geplant war. Ach ja. Amanda hatte versprochen, dafür zu sorgen, dass Cynthia die Weihnachtstage bei Simon verbringen konnte, da sie sich in letzter Minute für einen Skiurlaub entschieden hatte. Das war vor ein paar Tagen gewesen. Cynthia hatte noch nicht mit Simon darüber gesprochen. Sie wusste, dass er im Dezember beruflich immer besonders viel zu tun hatte. Sie nahm sich vor, ihn am Abend anzurufen und zu fragen, um wie viel Uhr er sie abholen würde und was sie mitbringen sollte.

»Ich hab Lizzy gestern zufällig getroffen, und sie hatte keine Ahnung, dass du Weihnachten bei ihnen bist, deswegen nehm ich an, dass er vergessen hat, es ihr zu sagen. Und ehrlich gesagt, hat sie ein bisschen … komisch reagiert, als sie es von mir erfahren hat.«

»Komisch?« Cynthia spürte, wie etwas ihre Brust zusammenschnürte.

Amanda seufzte. »Ich will Simon keinen Stress machen, weil er es ihr nicht gesagt hat, dann regt er sich nur wieder über mich auf. Aber sie schien jedenfalls nicht gerade begeistert zu sein.«

»Ach so.« Nein, dachte Cynthia. Lizzy war garantiert nicht begeistert.

»Du weißt ja, wie sie ist. Wahrscheinlich hat sie schon alles bis auf die letzte Kartoffel geplant und durchorganisiert. Lizzy ist einfach nicht besonders spontan. Überall sieht sie nur Probleme.«

Cynthia runzelte die Stirn. Das stimmte nun wirklich überhaupt nicht. Lizzy war sehr tüchtig und ganz unproblematisch, ganz im Gegensatz zu Amanda, die ihren Willen hatte und sehr herrschsüchtig war. Die beiden Frauen konnten gar nicht unterschiedlicher sein.

»Also, ich möchte Lizzy in keiner Weise zur Last fallen«, sagte Cynthia, der das Gespräch unangenehm war. Sie wünschte, sie wäre nicht ans Handy gegangen.

»Du musst mit Simon reden. Der biegt das schon hin. Wahrscheinlich hat er nur vergessen, es zu erwähnen. Du weißt ja, wie er ist, wenn er unter Druck steht.«

Amanda sagte das in einem Ton, als hätte sie immer noch täglich darunter zu leiden, dass Simon zu viel arbeitete. Das ärgerte Cynthia. Ihr Sohn war ein Arbeitstier, genau wie sein Vater, und daran war nichts auszusetzen. Sie war sehr stolz auf ihn. Sie wollte etwas entgegnen, doch Amanda kam ihr zuvor.

»Unser Flug wird gerade aufgerufen. Ich muss los. Frohe Weihnachten, Cynth. Ich bring dir was aus dem Duty-Free mit.«

Sie legte auf.

Cynthia seufzte. Sie legte das Handy wieder auf ihrem Nachttisch ab und versuchte abzuschätzen, wie vernebelt ihr Hirn heute Morgen war. Sie mochte es vernebelt. Klarheit war beunruhigend, weil man alles so deutlich sah. Sie sah gern alles verschwommen, deswegen ging sie immer so spät wie möglich ins Bett und nahm Schlaftabletten. Das fehlte ihr noch, dass sie putzmunter aufwachte.

Aber die Wahrheit hatte sich durch den Nebel hindurchgearbeitet. Natürlich passte es Lizzy nicht, dass sie über Weihnachten zu ihnen kam. Das war ihr von Anfang an klar gewesen, denn es passte ihr nie. Aber eigentlich hatte Cynthia gehofft, sie könnten es hinter sich bringen wie sonst auch, indem sie so taten, als wäre alles in Ordnung. Aber Amanda hatte sie an ihrem wunden Punkt getroffen und ihr noch einmal schmerzlich bewusst gemacht, was für ein tiefer Graben zwischen ihr und ihrer zweiten Schwiegertochter klaffte.

Zwischen ihr und der Schwiegertochter, die sie unendlich viel lieber hatte, auch wenn sie das niemals irgendjemandem gegenüber zugeben würde.

Sie setzte sich auf die Bettkante. Der champagnerfarbene Teppich fühlte sich herrlich weich unter ihren Füßen an, und sie wackelte ein bisschen mit den Zehen, bevor sie in ihre Pantoffeln schlüpfte. Sie ging zum Fenster und zog den Vorhang auf. Der Tag warf trübes Licht auf die sechs Bungalows, die einen Kreis um einen Rasenplatz bildeten, so als gäbe es anderswo Leute, die das Licht mehr verdient hatten. Sie wohnte in Copperfield Close, einer geschlossenen Wohnanlage, aber das Wort »geschlossen« hatte Cynthia noch nie gefallen. Sie kam sich ohnehin vor wie in einem Gefängnis – einem extrem teuren Gefängnis. Aber wie Simon treffend bemerkt hatte, als sie nach Nevilles Tod aus dem großen Haus hierhergezogen war: Es war eine Entscheidung »auf lange Sicht« gewesen. Denn hier konnte sie auch noch wohnen, wenn sie nicht mehr ganz zurechnungsfähig war.

Sie konnte nicht behaupten, dass ihr kleines Haus nicht hervorragend ausgestattet wäre. Es war an alle Annehmlichkeiten und alle Eventualitäten gedacht worden. Alles funktionierte per Knopfdruck. Sie konnte sogar, wenn sie nicht zu Hause war, mit ihrem Handy die Vorhänge schließen. Alle Schranktüren hatten Schließdämpfer, alle Geräte ließen sich mit einem Fingerschnipsen ein- und ausschalten. Sie brauchte noch nicht einmal Teewasser zu kochen – es gab einen speziellen Wasserhahn, aus dem kochendes Wasser kam. Die Teppichböden waren weich, die Vorhänge bodenlang, alle Lampen dimmbar.

Cynthia brauchte sich über nichts, aber auch gar nichts den Kopf zu zerbrechen. Sämtliche Kosten wurden von ihrem Konto abgebucht, ihr Strom- und Wasserverbrauch automatisch elektronisch abgelesen. Sie konnte den ganzen Tag auf dem Sofa sitzen, und alles ging seinen Gang: Der Kühlschrank wurde aufgefüllt, die Zinsen ihrer Investitionen wurden ihrem Konto gutgeschrieben, ihre Wäsche wurde abgeholt und in die Wäscherei beziehungsweise die Reinigung gebracht und ein paar Tage später wieder bei ihr abgeliefert und in die Schränke geräumt. Alle nötigen Medikamente aus der Apotheke wurden regelmäßig gebracht.

Außerdem bekam Cynthia einmal im Monat mehrere Kartons Wein geliefert, und einer von sechs gesichtslosen Lieferanten in grüner Uniform legte die Flaschen in ihren Weinkühler.

Und wenn sie irgendwohin wollte, brauchte sie nur auf einen bestimmten Knopf auf ihrem Handy zu drücken, und schon fuhr ein Chauffeur in einem weißen Mercedes vor ihrer Haustür vor. Sie hatte ihr Auto abgemeldet, denn es war preiswerter, mit öffentlichen Verkehrsmitteln zu fahren und sich ab und zu ein Taxi zu leisten, als Nevilles Jaguar zu unterhalten. Sie hatte Simon gesagt, ein Freund aus dem Golfclub hätte ihr den Jaguar abgekauft. Es war eine plausible Lüge, warum hätte er sie ihr nicht abkaufen sollen?

Aber all das gab ihr das Gefühl, als wäre sie eigentlich gar nicht da. Gut, sie war »Ladies' Captain« im Golfclub, und es gab genug Leute, die nur darauf warteten, ihren Platz zu übernehmen. Ja, sie gehörte mehreren Wohltätigkeitskomitees an. Ja, sie spielte Bridge. Ja, sie ging regelmäßig ins Konzert. Sie war beschäftigt. Aber innerlich fühlte sie sich leer. Ohne Neville war alles sinnlos.

Und Weihnachten machte es nicht besser. Mit Neville war

die Weihnachtszeit immer so beschwingt gewesen. Sie hatten ihre ganz bestimmten Rituale, die strikt eingehalten wurden.

Am ersten Wochenende im Dezember waren sie immer nach Birmingham gefahren, um die Weihnachtseinkäufe zu erledigen. Mit einer Geschenkeliste für Nevilles Angestellte waren sie ins Rackham's gegangen und hatten sich vom obersten Stockwerk nach unten durchgearbeitet, bis sie für jeden das Passende gefunden hatten. Anschließend waren sie in die Papierabteilung gegangen und hatten das Geschenkpapier des Jahres und die dazu passenden Schleifen ausgesucht.

Zum Abschluss stand dann ein Besuch im Wiener Café an – dem Druckers. Das war für Cynthia immer der Höhepunkt des Jahres gewesen, im Café Druckers zu sitzen, umgeben von prall gefüllten Einkaufstüten, vor sich einen hübsch gedeckten Tisch mit heißem Tee und einer Platte Cremeteilchen. Damals machte man sich noch keine Gedanken über Sahne und Zucker und Kohlehydrate. Es tat einem in der Seele gut, sich ein bisschen was Leckeres zu gönnen – oder auch hin und wieder ein bisschen mehr. Wenn sie das Café verließen, sagten sie jedes Mal, dass sie für den Rest des Tages nichts mehr zu essen brauchten.

Zu Hause wurden dann die Geschenke eingepackt. Zuerst wurden sie auf dem Esstisch ausgebreitet. Dann schnitt Neville sorgfältig das Papier in der passenden Größe zurecht, während Cynthia die Sachen einpackte und mit Schleifen und Namensetiketten versah. Schließlich öffneten sie eine Flasche Champagner und nahmen sich Zeit, auf jedes Namenskärtchen einen persönlichen Weihnachtsgruß zu schreiben. Wohl wissend, dass sie trotz der Schwelgerei im Café am Abend wieder hungrig sein würden, hatte Cynthia Ofenkartoffeln vorbereitet, die sie spätestens um acht Uhr servierte, gefüllt mit Butter und geriebenem Cheddar und mit einer Portion Krautsalat dazu.

Das waren vergangene Zeiten. Neville war schon lange tot, seine Ingenieursfirma längst verkauft, und es gab keine Angestellten, denen man zu Weihnachten für ihre treuen Dienste danken konnte, obwohl Cynthia immer noch von den Früchten ihrer Arbeit profitierte. Dank seines guten Geschäftssinns, seiner Risikofreudigkeit und seiner sorgfältigen Finanzplanung hatte Neville die Firma mit großem Gewinn verkaufen können. Weil er so leutselig und immer gut gelaunt gewesen war, hatten manche ihn für einen harmlosen Witzbold gehalten, aber er war alles andere als ein Narr. Und Cynthia hatte es ihm zu verdanken, dass sie jetzt eine sehr wohlhabende Frau war.

Und er hatte eine unerträgliche Leere in ihrem Leben hinterlassen. Seine rechte Hand zu sein war ihr Lebensinhalt gewesen. Er hatte ihr nie das Gefühl gegeben, nur eine Hausfrau zu sein. Oder ein Anhängsel, ein attraktives Aushängeschild – auch wenn alle sie dafür gehalten hatten, denn sie hatte etwas hergemacht mit ihrer Wespentaille, den wohlgeformten Tänzerinnenbeinen und dem hellblonden Haar. Ein zierliches Wesen neben dem bärenhaften Neville.

Cynthia hatte nie eigene Ambitionen gehabt. Zwei Jahre Ballett hatten ihr gereicht. Sie mochte schöne Beine haben, aber ihr fehlte es an Durchhaltevermögen. Für ihren Mann und seine Firma jedoch hatte sie sich mit aller Kraft eingesetzt. Sie war die Frau aus dem Spruch »Hinter jedem erfolgreichen Mann steht eine …« Und sie war permanent im Einsatz gewesen, von dem Moment an, wenn sie ihm morgens sein gekochtes Ei serviert hatte, bis zu dem Moment, wenn sie abends die Heizdecke eingeschaltet hatte.

Er hatte sie nie herabgesetzt. Er hatte sie angebetet. Er hatte stets großen Wert auf ihre Meinung gelegt. Sie hatten jeden Abend lange Gespräche geführt. Bei seinen Entscheidungen hatte er ihre Vorschläge berücksichtigt. Sie hatte alle seine Angestellten gekannt und ihn beraten, wenn es zu Konflikten in der Belegschaft kam. Sie waren ein eingespieltes Team gewesen, und jetzt fühlte sie sich wie ein Schiff, das ziellos auf dem Meer trieb.

Es gab nur ein Mittel gegen die Leere. Aber sie musste vorsichtig damit umgehen, damit die Leute nicht anfingen zu reden, und damit sie sich nicht lächerlich machte. Sie hatte feste Regeln. Nie vor Mittag. Nie mehr als drei Gläser pro Stunde. Und nie mehr als eine Flasche pro Tag.

Natürlich hielt sie sich nicht immer an ihre Regeln, aber so funktionierte eine Sucht: Sie trieb einen dazu, seine Prinzipien zu vergessen. Meistens passierte es, wenn sie in Gesellschaft war. In der Öffentlichkeit brauchte sie ihre Krücke ganz besonders, weil sie nicht wusste, wie sie sich geben oder benehmen sollte. Und andere Leute füllten einem natürlich immer wieder das Glas, und es fiel ihr schwer, Nein zu sagen.

Am nächsten Tag dann nahm sie sich jedes Mal fest vor, es künftig nicht wieder zu übertreiben. Schließlich reichte eine kleine Menge aus, um den Schmerz zu betäuben. Wenn sie es übertrieb, war die Leere am nächsten Tag nur umso größer. Warum begriff sie es einfach nicht? Nach allem, was passiert war, müsste sie ihre Lektion eigentlich inzwischen gelernt haben.

Cynthia drückte ihre Stirn an die Fensterscheibe, kraftlos vor Verzweiflung. Warum hatte Amanda das getan? Warum hatte sie nach Val d'Isère fahren und Cynthia in diese Situation bringen müssen? Sie fühlte sich ungeliebter denn je.

Es ist nicht Amandas Schuld, du Närrin. Das hast du dir selber zuzuschreiben.

Allein die Erinnerung an ihre Todsünde ließ sie erschaudern. Gott, diese Schande. Die Erkenntnis, dass Lizzy ihr nie wieder trauen würde. Die schändliche Abmachung, die sie getroffen hatten …

Kein Wunder, dass Lizzy Cynthia nicht über Weihnachten im Haus haben wollte. Gott, wie demütigend das alles war. Sie würde auf keinen Fall zu Lizzy und Simon gehen, auch wenn sie für alle Geschenke hatte. Natürlich wollte sie Hattie und Luke sehen, aber denen war es vermutlich sowieso egal, ob sie kam oder nicht. Siebzehnjährige interessierten sich für andere Sachen.

Als sie noch klein waren, war es anders gewesen. Sie waren gern zu ihren Großeltern gekommen. Sie waren jedes Mal um die Wette die Einfahrt hochgerannt, hatten sich darum gebalgt, wer die Klingel drücken durfte. Sie hatten jedes Mal für Luke die elektrische Eisenbahn und für Hattie das Puppenhaus aufgebaut, womit schon Mo und Lexi gespielt hatten. Cynthia hatte es genossen, wenn sie ihre pummeligen Ärmchen um ihren Hals gelegt hatten, und wie sie gezappelt hatten, wenn sie sie auf den Schoß genommen und ihnen vorgelesen hatte.

Cynthia wandte sich vom Fenster ab und schob all diese Gedanken beiseite. Sie nahm ihr Handy. Mit zitternden Fingern wählte sie Lizzys Nummer. Sie räusperte sich, straffte die Schultern, als würde sie gleich mit dem Royal Ballet die Bühne betreten, und atmete tief durch. Dann hörte sie, wie sich die Mailbox einschaltete.

»Lizzy? Hier ist Cynthia. Ich fürchte, es hat ein Missverständnis gegeben. Amanda glaubt anscheinend, ich würde Weihnachten bei euch verbringen. Aber ich hatte mir schon etwas anderes vorgenommen, als sie mir erzählt hat, dass sie über die Feiertage in den Skiurlaub fährt. Ich hoffe, ihr nehmt das nicht persönlich. Wir können uns ja gern nach Weihnachten treffen und die Bescherung nachholen.« Sie zögerte kurz, unsicher, wie sie sich verabschieden sollte. »Frohe Weihnachten«, fügte sie dann leise hinzu.

Dann legte sie hastig auf. Sie konnte sich genau vorstellen, wie Lizzy die Augen verdrehte, wenn sie ihre Nachricht abhörte, und wie sie erleichtert aufatmete. Und wie sie sofort das für sie vorgesehene Gedeck vom Tisch entfernte.

Sie schaute aus dem Fenster und sah, wie die Lichterketten in den Koniferen, die die Einfahrt zu Copperfield Close flankierten, sich einschalteten. Die automatische Zeitschaltuhr hatte für die Beleuchtung gesorgt, um alle daran zu erinnern, dass Weihnachten war. Cynthia schloss die Augen. Eine kleine Dummheit. Eine dumme Entscheidung, mit der sie alles ruiniert hatte. Sie hatte keine Hoffnung mehr, jemals wieder im Haus ihres Sohnes willkommen zu sein.

KAPITEL 19

Simon verließ der Mut, als er vor dem Pepperpot Cottage hielt und sah, dass Lizzys Auto immer noch nicht in der Einfahrt stand. Insgeheim hatte er gehofft, dass sie inzwischen nach Hause gekommen war. Aber nein. Die Einfahrt war leer.

»Hey!«, grüßte ihn Mick, der Postbote, der gerade mit seinem Handwagen kam. »Heute hab ich nicht viel für euch. Vielen Dank für den Wein, übrigens.«

»Gern geschehen«, sagte Simon, aber er hatte keine Lust auf Small Talk. Er nahm die Post entgegen und eilte ins Haus. Hattie und Luke waren noch in der Küche.

»Was meint ihr, sollen wir das hier aufmachen?«, fragte er.

Zwischen lauter Weihnachtskarten befand sich ein offiziell aussehender, an Lizzy adressierter Umschlag.

»Könnte uns auf ihre Spur bringen«, sagte Hattie.

»Ja, genau«, sagte Simon und begann, den Umschlag aufzureißen, während er sich ängstlich fragte, was er enthalten mochte. Eine schlimme Diagnose vielleicht? Oder die Aufforderung, irgendwelche horrenden Schulden zu begleichen? Eine Lösegeldforderung?

Er zog das Schreiben heraus.

»Es ist von Inglewood's.«

»Ein Gutschein.« Hattie hatte ihn im Umschlag entdeckt und zog ihn heraus. »Fünfzig Pfund! Cool!«

Simon las das Begleitschreiben laut vor.

Sehr geehrte Mrs. Kingham,
hiermit möchten wir uns für das Missverständnis entschuldigen, zu dem es neulich in unserem Kaufhaus gekommen ist. Seien Sie versichert, dass die Sache für uns hiermit erledigt ist. Wir wünschen Ihnen frohe Feiertage und senden Ihnen zum Zeichen unseres Wohlwollens einen Gutschein, den Sie jederzeit einlösen können.
Mit den besten Wünschen für ein friedliches Weihnachtsfest verbleibe ich
Shirley Booth
Stellvertretende Verkaufsleiterin

»Missverständnis?«, sagte Simon. »Was kann denn da passiert sein?«

»Vielleicht ist Mum im Aufzug stecken geblieben und musste befreit werden?«, sagte Luke. »Du weißt doch, dass sie es nicht ausstehen kann, mit dem Aufzug zu fahren.«

»Bei Inglewood's fährt sie nie mit dem Aufzug«, sagte Hattie. »Sie nimmt immer die Rolltreppe.«

Simon seufzte. »Am besten, wir fahren hin und erkundigen uns. Ich muss sowieso ein Geschenk für sie besorgen.«

»Hast du etwa noch kein Geschenk für sie?«, fragte Hattie ungläubig.

»Doch. Aber ich glaube, ich muss ihr noch ein größeres kaufen.«

Sein Bauchgefühl sagte ihm, dass der Schongarer, den er für sie bestellt hatte, jetzt nicht besonders gut ankommen würde. Okay, sie hatte ihn sich gewünscht. Aber ein solches Geschenk zeugte weder von Fantasie noch von Großzügigkeit. Er hatte nicht einmal von seinem Schreibtisch aufstehen müssen, um es zu besorgen. Er hatte den Schongarer online bestellt und ins Büro liefern lassen. Er befand sich in seinem

Kofferraum und wartete darauf, in das Geschenkpapier eingepackt zu werden, das Lizzy gekauft hatte und nicht mehr brauchte, weil sie ihre Geschenke schon längst eingepackt hatte.

Der Gedanke beschämte ihn. Lizzy war da ganz anders. Sie machte Geschenke, denen man ansah, dass sie sich dabei etwas gedacht hatte, die lustig und persönlich waren. Oder die einem bestimmten Motto folgten. In einem Jahr hatte sie ihnen Geschenke gekauft, die alle mit ihren Initialen begannen. Er, Simon, hatte Socken, ein Sweatshirt, eine Flasche Shiraz und eine Stereophonics-CD bekommen. Die einzelnen Geschenke für sich genommen waren nicht unbedingt originell gewesen, aber die Zusammenstellung verlieh ihnen etwas Besonderes.

»Los, zieht euch an«, sagte er zu den Zwillingen. »Wir fahren in zehn Minuten.«

Er hoffte, dass es noch nicht zu spät war, und dass Lizzy am Weihnachtstag im Wohnzimmer sitzen und mit einem strahlenden Lächeln einen Berg Geschenke auspacken würde. Dass sie begreifen würde, wie sehr er sie liebte, verdammt noch mal. Wie sehr alle drei sie liebten.

KAPITEL 20

Cynthia duschte lange. Dann zog sie sich eine cremefarbene Hose und, weil Weihnachten war, ein Oberteil aus Goldlurex an. Sie fönte ihr Haar und schminkte sich sorgfältig. Das Erscheinungsbild war das A und O.

Sie setzte sich in der Küche an ihren Zweiertisch, auf dem ein Glas Fruchtsaft und ein Teller mit zwei Scheiben Vollkorntoastbrot für sie bereitstanden. Vor elf bekam sie keinen Bissen hinunter. Seit Nevilles Tod hatte sie einfach keinen Appetit mehr. Allein zu essen machte ihr sowieso keinen Spaß. Lustlos knabberte sie an dem trockenen Brot herum.

Der Platz ihr gegenüber fühlte sich so leer an wie nie. Sie wünschte, Neville wäre hier, würde seinen Tomatensaft trinken und auf sein Ei warten. Er mochte sein Frühstücksei hart gekocht, damit er es in vier Stücke schneiden und auf seinem Brötchen verteilen konnte.

Es fehlte ihr so sehr, jemanden zu haben, den sie umsorgen konnte. Es war ihr ein tiefes Bedürfnis, das sie nie wieder würde befriedigen können. Niemand brauchte sie. Alle hatten ihr eigenes Leben und kamen allein zurecht.

Die Tage zogen sich endlos hin. Morgen war Heiligabend, dann der erste Weihnachtstag … Was sollte sie bloß tun? Wo sollte sie hin? Alle anderen würden sich mit Freunden und Verwandten treffen. Sie hatte am frühen Morgen schon mehrere Nachbarn losfahren sehen, den Kofferraum voller Geschenke für ihre Lieben.

Konnte sie vielleicht irgendwelche alten Freunde besuchen? Unter irgendeinem Vorwand, warum sie Weihnachten nicht mit ihrer Familie verbrachte. Weil sie alle die Grippe hatten oder so etwas. Aber an Weihnachten konnte man sich nur bei Leuten einladen, die man wirklich gut kannte. Sie traute sich nicht, bei Freunden anzurufen, aus Angst, sie könnten zögern, oder sie könnten sagen: »Natürlich bist du herzlich willkommen«, während sie am anderen Ende der Leitung die Augen verdrehten.

Als Witwe kam sie sich vor wie eine Last. Sie konnte an Weihnachten einfach im Bett liegen bleiben, dachte sie. Und ab und zu aufstehen und nach und nach den Räucherlachs essen und den Champagner trinken und die weißen Schokoladentrüffel essen. Sie hatte das alles besorgt, um es mit zu Amanda zu nehmen, denn sie ging nie mit leeren Händen irgendwohin.

Sie bestrich ihr Toastbrot mit Marmelade, damit es nicht so trocken war.

Kopf hoch, Cynthia, sagte sie sich. Sie würde sich nicht unterkriegen lassen. Irgendwas musste es geben, was sie tun konnte, irgendeine Möglichkeit, den Tag auf sinnvolle Weise zu verbringen. Wahrscheinlich war es zu spät, um ein Hotelzimmer zu bekommen oder einen Flug in wärmere Gefilde zu buchen. Sie aß ihr Toastbrot, während sie sich das alles durch den Kopf gehen ließ.

Dann fiel ihr ein Artikel ein, den sie neulich gelesen hatte, über Leute, die sich an Weihnachten um Obdachlose kümmerten, ihnen warme Unterkünfte anboten und Essen austeilten, damit sie sich während der Feiertage nicht ausgeschlossen fühlten.

Irgendwie gefiel ihr die Idee. Das wäre doch ein Schritt nach vorne. So etwas konnte sie sogar von jetzt an jedes Jahr machen, dann würde sie sich nie wieder überflüssig fühlen.

Und Neville hätte das auch gefallen. Er hatte immer großzügig für wohltätige Zwecke gespendet. Er hatte nicht zu den Männern gehört, die das taten, um sich für die Zeitung dabei ablichten zu lassen, wie sie einen Scheck überreichten. Neville machte das diskret. Und er war immer der Meinung gewesen, dass Wohltätigkeit zu Hause begann. Cynthia dachte daran, wie er sich jedes Jahr als Weihnachtsmann verkleidet hatte: Am letzten Tag vor Weihnachten brachten alle Arbeiter ihre Kinder mit in die Fabrik, und Neville verteilte Geschenke. Er mochte mit seiner Fabrik reich geworden sein, aber er hatte immer viel abgegeben, viel mehr, als die Leute mitbekommen hatten.

Sie suchte die Obdachlosenhilfe auf ihrem iPad. Was sie auf der Website las, war erschreckend: Wie viele Obdachlose es gab, wie unterschiedlich und traurig ihre Geschichten waren, wie düster ihre Zukunftsaussichten. Die Vorstellung, diesen armen Leuten ein bisschen Wärme zu spenden, und sei es nur für einen Tag, munterte sie auf.

Eine bestimmte Organisation erschien ihr interessant – es war nicht die größte, aber es sah so aus, als wäre sie sehr erfolgreich darin, den Menschen eine neue Perspektive zu geben. Es gab zahlreiche Geschichten von Menschen, die alles verloren hatten, einschließlich ihrer Selbstachtung, und die sich schließlich wieder gefangen hatten und jetzt ein glückliches Leben führten. Das war genau das Richtige für sie. Es musste ein großartiges Gefühl sein, jemandem neue Hoffnung zu geben.

Sie musste an einen Film denken, den sie kürzlich gesehen hatte, in dem Diane Keaton sich in einen Mann verliebte, der im Wald in der Nähe ihres Hauses in Hampstead lebte. Vielleicht konnte ihr, Cynthia, etwas Ähnliches passieren. Vielleicht würde sie einen ehemaligen Unternehmer kennenlernen, der alles verloren hatte. Sie würde ihm einen neuen Lebensinhalt geben, einen Grund, sich wieder aufzurappeln. Sie würden sich verlieben, die Welt bereisen …

Sie musste über sich selbst lachen. Da ging wohl die Fantasie mit ihr durch. Sie würde sich vielleicht nicht verlieben – wie auch, wo sie immer noch Neville liebte? –, aber sie würde etwas bewirken.

Sie nahm ihr Handy.

»Hallo. Was ich für die Weihnachtstage geplant hatte, ist leider unerwartet ins Wasser gefallen«, sagte sie zu der Frau, die sich am anderen Ende meldete. »Deswegen würde ich gern über Weihnachten im Obdachlosenzentrum aushelfen. Ich mache alles, was anfällt – Kartoffeln schälen, Geschirr spülen. Es macht mir nichts aus, mir die Hände schmutzig zu machen.«

Zu ihrer Überraschung wurden ihre Worte mit einem Seufzer quittiert.

»Tut mir furchtbar leid«, sagte die Frau. »Wir brauchen im Moment niemanden. An den Weihnachtstagen mangelt es nie an Helfern, da wollen alle mitmachen. Dafür fehlen uns das ganze restliche Jahr über Leute.«

Cynthia meinte einen tadelnden Unterton aus den Worten der Frau herauszuhören.

»Ach so«, sagte sie. »Kann ich denn wirklich gar nichts tun?«

Sie war ganz irritiert. Sie hatte damit gerechnet, dass man sich über ihr Hilfsangebot freuen, dass man sie mit offenen Armen willkommen heißen würde. Nicht, dass sie auf Anerkennung aus war.

»Wie wär's mit einer Spende?«, antwortete die Frau. »An Geld fehlt es uns immer. Sie können uns eine Spende überweisen, die Kontonummer finden Sie auf unserer Website.«

»Okay, verstehe.« Der erschöpfte Ton der Frau sagte Cynthia, dass sie nicht die Erste war, die auf die glorreiche Idee gekommen war, für die Weihnachtstage ihre Hilfe anzubieten. »Ja, natürlich, das mache ich jetzt gleich.«

»Vielen Dank und frohe Weihnachten«, sagte die Frau, aber ihre Worte klangen routiniert, nicht, als kämen sie von Herzen.

Cynthia legte das Handy weg. Sie fühlte sich ein wenig entmutigt.

Nachdem sie die dritte Hilfsorganisation angerufen und überall mehr oder weniger die gleiche Reaktion erhalten hatte, war sie vollkommen niedergeschlagen. Nicht einmal sich selbst konnte sie an Weihnachten verschenken. Wohin sie sich auch wandte, wurde ihr eine Tür vor der Nase zugeschlagen. Sie hätte nicht geglaubt, dass das möglich war, doch sie fühlte sich jetzt noch schlechter als nach ihrem Telefonat mit Amanda.

Sie ging zum Kühlschrank und nahm eine Flasche Weißwein vom Flaschengestell. Sie machte sich gar nicht erst die Mühe, auf die Uhr zu schauen, sie wusste auch so, dass es noch nicht Mittag war.

Es interessierte sie nicht die Bohne, wie viel Uhr es war.

KAPITEL 21

»Mrs. Kingham ist gestern aus Versehen mit einem Kleid nach draußen gegangen, das sie nicht bezahlt hatte. Unser Kaufhausdetektiv hat sie vor der Tür angehalten. Sie hatte das Kleid noch über dem Arm.«

Shirley Booth, die stellvertretende Verkaufsleiterin, schaute Simon mit einer Mischung aus Mitleid und Neugier an. Er kam sich vor wie ein exotisches Wesen, von dem sie gehört hatte, und das sie jetzt zum ersten Mal mit eigenen Augen sah. Ihre Neugier störte ihn, vor allem, da sie sich erst bereit erklärt hatte, mit ihm über den gestrigen Vorfall zu reden, nachdem er ihr erzählt hatte, dass Lizzy verschwunden war.

Die Zwillinge und er standen im Büro der Frau. Simon hatte ihr den Brief gezeigt, der am Morgen für Lizzy gekommen war.

»Soll das heißen, Sie haben sie festgenommen?«, fragte Simon.

»Wir haben sie hier in dieses Büro geführt, um sie zur Rede zu stellen. Aber nach ein paar Minuten ist mir klar geworden, dass es sich um ein Versehen gehandelt hat. Ich mache das nicht erst seit gestern, und ich durchschaue ziemlich schnell, wann jemand lügt und wann nicht.«

»Unsere Mutter würde nie im Leben was klauen«, sagte Luke. »So eine ist sie nicht.«

Shirley Booth lächelte ihn an. »Du würdest dich wundern. Es kommt vor, dass die vornehmsten Leute stehlen. Wir müssen das sehr ernst nehmen. In unserem Kaufhaus gilt Null-Toleranz, was Ladendiebstahl angeht. Das sind harte Zeiten, und die Leute betrachten es nicht als Stehlen.«

»Was?«, sagte Hattie.

Shirley Booth zuckte mit den Schultern. »Oft verteidigen sich Ladendiebe mit dem Argument, unsere hohen Preise würden den Verlust wettmachen. Als wäre es deswegen in Ordnung zu stehlen.« Sie deutete mit einer Kopfbewegung zu einem Bildschirm in der Ecke des Büros. »Wir haben unzählige Stunden an Videomaterial. Manchmal sehen wir uns die Aufnahmen nur zum Spaß an, um zu sehen, wer uns alles durch die Lappen gegangen ist. Das ist besser als Fernsehen.« Sie lachte.

Simon seufzte. »Welchen Eindruck hat meine Frau auf Sie gemacht?«, fragte er. »Ich meine, als sie hier war.«

Die Frau legte den Kopf schief, als überlegte sie, wie offen sie sein sollte.

»Wie alle. Sie war im Stress, wegen Weihnachten. Sie hat gesagt, wir sollten sie ruhig einsperren, im Gefängnis würde sie wenigstens ein bisschen Ruhe finden.«

»Das hat sie gesagt?«, fragte Simon schockiert.

»Ganz genau, und ich würde es unterschreiben, mir geht es nämlich ganz genauso. Weihnachten ist die absolute Hölle.«

»Die Hölle?«, wiederholte Simon verblüfft. »Ich dachte immer, Weihnachten wäre die schönste Zeit des Jahres.«

Shirley Booth lachte laut auf. »So kann nur ein Mann reden.«

Simon sah sie mürrisch an. Ihr Ton gefiel ihm nicht. »Vielen Dank übrigens für den Gutschein«, sagte er. »Oder hatten Sie Angst, sie würde Sie verklagen?«

Shirley Booth schaute ihn an. »Ich fand einfach, sie hatte es verdient, dass sie sich mal etwas gönnt«, sagte sie etwas weicher. »Falls mein Chef davon erfährt, fliege ich wahrscheinlich raus.«

Ihre Worte hingen in der Luft. Die Kritik war angekommen.

Simon bemühte sich, ruhig zu bleiben. Es nervte ihn, dass diese Frau meinte, sich ein Urteil über ihn und die Kinder erlauben zu können. Okay, sie waren gedankenlos gewesen, aber mehr auch nicht.

»Danke für Ihre Zeit«, sagte er steif. »Kommt, Kinder. Wir gehen.«

Sie verließen das Büro und blieben vor der Rolltreppe stehen. Sie sahen sich betreten an.

»Die hat ja wohl ziemlich übertrieben«, sagte Hattie. »Weihnachten ist doch schön. Und Mum kann gar nicht genug davon kriegen.«

»Aber sie hat auch die ganze Arbeit am Hals«, gab Luke zu bedenken. »Das müssen wir fairerweise zugeben.«

»Weil sie es gar nicht anders will«, sagte Simon. »Glaubt mir. Wie oft frag ich sie, ob ich ihr helfen kann. Sie sagt immer, sie hat alles unter Kontrolle.«

»Das sagt sie, weil sie nicht gern um Hilfe bittet, und weil sie nicht zugeben kann, dass sie irgendwas nicht alleine schafft«, sagte Hattie. »Wir müssten einfach öfter Sachen machen, ohne dass sie uns drum bitten muss.«

»Oder dran denken, die Sachen zu machen, um die sie uns gebeten hat«, sagte Luke.

Simon schaute auf seine Uhr. Es war kurz vor Mittag, und er wusste nicht, was er jetzt unternehmen sollte. Er betete, dass Lizzy in der Küche stehen und über sich selbst lachen würde, wenn sie nach Hause kamen.

»Okay«, sagte er. »Wir müssen ein Geschenk für sie besorgen. Was glaubst du, Hattie, was würde ihr gefallen? Worüber würde sie sich ganz besonders freuen?«

»Was darf es denn kosten?«

»Der Preis ist egal«, sagte Simon. »Eure Mutter ist nicht mit Geld zu bezahlen. Braucht sie nicht eine neue Handtasche? Der Riemen an ihrer alten ist schon ein paarmal gerissen.« Simon war ganz stolz auf seinen praktischen Vorschlag.

»Sie redet doch immer von so einer Espressomaschine«, sagte Luke. »Wenn sie mich bei Hal abholt. Die haben so eine, und sie gerät jedes Mal ins Schwärmen.«

»Gute Idee.«

»Und vielleicht ein gutes Parfüm«, sagte Hattie. »Das kann sie immer gebrauchen.«

»Einverstanden«, sagte Simon und rechnete schon mal im Kopf aus, was ihn das kosten würde, auch wenn das Geld keine Rolle spielte. Er würde das Haus bis zum Anschlag verpfänden, um sie zurückzubekommen und sie glücklich zu machen. »Dann wollen wir mal. Hattie, du suchst die Handtasche aus, ich kenn mich mit so was nicht aus. Luke, du kannst dir schon mal die Espressomaschinen ansehen. Ich kaufe in der Zwischenzeit ein Parfüm.«

Er schaute seine Tochter an, die blass und ein bisschen verunsichert wirkte. Was gar nicht zu ihr passte. Es war, als bekäme sie nur mühsam Luft, mitten in dem Trubel aus Leuten, die hektisch ihre letzten Weihnachtseinkäufe erledigten.

»Hattie?«

»Tut mir leid. Ich muss die ganze Zeit an Mum denken.«

»Es wird alles gut«, sagte Simon. »Sie hat eine kleine Krise, das ist alles. Sie kommt wieder zurück. Sie lässt sich doch kein Weihnachten entgehen.«

Hattie nickte, wirkte jedoch nicht überzeugt.

»Hey, wie wär's mit einem Fußmassagegerät?«, sagte Luke unvermittelt.

Hattie verdrehte die Augen. »Das ist was aus dem letzten Jahrhundert.«

Luke schaute sie gekränkt an. »Ich glaub, so was würde ihr gefallen. Sie beklagt sich doch immer, dass ihr die Füße wehtun.«

»Ich finde die Idee ganz großartig, Luke«, sagte Simon. Er wollte nicht, dass die beiden sich jetzt in die Haare bekamen. Normalerweise vertrugen sie sich gut, aber er spürte, dass sie sich beide große Sorgen machten und es sich nicht anmerken lassen wollten, und das machte sie reizbar. »Wir treffen uns hier in einer Viertelstunde, dann sehen wir weiter.«

Hattie ging in die Handtaschenabteilung. Was für eine Tasche würde ihrer Mutter gefallen? Eine geräumige? Eine mit Schulterriemen? Eine mit kleinen Henkeln? Eine aus Wildleder? Aus Nappaleder? Eine eher neutrale Farbe oder etwas Poppiges? Sie nahm eine braune Tasche mit Kordelverschluss und roten Nähten, überprüfte die Verarbeitungsqualität und das Innenleben.

Das Gespräch mit dieser Shirley Booth lag ihr immer noch auf dem Magen. Es war, als hätte die Frau direkt zu ihr gesprochen. Auf jeden Fall hatte sie Hattie in die Augen geschaut, als sie ihnen erzählt hatte, wer alles in dem Kaufhaus klaute. Hattie war nervös. Ihr war fast das Herz stehen geblieben, als die Frau gesagt hatte, manchmal würden sie sich die Videos zum Spaß ansehen. Sie hatte immer noch einen ganz trockenen Mund.

Einen trockenen Mund wie beim ersten Mal, als sie etwas geklaut hatte.

Sie hatte es getan, um Kiki zu beeindrucken. Manchmal fühlte sie sich regelrecht hypnotisiert von ihrer neuen Freundin. Kiki war immer total direkt, sie nahm nie ein Blatt vor den Mund. Sie redete nicht hintenherum wie die anderen

Mädchen in der Schule. Bei Kiki wusste man immer ganz genau, woran man war. Deswegen fühlte Hattie sich so zu ihr hingezogen. Ihre brutale Offenheit und ihre Kühnheit und ihre Abenteuerlust gefielen ihr. So wollte sie auch sein. Sich nicht darum scheren, was andere dachten, tun, was sie wollte, ohne Angst vor Strafe. Verwegen sein. Auf Regeln pfeifen.

Es schmeichelte ihr, dass Kiki sie mochte. Sie wollte unbedingt ihre Freundin bleiben, denn Kiki verschaffte ihr Zugang zu einer Glitzerwelt, die sie faszinierte. Sie wohnte in einem Haus, in dem es aussah wie in einer Villa in Hollywood. Ihre Eltern waren total cool. Es fanden dauernd Partys statt, und das Haus war immer voll mit Leuten und Musik. Man fühlte sich wie in einem von den Videos, die Kikis Vater drehte.

Kiki tat immer so, als wäre ihr das alles gleichgültig.

»Die Leute, die bei uns rumhängen, sind alle so was von oberflächlich«, sagte sie wegwerfend. »Mit denen kann man über nichts reden.«

Hattie fand, dass das bei ihr eigentlich auch nicht anders war. Aber sie genoss es, in Kikis Nähe zu sein. Ihr anarchischer Wagemut war ansteckend. Vor ein paar Wochen hatte Kiki vorgeschlagen, per Anhalter irgendwohin zu fahren.

»Meine Mutter hat das früher immer gemacht. Sie ist bis in die Schweiz getrampt, als sie so alt war wie wir.«

»Aber damals war es auch noch nicht so gefährlich.«

»Quatsch. Damals gab es viel mehr Perverse. Meine Mutter hat mir erzählt, damals hat es jeder mit jedem getrieben, sogar Lehrer mit Schülern. Komm schon. Wir fahren nach Stratford.«

Als Hattie neben Kiki am Straßenrand stand, betete sie, dass niemand sie sah, der sie und ihre Eltern kannte (eins der Probleme, wenn man wasserstoffblonde Haare mit blauen

Strähnen hatte, war, dass man auffiel). Gleichzeitig fürchtete sie, dass irgendein Perverser anhalten könnte.

Schließlich hatte der uralte Pick-up einer Gärtnerei gehalten.

»Ist ja wie früher«, hatte der Mann in der grünen Latzhose lachend gesagt. »Na los, steigt ein.«

Sie kletterten in den Wagen und rutschten auf die Sitzbank. Es roch nach Erde und Regen und Schweiß.

»Wissen eure Eltern, dass ihr trampt?«, fragte der Mann. »Ich dachte, das macht heute keiner mehr.«

»Kommen Sie bloß nicht auf dumme Gedanken«, sagte Kiki. »Ich hab gerade einem Freund Ihr Nummernschild per SMS geschickt.«

Der Gärtner hob die Brauen. »Ich dachte, ich tu euch einen Gefallen«, sagte er verärgert. »Ich kann euch gleich hier wieder aussteigen lassen, wenn ihr wollt.« Er verlangsamte das Tempo.

»Entschuldigen Sie«, sagte Hattie. »Meine Freundin ist ein bisschen paranoid.«

Kikis Augen weiteten sich. »Was soll das?«, fauchte sie Hattie an. Dann wandte sie sich wieder dem Gärtner zu: »Ist schon in Ordnung. Ich wollte das nur klarstellen. Für alle Fälle.«

Anstatt zu antworten, schob der Mann eine Musikkassette in seinen vorsintflutlichen Rekorder. Kurz darauf ertönte »Lyin' Eyes« von den Eagles.

»Das ist ja, als hätte uns einer in die Siebziger gebeamt«, rief Kiki aus. »Wer hat denn heute noch einen Kassettenrekorder im Auto? Noch nie was von Bluetooth gehört?«

Der Gärtner grinste. »Der Pick-up ist ein Oldtimer. Mit Originalausstattung.«

Kiki drehte die Lautstärke hoch und sang mit.

»Du kennst das?«, fragte der Gärtner überrascht.

Kiki sang einfach weiter und lächelte ihn an, und er lachte und sang auch mit, und Hattie war erfüllt gewesen von Abenteuergeist, etwas, wonach sie sich ihr Leben lang gesehnt hatte. Kiki war die Coolste von allen.

Am Kreisverkehr vor Stratford ließ der Mann sie raus. Nachdem er weggefahren war, krümmten Hattie und Kiki sich vor Lachen. Insgeheim hoffte Hattie, sie würden mit dem Bus nach Hause fahren, andererseits wollte sie genauso wagemutig sein wie Kiki. Grenzen überschreiten und auf Regeln pfeifen.

Jetzt im Inglewoo's fiel ihr etwas ein, was Kiki zu ihr gesagt hatte, als sie das letzte Mal shoppen waren.

»Es ist nicht fair, dass wir Mädchen so viel Geld für das ganze Zeug ausgeben müssen. Die Jungs brauchen das nicht«, hatte sie gesagt, als sie mit einem Korb voll Kosmetika im Drogeriemarkt an der Kasse gestanden hatten: Enthaarungscreme und Shampoo und Haarspray und Make-up-Entferner und fünf verschiedene Sorten Nagellack.

Hattie wusste genau, was Kiki meinte. Luke hatte gerade mal eine Dose Haarwachs und ein Deo, und das war's. Dagegen quoll ihr Schrank von Zeugs über, das sie brauchte, um schön zu sein. Kiki hatte recht. Wieso mussten die Mädchen so viel Geld ausgeben?

In diesem Moment wurde ihr etwas klar.

Hattie legte die braune Tasche wieder weg. Sie seufzte. Warum hatte sie versucht, etwas zu sein, das sie überhaupt nicht war? Weil sie eine Idiotin war. Nur um Kiki zu beeindrucken.

Bei ihrem letzten Besuch im Inglewood's hatte sie ein Parfüm von Tom Ford, einen Seidenpulli von Ted Baker und eine Sonnenbrille erbeutet. Kiki hatte überhaupt nicht kapiert, warum Hattie so was tat. Sie hatte nur große Augen gemacht, als Hattie die Sachen eine halbe Stunde später in einem Café auspackte.

»Da ist überhaupt nichts bei«, hatte Hattie leichthin gesagt. »Die Kaufhäuser behaupten immer, sie hätten Detektive und Überwachungskameras und was nicht alles, aber das stimmt gar nicht. Das sagen die nur, um einen abzuschrecken.«

»Das hätte ich nicht von dir gedacht.« Kiki hatte sie seltsam angesehen, was Hattie in dem Moment für Bewunderung gehalten hatte. Im Nachhinein fragte sie sich, ob es vielleicht Missbilligung war.

Gestern waren sie in Birmingham gewesen. Hattie dachte an ihre Beute. Sie hatte die Sachen ganz hinten in ihrem Kleiderschrank versteckt, als sie nach Hause gekommen war. Eigentlich interessierten die geklauten Sachen sie gar nicht. Ein Seidenschal von einem Designer, der so berühmt war, dass selbst Lizzy ihn kannte. Eine Handtasche. Ein Päckchen Haarfarbe, falsche Wimpern und eine Tube Selbstbräunungscreme.

Sie musste zugeben, dass sie den Nervenkitzel genossen hatte. Das Adrenalin. Einige Mädchen in der Schule nahmen Drogen, aber damit wollte Hattie nichts zu tun haben, hauptsächlich wegen ihres Eiskunstlaufs. Ihr Sport war die perfekte Ausrede. Sie sagte immer, dass alle Eiskunstläuferinnen im Club regelmäßig auf Drogen getestet würden. Das stimmte zwar nicht, aber die anderen kauften es ihr ab und versuchten nicht, ihr Drogen aufzudrängen. Manchmal fragte sie sich zwar, ob sie vielleicht etwas verpasste, aber das bedeutete nicht, dass sie in Versuchung kam, es auszuprobieren.

Kiki hatte nichts geklaut, obwohl Hattie ihr versichert hatte, dass es kinderleicht war.

»Meine Mutter würde mich umbringen, wenn ich erwischt werde«, hatte Kiki gesagt.

»Du wirst nicht erwischt«, hatte Hattie ihr versichert. Im Nachhinein begriff sie, dass Kiki es nicht unterlassen hatte aus Angst, erwischt zu werden, sondern weil sie es nicht in Ordnung fand.

Als Hattie jetzt vor den Handtaschen stand, mitten in dem Kaufhaus, wo sie zum ersten Mal zur Diebin geworden war, wurde ihr ganz mulmig zumute. Was hatte sie sich dabei gedacht, so ein Risiko einzugehen, bloß um Kiki zu beeindrucken? Die sich davon nicht einmal beeindrucken ließ. Und wenn sie beim Klauen erwischt würde, lief sie Gefahr, ihren Studienplatz zu verlieren. Außerdem würde sie vorbestraft sein, wenn man sie anzeigte. Sie würde sich ihr Leben kaputt machen.

Ihr wurde abwechselnd heiß und kalt. Sie sehnte sich nach Lizzy. Nach ihrer lieben, großherzigen Mum, die nie jemanden verurteilte. Ihr konnte sie alles sagen, und sie würde nie mit der Wimper zucken oder sie anschreien. Mit ihr konnte man alles in Ruhe bereden, und sie gab einem immer guten Rat.

Okay, Lizzy war nicht groß und dünn und cool wie Kikis Mum mit ihren Lederleggins und ihren ganzen Piercings. Lizzy ging nicht in den angesagten Clubs in Birmingham ein und aus, und sie fuhr auch keinen weißen SUV mit getönten Scheiben. Aber sie hatte immer ein Lächeln für einen übrig, machte einem eine Tasse heiße Schokolade und sah sich mit einem bei Netflix endlose Folgen von *Wie ich eure Mutter kennenlernte* an.

Lizzy war wie eine Kuscheldecke. Wenn man erwachsen wurde, nahm man seine Kuscheldecke nicht mehr überall mit hin, aber sie war immer da, für den Fall, dass man sie brauchte. Aber sie und Luke und Simon waren achtlos mit ihrer Kuscheldecke umgegangen. Wie ein Kind, das seine Decke aus dem Buggy wirft und direkt in eine schmutzige Pfütze.

Auf einmal schämte sich Hattie für das, was sie getan hatte, und für das, was sie alle drei getan hatten. Sie begann zu zittern, und ihr wurde ganz schwindlig. Das Licht war plötzlich viel zu grell, die Geräusche waren ohrenbetäubend laut, und die Gerüche – das Leder von den Handtaschen und die Düfte aus der Parfümabteilung – verursachten ihr Übelkeit.

»Ich weiß nicht, welche Espressomaschine ich nehmen soll. Es gibt viel zu viele von den Dingern. Ich brauch Hilfe.« Es dauerte, bis Hattie begriff, dass Luke vor ihr stand.

»Hattie?« Er wirkte besorgt. Er legte ihr einen Arm um die Schultern. »Hattie? Sag doch was!«

»Mir ist so komisch«, sagte sie und ließ sich in seine Arme sinken.

»Keine Angst«, flüsterte er ihr heiser ins Ohr. »Ich hab dich.«

Sie spürte, wie ihre Knie nachgaben, aber er hielt sie fest. Ihr Zwillingsbruder. Er hielt sie ganz fest.

KAPITEL 22

Auf dem Weg zum Weihnachtsmarkt in Micklestone kehrten Lizzy und Harley im Ship Aground ein, um über deren WLAN mit Caroline zu skypen.

»Sie findet das bestimmt total okay«, sagte Lizzy, als sie eintraten. »Gott, hier hat sich ja seit 1987 nichts verändert. Nur dass es nicht mehr verqualmt ist.«

Im Pub sah es genauso aus, wie sie es in Erinnerung hatte. Vom Fenster aus hatte man einen atemberaubenden Blick aufs Meer. In den Regalen hinter dem langen Tresen standen Flaschen mit allen erdenklichen Spirituosen. In einer Ecke gab es immer noch den alten Billardtisch, und auch die schicken Sitzbänke auf der einen und die wackeligen Tische auf der anderen Seite waren noch da. Selbst auf der Speisekarte stand das Gleiche wie früher: Hamburger mit Pommes, Fisch mit Pommes, Omelette mit Pommes … Hier hatte sich nichts geändert, weil das nicht nötig war. Der Pub befand sich an der Küste. Wozu brauchte man hier trendige Möbel aus Treibholz, teure graue Farbe an den Wänden und das Tagesmenü auf einer Tafel? Das kostete alles Geld, und der Stil, den das Ship Aground längst hatte, war nicht mit Geld zu bezahlen.

Harley rief Caroline per Skype an, gab Lizzy das Telefon und ging an den Tresen, um zwei Becher Kaffee zum Mitnehmen zu bestellen.

Carolines lächelndes Gesicht erschien auf dem Bildschirm.

»Hallo, Harley!« Dann zog sie die Brauen zusammen. »Lizzy?«

Lizzy strahlte.

»Caroline! Frohe Weihnachten! Es tut mir so leid, dass Richard sich das Knie verrenkt hat. Wie geht es ihm?«

»Na ja. Er stöhnt und jammert und trinkt Bier, obwohl er Schmerztabletten nimmt, was er eigentlich nicht tun sollte. Aber … Wieso hast du Harleys Handy? Oder hab ich irgendwas durcheinandergebracht?«

»Also«, sagte Lizzy, »ich fasse mich kurz. Ich hatte die Nase voll und bin von zu Hause abgehauen. Du hattest ja gesagt, ich könnte deine Hütte benutzen, also … bin ich hingefahren. Ich wollte mich nur vergewissern, dass das in Ordnung ist.«

»Na klar. Du kannst so lange bleiben, wie du willst. Harley wird dafür sorgen, dass du mit allem Nötigen versorgt bist. Aber ihr habt euch ja offenbar schon kennengelernt. Er ist dein Kontaktmann.«

Lizzy räusperte sich. Jetzt kam der knifflige Teil. »Da ist noch was … Harley ist mit dem Freund seiner Mutter aneinandergeraten. Der arme Kerl. Er nimmt sich das alles sehr zu Herzen. Hast du was dagegen, dass er auch in der Hütte wohnt?«

»Wow.« Caroline blinzelte, während sie versuchte, das zu verdauen. »Also, meinetwegen könnt ihr zwei es euch in der Hütte gemütlich machen, so lange ihr lustig seid. Aber ist zwischen euch alles okay, Lizzy? Zwischen dir und Simon, meine ich?«

Lizzy verzog das Gesicht. »Im Prinzip ja. Ich fühle mich nur in letzter Zeit ein bisschen ausgenutzt. Meine Familie ist nicht immer sehr rücksichtsvoll. Und mir reicht's im Moment. Ich hab mir eine Auszeit genommen. Hier oben wird man auf das Wesentliche zurückgeworfen, hier wird einem klar, was man wirklich will. Wobei, so weit bin ich noch nicht.« Sie lachte.

»Gott, wer weiß das schon?«, sagte Caroline. »Ich möchte manchmal auch am liebsten abhauen. Wir sind in einem schwierigen Alter. Man hat dauernd das Gefühl, was man jetzt nicht kriegt, kriegt man nie.«

»Genau«, sagte Lizzy. Nachdem sie Caroline ihre Gefühle anvertraut hatte, war sie noch mehr davon überzeugt, dass sie das Richtige tat. »Ich wusste, dass du mich verstehen würdest.«

»Seid ihr im Ship Aground?«, fragte Caroline und beugte sich aufgeregt vor.

»Ja«, sagte Lizzy. »Hier sieht alles noch genauso aus wie früher.«

»O ja. Man könnte meinen, wir wären erst gestern zusammen dort gewesen. Jung, frei und single.«

»Übertrieben geschminkt und betrunken«, fügte Lizzy hinzu.

»Wir waren großartig. Ich wünschte, wir hätten das damals gewusst. Ich fand mich immer zu fett.«

»Und ich erst.«

»Also, hör zu. Wenn der Weihnachtstrubel vorbei ist, nimm einen Flieger und komm her. Dann setzen wir uns in die Sonne an den Pool und trinken Cocktails, und ich lege Duran Duran auf und drehe die Anlage auf volle Lautstärke.«

»Abgemacht«, sagte Lizzy. »Frohe Weihnachten, Caroline.«

»Frohe Weihnachten, Lizzy, Schätzchen!«

Lizzy beendete das Gespräch und stand auf. »Alles paletti«, sagte sie zu Harley, der ihr einen Pappbecher mit Kaffee reichte. »Fahren wir. Ich möchte ein Würstchen im Schlafrock mit Apfelmus und zum Nachtisch vielleicht noch einen Doughnut.«

Harley sah sie entsetzt an. »Nach *dem* Frühstück?«

»Es ist Weihnachten. Da muss man sein eigenes Körpergewicht an Fett vertilgen. Das ist Vorschrift!«, sagte Lizzy grinsend.

Die Fahrt an der Küste entlang war spektakulär. Die kurvenreiche Straße führte durch das Hochmoor, das mit einem dicken Teppich aus vertrocknetem Farn und Ginster bedeckt war. Struppige braune Ponys standen in Gruppen auf den Weiden, die Köpfe gegen den scharfen Wind gesenkt, robust und unbeeindruckt von den Elementen. Ihnen konnte der Winter in Exmoor nichts anhaben.

»Brrr«, sagte Lizzy und schüttelte sich. »Die Armen.«

Hin und wieder, wenn sie um eine Kurve fuhren, lag plötzlich das Meer vor ihnen. Dunkelgrün und trügerisch erstreckte es sich tief unterhalb der schwarzen Felsen. Es war zugleich erregend und furchteinflößend, die Wellen zu beobachten.

Harley war ziemlich still während der Fahrt.

»Ich hab Angst«, sagte er schließlich, »dass meine Mutter versucht, mich zu überreden, dass ich wieder nach Hause komme.«

»Wie lange hast du denn noch bis zum Schulabschluss«, fragte Lizzy. »Dann kannst du sowieso ausziehen. Hast du vor zu studieren?«

»Ich hab mich noch nicht beworben«, sagte Harley. »Aber meinetwegen mach ich mir keine Sorgen. Ich hätte kein gutes Gefühl dabei, meine Mutter und River mit ihm allein zu lassen.«

Lizzy schaute ihn von der Seite an.

»Ist nur so ein Gefühl«, sagte er.

Lizzy fuhr langsamer, als der Verkehr zunahm. Harleys Situation beunruhigte sie. Sie hatte nicht den Eindruck, dass er übertrieb, und er wirkte auch nicht wie ein launischer und aufsässiger Teenager, der es darauf anlegte, seinen Stiefvater zu provozieren. Tony dagegen schien bestenfalls ein unangenehmer Zeitgenosse zu sein. Aber sie ermahnte sich, sich nicht in die Sache einzumischen. Sie hatte genug eigene Probleme. Aber sie fand es in Ordnung, ihm zuzuhören und ihn zu ermutigen, mit seiner Mutter zu sprechen.

Je mehr sie sich dem Stadtzentrum näherten, desto voller waren die Straßen, und es ging nur langsam voran.

»Hier kriegen wir nie einen Parkplatz«, stöhnte Lizzy.

»Da.! Da, da, da!«, rief Harley aufgeregt und zeigte auf einen Mini, der gerade ausparkte. Lizzy wartete, dann stieß sie rückwärts in die Parklücke.

Sie stiegen aus und gingen zu Fuß weiter. Das mittelalterliche Städtchen Micklestone, erbaut am Rand einer Steilklippe, war in einer anderen Zeit gefangen, mit uralten Feldsteinhäusern, buckeligen Brücken und einem Marktplatz, über dem eine Burg thronte. Jedes Jahr zu Weihnachten fand hier eine Woche lang der »Candlelight Market« statt. Auf dem Marktplatz und entlang der Hauptstraße drängten sich die Stände, und alles wurde erleuchtet von zahllosen Windlichtern mit flackernden Kerzen.

»Ach«, sagte Lizzy, als sie den Marktplatz erreichten, »ist das nicht hübsch?«

Harley schaute sich nach dem Stand seiner Mutter um. Es gab so viele Stände, und zahllose Besucher drängten sich vor ihnen und begutachteten die Waren. Es roch nach Glühwein und heißer Schokolade mit Rum.

»Da ist sie«, sagte Harley. »Da ist meine Mutter. Da rechts ist ihr Stand. Kommen Sie.«

KAPITEL 23

»Danke, Sir. Ihnen auch frohe Weihnachten!« Leanne reichte dem Mann einen in einer Schachtel verpackten Kranz.

Sie hatte lange gezögert, einen Stand auf dem Markt in Micklestone zu mieten, selbst der kleinste Platz kostete ein halbes Vermögen. Und wer wartete schon bis zum allerletzten Tag, um sich einen Kranz zu kaufen? Viele Leute, wie sich herausstellte. Sie hatte schon sechs zu dreißig Pfund verkauft. Damit hatte sie ihre Standmiete bereits raus. Ab jetzt würde sie Gewinn machen, dachte sie aufgeregt.

Sie hatte verschiedene Kränze im Angebot: einen »schottischen« mit viel Karostoff, einen »skandinavischen« mit lauter aus Holz geschnitzten Herzen, und einen – ihr Lieblingskranz – mit meergrünen Schleifen und Muscheln und Seesternen. Jeder einzelne war echtes Handwerk, und es erfüllte sie mit Stolz, wenn die Kunden bei ihrem Anblick in Verzückung gerieten. Sie war überrascht, wie gut ihre Kränze ankamen. An Weihnachten besannen die Leute sich gern auf die Tradition, aber anscheinend hatten sie auch nichts gegen etwas Neues. Sie staunte über das Interesse der Männer an ihren Kränzen. Sie kauften auf ganz andere Weise als Frauen, sie waren impulsiver, kauften eher etwas, das ihnen ins Auge stach und spontan gefiel.

Sie war ganz angetan vom Erfolg ihres neuen Unternehmens. Sie hatte das mit den Kränzen angefangen in der Hoffnung, ein bisschen mehr Geld für Weihnachten zur

Verfügung zu haben. Sie hatte sich kistenweise Tannengrün besorgt, dazu jede Menge Schleifen und Deko-Material. Seit drei Wochen verbrachte sie täglich Stunden mit dem Basteln von Kränzen, die sie an den Adventswochenenden auf Weihnachtsmärkten in der Umgebung verkaufte. Und jedes Mal war sie alle Kränze losgeworden.

Sie rechnete kurz im Kopf nach, wie viel sie bisher eingenommen hatte … Es war ein hübsches Sümmchen. Aber Tony wusste nichts davon. Sie hatte ihm nicht gesagt, wie viele Kränze sie hergestellt und verkauft, und wie viel Geld sie bisher eingenommen hatte. Sie versteckte das Bargeld in einem Geheimfach in ihrer Handtasche, die sie immer bei sich hatte.

Sie bezeichnete es nicht als ihr Fluchtgeld, denn wenn sie das tat, würde sie sich eingestehen müssen, dass es einen Grund für sie gab, ihre Flucht zu planen.

Denn Leanne wurde sich immer mehr der Tatsache bewusst, dass sie einen schrecklichen Fehler begangen hatte.

Als sie mit Tony zusammengezogen war, war sie die glücklichste Frau der Welt gewesen. Er wohnte in einem großen Haus mit Blick aufs Meer. Sie brauchte nur die Straße hinunterzugehen und rechts abzubiegen, dann lag der Hafen von Tawcombe vor ihr.

Wenn man mit jemandem zusammenzog, ging man eine große Verpflichtung ein, und vielleicht hatte sie diese Entscheidung ein bisschen übereilt getroffen. Immerhin hatten sie sich erst zwei Monate gekannt. Aber sie war so froh gewesen, aus ihrer kleinen Mietwohnung herauszukommen, eine Zentralheizung zu haben, in einem eigenen Haus zu wohnen und nicht mehr jeden Morgen an Dutzenden von Mülltonnen vorbeigehen zu müssen. Und für River war es schön, in einem Garten spielen zu können. Ein Vierjähriger sollte nicht den ganzen Tag in einer Wohnung im obersten Stockwerk hocken müssen.

Und es gab nicht viele Männer, die sich auf eine feste Beziehung mit der Mutter eines kleinen Kindes und eines Teenagers einließen.

Sie hatte ihr Glück nicht fassen können, als Tony sie zum ersten Mal ausgeführt hatte. Zwei Jobs waren anstrengend, aber seit Harley groß genug war, um ab und zu auf River aufzupassen, arbeitete sie mehrmals die Woche im Spinnaker unten am Hafen. Es war ein Pub, wo hauptsächlich Einheimische hingingen, und das gefiel ihr. Seit sie dort kellnerte, hatte sie das Gefühl, richtig in der Stadt angekommen zu sein.

Als sie an die Küste gezogen waren, hatte sie ihren Stil geändert. Wie ein richtiges Surfergirl trug sie abgeschnittene Shorts, kurze Söckchen und Turnschuhe, Kimonos und Häkeltops, und Wildlederstiefeletten zu flatterigen Kleidchen. Sie hoffte, dass das nicht billig wirkte und dass sie für den Stil nicht zu alt war – mit sechsunddreißig musste man allmählich ein bisschen vorsichtig sein –, aber sie arbeitete hart daran, sich schlank und fit zu halten.

Ihr neues Image war meilenweit entfernt von dem, das sie in der Großstadt gepflegt hatte: Highheels und schwarz gefärbte Haare und manikürte Nägel. Statt des akkuraten Bob trug sie ihr von der Sonne blondiertes Haar (okay, nicht wirklich von der Sonne blondiert, aber das war der Effekt) jetzt schulterlang und windzerzaust. Sie hatte sich sogar ein Tattoo auf die Schulter stechen lassen – einen winzigen Gecko.

Falls einer ihrer früheren Bekannten sich jemals in den Spinnaker verirrte – was durchaus denkbar war, sie hörte oft genug einen Midland-Akzent in dem Pub, und Tawcombe war ein beliebter Urlaubsort –, würde er sie wahrscheinlich gar nicht erkennen. Sie hatte sogar ihren Namen geändert, indem sie ihren zweiten Vornamen an ihren eigentlichen Namen drangehängt hatte: Lee Anne. Leanne. Das war neu und zugleich vertraut. Ihr war genug genommen worden, sie hatte nicht auch noch ihre Identität auslöschen wollen.

Wegzuziehen nach allem, was vorgefallen war, war genau das Richtige gewesen. Birmingham fehlte ihr kein bisschen. Es war ein Riesenaufwand gewesen, aber sie hatte den Klatsch und Tratsch nicht länger ertragen genauso wenig wie die Vorstellung, dass Richie die gleiche Luft atmete wie sie, nachdem er sie dermaßen verraten hatte. Deswegen war sie so weit weg wie nur irgend möglich gezogen. Außerdem wollte keiner die Ex-Frau von einem haben, der wegen Unterschlagung im Knast saß. Alle ihre Kunden hatten ihr nach und nach den Rücken gekehrt. Aber in Tawcombe kannte sie niemand.

Die ersten Monate hatte sie sich von Männern ferngehalten. Sie war ein gebranntes Kind. Außerdem hatten Harley und River schon genug durchgemacht, auch ohne dass sie gleich einen Neuen ins Haus brachte. Aber als Tony sich für sie interessierte, hatte sie sich zu ihm hingezogen gefühlt. Vielleicht lag es daran, dass er älter war als sie – fast zehn Jahre. Er war noch ziemlich fit, und außerdem hatte er Geld. Nicht dass sie sich für einen Mann interessierte, weil er eine dicke Brieftasche hatte. Niemand wusste besser als sie, dass sich Geld über Nacht in Wohlgefallen auflösen konnte. Aber sie sehnte sich danach, sich wieder ab und zu feinzumachen und in ein gutes Restaurant zu gehen. Richie und sie waren oft ausgegangen, aber seit sie in Tawcombe wohnte, waren Fish-'n'-Chips einmal pro Woche der einzige Luxus, den sie sich gönnte.

Tony gehörten alle möglichen Läden, unter anderem die Spielhalle im Ortszentrum, wo Urlauber ihr Münzgeld in blinkende Maschinen warfen und auf den großen Gewinn hofften. Außerdem besaß er am Ende des Hafens ein Hamburgerlokal und einen Parkplatz in Strandnähe an der Straße, die aus der Stadt hinausführte. Lauter Unternehmen, die von der Feriensaison lebten. Der Trick bestand im Zusammenspiel der Geschäftsbereiche: Wenn es regnete, war die Spielhalle voll, wenn die Sonne schien, war der Parkplatz voll. Und Tony war nicht dumm. Er war ein geachteter Bürger der Stadt, Vorsitzender des Yachtclubs und Mitglied im Stadtrat.

Heute sagte sie sich, dass es ihr hätte merkwürdig vorkommen müssen, dass so ein Mann ledig und noch zu haben war. Und dass sie auf das hätte hören sollen, was ein paar junge Frauen im Pub ihr gesagt hatten. Aber sie hatte gedacht, sie wären bloß neidisch. Dass sie sie nur warnten, weil sie Tony für sich haben wollten.

Tonys Wandlung vom edlen Ritter zum Fiesling war ganz allmählich vonstattengegangen. Anfangs hatte sie seinen Charme genossen, seine Komplimente und Geschenke, das, was sie für Bewunderung hielt. Im Bett war es zwischen ihnen abgegangen, der Sex war wild und intensiv gewesen. Toller Sex war immer gefährlich, denn er überdeckte all die kleinen Hinweise, die von Anfang an da waren, und die sie, wie sie sich jetzt eingestehen musste, übersehen hatte. Die Eifersucht. Die Kontrolle. Die Tobsuchtsanfälle. Beim ersten Mal war sie entsetzt gewesen und hatte sich mit Händen und Füßen dafür entschuldigt, dass sie eine halbe Stunde später als angekündigt nach Hause gekommen war.

Später, im Bett, hatte er ihr übers Haar gestreichelt und ins Ohr geflüstert, er hätte sich nur Sorgen um sie gemacht, vor allem, als sie nicht auf seine SMS reagiert hatte (in Tawcombe war der Empfang schlecht, manche Nachrichten kamen Stunden später an), und sie hatte ihm versprochen, demnächst rücksichtsvoller zu sein. Es war ja wirklich beunruhigend, nicht zu wissen, wo seine Lieben waren. Sie schimpfte Harley schließlich auch aus, weil er ihr nie sagte, wo er hinging.

Den schlimmsten Streit hatten sie gehabt, als sie ihm von ihrer Idee mit den Kränzen erzählt hatte. Er hatte versucht, ihr das auszureden, brachte einen Grund nach dem anderen vor, bis ihr der Kopf schwirrte. Aber tief in ihrem Innern sagte ihr etwas, dass sie die Sache durchziehen musste. Dass seine Einwände ein Symptom waren für etwas, das grundsätzlich schieflief, und dass sie, wenn sie jetzt nachgab, nie würde tun können, was sie wollte, ohne dass es deswegen Streit gab.

Am Ende hatte sie gewonnen, aber sie wusste, dass er es ihr übel nahm, denn seitdem spürte sie eine Kälte in seinem Verhalten, die vorher nicht da gewesen war. Sie war sich ziemlich sicher, dass das seine Art war, sie zu bestrafen. An anderen Tagen jedoch überraschte er sie, indem er sie mit Liebe überschüttete, sie zum Essen ausführte, ihr sagte, sie sei die verführerischste Frau der Welt. Und weil sie auf die vierzig zuging, weil sie nach allem, was in Birmingham vorgefallen war, immer noch verunsichert war, sonnte sie sich in seiner Aufmerksamkeit und glaubte in solchen Momenten aufrichtig, dass alles gut werden würde.

Doch obwohl ihre Hände zerkratzt und rissig waren, war sie mächtig stolz auf den Erfolg, den sie mit ihren Kränzen erzielte. Sie träumte bereits davon, eines Tages ein Geschäft für Einrichtungsaccessoires zu haben. Vielleicht war Tawcombe nicht der ideale Ort dafür. In einem abgelegenen Küstenstädtchen waren im Winter nicht genug Leute mit Geld, aber wenn ihre Angebotspalette groß genug war, konnte es funktionieren. Sie hatte sogar schon einen Namen für den Laden: Anemone-by-the-Sea. Denn es gab nichts auf der Welt, was sie mehr liebte als Blumen und das Meer. Sie sah ihren Laden schon vor sich. Das Schild über der Tür: weiße Schrift auf ausgebleichtem Holz. Als Schaufensterdeko mit Blumen umrankte Treibholzstücke, Blumentöpfe und Pflanzkübel aus Zink …

Das war ihr Traum. Den konnte ihr niemand nehmen. Vorerst erzählte sie niemandem davon. Bis zur Verwirklichung dieses Traums war es noch ein weiter Weg. Erstens hatte sie nicht genug Geld, zweitens würde Tony alles andere als begeistert sein, und drittens hatte sie River. Er kam erst im nächsten September in die Schule, bis dahin war es noch eine Ewigkeit. Wie sollte sie einen Laden führen, solange sie ein kleines Kind hatte, um das sie sich kümmern musste? Es war schon schwierig genug gewesen, all die Kränze zu basteln. Sie hatte ihn jedes Mal vor den Fernseher gesetzt, was ihr eigentlich widerstrebte. Hinterher hatte sie ihr schlechtes Gewissen beruhigt, indem sie mit ihm einen Spaziergang zum Hafen gemacht hatte, oder sie waren in den Park gegangen, wo er Roller fahren konnte. Manchmal hatte sie ihn auch auf die Weihnachtsmärkte mitnehmen müssen. Er war zwar immer sehr brav gewesen, aber auch dort musste er beschäftigt werden, und sie hatte ihn mit einem iPad auf den Stuhl gesetzt und mit Keksen und heißer Schokolade verwöhnt. Heute hatte sich zum Glück eine Freundin erboten, ihn mitzunehmen – sie machte mit ihren Kindern einen Ausflug mit der Dampfeisenbahn. Leanne hatte ihr versprochen, sich bei Gelegenheit zu revanchieren.

Manchmal passte auch Harley auf River auf, aber sie fand, sie konnte von ihm wirklich nicht erwarten, dass er sich dauernd um seinen kleinen Bruder kümmerte. Er sollte schließlich sein eigenes Leben führen. Doch er beschwerte sich nicht, was es beinahe noch schlimmer machte. Einen besseren Sohn als Harley hätte sie sich nicht wünschen können.

Viele Mütter beklagten sich über ihre Söhne, wenn sie ins Teenageralter kamen, aber Leanne gefiel ihr Sohn mit jedem Jahr, das er älter wurde, besser. Er war besonnen. Und fürsorglich.

Über das Problem Tony und Harley wollte sie lieber nicht nachdenken. Tony verhielt sich Harley gegenüber abweisend, und Harley war Tony gegenüber misstrauisch. Harley hatte Leannes künstlerische Ader geerbt. Er war verträumt und kreativ, er liebte seine Musik, seine Gitarre, seine Malerei. Tony mochte ihn einfach nicht. Und das machte sie unglücklich. Wie sollte sie einen Mann lieben, der ihren Sohn nicht mochte?

Auch das hatte sie anfangs nicht ernst genommen, weil sie so verliebt gewesen war. Vor lauter Begeisterung über ihre neue Beziehung hatte sie alle Bedenken vom Tisch gewischt. Sie hatte auf Tonys spöttische Bemerkungen und auf seine Sticheleien nicht reagiert. Und da Harley sich nicht provozieren ließ, redete sie sich ein, sie hätte irgendetwas falsch verstanden.

Zitternd zog sie ihren Schal fester und stopfte ihn in ihre Daunenjacke. Wenn sie stundenlang an ihrem Stand ausharrte, kroch ihr irgendwann die Kälte in die Glieder, obwohl sie eine Wollmütze und fingerlose Handschuhe und mit Pelz gefütterte Stiefel trug. Sie konnte noch nicht einmal den Stand verlassen, um sich eine heiße Schokolade zu holen. Hoffentlich war der letzte Kranz bald verkauft.

»Mum!«

Sie drehte sich um, und vor ihr stand Harley. Er hielt ihr grinsend einen Becher hin – eine heiße Schokolade mit Sahne. Dazu eine Tüte mit Marshmellows.

»Harley!« Ihr Herz pochte vor Freude. »Wie kommst du hierher?« Es fuhren keine Busse von Tawcombe nach Micklestone, und zu Fuß war es zu weit.

»Das ist eine lange Geschichte.« Plötzlich stand eine Frau neben Harley. Sie trug einen roten Wollmantel und eine dazu passende Mütze. »Das ist Lizzy«, sagte Harley. »Sie hat mich mitgenommen.«

»Hallo.« Leanne streckte eine Hand aus, und Lizzy schüttelte sie.

»Ich muss mit dir reden, Mum.« Harley wirkte unruhig. Er trat nervös von einem Fuß auf den anderen.

Leanne schaute Lizzy erschrocken an. Die beiden hatten doch wohl nichts miteinander? Die Frau war ja älter als sie selbst.

»O je«, sagte Lizzy, die Leannes Blick richtig interpretierte. »Es ist nichts dergleichen, keine Sorge!«

»Was ist es dann?«, fragte Leanne misstrauisch. »Ist was passiert?«

»Wissen Sie was, ich kümmere mich um Ihren Stand, dann können Sie beide sich in Ruhe unterhalten«, schlug Lizzy Leanne vor.

Leanne fühlte sich beunruhigt. Es musste etwas Ernstes sein. »Okay …«, sagte sie zögernd. »Aber nur fünf Minuten«, fügte sie hinzu. Ihr war nicht wohl bei dem Gedanken, ihre Ware einer wildfremden Frau anzuvertrauen, auch wenn Lizzy einen freundlichen Eindruck machte und sich um Harley zu sorgen schien.

Leanne und Harley schoben sich durch die Menge, bis sie auf den Marktplatz gelangten. Unterhalb der Burgmauern standen Kinder Schlange, um ein paar Rentiere zu streicheln, die unbeeindruckt von dem Trubel, der Musik und den Lichtern dastanden und die Tätschelei geduldig über sich ergehen ließen.

»Also gut«, sagte Leanne. »Was ist los?«

»Mum. Beruhige dich. Es ist alles cool.« Harley ging einem

Mann aus dem Weg, der Luftballons verkaufte, und setzte sich auf eine der Bänke. »Ich wollte dir nur sagen, dass ich es für das Beste halte, wenn ich mich über Weihnachten von zu Hause fernhalte. Ich möchte dir und River das Fest nicht verderben.«

Leanne verschränkte die Arme und schaute auf ihn hinab. »Wie bitte?«

»Ich komme einfach mit Tony nicht mehr klar. Der Typ kann mich nicht ausstehen. Er wartet nur darauf, dass mir der Kragen platzt. Ich halt das nicht mehr aus. Sorry.«

»Aber du kannst nicht über Weihnachten wegbleiben.«

»Ich hab Angst, Mum.«

»Großer Gott.« Leanne ließ sich neben ihm auf die Bank sinken und sah ihm in die Augen. »Wovor denn?«

»Vor dem, was passieren könnte. Ich trau ihm nicht. Und mir selbst auch nicht. Tut mir wirklich leid.«

»Nein, *mir* tut es leid. Ich weiß einfach nicht, was ich tun soll.«

»Du sollst überhaupt nichts tun. Versuch einfach, mich zu verstehen.« Harley suchte nach den richtigen Worten. Überlegte, wie er es Leanne erklären konnte, ohne sie zu sehr zu beunruhigen. »Er will mich fertigmachen. Da bin ich mir ganz sicher. Und er ist schlau. Er wird es so aussehen lassen, als hätte ich angefangen. Deswegen gehe ich ihm aus dem Weg.« Er schob seine kalten Hände in die Hosentaschen. »Ich wohne in Mrs. Openshaws Strandhütte. Sie hat es mir erlaubt. Und Lizzy wohnt auch da.«

»Ist es da auch warm genug?«, fragte Leanne.

»Ja. Es gibt einen Holzofen.«

»Es macht mich traurig, dass du dich zu Hause nicht wohlfühlst. Du bist mein Sohn.« Sie seufzte, ihr Atem bildete eine weiße Wolke. »Soll ich mit ihm reden?«

»Ich glaub nicht, dass er auf dich hören würde«, sagte Harley. »Er würde behaupten, dass ich mir das alles nur einbilde.«

Eine Weile schauten sie einer ganz in Gold gekleideten Frau zu, die mit brennenden Fackeln jonglierte, sodass es aussah, als stünde sie inmitten eines Flammenkreises.

»Aber ich kann ihn nicht verlassen«, sagte Leanne. »Wo sollten wir dann hin? Ich kann nicht einfach gehen … Nicht mit River. Wo sollten wir dann Weihnachten verbringen?«

»Ich verlange doch nicht von dir, ihn zu verlassen, Mum. Es ist okay. Aber es ist einfach besser, wenn ich nicht da bin. Das muss vorerst reichen.«

Sie legte die Hände an ihre Wangen. Er sah, wie ihre haselnussbraunen Augen sich mit Tränen füllten.

»Ich hab dich doch lieb«, sagte sie. »Ich möchte dich so gern bei mir haben. Wir sind schließlich eine Familie.«

Nein, dachte Harley. Tony gehörte nicht zur Familie. Tony war darauf aus, sie gegeneinander aufzuhetzen, er wollte ihre Familie zerstören. Und das würde er nicht zulassen.

»Hör zu, wenn ich nicht da bin, könnt ihr in aller Ruhe Weihnachten feiern.«

»Wie stellst du dir das vor? Ich mach mir Sorgen um dich. Das ist alles ganz furchtbar. Wie konnte ich uns bloß alle in so eine Situation bringen …«

Harley sah, wie unglücklich sie war. Nach allem, was sie mit Richie durchgemacht hatte, wollte er jetzt nicht der Grund dafür sein, dass es ihr nicht gut ging. Leanne wischte sich die Tränen von den Wangen. Ihre Wimperntusche war verlaufen. Harley konnte sie nicht weinen sehen. Ein paar Passanten warfen ihr mitleidige Blicke zu. Er nahm ihre Hände.

»Mum. Mum, hör auf zu weinen. Lass uns Weihnachten

hinter uns bringen, dann machen wir einen Plan. Es gibt keinen Grund, so unglücklich zu sein. Das Wichtigste ist, dass River ein schönes Weihnachtsfest bekommt, und das kriegt er nicht, wenn ich da bin.«

»Aber du wirst ihm fehlen. Und was ist mit deinen Geschenken?«

»Komm doch einfach morgen in die Strandhütte. Dann gehen wir zusammen spazieren und holen uns irgendwo was zu essen. River ist doch so gern am Strand.«

Leanne überlegte. »Ich könnte Tony sagen, dass ich noch was besorgen muss. Irgendwas, das ich vergessen hab. Aber lange kann ich nicht bleiben.«

»Aber, Mum. Du kannst doch wohl machen, was du willst. Oder?«

»Wie meinst du das?«

»Das ist nicht in Ordnung. Du gehörst ihm nicht.« Harley spürte, wie die Wut in ihm aufstieg. »Bei Dad durftest du immer tun und lassen, was du wolltest. Er hat vielleicht gegen das Gesetz verstoßen, aber er war kein Kontrollfreak.«

»Lass deinen Vater aus dem Spiel«, entgegnete Leanne. Ihr scharfer Ton sagte Harley, dass er zu weit gegangen war. Sie wollte nicht über Richie reden. Es war, als hätte er nie existiert. Harley fiel es schwer, das zu akzeptieren, aber irgendwie konnte er es auch verstehen. Richie hatte ihr Leben ruiniert.

Aber Harley würde nicht zulassen, dass wieder ein Mann das Glück seiner Mutter zerstörte.

»Tut mir leid«, sagte er. »Aber es ist nicht einfach für mich, weißt du.«

»Okay. Hör zu – wir versuchen, morgen zur Hütte zu kommen. So gegen Mittag«, versprach Leanne. »Aber jetzt muss ich zurück zu meinem Stand. Deine Freundin scheint nett zu sein. Was macht sie hier unten?«

»Ehrlich gesagt, weiß ich das nicht so genau. Ich glaub, es gab Streit in ihrer Familie.«

Leanne verdrehte die Augen. Ein erschöpftes Lächeln erschien auf ihren Lippen. »Es ist jedes Jahr dasselbe. An Weihnachten bricht in so vielen Familien der Streit aus.«

Als sie zum Stand zurückkamen, wedelte Lizzy freudestrahlend mit drei Geldscheinen. »Ich hab drei Stück verkauft«, verkündete sie triumphierend. »Ihre Kränze sind wirklich wunderschön. Verkaufen Sie mir Ihren letzten mit Muscheln? Bitte? Der würde perfekt zu unserer Strandhütte passen.«

»Selbstverständlich.«

Leanne schaute sich um. Auf dem Markt herrschte Hochbetrieb. Ganze Familien machten ihre letzten Weihnachtseinkäufe. Die Leute aßen Süßigkeiten oder genossen ein Glas Glühwein und gaben jede Menge Geld aus, um ihr Weihnachten perfekt zu machen. Dieses Streben nach Perfektion hörte nie auf.

Aber auch mit noch so vielen Geschenken und Leckereien und funkelnden Lichtern konnte man die Risse im Leben einfach nicht kitten.

KAPITEL 24

»Wann hast du zuletzt was gegessen, Hattie?«, fragte Simon.

Noch nie hatte Lizzy ihm so sehr gefehlt. In Notlagen konnte man sich immer auf sie verlassen. Vor allem, wenn es dabei um junge Mädchen ging, die mitten in einem Kaufhaus in Ohnmacht fielen.

Shirley Booth war aus ihrem Büro gekommen, um zu sehen, was da vor sich ging, und hatte ihn schon wieder missbilligend angesehen, so als wäre er als Vater genauso wenig zu gebrauchen wie als Ehemann.

Jetzt schob er die Lasagne in den heißen Ofen. Der Mensch muss essen, dachte er.

»Ich weiß nicht«, sagte Hattie. »Bei Kiki gab's gestern Abend so Kleinkram. Hähnchenspieße und Fleischbällchen vom Thailänder.« Sie zog die Nase kraus.

»Aber gefrühstückt hast du nicht.«

»Keiner von uns hat gefrühstückt«, sagte Luke. »Du hast uns nur eine Scheibe Toastbrot gemacht.«

Natürlich waren sie alle in der Lage, sich selbst ein Frühstück zuzubereiten, aber wenn Lizzy da war, schmeckte es einfach besser. Es stand immer eine Kanne Tee bereit. Und es duftete nach frisch getoastetem Brot. Und nach gebratenem Speck, wenn man Lust darauf hatte. Auf dem Tisch stand eine Schüssel mit Obst, mundgerecht zugeschnitten. Sie zwang einen nicht zu essen, sie verführte einen dazu.

Jetzt wurde Simon klar, dass er hätte dafür sorgen müssen,

dass sie alle ein ordentliches Frühstück bekamen. Dann wäre seine Tochter in dem Laden vermutlich nicht zusammengeklappt. Inzwischen hatte sie ein paar Scheiben Toast mit Honig gegessen und wieder etwas Farbe bekommen.

»Wir haben immer noch kein Geschenk für Mum«, jammerte sie.

»Doch, ich habe ein Geschenk«, sagte Simon, froh, dass er wenigstens den Schongarer besorgt hatte. »Außerdem können wir immer noch was kaufen, sobald sie die Preise herabsetzen, das fände sie sowieso viel besser. Da kriegt man das Doppelte für dasselbe Geld.«

»Aber darum geht es doch eigentlich nicht«, sagte Luke. »Wir wollten sie doch verwöhnen.«

Hattie dachte an das Parfüm und die Handtasche, die sie in ihrem Kleiderschrank versteckt hatte, sagte jedoch nichts.

In dem Moment klingelte es an der Haustür, und sie zuckten alle zusammen.

»Ob das Mum ist?«

Sie stürzten aus der Küche und rannten durchs Wohnzimmer. Simon riss die Haustür auf.

Vor ihnen stand ein Lieferant von Ocado mit einem ganzen Stapel Kartons.

»Ihre Bestellung«, sagte der Mann. »Sie haben Glück, dass Sie es heute noch bekommen. Dafür muss Ihre Frau sich mächtig ins Zeug gelegt haben.«

Gemeinsam trugen sie die Sachen in die Küche. Ein Puter, Würste, zwei Netze Rosenkohl, Sahne, ein Früchtebrot, ein Netz Mandarinen, ein Beutel Kartoffeln, ein Paket Räucherlachs, Tuben mit Brotsoße und Weinbrandbutter, Plundergebäck für das Weihnachtsfrühstück, fünf Sorten Käse, mehrere Gläser Chutney, Würstchen im Schlafrock. Sie brauchten eine

Viertelstunde, um alles einzuräumen. Der Kühlschrank platzte aus allen Nähten, die Regale bogen sich.

»Ich halt das nicht aus«, sagte Luke. »Ohne Mum können wir nicht Weihnachten feiern.«

Simon betrachtete den Puter. Vielleicht sollte er den lieber in den Tiefkühlschrank packen.

Aber falls Lizzy doch noch auftauchte, würden sie ohne Puter dastehen. Es würde eine halbe Ewigkeit dauern, bis der wieder aufgetaut war.

Er nahm Lizzys Handy von der Fensterbank in der Hoffnung, darin einen Hinweis zu finden, auch wenn er wusste, dass er sich an einen Strohhalm klammerte. Er sah sofort, dass eine Voicemail-Nachricht von seiner Mutter eingegangen war.

»Eure Großmutter hat Mum eine Nachricht auf Voicemail gesprochen.«

Die Zwillinge schauten ihn an.

Er drückte auf Play, und die Stimme seiner Mutter ertönte:

»*Lizzy? Hier ist Cynthia. Ich fürchte, es hat ein Missverständnis gegeben. Amanda glaubt anscheinend, ich würde Weihnachten bei euch verbringen. Aber ich habe mir schon etwas anderes vorgenommen, als sie mir erzählt hat, dass sie über die Feiertage in den Skiurlaub fährt. Ich hoffe, ihr nehmt das nicht persönlich. Wir können uns ja gern nach Weihnachten treffen und die Bescherung nachholen.*«

Simon bekam eine Gänsehaut. Der ganze Schlamassel war seine Schuld. Wenn er mit Lizzy gesprochen hätte, als Amanda ihm verkündet hatte, dass sie in Skiurlaub fahren würde, wäre das alles nicht passiert. Jetzt fühlte sich auch noch seine eigene Mutter gekränkt. Er wusste ganz genau, dass sie sich nichts vorgenommen hatte. Eigentlich hatte er sie am Morgen anrufen wollen, um sich zu erkundigen, wie es ihr ging, und um sie zu fragen, wann er sie am kommenden Morgen abholen sollte. Aber in der ganzen Aufregung hatte er es völlig vergessen.

»Am besten fahr ich mal kurz zu ihr rüber«, sagte er. Anrufen reichte nicht, am Telefon würde sie ihm nur sagen, es sei alles in Ordnung, es gehe ihr gut. Er musste sie sehen.

»Was ist denn mit Gran?«, fragte Hattie.

»Es gab da ein Problem, als hätten wir nicht schon genug Sorgen«, sagte Simon. Die ganze Sache würde ihm um die Ohren fliegen, wenn er nicht höllisch aufpasste. Schlechter Ehemann, schlechter Vater, schlechter Sohn. Er war einfach zu nichts zu gebrauchen.

»Und was ist mit Mum?«, fragte Luke.

»Solange wir nicht wissen, wo sie ist, können wir nichts machen. Hauptsache, es ist jemand zu Hause, wenn sie zurückkommt«, sagte Simon und schnappte sich seine Autoschlüssel. »Bin so bald wie möglich wieder da.«

Als er aus der Tür trat, kam Lukes Freund Hal gerade auf das Haus zu, dick eingepackt in eine grüne Daunenjacke, sodass er kaum zu erkennen war.

»Hallo, Mr. Kingham.«

Hal zog seine Kapuze zurück und setzte seine gigantischen Kopfhörer ab.

Simon war drauf und dran zu sagen, dass es gerade kein guter Moment für einen Besuch war, ließ es jedoch bleiben. Hal war ein guter Freund, und vielleicht tat es den Zwillingen gut, wenn er da war.

»Wir sehen uns später, Hal«, sagte er und hielt ihm die Haustür auf. Dann lief er zu seinem Wagen.

»Abgehauen?«, wiederholte Hal verblüfft. Er saß zwischen den Zwillingen am Küchentisch. »Meine Mutter flippt auch regelmäßig einmal im Jahr aus und droht uns an, dass sie abhaut. Aber eigentlich trau ich ihr das nicht zu. Was habt ihr denn *getan*?«

»Frag lieber, was wir *nicht* getan haben«, sagte Luke. »Wir hätten gestern Abend zu Hause sein sollen, um den Baum zu schmücken.«

»O Mann«, sagte Hal. »Krass. Jetzt wundert mich nichts mehr.« Er sah Luke stirnrunzelnd an. »Du hattest doch gar nichts Wichtiges zu tun. Du warst bei mir.«

»Ist das etwa nichts Wichtiges?«, fragte Luke.

»Aber doch nicht so wichtig, wie deiner Mutter zu helfen.«

»Jetzt fang du nicht auch noch an, auf uns rumzuhacken.« Luke verschränkte die Arme.

»Aber eure Mutter ist die absolute Legende«, entgegnete Hal.

Die beiden sahen ihn überrascht an.

»Sie ist echt stark«, fuhr Hal fort. »Sie ist immer gut drauf, meckert nie rum. Sie ist cool und lustig und total nett. Man möchte am liebsten von ihr in den Arm genommen werden.« Er lächelte verlegen. »Bei ihr fühlt man sich … sicher. Bei meiner Mum ist das nicht so. Ich weiß nie, wann sie zu Hause ist. Oder ob sie zu müde ist, um was zu kochen. Und sie vergisst alles. Wann Elternabend ist. Wenn ich mal eine Entschuldigung brauch. Wenigstens kriegt mein Vater solche Sachen auf die Reihe.«

»Wie sollen wir sie bloß finden?«, fragte Hattie. »Sie hat nicht mal ihr Handy mitgenommen.«

Die beiden schauten Hal ratlos. Hal breitete die Arme aus. »Ist doch klar. Ihr müsst auf Facebook eine Vermisstenmeldung rausschicken«, sagte er dann. »Dafür ist Facebook schließlich da, oder?«

»Aber was sollen wir denn schreiben?«, fragte Luke. »Und was werden die Leute denken?«

»Ist doch egal, was die Leute denken. Auf jeden Fall ist es einen Versuch wert.«

Luke und Hattie schauten sich an.

»Was meinst du?«, fragte Luke.

»Ich glaub, Dad würde es nicht gefallen.«

»Der kriegt das doch nicht mit. Er ist nicht auf Facebook.«

»Aber wenn er es rauskriegt, bringt er uns um.«

»Nicht, wenn wir es damit schaffen, dass Mum zurückkommt.«

Die Zwillinge sahen Hal unsicher an.

»Was habt ihr zu verlieren?«, fragte Hal.

»Okay, wir machen es«, sagte Hattie und nahm ihr Handy.

»Ich fass es nicht«, murmelte Luke niedergeschlagen. »Wenn ich solche Vermisstenanzeigen sehe, frag ich mich jedes Mal, aus was für Familien die Leute kommen müssen, dass sie tatsächlich abhauen.«

»Hör auf rumzujammern«, sagte Hal. »Lass uns lieber zu Potte kommen.« Er war schon immer praktisch und direkt gewesen.

Hattie hatte inzwischen zwei Fotos von Lizzy ausgesucht, eins, das sie lächelnd in Jeans und Sweatshirt im Garten zeigte, eine Pflanzschaufel in der Hand, die Locken im Nacken zusammengebunden, und eins das sie zum Ausgehen zurechtgemacht zeigte, die Haare offen und die Lippen geschminkt.

»Seht mal, wie hübsch sie ist«, sagte sie.

Luke begann, die Vermisstenmeldung aufzusetzen.

VERMISST!
Lizzy Kingham
Wer hat unsere Mutter gesehen?
Sie ist für ein paar Tage verreist,
aber wir wissen nicht, wohin.
Bitte teilen.
Wir haben dich lieb, Mum!
Hattie und Luke

»Klingt das okay?«, fragte er. »Nicht irgendwie komisch? So als hätten wir sie … verloren? Und nicht vertrieben?«

Hal las den Text. Dann nickte er. »Viel mehr könnt ihr ja nicht schreiben. Jedenfalls sind die Leute auf Facebook immer total hilfsbereit bei solchen Sachen. Und keiner kommt auf die Idee, sich ein Urteil anzumaßen.«

Luke fügte noch Hatties Handynummer hinzu, zögerte jedoch noch immer. »Soll ich?«

»Ja, mach«, sagte Hattie. »Wenigstens tun wir was. Es macht mich ganz verrückt, hier untätig rumzusitzen und zu warten.«

Luke klickte auf »Teilen«. Als der Post erschien, betrachteten sie ihn nachdenklich.

Eine Träne kullerte über Lukes Wange.

Hattie schaute ihren Bruder an. »Hey, Luke. Es wird alles gut.«

»Ich hoff, es geht ihr gut.« Luke schniefte, dann legte er den Kopf auf die verschränkten Arme auf dem Tisch. »Ich sollte den Christbaumschmuck vom Speicher holen, und ich hab's vergessen.«

»Das ist doch total normal«, sagte Hal und tätschelte seinem Freund unbeholfen den Rücken. »Ich vergess dauernd, die Sachen zu machen, um die mich meine Mutter bittet.

Deiner Mutter ist einfach der Kragen geplatzt. Schließlich ist sie nicht als Sextouristin nach Jamaika geflogen, so wie meine Tante. Sie ist vor Kurzem mit einem Fünfundzwanzigjährigen im Schlepptau zurückgekommen.«

Hattie warf einen Blick auf das Display ihres Handys. »Wir haben schon sechzehn Likes.«

»Verbreitet sich ziemlich schnell.«

»O Gott«, sagte Luke. »Wenn ich ihr bloß geholfen hätte. Ich hab außerdem das ganze dreckige Geschirr in meinem Zimmer rumstehen lassen.«

»Vergiss es«, sagte Hal. »Du kennst doch mein Zimmer.«

»Stimmt«, meinte Luke, aber es tröstete ihn nicht. Er erinnerte sich, dass er in Eile gewesen war, dass er sich gesagt hatte, es sei nicht so wichtig, er würde sich darum kümmern, wenn er nach Hause kam. Er war ein rücksichtsloser Egoist, und das war einer der Gründe, warum sie abgehauen war.

Hatties Handy klingelte. Es war Kiki. Normalerweise ging sie sofort ans Telefon, wenn Kiki anrief. Aber diesmal ließ sie es sechsmal klingeln, ehe sie sich dazu aufraffen konnte.

»Hallo?«, sagte sie vorsichtig.

»Was ist denn mit deiner Mutter?«, fragte Kiki atemlos. »Ich hab grade deinen Post gesehen.«

»Wir wissen es nicht«, sagte Hattie. »Sie ist weg.«

Schweigen.

»Meine Mutter meint, wenn sie irgendwie helfen kann, sollt ihr Bescheid sagen. Sie findet eure Mutter total cool. Sie sagt, sie ist die netteste Person, die sie seit Langem kennengelernt hat.«

Hattie hatte einen Kloß im Hals. Sie schluckte.

»Danke, Kiki«, sagte sie, dann legte sie auf.

Sie wandte sich ab, um ihre Tränen vor den anderen zu verbergen. Kikis Anruf hatte ihr alles noch einmal mit aller

Deutlichkeit vor Augen geführt. Als sie gestern im weißen SUV von Kikis Mutter durch Birmingham gefahren waren, in dem laut Musik lief, als sie bei Selfridges Champagner geschlürft hatten, da hatte sie gedacht, Kiki hätte alles, was man sich nur wünschen kann.

Jetzt dämmerte ihr, dass sie mehr hatten, sie und Luke. Und jetzt sah es so aus, als würden sie es verlieren.

KAPITEL 25

»Geräucherte Mandeln!«, rief Lizzy aus. »Davon brauchen wir mindestens zwei!«

Entschlossen nahm sie zwei Dosen aus dem Regal und legte sie in den Wagen. Harley und sie machten Großeinkauf für die nächsten Tage. Es war überraschend wenig los im Supermarkt, so konnten sie in aller Ruhe ihre Einkäufe aussuchen.

Harley betrachtete die Sachen, die bereits im Wagen lagen. »Das ist auf jeden Fall das merkwürdigste Weihnachten meines Lebens.«

»Es ist perfekt«, sagte Lizzy. »Ich werde nichts Kompliziertes zum Essen machen. Brotsoße, Cranberrysoße, Weinbrandbutter, das alles kann mir gestohlen bleiben.«

Sie stieß triumphierend eine Faust in die Luft.

»Ich kann Ihnen beim Kochen helfen«, sagte Harley. »Sie müssen mir nur sagen, was ich tun muss.«

Er beäugte die zwei tiefgefrorenen Hummer, die sie in den Wagen gelegt hatte. Da er in Tawcombe wohnte, sah er die Fischer jeden Tag mit ihren Hummerkörben in den Hafen einlaufen, aber er hatte noch nie einen Hummer gegessen. Geschweige denn zubereitet. Zumindest waren die hier schon tot.

»Was ist dein Lieblingsgericht?«, fragte Lizzy. »Dein absolutes Lieblingsgericht, das dich glücklich macht? Das könnten wir am fünfundzwanzigsten machen.«

Harley überlegte. Dann fiel ihm wieder ein, was sein Vater

immer gekocht hatte, wenn seine Mutter donnerstagsabends zum Pilates gegangen war. Jungs-Essen. Da waren sein Vater, River und er unter sich gewesen.

»Kartoffelpüree mit Würstchen«, sagte er, ein bisschen unsicher, ob das eine angemessene Antwort war.

Aber Lizzy strahlte. »Super!«, sagte sie. »Das ist schön einfach, und ich mach das beste Kartoffelpüree der Welt! Da kommt mindestens ein halbes Pfund Butter rein. Und jede Menge Salz.«

Lachend schob sie den Einkaufswagen zur Wursttheke. Auf Harley wirkte sie ein bisschen durchgeknallt, andererseits kannte er sie überhaupt nicht. Vielleicht geriet sie ja beim Einkaufen immer so aus dem Häuschen.

»Ganz normale Würstchen oder welche mit Apfel?«, fragte sie. »Ach, wir nehmen einfach beide Sorten.« Sie legte die Würstchen in den Wagen. »Ich sollte lieber aufhören, sonst finde ich überhaupt kein Ende mehr. Okay, vielleicht noch ein bisschen Parmaschinken.« Sie schaute Harley an. »Alles in Ordnung?«

»Nein.« Ihm war plötzlich zum Heulen zumute, er wusste selbst nicht, warum. Vielleicht war es das Gespräch mit seiner Mutter oder die Erinnerung an die Würstchen, die sein Vater immer für ihn gemacht hatte. »Nein. Oder doch. Falls Sie verstehen, was ich meine.«

»Ich weiß ganz genau, was du meinst«, sagte Lizzy. »Mir geht es schon viel zu lange so.«

»Kommen Sie«, sagte Harley, und nahm den Einkaufswagen. »Machen wir, dass wir hier rauskommen, bevor Sie noch den ganzen Laden leer kaufen.«

Als sie im Auto saßen, holte Lizzy tief Luft.

»Was haben Sie?«, fragte Harley und sah sie von der Seite an.

»Ich weiß nicht«, antwortete sie. »Es fühlt sich irgendwie komisch an. Eigentlich müsste ich jetzt zu Hause sein. Geschenke einpacken. In Panik geraten. Mir Sorgen machen, ob der Puter groß genug ist und ob wir genug von allem haben.«

»Sie haben mir noch gar nicht erzählt, warum Sie hier sind«, sagte Harley.

»Ach, wegen allem«, sagte sie. »Wegen allem und wegen nichts. Ich hab das Gefühl, mich selbst verloren zu haben. Als würde ich immer nur alles für andere machen und nichts für mich selbst. Und als wäre es egal, ob ich da bin oder nicht. Aber jetzt, wo ich hier bin, mach ich es genauso. Ich bin noch immer stinksauer auf sie alle, und trotzdem mach ich mir die ganze Zeit Gedanken darüber, was sie wohl gerade tun.«

»Ach so«, sagte Harley, obwohl er nicht so recht wusste, ob er verstanden hatte, was sie meinte.

»Sie haben mich gestern Abend versetzt. Mein Mann und meine beiden Kinder. Hattie und Luke. Sie sind ungefähr so alt wie du. Wir wollten gemeinsam den Baum schmücken, aber auf einmal hatten sie alle … was anderes vor.«

»Das ist gemein.«

»Ja. Und es ist nicht nur das. Meine verdammte Schwiegermutter kommt auf den letzten Drücker jetzt auch noch über Weihnachten zu uns.« Sie umklammerte das Steuerrad und spürte, wie sie die Zähne zusammenbiss.

»Na ja, man muss seine Schwiegermutter nicht mögen. Ist doch ein Klassiker, oder?«

Lizzy schaute ihn an. Er zuckte leicht zusammen, als er sah, wie kalt und hart ihr Blick geworden war.

»Sie hat etwas sehr Schlimmes getan«, sagte Lizzy. »Etwas, das ich ihr niemals verzeihen werde. Aber ich bin die Einzige, die davon weiß. Und ich muss den Mund halten, obwohl ich meinen Mann am liebsten anschreien würde: *Weißt du eigentlich, was sie getan hat, deine verehrte Mutter? Weißt du, was sie getan hat?*«

KAPITEL 26

Simon gab den Code ein, und das Tor von Copperfield Close öffnete sich. Er fuhr hinein und stellte seinen Wagen in der für Besucher reservierten Bucht auf dem Parkplatz ab.

Auf dem Weg zu Cynthias Bungalow nahm er seinen Schlüsselbund aus der Tasche. Er ahnte, was ihn erwartete. Es wäre nicht das erste Mal, dass er sie in diesem Zustand vorfand, allerdings war es in letzter Zeit seltener vorgekommen. Er maßte sich kein Urteil an. Wie auch? Sie trauerte, und sie war einsam.

Cynthia lag auf dem Sofa. Auf dem Sofatisch stand in einem durchsichtigen Kühler eine Flasche Weißwein.

»Ach, Mum!«

Sie blinzelte.

»Komm, Mum, ich nehm dich mit.«

Cynthia setzte sich mühsam auf, dann sackte sie in sich zusammen und verbarg das Gesicht in den Händen.

»Er fehlt mir so«, murmelte sie. »Dein dummer, komischer Vater fehlt mir mehr, als ich es dir sagen kann.«

»Ich weiß, Mum«, sagte Simon. »Aber er ist kein Flaschengeist. Auch wenn du noch so tief in die Flasche guckst, da wirst du ihn nicht finden.«

»Keiner braucht mich«, sagte sie, hob den Kopf und schaute ihn an. Ihre Wimperntusche war verschmiert vom Weinen. Sie bot ein Bild des Elends.

»Da irrst du dich«, entgegnete Simon. »Ich zum Beispiel

brauche dich. Und das meine ich ernst. Aber betrunken kann ich dich nicht gebrauchen.«

Sie lehnte sich auf dem Sofa zurück. Sie seufzte.

»Lizzy ist abgehauen«, sagte er. »Wir sind alle daran schuld. Wir haben gestern vergessen, dass wir am Abend wie jedes Jahr zusammen den Baum schmücken wollten, und da ist sie einfach weggefahren.«

»Lizzy?« Cynthia setzte sich auf. Sie sah ihn ungläubig an. »Das passt doch gar nicht zu ihr.«

»Deswegen ist es ja auch so beunruhigend.«

Er hockte sich vor das Sofa und nahm Cynthias Hände. »Kannst du mit zu mir kommen, Mum? Mir helfen, die Stellung zu halten? Für die Zwillinge da sein? Die beiden sind ganz durch den Wind. Sie haben ein furchtbar schlechtes Gewissen.« Er holte tief Luft. »Sie geben sich die Schuld an Lizzys Verschwinden. Aber in Wirklichkeit bin ich schuld.«

Cynthia wollte etwas sagen, doch er ließ sie nicht zu Wort kommen.

»Ich könnte also ein bisschen moralische Unterstützung gebrauchen. Auch wenn ich ein schlechter Ehemann und ein lausiger Vater und ein miserabler Sohn bin.«

»Das bist du überhaupt nicht!«, sagte Cynthia empört. »Du bist ein anständiger Mann, Simon. Du hast nur einen Fehler gemacht.«

Er sah sie an. »Und welchen?«

Sie hob die Brauen. »Na, du weißt schon. Madame.«

»Ich dachte, Amanda und du, ihr wärt die besten Freundinnen.«

»Du kennst doch den Spruch«, sagte Cynthia. »›*Lass deine Freunde nah an dich ran, aber deine Feinde noch näher*‹.« Sie verzog das Gesicht. »Sie hat mich heute Morgen vom Flughafen aus angerufen und meinte, Lizzy hätte was dagegen, dass ich Weihnachten bei euch verbringe.«

Simon starrte seine Mutter an.

»Das ist nicht wahr, Mum. Lizzy hat sich nur darüber aufgeregt, dass niemand sie informiert hat. Und das war meine Schuld. Ich hab's vergessen. Weil ich ein kompletter Idiot bin.« Er setzte sich neben Cynthia auf das Sofa. »Lizzy ist im Moment ein bisschen … überempfindlich. Ich glaube, die Sache mit der Entlassung hat sie mehr mitgenommen, als wir alle gedacht haben. Weil sie ist, wie sie ist, und immer so tut, als wäre alles in Ordnung. Und wenn dann was schiefläuft.«

»Sie ist in den Wechseljahren, oder?«

»Meinst du?«, fragte Simon. Er musste an das denken, was Colin ihm gesagt hatte.

»Ich kann mich noch gut erinnern, wie das war«, sagte Cynthia. »Das solltest du nicht unterschätzen. Viele Frauen werden depressiv. Dein Vater hat sich vorbildlich verhalten. Selbst wenn ich vollkommen verzweifelt war, hat er mich behandelt wie eine Prinzessin. Er war die Geduld in Person. Und so liebenswürdig.«

»Er war zu allen liebenswürdig«, sagte Simon.

Er wusste, dass er nicht so ein guter Mensch war wie sein Vater, es auch nie sein würde. Sein Vater war sein Held gewesen. Er war jedermanns Held gewesen. Neville hatte sich für jeden Menschen, der ihm etwas bedeutete, immer Zeit genommen und immer sein Bestes gegeben. Er war ein guter Ehemann gewesen. Ein guter Vater. Ein guter Arbeitgeber. Und ein guter Freund. Und zweifellos auch ein guter Sohn.

Simon seufzte. Er gab sich Mühe, wirklich. Aber heutzutage war alles viel schwieriger. Die Erwartungen an Männer und auch an Frauen waren viel größer. Und wenn man sich darauf konzentrierte, eine Sache richtig zu machen – in seinem Fall war es derzeit sein Job –, dann vernachlässigte man irgendetwas anderes, und irgendwann flog einem alles um die Ohren.

Das war ein Weckruf. Seine Familie war in Gefahr. Sie hatten nur einander, aber im Moment strebte jeder in eine andere Richtung. Er musste sie alle wieder zusammenführen. Die Missverständnisse beseitigen, dafür sorgen, dass sie wieder zusammenhielten, einander unterstützten. Und er musste vor allem Amanda die Stirn bieten. Es musste endlich Schluss sein damit, dass alle nach ihrer Pfeife tanzten. Lexi und Mo waren ihm wichtig, aber nicht seine Ex-Frau.

Und er musste sich um seine Mutter kümmern. Er schaute sich in ihrem Wohnzimmer um. Alles war so sauber und aufgeräumt wie im Ausstellungsraum eines Möbelhauses. Er war der Meinung gewesen, Copperfield Close sei der perfekte Ort für sie. Die geschlossene Wohnanlage bot Sicherheit und Geborgenheit und Komfort. Aber jetzt begriff er, dass er das falsch gesehen hatte. Hier war alles so leblos. Der Bungalow war das genaue Gegenteil von Pepperpot Cottage, das voller Leben und menschlicher Wärme war.

»Komm, Mum«, sagte er. »Fahren wir.«

Er schaute sie an, und es versetzte ihm einen Stich. Spontan nahm er sie in die Arme, und sie schmiegte sich an ihn. Sie sagten nichts, aber die Geste sagte alles. Er tätschelte ihr den Rücken.

»Geh dich ein bisschen frisch machen, ich pack dir ein paar Sachen ein.«

»Ich muss dir etwas erzählen«, flüsterte Cynthia. »Etwas sehr Schlimmes. Ich kann es einfach nicht länger für mich behalten.«

KAPITEL 27

Vier Jahre zuvor

Es war Mittwoch, und Cynthia verbrachte den Tag im Golfclub in Leadenbury. Neville hatte ihr das Golfspielen vor Jahren beigebracht. Schon bald spielte sie besser als er. Sie wurde zu einer festen Größe im Club und schließlich sogar zum »Ladies' Captain« gewählt, was ihr ein bisschen widerstrebte, weil sie eigentlich nichts übrig hatte für Ämter und Politik. Aber mittwochs gab es immer ein hervorragendes Buffet, und außerdem waren ihr kalte Riesengarnelen, Hähnchensalat, ein oder zwei Glas Wein und ein nettes Gespräch immer recht.

Ein paar Herren schenkten ihr besondere Aufmerksamkeit, aber sie war nicht interessiert. Sie wollte keinen anderen als Neville. Sie hatte den perfekten Ehemann gehabt. Warum in aller Welt sollte sie sich jetzt, wo er nicht mehr da war, mit einem zufriedengeben, der weniger perfekt war? Sie konnte sich nichts Schlimmeres vorstellen, als sich mit den Ansprüchen und Grillen eines Mannes herumplagen zu müssen. Sie mochte vielleicht einsam sein, aber das hatte sie denn doch nicht nötig.

Aber an jenem Nachmittag hatte sie mit ihren Gefühlen zu kämpfen. Neville war seit gut einem Jahr tot. Es war sein Geburtstag, und sie wusste nicht, wie sie damit umgehen sollte. Sie hatten ihrer beider Geburtstage immer sehr ernst genommen. Sie hatten einander mit Geschenken überhäuft, launige Karten geschrieben, Torten gebacken, Freunde zum

Abendessen eingeladen. Jetzt quälte sie sich den ganzen Tag über, der ihr leerer und stiller erschien als normale Tage. Was würde sie ihm schenken, wenn er noch lebte? Was für eine Torte würde sie für ihn backen? In welches Restaurant würden sie gehen? Sie konnte an nichts anderes denken, und es quälte sie.

Nach einem anregenden Achtzehn-Loch-Spiel saß sie in der Club-Lounge und nippte an ihrem Weißwein. Sie schloss die Augen und genoss die Wirkung des Alkohols. Mit jedem Schluck fühlte sie sich sicherer. Jemand gab ihr noch ein Glas Wein aus, und nachdem sie es ausgetrunken hatte, fühlte sie sich beinahe entspannt. Noch ein Glas, dachte sie, dann würde es ihr wieder gut gehen.

Sie hatte ihr drittes Glas fast ausgetrunken und nahm sich vor, mit dem Taxi nach Hause zu fahren, falls sie noch eins trank, als ihr Handy klingelte. Es war Lizzy. Sie eilte nach draußen. Im Club waren keine Handys erlaubt.

»Hallo, Cynthia«, sagte Lizzy. Sie klang aufgeregt. »Ich stecke in der Klemme. Könntest du mir vielleicht helfen? Ausnahmsweise?«

Normalerweise bat Lizzy sie nie um etwas. Normalerweise wollte sie keine Hilfe von Cynthia. Ganz im Gegensatz zu Amanda, die Cynthia behandelte wie ein besseres Dienstmädchen, das sie herumkommandieren konnte. Aber vielleicht hatte Lizzy sich deswegen nie um Hilfe an sie gewandt, als die Zwillinge klein gewesen waren – weil Amanda Vorrechte hatte. Cynthia hatte sich danach gesehnt, Lizzy helfen zu dürfen, aber sie hatte sich auch nicht aufdrängen wollen.

»Aber natürlich.« Cynthia freute sich, dass Lizzy sich gemeldet hatte. Jetzt, wo Lexi und Mo studierten, konnte sie vielleicht bei Simons Familie ein bisschen mit anpacken.

Aber die Zwillinge waren eigentlich schon groß, die brauchten keinen Babysitter mehr. Das Gefühl, etwas verpasst zu haben, machte sie traurig.

»Ich sitze in einer Besprechung«, erklärte ihr Lizzy. »Ich hatte Hattie versprochen, sie von der Schule abzuholen und zur Eisbahn zu fahren. Könntest du das vielleicht für mich übernehmen? Um halb fünf ist die Sitzung zu Ende, ich kann sie also später selber abholen.«

»Jetzt sofort?« Cynthia fasste sich an die Brust.

»Sie muss in einer halben Stunde von der Schule abgeholt werden. Aber wenn es ein Problem für dich ist, dann sag es einfach.«

Cynthia versuchte, ihre Gedanken zu ordnen. Natürlich wollte sie das tun. Sie konnte es kaum glauben, dass Lizzy sie tatsächlich um Hilfe bat. Aber wie viel hatte sie getrunken? Drei Gläser. Sie begann zu rechnen: Vor zwei Stunden war sie ins Clubhaus gekommen. Also war doch sicherlich die Wirkung von zweien der drei Gläser längst verflogen. Blieb noch eins, das war nicht so schlimm. Oder?

Sie konnte Lizzy wohl kaum sagen, dass sie zu viel getrunken hatte.

»Natürlich kann ich das machen«, sagte sie. »Ich fahre sofort los.« Die Schule der Zwillinge war ungefähr zwanzig Autominuten entfernt.

»Du bist meine Rettung«, sagte Lizzy. »Das werde ich dir nicht vergessen.«

Cynthia bezahlte. Der Barkeeper meinte, sie hätte vier Gläser gehabt, aber sie hatte jetzt keine Zeit, sich mit ihm zu streiten. Sie trank eilig ein Glas Wasser, dann ging sie zur Garderobe. Sie schaute in den Spiegel und überprüfte ihr Äußeres. Sie war zufrieden mit dem, was sie sah. Sie fühlte sich vollkommen klar. Vielleicht ein kleines bisschen benebelt, aber das kam eben davon, wenn man zum Mittagessen ein Glas Wein trank.

Langsam und vorsichtig fuhr sie zur Schule, wo Hattie bereits auf sie wartete.

»Granny!«, rief Hattie freudig aus, als sie ihre Großmutter sah, und stieg ein. »Kann ich eins von deinen Pfefferminzbonbons haben?«

Sie schafften es ohne Zwischenfall zur Eisbahn. Unterwegs plapperte Hattie übers Eislaufen, über ihre bevorstehenden Prüfungen, über das Vorsprechen für das Sommertheaterstück, und Cynthia hörte ihr beglückt zu.

»Ich bin sehr stolz auf dich, Liebes«, sagte sie. »Und Granpa wäre auch stolz auf dich gewesen.«

Das wäre er bestimmt gewesen, dachte sie und spürte, wie ihr die Tränen in den Augen brannten.

Dann machte sie sich auf den Heimweg. Sie hatte Kopfschmerzen, aber sie war guter Dinge, froh, dass sie Lizzy hatte helfen können. Vielleicht konnte sie das öfter machen, Hattie von der Schule zur Eisbahn bringen. Vielleicht konnte sie ihr auch einmal beim Training zusehen und sie dann nach Hause fahren und zum Abendessen bleiben. Es könnte zu einem Ritual werden. Jeden Mittwoch.

Jeden Mittwoch. Es gefiel ihr, wie das klang. Vielleicht würde sie es Lizzy vorschlagen. Oder wäre das aufdringlich? In Lizzys Gegenwart kam Cynthia sich immer so unbedeutend vor. Das lag nicht an Lizzy. Ihre Schwiegertochter war lieb und warmherzig, aber das führte nur dazu, dass Cynthia sich noch mehr verspannte. Sie wäre so gern genauso entspannt und lässig und spontan wie Lizzy.

Cynthia beschloss, über die Landstraße nach Hause zu fahren, das erschien ihr sicherer. Auf dem Land herrschte nicht so viel Verkehr, und sie war müde. Es waren nur noch zehn Minuten, und dann wäre sie zu Hause. Sie fühlte sich ganz sicher, obwohl das Autofahren durchaus ein bisschen riskant war. Es hatte alles mit dem Stoffwechsel zu tun und hing davon ab, wie viel man gegessen hatte …

Plötzlich geriet der Wagen ins Schleudern. Erschrocken hielt sie das Steuer fest, erkannte, dass sie die scharfe Linkskurve nicht bemerkt hatte und geradeaus auf eine Weide gefahren war. Der Wagen schlingerte, rutschte eine Böschung hinunter und bohrte sich mit der Kühlerhaube in die weiche Erde.

Das Herz schlug ihr bis zum Hals. Sie legte den Rückwärtsgang ein, aber sie steckte fest. Unmöglich, hier allein wieder rauszukommen.

Ihr Handy klingelte. Es war Lizzy. Cynthia wusste, dass das ihre einzige Chance war, sich aus der Situation zu retten, ohne mit der Polizei in Schwierigkeiten zu geraten.

»Alles in Ordnung?«, fragte Lizzy gut gelaunt. »Ich bin dir so dankbar. Ich bin gerade hier fertig und kann Hattie abholen.«

Cynthia versuchte sich zu konzentrieren. Wie sollte sie ihre Zwangslage erklären, ohne sich ihren Zustand anmerken zu lassen?

»Ach, Lizzy«, sagte sie. »Ich bin so dusselig. Ich habe eine scharfe Kurve zu spät gesehen und bin im Straßengraben gelandet. Bitte, sag Simon nichts davon. Er würde sich nur aufregen.«

»Du liebe Zeit«, sagte Lizzy.

»Ich weiß nicht, was ich machen soll. Die Motorhaube ist zerbeult.« Cynthia war den Tränen nah.

»Du musst jemanden bestellen, der dich da rausholt.«

»Ich komme mir so blöd vor. Kannst du nicht kommen und mir helfen?«

Lizzy zögerte. Wenn Lizzy ihr nicht helfen konnte, wusste Cynthia nicht, was sie tun sollte. Im Auto sitzen bleiben, bis sie nüchtern war? Wie lange würde das dauern?

»Natürlich«, sagte Lizzy. »Ich bitte eine der anderen Mütter, Hattie nach Hause zu bringen. Wo genau bist du?«

Erleichtert beschrieb sie ihrer Schwiegertochter, wo sie von der Straße abgekommen war.

»Ach da«, sagte Lizzy. »Ja, das ist eine blöde Stelle. Ich weiß überhaupt nicht, warum die da nicht längst ein Warnschild aufgestellt haben.«

Als Cynthia hörte, dass sie nicht die Einzige war, die ein Problem mit dieser Kurve hatte, fühlte sie sich schon viel besser.

Der Wagen stand so weit von der Straße entfernt, dass jemand, der zufällig vorbeifuhr, nicht gleich darauf aufmerksam wurde. Während Cynthia auf Lizzy wartete, stellte sie alle möglichen Berechnungen an. Mittlerweile sollte sie eigentlich wieder halbwegs nüchtern sein. Was war sie doch für eine Idiotin. Aber so was konnte leicht passieren. Sie sagte sich immer wieder, dass sie nicht die Einzige war, die ein Problem mit dieser engen Kurve hatte.

Im Rückspiegel sah sie Lizzys Auto über die Weide rumpeln. Lizzy hielt, stieg aus und kam zu Cynthia gelaufen und öffnete die Fahrertür.

»Gott, wie sollen wir dich denn hier rauskriegen?«

»Danke, dass du gekommen bist, Lizzy.« Cynthia lächelte sie an. »Ich wusste einfach nicht, was ich tun sollte.«

Das Lächeln verschwand aus Lizzys Gesicht. Sie schaute Cynthia entsetzt an. »Du bist ja betrunken«, sagte sie.

»Was? Sei nicht albern.«

»Du hast eine fürchterliche Fahne. Wie viel hast du intus?«

Cynthia war nervös. Sie konnte es nicht einfach leugnen. »Ich hab im Golfclub Wein zum Mittagessen getrunken«, sagte sie.

»Wie viel?«, wiederholte Lizzy.

Cynthia schwieg.

»Ich kann im Club anrufen. Ich frag den Barkeeper. Wie viel?«, fragte Lizzy eisig.

»Ich weiß es nicht.«

»Mehr als zwei Gläser?«

Cynthia schloss die Augen und nickte.

»Soll das heißen, du hast Hattie abgeholt und zur Eisbahn gefahren, obwohl du *betrunken* bist?«

»Es geht mir gut. Es war über mehrere Stunden verteilt. Ich war vollkommen klar im Kopf.« Sie hörte selbst, wie sie lallte.

»Das werden wir ja sehen«, sagte Lizzy kalt. »Ich rufe die Polizei. Die lassen dein Auto abschleppen, und wenn du die Promillegrenze nicht überschritten hast, dann hast du ja nichts zu befürchten.«

»Bitte!« Cynthia hatte das Gefühl, in einem Meer der Scham zu versinken. »Bitte, ruf nicht die Polizei. Und auch nicht Simon, bitte!«

Lizzy sah ihre Schwiegermutter angewidert an. »Das werde ich dir nie verzeihen.«

»Ich wollte nur helfen«, sagte Cynthia. »Ich wollte dir doch nur helfen.«

»Du hättest jemanden umbringen können. Du hättest *Hattie* umbringen können.«

»Es tut mir leid. Es tut mir so leid.« Tränen liefen ihr über die Wangen.

»Herrgott noch mal«, sagte Lizzy. Ihre kalte Verachtung schmerzte Cynthia mehr, als jeder Zorn es vermocht hätte.

»Setz dich in mein Auto. Ich rufe die Autowerkstatt in Astley an. Die haben einen Abschleppwagen.«

Cynthia stieg aus und stolperte über die Weide zu Lizzys Auto. Voller Selbstverachtung kroch sie auf den Beifahrersitz, während Lizzy mit der Autowerkstatt telefonierte. Es dauerte nicht lange, bis der Abschleppwagen kam und Nevilles geliebten Jaguar aus dem Graben zog. Die Kühlerhaube war ziemlich demoliert.

»Eine Schande«, hörte sie einen der Männer sagen. »So ein Schmuckstück. Ist vermutlich ein Totalschaden.«

Neville würde sich in Grund und Boden für sie schämen. Er hatte es nie toleriert, dass jemand sich alkoholisiert ans Steuer setzte, selbst wenn er nur ein Glas getrunken hatte. Wie in aller Welt hatte sie glauben können, mit so etwas ungestraft davonzukommen?

Nachdem der Abschleppwagen abgefahren war, stieg Lizzy in ihr Auto.

»Bitte«, sagte Cynthia. »Erzähl Simon nichts davon.«

Ihr flehender Ton war ihr selbst zuwider.

Lizzys Gesicht war ausdruckslos. Sie sah Cynthia nicht einmal an, als sie den Gang einlegte und losfuhr.

»Wir werden nie wieder ein Wort darüber verlieren«, sagte sie, als sie zurück auf die Straße fuhr. »Aber ich werde dir nie verzeihen, dass du Hatties Leben aufs Spiel gesetzt hast. Niemals.«

KAPITEL 28

»Kuck mal, Nat!«

Schon verrückt, wie einem jedes Mal das Herz aufging, wenn man das Meer erblickte, egal, wo man war auf der Welt, und egal, ich welcher Stimmung man vorher war. Warum das so war, blieb ein Geheimnis, denn die Küste war ja nichts weiter als das Zusammentreffen von Land und Wasser, und doch hatte es etwas Besonderes, etwas Beruhigendes und zugleich Aufregendes.

»Na, was sagst du, Kleiner?«

Nat nickte. »Ist das das Meer?«, murmelte er.

»Ganz genau«, sagte Jack. »Und es reicht von hier bis ans andere Ende der Welt.«

Er fuhr die gewundene Straße hinunter. Das Wasser glitzerte in der Sonne. Nat war noch nie in Everdene gewesen Ein Ort ohne Geister der Vergangenheit, wo sie ganz neue Erinnerungen sammeln würden. Nur sie beide …

Jack setzte seine Sonnenbrille auf und gab sich alle Mühe, seine unwillkommenen Gedanken zu verscheuchen. Es war zwecklos. Er konnte an nichts anderes denken als daran, wie aufgeregt Fran jetzt wäre. Sie hätte wie üblich die meiste Zeit während der Fahrt geschlafen und würde jetzt verschlafen blinzeln und sich glücklich umsehen.

»*Ich muss wieder hinab zum Meer*«, würde sie zitieren, »*zum einsamen Meer und dem Himmel.*« Ihr war bei jeder Gelegenheit ein passendes Gedicht eingefallen. Im Kofferraum wäre ihr Picknickkorb, die karierte Picknickdecke, eine Thermosflasche mit Fleischbrühe und eine Blechdose mit Keksen. Er hatte ihre geliebten Sachen alle weggepackt. Sie lagen jetzt in einer metallenen Truhe, die seinem Großvater gehört hatte, und dort würden sie bleiben, bis er so weit war, dass er es ertragen konnte, sie sich anzusehen. Oder bis Nat sie sich ansehen wollte. Was auch immer zuerst eintrat.

Er seufzte. Da lag es vor ihm, das einsame Meer, erstreckte sich bis zum Horizont und lockte ihn mit seinem betörenden Blau. Wie konnte ein Ort, an dem man noch nie gewesen war, einen an eine bestimmte Person erinnern? Fran hätte aus diesem simplen Ausflug an die Küste ein Abenteuer gemacht. Genau das hatte er natürlich auch vor. Es sollte ein Abenteuer für Nat werden. Aber Jack wusste, dass er nicht dieselbe Begeisterungsfähigkeit besaß wie Fran. Ihre Fähigkeit, aus allem ein großes Ereignis zu machen, und sei es nur das simple Vorbereiten eines Picknicks.

»Am Strand gibt's dann Sandwiches mit Eiersalat«, würde sie verkünden. »Aus Vollkornbrot, mit der besten Mayonnaise und ganz fein geschnittenen Frühlingszwiebeln.«

Und dann würde sie die saftigen Sandwiches eins nach dem anderen liebevoll in Butterbrotpapier wickeln, eine Schleife darumbinden und mit schwarzem Filzstift ihre Namen darauf schreiben.

Sie ist tot, sagte sich Jack. Als müsste er sich die Tatsache in Erinnerung rufen. Das ist unser Urlaub zu zweit. Wir müssen ohne sie auskommen.

Es ging schon wieder los. Er stellte sie sich in seiner Erinnerung vor, als wäre sie perfekt gewesen, was gar nicht stimmte. Er vergaß, was für ein Chaos sie jedes Mal angerichtet hatte in dem Bemühen, den besten Kuchen zu backen, die originellste Geburtstagskarte zu basteln oder die schönste Blumenampel zu bepflanzen – immer war alles voll mit Krümeln, Glitzerstaub oder Erde, und er hatte immer hinterher aufräumen und alles sauber machen müssen. Er vergaß, wie zerstreut sie gewesen war, dass sie es immer wieder fertiggebracht hatte, wichtige Termine zu versäumen. Jedes Jahr hatte er ihren Fiat durch den TÜV bringen müssen, weil sie nie daran dachte. Er vergaß, wie schwer es gewesen war, sie sonntagsmorgens aus dem Bett zu bekommen und zu irgendetwas zu motivieren. Sie schlief tief und fest, während er ungeduldig wartete und wartete und sich nicht entschließen konnte, irgendetwas ohne sie zu unternehmen, weil es mit ihr einfach viel mehr Spaß machte.

Jack seufzte noch einmal und warf einen Blick auf den Computerausdruck mit der Wegbeschreibung, der auf dem Beifahrersitz lag. Ein Kunde hatte ihm seine Strandhütte zur Verfügung gestellt. Er wollte nicht mal Geld dafür haben, sondern hatte Jack nur viel Spaß gewünscht.

Jack wusste gar nicht, was er ohne seine Kunden tun würde. Sie wärmten ihm das Herz mit ihrer Liebenswürdigkeit und Großzügigkeit. Als er seiner Schwester Clemmie unter dem Siegel der Verschwiegenheit von der Strandhütte erzählt hatte, in der er und Nat die Feiertage verbringen würden, hatte sie ihm gesagt, das sei Karma, dass seine Kunden so nett zu ihm waren, weil er sich immer so ins Zeug legte für sie.

»Was du anderen Gutes tust, kommt irgendwann zu dir zurück«, hatte Clemmie gesagt, und als er die Augen verdreht hatte, hatte sie ihn vorwurfsvoll angesehen. »Lass dich nicht von deiner Trauer bestimmen«, hatte sie zu ihm gesagt. »Pass auf, dass du nicht verbitterst. Mach was Schönes. Amüsier dich.«

Und genau das wollte er jetzt tun. Er war mit Nat aus der

Normalität ausgebrochen. Sie würden dieses Weihnachtsfest begehen, als wäre es ihr allererstes, ohne Nostalgie, ohne all die Rituale und Traditionen, die Fran und er sich ausgedacht oder von ihren Familien übernommen hatten. Keine Lebkuchenmänner. Keine Puzzles. Keine verdammten Lichterketten. Ein ganz neues Weihnachten sollte es sein.

Er bog auf den Parkplatz ein. Sie hatten für die Strecke länger gebraucht als geplant, weil er zweimal an einer Raststätte hatte halten müssen. Aber es war noch hell. Er würde ihre Sachen in die Hütte bringen, und dann würden sie am Strand picknicken.

»Ich muss Pipi«, sagte Nat, und Jack dachte, ist doch klar, du armer Kleiner. Es war mehr als eine Stunde her seit dem letzten Halt auf der Autobahn. Er ließ Clouseau aus dem Wagen, dann gingen sie hinter die Klohäuschen, die im Winter geschlossen waren. Sie pinkelten an einen Baum – Jungs unter sich (Clouseau machte mit) – und lachten verschwörerisch, und Jack dachte, wenn Fran dabei wäre, würde er ihr zuflüstern: *Erzähl deiner Mutter nichts davon.*

Als sie zum Auto zurückkamen, fragte er sich, wie er das alles in die Hütte schaffen sollte mit Nat und Clouseau im Schlepptau, und kam zu dem Schluss, dass er mehrmals gehen musste. Er nahm den großen Koffer heraus, schlang sich zwei Stoffbeutel über die Schulter und knallte den Kofferraum zu.

»Nummer vierundzwanzig«, sagte er. »Strandhütte Nummer vierundzwanzig. Du musst mitzählen, Nat.«

Zu dritt gingen sie die Rampe hinunter, vorbei am Eiscafé, an der Pommesbude und am Surfbrettverleih bis zum Strand.

Jack hatte ganz vergessen, wie anstrengend es war, auf Sand zu gehen, vor allem, wenn man Gepäck schleppte, und sie brauchten ziemlich lange bis zu ihrer Hütte. Obwohl die Sonne schien, waren nur wenige Leute am Strand. Wahrscheinlich waren die meisten Leute zu Hause und bereiteten sich auf den großen Tag vor, nahmen Gäste in Empfang, die über die Feiertage zu Besuch kamen, oder waren noch mal zum Einkaufen unterwegs, weil sie etwas fürs Festessen vergessen hatten.

»Alles klar, Kumpel?«, fragte er Nat, der in seinen gestreiften gelben Gummistiefeln neben ihm her stapfte und dessen Blondschopf in der Sonne leuchtete. Nats Haare waren ein bisschen lang geworden, dachte Jack, aber es stand ihm gut. In einer Woche würde er bestimmt schon aussehen wie ein echter Surfer. Hier würde das keinen Anstoß erregen, anders als in Chiswick in London. Wenn man ein kleines Kind hatte, musste man an so vieles denken. Friseur, Schuhgrößen, Läusetests, Impfungen … Er überlegte allen Ernstes, eine App für alleinerziehende Väter zu entwickeln.

Es war nicht einfach, wenn man ins kalte Wasser geworfen wurde, auch wenn es nicht gänzlich unerwartet passiert war. Aber er hatte wichtigere Dinge mit Fran zu bereden gehabt als Nats ersten Zahnarztbesuch.

»Wann sind wir da?«, fragte Nat. »Können wir angeln gehen?«

»Ich glaube«, sagte Jack und blieb vor einer hellblauen Hütte stehen, »wir sind da.«

Während er in seiner Jackentasche nach dem Schlüssel suchte, winkte ihm eine Frau, die vor der Nachbarhütte stand, zum Gruß. Sie war gerade dabei, einen Weihnachtskranz an der Tür zu befestigen. Der Wind wehte ihr das lockige Haar ins Gesicht.

Jack rief sich noch einmal in Erinnerung, dass ab jetzt alles neu sein sollte. Ein neues Kapitel sollte beginnen. Von jetzt an wollte er die Vergangenheit hinter sich lassen und sein Herz für neue Freundschaften und neue Möglichkeiten öffnen.

Er winkte zurück und zog den Schlüssel, den sein Kunde ihm per Post geschickt hatte, aus der Tasche. Das vertraute erwartungsvolle Kribbeln stellte sich ein, das er jedes Mal spürte, wenn er an einem Urlaubsort eintraf. Würde er erfreut oder enttäuscht sein von dem, was ihn in der Hütte erwartete? Würde es seinen Erwartungen entsprechen? Er hatte nicht einmal Fotos von der Hütte gesehen, hatte also keine Ahnung, wie es da drinnen aussah. Er hatte nichts anderes gewollt, als sich auf unbekanntes Gebiet zu begeben, und das Angebot, ein paar Tage in einer Strandhütte an der Küste von Devon zu verbringen, war die Antwort auf seine Gebete gewesen.

Er öffnete die Tür, und sie traten ein.

Alles war in Bonbonfarben gestrichen: rosa, gelb, blau. Es gab rot-weiß-gestreifte Liegestühle und mit Taschenbüchern und Brettspielen vollgestopfte Regale. Auf dem Tisch lag eine rot gepunktete Plastikdecke. Im Küchenschrank stand jede Menge bunt zusammengewürfeltes Geschirr. Quer durchs Zimmer war eine Wimpelgirlande gespannt, die Lampen sahen aus wie kleine Leuchttürme, und an der Decke hing ein Mobile mit Porzellanmöwen.

Jack blinzelte. Es war, als hätte Fran die Hütte eingerichtet. Im Geiste hörte er sie neben sich jubeln. Alles war so typisch Fran, dass es ihm den Atem raubte.

»Dad!«, rief Nat freudig aus. Er hatte gerade eine Sammlung Plastikeimer und Schaufeln und Netze gefunden. »Kuck mal hier!«

»Cool«, sagte Jack mit belegter Stimme. Er trat aus der Hütte und atmete mehrmals tief durch. Jetzt bloß nicht schwach werden. Er hatte es den ganzen Tag geschafft, ohne zu heulen, das war ein Rekord. Er kniff die Augen zu.

»Ich dachte, ich komm mal rüber und sag kurz Hallo«, ertönte eine Frauenstimme. »Und frohe Weihnachten.«

Als er die Augen öffnete, stand die Frau aus der Nachbarhütte vor ihm. Ihr Erscheinen rettete ihn vor einem Heulkrampf. Sie war etwa Mitte vierzig, mit wilden blonden Locken, über die sie sich vermutlich dauernd beklagte, die er jedoch wunderbar fand. Sie trug Jeans und Turnschuhe und eine dicke Daunenjacke.

»Hallo.« Jack lächelte.

»Ich bin Lizzy. Ich wohne nebenan.«

»Dad?« Nat streckte den Kopf aus der Tür.

»Alles in Ordnung, kleiner Mann, ich bin hier.« Jack streckte die Hand nach Nat aus und wandte sich wieder Lizzy zu. »Ich bin Jack, und das ist Nat. Wir verbringen das Weihnachtsfest diesmal zu zweit.«

Er wartete darauf, dass sie ihre Verwunderung zum Ausdruck brachte, stattdessen hockte sie sich vor Nat, der die Stufen heruntergekommen war.

»Und wie alt bist du, Nat?«, fragte sie. »Ich schätze mal …« Sie sah ihn mit hochgezogenen Brauen an.

»Drei«, sagte Nat.

»Drei! Dachte ich's mir«, sagte Lizzy. »Das ist ein tolles Alter.«

Sie stand auf und zuckte die Schultern. »Man muss schon ein bisschen verrückt sein, oder? Die Küste ist nicht gerade das ideale Urlaubsziel im Winter. Andererseits tut es gut, sich das Oberstübchen mal ordentlich durchpusten zu lassen.«

»Allerdings«, sagte Jack. »Genau das brauche ich gerade. Dieser ganze Weihnachtszirkus kann einen ganz verrückt machen.«

»Ist das Ihre Hütte?«

»Ein Kunde hat sie mir zur Verfügung gestellt«, sagte Jack, dann schluckte er. »Es ist unser zweites Weihnachten zu zweit.«

Lizzy nickte. Sie fragte nicht nach. »Ich bin auch allein hier«, sagte sie. »Also, wir sind zu zweit in der Hütte, aber wir sind nicht *zusammen* hier. Na ja, ist eine längere Geschichte.«

»Dito«, sagte Jack.

Sie tauschten einen konspirativen Blick aus.

Vielleicht würde er Lizzy in den nächsten Tagen seine Geschichte erzählen. Vielleicht konnte er sie dieser Frau mit den freundlichen blauen Augen anvertrauen, ohne loszuheulen oder dichtzumachen. Aber nicht jetzt.

»Ich muss noch ein paar Sachen aus dem Auto holen«, sagte er.

Lizzy nickte. »Soll ich solange auf Nat aufpassen?«, fragte sie.

»Na ja …« Jack überlegte. Er würde ungefähr fünf Minuten brauchen. Und Lizzy wirkte wie eine liebenswürdige und verantwortungsvolle Frau. Er vertraute ihr instinktiv. »Das wäre echt nett. Es geht auch ganz schnell.«

In dem Augenblick kam Clouseau die Treppe heruntergesprungen.

»Ach ja, und dieses Untier ist auch noch da. Aber ich kann ihn in der Hütte einsperren. Das ist Clouseau.«

»Gott, ist der süß!« Lizzy sank auf die Knie und kraulte Clouseau die Ohren. »Wollen wir beide mal mit Clouseau ans Wasser gehen, während dein Daddy eure Sachen aus dem Auto holt?«

Nat schaute sie mit dem unbefangenen Blick eines Dreijährigen an und konnte offenbar nichts finden, was gegen den Vorschlag sprach.

»Okay«, sagte er.

»Das ist wirklich sehr nett von Ihnen«, sagte Jack.

»Kein Problem. Ich hab das alles hinter mir. Ich hab Zwillinge. Früher hätte ich mir gewünscht, ich hätte am Hinterkopf noch ein Paar Augen.« Sie lachte.

Nat protestierte und wehrte sich, als Jack ihm wegen des kalten Winds eine Mütze anziehen wollte. Lizzy erinnerte sich an ähnliche Kämpfe mit Luke, der Mützen und Handschuhe nicht ausstehen konnte und sie absichtlich überall liegen ließ, bis sie es schließlich aufgegeben hatte. Seltsamerweise traf man ihn heutzutage kaum jemals ohne seine Beanie an.

Jack befestigte die Leine an Clouseaus Halsband und gab sie Lizzy. Der kleine Hund schaute sie mit seinen kleinen, hervorquellenden Augen erwartungsvoll an. Lizzy bot Nat ihre freie Hand an.

»Dann komm. Mal sehen, wie viele Schritte es bis zum Wasser sind. Kannst du schon zählen?«

Seltsam, dachte Lizzy, als sie über den Sand liefen und ihre Fußabdrücke sich hinter ihnen mit Wasser füllten, dass der Mutterinstinkt einen nicht verließ, selbst wenn man von zu Hause weggelaufen war. Als sie diese Nacht- und Nebelaktion durchgeführt hatte, um herauszufinden, was sie wollte und was nicht, da hatte sie weiß Gott nicht im Sinn gehabt, sich gleich wieder jemanden zu suchen, um den sie sich kümmern konnte. Sie hatte ja Harley schon ins Herz geschlossen. Aber Jack und Nat machten sie neugierig. Ein Mann allein mit einem kleinen Jungen an Weihnachten, das gab es nicht so oft. Es war geradezu ein Urbedürfnis, sich um sie zu kümmern.

Flüchtig fragte sie sich, was wohl gerade im Pepperpot Cottage passierte. Heute Nachmittag sollte die Lieferung von Ocado eintreffen. Sie schüttelte den Kopf bei dem Gedanken, wie schwierig es gewesen war, diesen Liefertermin zu ergattern. Jedenfalls würden die drei über Weihnachten keinen Hunger leiden müssen.

Clouseau hatte sich in den Sand gesetzt und schaute aufs Meer hinaus. Lizzy lachte und bückte sich, um ihm den Kopf zu tätscheln. Sie schmolz dahin, als er sich in ihre Hand schmiegte und sie dankbar ansah. Ein Hund, dachte sie plötzlich. Ich möchte einen Hund.

»Er ist süß, nicht wahr?«, sagte sie zu Nat, der seine Arme um den Hund schlang. Clouseau schloss verzückt die Augen.

Sie hatte sich schon immer einen Hund gewünscht, aber als sie noch im Craven Court gearbeitet hatte, hatte es einfach nicht gepasst. Vielleicht ging es ja jetzt. Wenn sie einen Teilzeitjob annahm oder vielleicht von zu Hause aus arbeitete, wäre es kein Problem. Sie wurde ganz aufgeregt bei der Vorstellung. Es war das erste positive Gefühl seit Langem. Ihr kam ein Gedanke: Vielleicht musste sie ihr Leben von einem ganz anderen Blickwinkel aus betrachten. Vielleicht musste sie überlegen, was *sie* sich wünschte, und dann dafür sorgen, dass der Wunsch auch erfüllt wurde.

Sie drehte sich um und sah Jack mit Tüten bepackt zu seiner Hütte gehen.

»Komm, Nat. Dein Daddy ist gleich zurück. Komm, Clouseau.« Sie zog an der Leine, und der kleine Hund folgte ihr willig.

Lizzy musste über sich selbst lachen. Sie war an einem windgepeitschten Strand, zusammen mit einer bunt zusammengewürfelten Gruppe von Ausreißern. Sie fühlte sich so frei wie die Möwen, die kreischend über ihr kreisten. Keine Pflichten, keine Termine, keine Schuldgefühle, kein Druck, niemand, der ihr das Gefühl gab, nicht ganz normal zu sein, niemand, der sie seltsam ansah, wenn sie ungeschminkt war oder zwei verschiedene Socken anhatte, keiner, der sie tadelte oder antrieb.

Warum war das alles so befreiend? So … berauschend?

Und dann wusste sie es: Zum ersten Mal seit langer Zeit war sie ganz sie selbst. Sie brauchte keine Antidepressiva. Sie brauchte Raum. Zeit und Raum für sich.

»Hey, Nat, du hast ja ganz rote Bäckchen!«, rief Jack lachend, als sie sich der Hütte näherten.

Nats Augen leuchteten. Seine Haare standen in alle Richtungen ab. Er schaute zum Himmel hoch.

»Der Strand ist tooolI!«, rief er, und Jack und Lizzy lächelten einander über seinen Kopf hinweg an.

»Hören Sie«, sagte Lizzy zu Jack. »Bei uns gibt's heute Abend Käse-Makkaroni mit Hummer. Es ist genug da, falls Sie Lust haben, uns Gesellschaft zu leisten. Wenn nicht, bin ich auch nicht beleidigt.«

Jack zögerte. »Das ist wirklich sehr liebenswürdig«, sagte er. »Aber ich glaube, wir beide gehen heute lieber früh ins Bett. Es war eine lange Fahrt.«

»Klar«, sagte Lizzy. »Das verstehe ich. Und falls Sie es sich noch anders überlegen, kommen Sie einfach rüber. Ich koche sowieso immer zu viel.«

»Danke.« Jack lächelte und nahm Nat auf den Arm. »Komm, mein Spatz. Zeit für eine Tasse Tee.«

Jack und Nat und der Hund verschwanden in der Hütte. Lizzy schaute ihnen nachdenklich nach. Jack war so ein großer, sanfter Mann, und der kleine, quirlige Nat ließ ihn noch größer und sanfter erscheinen. Wer mochte die fehlende Person im Leben der beiden sein?

KAPITEL 29

»Was zum Teufel hast du dir dabei gedacht?«, fragte Simon. Sie waren auf dem Weg zum Pepperpot Cottage. »Das hat Dad mir immer wieder eingetrichtert: Setz dich nie ans Steuer, wenn du einen über den Durst getrunken hast. Nimm dir ein Taxi, bleib über Nacht, lass dich abholen – wie auch immer …«

»Ich weiß«, stöhnte Cynthia mit geschlossenen Augen.

»Gestern Abend bin ich mit dem Taxi nach Hause gefahren. Obwohl ich irgendwann aufgehört hatte zu trinken, um heute keinen Alkohol mehr im Blut zu haben.«

»Ich weiß, er hätte mir das nie verziehen.«

»Und deswegen hast du also den Jaguar verkauft? Weil du ihn zu Schrott gefahren hattest?«

Cynthia nickte. »Ich wollte ihn sowieso verkaufen. Er war viel zu groß für mich.«

Simon schüttelte den Kopf. »Ich weiß wirklich nicht, was ich sagen soll, Mum. Ich bin schockiert.« Er holte tief Luft. »Aber das erklärt zumindest, warum Lizzy sich so merkwürdig benommen hat, als sie das mit Weihnachten erfahren hat.«

»Es fällt ihr immer furchtbar schwer, nett zu mir zu sein und sich nichts anmerken zu lassen«, sagte Cynthia. »Aber sie hat mir versprochen, dir nichts zu sagen. Eigentlich habe ich ihre Loyalität gar nicht verdient.«

»Da hast du allerdings recht«, sagte Simon.

Cynthia zuckte zusammen. »Fahr mich lieber nach Hause. Ich kann den Zwillingen jetzt nicht in die Augen sehen.«

Simon schwieg.

»Was du getan hast, ist schlimm«, sagte er nach einer Weile. »Meine Meinung dazu wird sich auch nicht ändern. Aber im Moment haben wir ein viel größeres Problem. Jetzt müssen wir zusammenhalten. Und dazu gehört, dass wir alle Karten auf den Tisch legen.«

»Das mit Lizzy tut mir leid. Irgendwie hab ich das Gefühl, dass es meine Schuld ist.«

»Zum Teil. Aber ich glaube, dass da auch noch andere Dinge eine Rolle spielen.«

»Die Wechseljahre sind eine schwierige Zeit für eine Frau«, sagte Cynthia. »Man sollte meinen, die schwierigste Zeit wäre die, wenn die Kinder klein sind, wenn man vor lauter Arbeit überhaupt nicht mehr weiß, wo einem der Kopf steht. Aber wenn die Kinder irgendwann aus dem Haus sind und man in den Spiegel schaut und sich kaum noch wiedererkennt, und wenn der Körper anfängt, merkwürdige Sachen zu machen und man sich plötzlich so nutzlos vorkommt … Ich kann dir gar nicht beschreiben, wie leer man sich dann fühlt.«

»Aber sie hat kein Wort darüber verloren«, erwiderte Simon.

»Das ist ja das Problem. Es passiert ganz allmählich. Deswegen spricht man nicht darüber. aber trotzdem hat man irgendwann das Gefühl, allmählich den Verstand zu verlieren.«

»Das ist ja furchtbar. Die arme Lizzy.« Simon schaute seine Mutter an, dankbar für ihre Worte. Er spürte, wie seine Wut verrauchte. »Für dich ist auch nicht immer alles einfach gewesen …«

»Du brauchst mich nicht in Schutz zu nehmen. Ich muss das Problem selbst in die Hand nehmen. Das weiß ich schon lange.«

»Sei nicht so streng mit dir selbst.«

»Und du auch nicht«, sagte sie zu ihrem Sohn. »Du bist ein guter Ehemann, Simon. Fang nicht an, dir die Schuld an irgendwas zu geben.«

»Aber es gibt eine Menge, was ich anders hätte machen können. Zum Beispiel mich gegen Amanda durchsetzen.«

»Ach, das hätten wir alle tun sollen. Anstatt ihr immer nur nach dem Mund zu reden. In Amandas Welt gibt es nur einen Menschen, um den sich alles dreht, und das ist Amanda.«

Simon wunderte sich über die harten Worte. Er hatte Amanda und seine Mutter immer für Verbündete gehalten, hatte immer geglaubt, seine Mutter würde ihm die Schuld am Scheitern seiner ersten Ehe geben. Aber anscheinend war das Kräftespiel innerhalb seiner Familie wesentlich komplexer. Anscheinend gab es mehr Geheimnisse, als er geahnt hatte. Er konnte nur hoffen, dass nicht noch mehr böse Überraschungen auf ihn warteten.

Zu Hause gab es immer noch keine Neuigkeiten von Lizzy. Die Zwillinge schienen sich über die Ankunft ihrer Großmutter zu freuen, was Simon ein bisschen aufmunterte. Sie brauchten von Cynthias Fehlverhalten nichts zu erfahren, und es wäre schön, seine Mutter wieder im Schoß der Familie zu haben.

Simon setzte Teewasser auf und nahm erschöpft am Küchentisch Platz. Die Sorgen und der Schlafmangel forderten ihren Tribut. Eigentlich müsste er sich um das Abendessen kümmern, aber er hatte weder die Energie, etwas zuzubereiten, noch die Zwillinge darum zu bitten.

»Wollen wir vielleicht was beim Inder holen?«, schlug er stattdessen vor. Sie alle mochten den indischen Imbiss um die

Ecke. Heute Abend jedoch würde es dort sicherlich brechend voll sein. Die Leute gingen heute noch mal aus, bevor ab morgen die Zeit ausschließlich der Familie gehörte. Morgen war Heiligabend. Eigentlich müsste das Haus jetzt erfüllt sein von Vorfreude und festlicher Stimmung. Was für ein Schlamassel.

»Ich hole die Speisekarte«, sagte Hattie.

»Für mich Chicken Tikka Masala«, sagte Simon in der Hoffnung, dass Essen ihm wieder etwas Kraft geben würde.

»Dad!« Hattie hatte an der Pinnwand, wo der Flyer mit der Speisekarte hing, einen grünen Zettel gefunden. »Sieh dir das mal an.«

Simon riss ihr den Zettel aus der Hand. Es war ein ärztliches Rezept für Lizzy, ausgestellt am Vortag. »Citalopram«, las er stirnrunzelnd vor. »Was ist das?«

»Keine Ahnung.«

Luke reckte den Hals, um das Wort lesen zu können, und gab es in die Suchmaschine seines Handys ein. Er zog die Brauen zusammen.

»Citalopram.« Er schaute die anderen an. »Das ist ein Antidepressivum.«

»Das hab ich auch mal bekommen«, sagte Cynthia. »Nachdem Neville gestorben war.«

»O Gott«, stöhnte Hattie. »Was, wenn sie sich was angetan hat? Was, wenn sie die alle geschluckt hat?«

»Sei nicht albern«, sagte Luke. »Sie hat die Tabletten doch gar nicht. Sie hat das Rezept ja nicht eingelöst.«

»Und was ist, wenn sie das Zeug schon lange nimmt und wir nichts davon mitbekommen haben?«

»Nein, das würden wir wissen. *Ich* würde es wissen«, sagte Simon bestimmt. Aber war er sich da wirklich so sicher? Er spürte, wie ihn Panik beschlich. Lizzy konnte die Tabletten in ihrer Handtasche mit sich herumtragen, ohne dass er etwas davon ahnte. Sie war einfach nicht der Typ Frau, von der man annahm, dass sie Antidepressiva schluckte.

Ihm ging das alles viel zu schnell. Er kam sich vor, als wäre er in einen von diesen Filmen geraten, die Lizzy sich gern ansah, Familiendramen, in denen sich die Person, die man zu lieben glaubte, am Ende als jemand ganz anderes entpuppte.

»Wir rufen einfach bei der Ärztin an«, schlug Hattie vor.

»Von der erfahren wir nichts«, entgegnete Simon. »Ärztliche Schweigepflicht.«

»Aber wenn sie in Gefahr ist …«, sagte Hattie.

»Das passt doch überhaupt nicht zu ihr«, sagte Luke. »So ist Mum nicht. Sie hat doch keine Depressionen. Was soll sie denn groß bedrücken?«

Er wirkte kreuzunglücklich und schrecklich jung. Ein Junge, der seine Mutter brauchte.

»Viele Leute bekommen Antidepressiva verschrieben, wenn sie mit irgendwas nicht zurechtkommen«, sagte Cynthia. »Zum Beispiel, wenn sie ihren Job verloren haben.«

Simon wurde ganz mulmig zumute. Plötzlich pfiff der Wasserkocher. Es klang wie ein Alarmsignal. Dann schaltete das Gerät sich ab, und das Pfeifen verstummte. Alle schauten einander an.

»Ich glaube«, sagte Simon, »wir sollten zur Polizei gehen.«

KAPITEL 30

Astley verfügte trotz dramatischer Kürzungen der staatlichen Mittel nach wie vor über ein eigenes Polizeirevier. Es befand sich gut versteckt in einer kleinen Seitenstraße, als fürchtete es neugierige Blicke.

Simon, Hattie und Luke standen zögernd vor dem Backsteingebäude. Luke schien sich regelrecht in seinem dicken Dufflecoat zu verkriechen. Hattie hatte einen extrem kurzen karierten Faltenrock an. Ihre langen Beine steckten in einer wollenen Strumpfhose. Simon schien es, als hätte die Kleidung der Zwillinge sich eigentlich nicht geändert, seit er früher mit ihnen auf den Spielplatz gegangen war. Hattie trug sogar eine Schottenmütze, die fast genauso aussah wie eine, die Lizzys Großmutter einmal für sie gestrickt hatte.

Fanden sie es tröstlich, sich zu kleiden, wie sie es als kleine Kinder getan hatten? War ihnen überhaupt bewusst, dass sie das taten? Oder bildete er sich nur ein, dass sie es taten, weil er sich wünschte, dass sie wieder die schutzbedürftigen kleinen Kinder waren anstatt unabhängige junge Erwachsene, die kurz davor waren, das Nest zu verlassen?

Er wusste, dass Lizzy sich vor dem Tag fürchtete, an dem die Zwillinge von zu Hause ausziehen würden. War es diese Angst, die hinter dem ominösen grünen Zettel steckte? Sie hatte das Rezept noch nicht einmal versteckt. Typisch Lizzy. Es hatte vor aller Augen an der Pinnwand gehangen, direkt neben dem Flyer des »Bay of Bengal«. Und es war gestern ausgestellt worden. Aber sie hatte niemandem davon erzählt, dass sie zum Arzt wollte.

»Okay, gehen wir rein«, sagte er leise. Sie schauten einander an und konnten es nicht glauben, dass sie tatsächlich drauf und dran waren, Lizzy bei der Polizei als vermisst zu melden.

Simon war vorher zweimal auf dem Revier gewesen: einmal, als er sein Handy verloren hatte (vor Jahren, als Handys noch seltene und wertvolle Gegenstände waren), und einmal, um das Vergehen eines Verkehrsrowdys anzuzeigen, der ihn an einer Straßenkreuzung geschnitten hatte. Die Kriminalitätsrate war sehr niedrig in Astley. Der kleine Ort war zu weit entfernt von der Großstadt, um für Einbrecher interessant zu sein, und die Bewohner waren wachsam und hatten ein Auge auf alles, was ihnen verdächtig vorkam. Simon und Lizzy nahmen abwechselnd an den Treffen der Nachbarschaftswache teil, denn sie hielten sich für verantwortungsvolle Bürger. Aller guten Dinge sind drei, dachte er, als er die Tür aufdrückte.

Im Eingangsbereich stand ein kleiner künstlicher Weihnachtsbaum mit blinkenden Lichtern, und die Wanduhr war mit Lametta geschmückt. Police Community Support Officer Melinda Cope betete im Stillen, der Tag möge schneller vergehen. Es war ihr erstes Weihnachten nach ihrer Scheidung, und sie konnte es kaum erwarten, endlich nach Hause zu gehen. Noch eine halbe Stunde.

»Was kann ich für Sie tun?« Melinda versuchte immer zu erraten, mit welchem Anliegen die Leute kamen. Diese drei wirkten bekümmert und niedergeschlagen. Vielleicht war das Mädchen bestohlen worden. Im Zug vielleicht. Und vermutlich wollten sie nicht, dass ihre Mutter davon erfuhr.

»Wir möchten eine Vermisstenanzeige aufgeben.«

Aha. Vielleicht ein verwirrter Rentner, der seiner Familie entwischt war? Melinda nahm einen Notizblock und schraubte den Deckel von ihrem Kugelschreiber.

»Okay. Dann brauche ich ein paar Einzelheiten. Wer ist die vermisste Person?«

»Meine Frau. Elizabeth Kingham. Lizzy.«

Melinda stutzte. »Und seit wann wird sie vermisst?«

Der Mann räusperte sich. »Das wissen wir nicht genau.«

»Seit einem Tag? Einer Woche?«, fragte Melinda.

»Als wir heute Morgen aufgestanden sind, war sie fort.«

»Okay. Hm. Wann haben Sie sie denn zuletzt gesehen?«

Die drei schauten einander an. Melinda nickte ihnen aufmunternd zu.

»Ich bin gestern erst nach Mitternacht nach Hause gekommen und habe im Gästezimmer geschlafen«, sagte der Mann. »Weil ich schnarche. Ich wollte sie nicht stören.«

»Ich bin so um zwei nach Hause gekommen, und ich wollte auch keinen stören«, sagte das Mädchen.

»Ich bin erst heute Morgen nach Haus gekommen. Ich hab bei einem Kumpel gepennt.«

»Ich bin so um halb sieben aufgestanden, und da war sie weg«, sagte der Mann.

»Eigentlich hatten wir vorgehabt, gestern Abend alle zusammen den Weihnachtsbaum zu schmücken«, sagte das Mädchen. »Aber wir haben es vergessen.«

Melinda dachte einen Moment nach. »Sie waren also alle drei gestern Abend außer Haus und wissen nicht, ob Mrs. Kingham da war, als Sie nach Hause gekommen sind?«, fasste sie schließlich zusammen. »Und keiner von Ihnen ist auf die Idee gekommen nachzusehen?«

Die drei schauten sie verlegen an. »Nein«, sagte der Mann.

»Aber nur, weil wir sie nicht wecken wollten. Nicht, weil sie uns egal wäre oder so.«

Melinda nickte ernst. »Also noch einmal: Wann haben Sie sie zum letzten Mal gesehen?«

»Ich bin so gegen elf aus dem Haus gegangen«, sagte das Mädchen. »Da ging es ihr gut.«

Melinda runzelte die Stirn und warf einen kurzen Blick auf die Uhr. Sie öffnete den Mund, um etwas zu sagen, doch der Junge stieß seinen Vater in die Rippen und sagte: »Zeig ihr den Zettel, Dad.«

Der Mann zog einen Zettel aus der Tasche. »Der lag auf dem Küchentisch.«

»Okay.« Melinda las, was die Frau geschrieben hatte, dann schaute sie die drei an. »Nun, wenn das so ist, dann gilt sie formalrechtlich nicht als vermisst, denn sie hat eine Erklärung hinterlassen.« Sie gab Simon den Zettel zurück. »Und ich kann nichts Verdächtiges daran erkennen. Sie haben sie gestern hängen lassen. Sie haben noch nicht einmal mitbekommen, ob sie da war, als Sie nach Hause gekommen sind. So wie ich das sehe, war da jemand einfach sehr enttäuscht, so wenig beachtet zu werden.«

Melinda kannte das Gefühl nur zu gut. Es war einer der Gründe, warum sie sich in ihrer neuen Beziehung so wohlfühlte. Sie genoss es zu spüren, dass sie jemandem wichtig war, anstatt immer übersehen zu werden.

»Es passt aber nicht zu ihr«, sagte der Junge.

»Stimmt«, sagte der Mann. »Meine Frau ist niemand, der die beleidigte Leberwurst spielt. Das passt einfach nicht zu ihr.«

»Jeder Mensch hat eine Belastungsgrenze. Vielleicht fällt es ihr ja nicht leicht, über ihre Gefühle zu sprechen.« Melinda schraubte ihren Kugelschreiber wieder zu. »Jedenfalls kann ich keine Vermisstenanzeige aufnehmen, wenn alle Anzeichen darauf hindeuten, dass …« Sie überlegte kurz, wie sie sich ausdrücken sollte, dann zuckte sie die Schultern. »… dass Mrs. Kingham vor Weihnachten geflüchtet ist. Wenn ich ehrlich bin, kann ich das sehr gut verstehen.«

»Dann haben wir noch das hier gefunden«, sagte der Mann und zeigte der Polizistin das Rezept. »Das ist eigentlich der Hauptgrund dafür, dass wir uns solche Sorgen machen. Wir hatten keine Ahnung davon, dass sie Antidepressiva verschrieben bekommen hat. Oder dass sie so was überhaupt braucht.«

Melinda zuckte mit den Schultern. »Antidepressiva sind heutzutage nichts Ungewöhnliches.«

»Für unsere Mutter aber wohl«, protestierte das Mädchen. »Wir machen uns echt Sorgen. Normalerweise ist unsere Mutter *immer* da.«

Melinda seufzte. »Leider kann ich nichts für Sie tun. Mrs. Kingham hat eine Nachricht hinterlassen und Ihnen mitgeteilt, dass sie für ein paar Tage wegfährt. Daran ist nichts Verdächtiges. Ich kann verstehen, dass es Sie beunruhigt, aber …«

»Aber Sie können doch bestimmt feststellen, wo sie ist.« Der Mann sah sie fast flehend an. »Sie könnten nach ihrem Nummernschild suchen lassen.«

»Tut mir leid, für so etwas ist die Polizei nicht zuständig, Sir.«

Sie gab dem Mann das Rezept zurück. Der steckte es mit einem Seufzer ein.

»Gehen wir«, sagte er zu seinen Kindern.

Melinda schaute den dreien nach. Wo auch immer Mrs. Kingham jetzt sein mochte, Melinda wünschte ihr, dass sie in einem gemütlichen Sessel saß, die Füße hochgelegt hatte, ein

Glas Wein auf dem Beistelltisch und ein gutes Buch in der Hand. Sie beglückwünschte die Frau dazu, dass sie den Mut besessen hatte, vor dem Weihnachtsrummel zu flüchten. In den letzten Jahren ihrer unglücklichen Ehe hatte sie Weihnachten auch als Tortur empfunden. Aber jetzt konnte sie es wieder so richtig genießen. Sie lächelte, als sie an das Geschenk dachte, das sie für ihren neuen Lebensgefährten gekauft hatte. Die Augen würden ihm aus dem Kopf treten.

Simon war zum Heulen zumute, als sie das Polizeirevier verließen. Er fühlte sich wie verurteilt. Und er hatte Angst. Und er wusste, dass es seinen Kindern ähnlich ging. Sie wechselten unsichere Blicke, und alle stellten sich vor, wie Lizzy in ihren Hasenpantoffeln in der Küche stand, ihre Locken mit einer großen Spange auf dem Kopf zusammengefasst, wie sie, eine Tasse Tee in der Hand, einen Song von *Crowded House* mitsang oder stolz die Antworten verkündete, wenn in dem kleinen Fernseher auf der Anrichte ein Quiz lief. Hattie hatte recht.

Lizzy war einfach immer da.

KAPITEL 31

Wieder zurück in der behaglichen Wärme der Hütte, machte Lizzy sich daran, alles festlich zu schmücken. Eigentlich war sie ja vor Weihnachten geflüchtet, aber so ganz abschütteln konnte sie es doch nicht. Die weihnachtlichen Gefühle kamen ganz automatisch. Außerdem ging es ja auch nicht nur um sie allein. Sie wollte, dass die Hütte für Harley nach Weihnachten aussah. Sie verteilte überall Teelichte, stellte drei Schokoladen-Weihnachtsmänner auf den Tisch und legte eine CD mit Weihnachtsliedern von Frank Sinatra ein. Als sie den Glühwein zubereitete, füllte die Hütte sich mit dem Duft von Zimt und Nelken und Rum.

Harley hatte die Einkäufe weggeräumt und legte noch ein paar Holzscheite in den Ofen.

»Wie schön!«, sagte er. »Ich wünschte, meine Mutter und River wären hier.«

Lizzy war gerade dabei, Käse für die Makkaroni zu reiben. Sie wollte nicht an Simon und die Zwillinge denken, denn jedes Mal, wenn sie das tat, bekam sie einen Kloß im Hals.

»Was Jack und Nat wohl hierhertreibt, was meinst du?«, fragte sie Harley.

Er zuckte die Schultern. »Finden wir vielleicht noch raus.«

»Vielleicht ist er geschieden, und er ist dieses Jahr ›an der Reihe‹«, sagte Lizzy.

Lizzy schob die Makkaroni in den Ofen. Dann ging sie nach oben und zog sich ihren Lieblingspullover, eine enge

Jeans und Socken mit rutschfester Sohle an. Ihre Wangen waren noch ganz gerötet vom Wind, und sie genoss das Gefühl ihrer erhitzten Haut, als sie sich die Wimpern tuschte und ein bisschen Lipgloss auftrug. Zum Schluss fuhr sie sich mit den Fingern durch die Locken, um ihnen ein bisschen Volumen zu geben. Zum ersten Mal seit langer Zeit gefiel ihr, was sie im Spiegel sah. Vielleicht bekam ihr die Meeresluft, oder der Wind hatte ein paar von ihren Sorgen weggeblasen. Die sonst so tiefe Falte zwischen ihren Brauen war kaum noch zu sehen. Auf jeden Fall billiger als Botox, dachte sie.

Sie machte es sich mit *Die Muschelsucher* auf dem Sofa bequem. Sie hatte den Roman von Rosamunde Pilcher im Regal gefunden. Zwar hatte sie sich eine ganze Tasche voll Bücher mitgebracht, aber sie fand es sehr verlockend, ein Buch zu lesen, das jemand anderem gehörte, außerdem konnte sie sich keine bessere Lektüre für einen Aufenthalt am Meer vorstellen.

Harley trommelte mit den Fingern auf die Küchenanrichte. Er wirkte unruhig. Es hatte ihn erleichtert, Leanne sein Herz auszuschütten, aber ihm lag noch etwas anderes auf der Seele.

»Darf ich Sie was fragen?«, sagte er schließlich und wandte sich zu Lizzy um.

»Natürlich.«

»Meinen Sie, ich sollte meinen Vater im Gefängnis besuchen?«, fragte er. »Ich bin jetzt achtzehn, das heißt, ich kann jetzt selbst entscheiden, wann ich hingehe.«

»Besuchst du ihn oft?«

»Nein. Wir haben den Kontakt zu ihm abgebrochen, als er ins Gefängnis gekommen ist. Also, meine Mutter hat das getan. Aber … ich weiß auch nicht … Irgendwie hat doch alles zwei Seiten, oder? Ich hab ihm nie die Chance gegeben, mir seine Version der Geschichte zu erzählen. Ich kenne nur die

Version meiner Mutter. Aber vielleicht hat er das, was ihn in den Knast gebracht hat, ja auch für uns getan?«

»Damit wird die Sache nicht legal«, wandte sie ein.

»Ich weiß. Aber ich hatte … ich hab ihn gern. Er ist immer noch mein Vater. Meine Mutter wollte nicht, dass wir ihn besuchen. Sie hat uns nie mitgenommen, wenn sie hingefahren ist. Und seit wir hierhergezogen sind, geht gar nichts mehr.«

Lizzy konnte es verstehen, dass eine Mutter ihre Kinder vor jemandem schützen wollte, der ein Verbrechen begangen hatte. Aber Harley war alt genug, um selbst zu entscheiden, was er tun wollte.

»Ich denke, es ist nie zu spät. Und es ist immer wichtig, sich zu vergeben.«

Lizzy war sich dessen bewusst, dass sie eine Heuchlerin war. Sie war gerade alles andere als bereit zu vergeben. Vielmehr war sie dabei, ihren Mann und ihre Kinder für ihre Missetaten zu bestrafen.

Es klopfte an der Tür. Lizzy blickte auf. Unwillkürlich stellte sie sich vor, dass Simon und die Zwillinge sie auf wundersame Weise gefunden hatten. Wünschte sie sich das? Einen Augenblick lang fragte sie sich, was sie sich eigentlich dabei gedacht hatte abzuhauen. Was hoffte sie damit zu erreichen? Dann erinnerte sie sich, wie sie sich gefühlt hatte, als sie allein vor dem kahlen Weihnachtsbaum stand – klein und unbedeutend und ungeliebt. Das war ihre Art und Weise, ihnen zu sagen: »Ich bin wichtig.«

Harley machte auf. Jack und Nat standen in der Tür. Nat steckte in einem Schneeanzug mit Rentier-Muster, und Jack hielt eine Flasche Sekt in der einen und einen großen Teller in der anderen Hand.

»Ich glaub, ich war eben ein bisschen unhöflich«, sagte

Jack. »Natürlich nehmen wir Ihre Einladung gerne an. Ich hab ein bisschen gebeizten Lachs mitgebracht.« Er hielt den Teller hoch. »Selbst gemacht. Mit Wodka.«

Auf dem Teller lagen hübsch angeordnet hauchdünne Scheiben Lachs, die nach Limone, Anis und Dill dufteten.

»Das sieht ja köstlich aus«, sagte Lizzy, die aufgestanden war, um sie zu begrüßen. »Schön, dass Sie es sich noch überlegt haben. Ich hab bestimmt wieder viel zu viel gekocht. Nat, ich kann dir eine kleine Extraportion Makkaroni mit Käse machen, falls du jetzt schon Hunger hast. Ich weiß nicht, ob du Hummer magst.«

»Keine Sorge, er mag Hummer«, sagte Jack lachend. »Er ist gut erzogen.« Er schaute sich in der Hütte um. »Die ist ganz anders eingerichtet als unsere.«

»Die Hütten sind alle unterschiedlich«, sagte Harley. »Aber die, in der Sie wohnen, gefällt mir besonders. Die ist ziemlich retro.«

»Ja«, sagte Jack und holte tief Luft. »Meiner … meiner … Frau …« Einen Moment lang schien ihm die Stimme zu versagen. »Meiner Frau hätte es gefallen.«

Harley und Lizzy schauten ihn fragend an.

»Sie stand … sie stand auf diesen alten Kram.« Er schluckte. »Könnte ich einen Drink bekommen?«

Nach dem Essen, als alle es sich mit vollem Bauch und einem Glas Glühwein auf dem Sofa gemütlich gemacht hatten, schüttete ihnen Jack sein Herz aus. Nat hatte sich auf dem Sitzsack zusammengerollt und schlief tief und fest, und so konnte Jack frei reden.

»Fran ist tot«, brachte er mühsam heraus. »Sie ist letztes Jahr kurz vor Weihnachten gestorben.«

Harley wusste nicht, was er sagen sollte. Er wickelte sich

eine Haarsträhne um einen Finger, eine nervöse Angewohnheit. Er war ja schon oft unglücklich gewesen, aber so etwas Schlimmes hatte er noch nicht erlebt.

»Sie können es uns gern erzählen, wenn Sie möchten«, sagte Lizzy. »Oder auch nicht, wenn Sie es nicht möchten.«

Jack trank einen Schluck.

»Kurz nachdem sie schwanger geworden war, haben wir erfahren, dass sie Krebs hatte.« Er stieß ein kurzes Lachen aus. »Wir hatten das mit dem Kinderkriegen fast aufgegeben, denn wir hatten es schon ein paar Jahre lang vergeblich versucht. Wir wollten eine Pause einlegen. Ein Kind machen zu wollen kann ziemlich anstrengend sein. Und man redet nur noch über die verschiedenen Methoden … In vitro, was auch immer. Es war also eine ziemliche Überraschung, als sie plötzlich schwanger war. Aber es war längst keine so große Überraschung wie die Erklärung dafür, warum sie sich dauernd so erschöpft fühlte. Es lag nämlich weder an den Fruchtbarkeitspillen noch an der Morgenübelkeit …«

Er erinnerte sich noch genau an die mitfühlende Ärztin, die ihnen die schreckliche Diagnose mitgeteilt hatte, an ihren gequälten Blick, der sagte: »Ich würde Ihnen alles andere lieber mitteilen als das«. Die Diagnose kam aus heiterem Himmel. Drei seltsame Wörter, die im ersten Moment keinen Sinn zu ergeben schienen – Non-Hodgkin-Lymphom.

Fran hatte in einem gelben Kleid und Leinenschuhen dagesessen. Jack wusste noch genau, wie er gedacht hatte: So was passierte doch keiner jungen Frau in einem gelben Kleid. Erst hatte sie ganz verwirrt dreingeblickt, dann hatte sie gesagt: »Ach so, verstehe.« Sie hatte nicht angefangen zu weinen und auch keine Fragen gestellt. Sie hatte einfach ganz still dagesessen.

»Was bedeutet das?«, hatte Jack wissen wollen. »Ich versteh das nicht. Seit wann hat sie das denn schon? Und warum wird das jetzt erst festgestellt? So eine Krankheit hat doch Symptome. Sie fühlt sich schlaff in letzter Zeit, okay, aber …«

»Schsch, Jack«, sagte Fran. »Lass die Ärztin ausreden.«

»Sie haben drei Optionen«, sagte die Ärztin.

»Und keine davon wird uns gefallen, richtig?«, sagte Jack, und Fran legte ihm eine Hand auf den Arm, um ihn zum Schweigen zu bringen.

»Sie können jetzt eine Chemotherapie bekommen und riskieren, dass das Kind Schaden nimmt … Wir wissen nicht genau, wie groß das Risiko ist, aber wir können versuchen …«

»Nein«, fiel Fran der Ärztin ins Wort. »Das ist keine Option. Ich achte jetzt schon seit Jahren darauf, dass ich nichts esse oder trinke oder tue, was einem Kind Schaden zufügen könnte, und ich werde jetzt nicht damit anfangen. Nächste Option.«

Die Ärztin holte tief Luft. Option Nummer zwei würde ihnen offenbar noch weniger gefallen. »Sie können das Kind abtreiben und dann mit der Chemotherapie beginnen.«

Fran lachte nur und schüttelte den Kopf.

»Was?«, sagte Jack und schaute sie stirnrunzelnd an. »Aber …«

»Nummer drei?«, fragte Fran. »Wie lautet Option Nummer drei?«

»Sie können das Kind zur Welt bringen und anschließend mit der Behandlung beginnen.«

Die Worte der Ärztin hingen in der Luft. Es war kaum zu glauben, dass eine derart sanfte Stimme so schlimme Neuigkeiten verkünden konnte. Fran und Jack brauchten einen Augenblick, um das alles zu verdauen.

»Okay«, sagte Fran, »dann ist das wohl die einzige Option.«

»Nein«, protestierte Jack. »Sie muss doch bestimmt sofort

mit der Behandlung anfangen!« Er schaute die Ärztin an. »Wenn sie nicht schwanger wäre, würden Sie dann ein halbes Jahr mit dem Beginn der Behandlung warten?«

»Auf keinen Fall«, antwortete die Ärztin. »Aber solche Entscheidungen sind nie leicht. Wir wissen, dass wir zwei Menschenleben berücksichtigen müssen.«

»Eins«, widersprach Fran. »Mir ist nur ein Leben wichtig.«

»Du bist ja verrückt«, sagte Jack. Es klang schärfer, als er beabsichtigt hatte.

»Jack«, sagte Fran. »Es ist eine ganz einfache Wahrscheinlichkeitsrechnung.« Fran löste immer alle Probleme auf rationale Weise. »Option Nummer drei ist die einzige Option, bei der einer von uns beiden kein Risiko eingeht. Vorausgesetzt natürlich, dass das Kind im Moment gesund ist.«

»Das scheint der Fall zu sein, soweit wir das beurteilen können«, sagte die Ärztin.

»Wenn wir uns also ganz sicher sein wollen, dass einer von uns beiden das hier überlebt, ist Nummer drei die einzige Option.«

Jack starrte sie ungläubig an. Wie hatte sie innerhalb von wenigen Sekunden die Risiken so kühl abwägen können? Während sein Gehirn sich gerade weigerte, überhaupt zu funktionieren.

»Du bist wahnsinnig«, sagte er zu Fran. »Du musst sofort mit der Behandlung anfangen.«

»Ich riskiere nicht das Leben unseres Kindes.«

»Sie müssen sich nicht hier und jetzt entscheiden«, sagte die Ärztin. »Ich würde Ihnen sogar davon abraten. Gehen Sie nach Hause und schlafen Sie drüber. Nehmen Sie sich Zeit, um in Ruhe darüber zu reden. Und dann kommen Sie wieder zu mir.«

Jack schüttelte den Kopf. »Sie müssen es ihr klarmachen.

Ich glaube, sie sieht das alles falsch. Sie ist wichtiger als das Kind.«

»Nein«, entgegnete Fran. »Das Kind ist das Wichtigste.«

»Wieso glaubst du eigentlich, dass du das allein entscheiden kannst? Was ist mit meinen Gefühlen?« Jack merkte, dass er laut wurde, aber ihm dämmerte, dass er auf verlorenem Posten stand. Er wusste, dass Fran sich entschieden hatte, dass er sie nicht würde umstimmen können. Er hoffte, dass die Ärztin sich einschaltete. Dass sie darauf bestand, Fran zu behandeln, Risiko hin oder her. Er kannte seine Frau und wusste nur zu gut, wie stur sie war, wenn sie sich einmal etwas in den Kopf gesetzt hatte. Es war einer der Gründe, warum er sie so sehr liebte. »Helfen Sie mir«, sagte er zu der Ärztin. »Helfen Sie mir, sie zur Vernunft zu bringen.«

»Die Entscheidung liegt bei Ihnen beiden«, sagte die Ärztin. »Aber lassen Sie mich Ihnen versichern, wie leid mir das alles tut.«

Jack schaute sie an, und sie wandte sich ab. Sie konnte seinem Blick nicht standhalten, und in dem Moment wusste er, wie die Geschichte ausgehen würde, dass er nicht der allwissende Erzähler war, dass es im dritten Akt keine überraschende Wendung des Schicksals geben würde und keine Schlussszene, in der das Kind getauft wurde und die Ärztin, die ihnen zur richtigen Entscheidung verholfen hatte, seine Taufpatin war …

Im Lauf der nächsten Tage hatte er alles darangesetzt, Fran umzustimmen. Er hatte jede erdenkliche Taktik angewandt, hatte jeden in den Konflikt mit hineingezogen, den er kannte, Eltern, Freunde … sogar wildfremde Leute aus dem Internet, die Ähnliches durchgemacht und überlebt hatten (von denen, die nicht überlebt hatten, sagte er Fran nichts).

Am Ende der Woche bat sie ihn um ein Gespräch.

»Ich hatte die Hoffnung längst aufgegeben, dass ich je schwanger werden würde. Dass ich ein Kind auf die Welt bringen würde. Aber es ist mein einziger Wunsch. Ich bin die Mutter, und solange das Kind in meinem Bauch ist, muss ich alles tun, um es zu beschützen. Und falls ich sterben sollte, will ich dich auch nicht allein zurücklassen.«

»Red nicht so. So was darfst du nicht sagen«, flehte Jack sie an. Er konnte seine Tränen nicht zurückhalten.

»Jack, eines Tages wirst du mir dankbar dafür sein, dass ich die richtige Entscheidung getroffen habe. Ich habe mir das reiflich überlegt, glaub mir.« Ihre Stimme zitterte. »Es ist schrecklich, eine solche Entscheidung treffen zu müssen, aber jetzt, wo ich mich entschieden habe, können wir bitte die Diskussion beenden und versuchen, das, was auf uns zukommt …« Sie zögerte. »… so würdig wie möglich zu gestalten? Auch wenn es eine einzige riesige Scheiße ist …«

Dann sackte sie erschöpft in sich zusammen. Ihr Kinn bebte, als sie mit den Tränen kämpfte. Er sah, wie viel Kraft sie die Entscheidung gekostet hatte. Und in dem Moment hatte er sich entschlossen, ihre Wünsche zu akzeptieren.

Als er das alles jetzt Lizzy und Harley erzählte, musste er beinahe lachen. »Sie kannten Fran nicht. Wenn sie sich zu etwas entschlossen hatte, konnten keine zehn Pferde sie davon abbringen. Ich habe alles dafür getan, dass jeder Tag unvergesslich war, dass die Geburt das schönste Erlebnis wurde, das man sich vorstellen kann, obwohl wir die ganze Zeit mit dem Schrecken leben mussten.«

»Sie waren sehr tapfer«, sagte Lizzy.

»Nein, war ich nicht«, entgegnete Jack. »Ich habe mich die halbe Zeit im Klo eingeschlossen und Rotz und Wasser geheult.« Er lächelte wehmütig. »Nach Nats Geburt ist sie gleich im Krankenhaus geblieben und hat mit der Chemo angefangen. Plötzlich war ich allein mit einem Säugling, aber alle haben mir geholfen, meine Eltern, meine Schwester Clemmie, unsere Freunde. Und später, als Fran wieder zu Hause war, haben sie mir geholfen, Fran und den Kleinen zu versorgen.«

Er schloss die Augen, als er daran dachte, was das alles für ein Wahnsinn gewesen war: Krankenschwestern, Hebammen, Leute vom Gesundheitsamt, die kamen und gingen, Fläschchen machen, Baby wickeln, schlaflose Nächte, Geschrei und Chaos. Ohne seine Eltern und seine Schwester wäre er hoffnungslos überfordert gewesen. Am liebsten hätte er Fran die ganze Zeit im Arm gehalten und ihr gesagt, dass alles gut werden würde, aber irgendwie fanden sie nie die Ruhe dafür.

Sie wurde immer kränker und immer schwächer, während Nat immer pausbäckiger und lebhafter wurde, aber jedes Mal, wenn sie ihren Kleinen anschaute, leuchteten ihre Augen vor Stolz. Nat schien ihrem Leben einen Sinn zu geben. Jack hatte den Verdacht, dass er allein ihr nie die Kraft hätte geben können, so erbittert gegen die Krankheit zu kämpfen. Fast drei Jahre hatte sie durchgehalten.

»Am fünften Dezember ist sie gestorben«, brachte er mühsam heraus. »Ich habe ihre Hand gehalten, und wir haben Amy Winehouse gehört.«

Lizzy wischte sich eine Träne fort. Harley stand auf, nahm Jacks Glas und ging zum Herd. Er füllte es auf und gab es Jack zurück.

»Tut mir echt leid«, sagte er. »Fran war bestimmt eine tolle Frau.«

»Ja, das war sie.« Jack nickte. »Und Weihnachten war total ihr Ding. Sie hat immer was Besonderes daraus gemacht. Deswegen konnte ich es auch dieses Jahr nicht ertragen. Ich hätte das nicht gepackt. Bei jeder Christbaumkugel, jedem Weihnachtslied, jedem verdammten *Mince Pie* denke ich:

Warum ist sie nicht da?« Er schluckte und versuchte zu lächeln. »Vielleicht ist es Nat gegenüber nicht fair, dass wir abgehauen sind, aber ich versuche, das Beste draus zu machen.«

»Und zu Ihrem Pech haben Sie jetzt auch noch uns kennengelernt«, sagte Lizzy lächelnd. »Wir beide sind auch vor Weihnachten geflüchtet. Aber das bedeutet nicht, dass wir uns nicht amüsieren können.« Sie schaute erst Jack, dann Harley an. »Oder?«

Später brachte Jack Nat ins Bett. Er betrachtete seinen schlafenden Sohn, die langen Wimpern, einen Arm um Clouseau geschlungen, der sich an ihn gekuschelt hatte. Die beiden atmeten im Gleichtakt.

Er hatte es tatsächlich getan, dachte Jack. Er hatte seine Geschichte zum ersten Mal Leuten erzählt, die sie nicht kannten, und er hatte es überlebt. Vielleicht würde er irgendwann gar nicht mehr das Bedürfnis verspüren, seine Geschichte zu erzählen, vielleicht würde sie irgendwann nicht mehr so einen großen Raum in seinem Leben einnehmen, vielleicht würde der Drang, seine Situation zu erklären, allmählich nachlassen.

In letzter Zeit hatte sich viel getan. Als er vor einigen Monaten in den Spiegel geschaut hatte, war er schockiert gewesen. Er sah die hängenden Schultern, die glanzlosen Augen, den schlaffen Mund. Er hatte die Schultern gestrafft und ein Lächeln probiert, und schon allein das, allein so zu tun, als ginge es ihm gut, hatte geholfen.

Aber heute Abend hatten seine Schultern sich entspannt, und er hatte viel gelacht. Vielleicht hatte es an Lizzys Glühwein gelegen oder an Nats Aufregung darüber, dass schon bald der Weihnachtsmann in die Strandhütte kommen würde, obwohl die gar keinen richtigen Kamin hatte, oder vielleicht war es die seltsame Geselligkeit von drei Fremden, die alle aus anderen Gründen vor Weihnachten geflohen waren. Jedenfalls hatte er sich in der Nachbarhütte total entspannt gefühlt, in dem weichen Sofa, hatte die Wärme des Ofens genossen und Harleys leicht heiserer Stimme und Lizzys herzlichem Lachen gelauscht.

Vielleicht heilten Wunden in Gesellschaft von Fremden ja leichter. Wenn er mit seinen alten Freunden zusammen war, blieben die Wunden offen, weil er immer an die Zeiten denken musste, als Fran noch mit dabei gewesen war. Bei Lizzy und Harley hatte er all das nicht empfunden. Er hatte sich ihre Geschichten angehört und seine eigene zwischenzeitlich vergessen. Es hatte ihn interessiert, mehr zu erfahren. Er hatte sich weniger egoistisch, weniger ichbezogen gefühlt, wie ein besserer Mensch.

Manchmal fragte er sich, warum seine alten Freunde sich überhaupt noch mit ihm und seinem Gejammer abgaben. Vielleicht war es an der Zeit, ein paar neue Freundschaften zu schließen. Nicht dass er seine alten Kumpels nicht zu schätzen gewusst hätte, ganz im Gegenteil, und er wusste, dass er ihnen für ihre Hilfe ewig dankbar wäre. Aber sie hatten einen neuen Jack verdient. Manchmal sah er in ihren Blicken Mitleid und noch etwas anderes … Langeweile vielleicht? Wenn sie sich seine Geschichte zum hundertsten Mal anhören mussten? Er versuchte wirklich, nicht jedes Mal von Neuem damit anzufangen, aber er hatte sonst kaum etwas, worüber es sich zu reden lohnte.

Ja, er musste neue Leute kennenlernen, das war ihm jetzt klar. Die Erkenntnis war das beste Weihnachtsgeschenk, das er sich hätte wünschen können.

Heiligabend

KAPITEL 32

Heiligabend fuhr Simon aus dem Schlaf. Sofort hatte er ein schlechtes Gewissen. Wie hatte er bloß einschlafen können? Was, wenn Lizzy in der Nacht angerufen hatte? Oder wenn sie zurückgekommen war, nur um festzustellen, dass sie alle in ihren Betten schnarchten, als würden sie sie nicht mal vermissen.

Dann setzte er sich auf, plötzlich alarmiert. Er hörte die Heizungsrohre knacken und ächzen. Jemand hatte die Heizung eingeschaltet. Wegen der kaputten Zeitschaltuhr mussten sie das jeden Tag von Hand machen. Es war das Erste, was Lizzy jeden Morgen machte.

Er lauschte angestrengt. Er meinte das Radio laufen zu hören. Das war doch Radio 2, das Gebrabbel des armen Sprechers, der den Kürzeren gezogen hatte und heute den ganzen Tag die Weihnachtslieder ankündigen musste. Dann atmete er tief ein.

Kaffee. Er roch Kaffee.

Sie war zurückgekommen! Sie hatte sich heimlich ins Haus geschlichen und hantierte wie immer in der Küche herum. Wahrscheinlich schaute sie gerade in ihrem Plan nach, um wie viel Uhr der Puter in den Ofen musste. Es war jedes Mal eine komplizierte Angelegenheit, sodass sie in aller Herrgottsfrühe aufstand, weil der Vogel stundenlang geschmort werden musste. Jedes Jahr überlegten sie, ob sie vielleicht mal was anderes essen sollten, aber jedes Jahr gab es wieder den

Sieben-Kilo-Braten, der mehr Zeit und Aufmerksamkeit in Anspruch nahm, als er verdient hatte. Andererseits war es immer wieder ein prächtiger Anblick, wenn Lizzy den dampfenden, goldbraunen Puter schließlich aus dem Ofen holte.

Simon sprang aus dem Bett. Gott sei Dank, dachte er. Jetzt konnten sie sich wieder wie eine normale Familie benehmen. Sie würden kein Wort über die Sache verlieren. Sie würden ein wundervolles Weihnachtsfest begehen, und er würde auf jedes noch so kleine Anzeichen achten. Er würde sich ganz besonders liebevoll um sie kümmern, und zu gegebener Zeit konnten sie über alles reden …

Er lief die Treppe hinunter, stieß sich in seiner Eile beinahe den Kopf an dem verflixten Balken und stürmte mit einem strahlenden Lächeln in die Küche. Da stand sie, mit dem Rücken zu ihm. Sie drehte sich um und erwiderte sein Lächeln.

Eine solche Enttäuschung hatte er noch nie in seinem Leben empfunden. Es war niederschmetternd. Er brachte kein Wort heraus. Denn dort vor ihm stand, in Lizzys Morgenmantel, seine Mutter. Sie hatte mehrere Tassen bereitgestellt und war gerade dabei, den Stempel der Cafetiere herunterzudrücken.

»Ich hab die Heizung eingeschaltet. Ich hoffe, das ist in Ordnung. Hast du gut geschlafen?« Dann sah sie die Enttäuschung in Simons Gesicht. »Ach, mein Lieber. Du hast mich für Lizzy gehalten. Tut mir leid.«

»Schon gut.« Er schluckte. Jetzt war Lizzy also schon die zweite Nacht fort. Das bedeutete nichts Gutes. »Ich mach mir solche Sorgen um sie, Mum.«

»Ich weiß. Aber ich bin mir ganz sicher, dass es ihr gut geht. Wenn sie so weit ist, kommt sie zurück, verlass dich drauf.«

Cynthia nahm ihren Sohn in die Arme. Zuerst zögerlich,

es war nicht einfach, nach dem gestrigen Geständnis, und in ihrer Familie waren sie nie groß darin gewesen, ihre Gefühle zum Ausdruck zu bringen. Doch dann entspannte er sich und ließ seinen Kopf auf ihre Schulter sinken, und es fühlte sich gut an, dachte Cynthia, ihren Sohn trösten zu können.

»Danke, Mum«, murmelte Simon. Er war immer noch sauer auf sie, aber im Moment war ihm Trost wichtiger als Vergeltung.

Hattie wachte an Heiligabend auf und griff nach ihrem Handy. Das machte sie jeden Morgen, aber heute hatte sie einen ganz bestimmten Grund dazu. Sie schaute nach, ob sich auf Facebook jemand gemeldet hatte, der ihre Mutter gesehen hatte. Ihr Post war Hunderte Male geteilt worden. Er hatte sich auf der ganzen Welt verbreitet. Sie scrollte durch alle Nachrichten. Nachrichten von Leuten, denen sie noch nie begegnet war, die ihr Glück wünschten und ihr Mitgefühl zum Ausdruck brachten.

Deine Mum sieht toll aus, hoffe, dass ihr sie findet.

O mein Gott, kann mir gar nicht vorstellen, an Weihnachten ohne meine Mutter aufzuwachen. Viel Glück!

Komm nach Hause, Lizzy!! Alle haben dich lieb!

Alles Liebe und viel Glück für deine Familie in diesen schweren Zeiten!

In diesen Moment klingelte das Handy. Es war Hal.

»Ich hab deinen Post auf Facebook gesehen. Irgendwas bei rausgekommen?«

»Nein.« Sie seufzte. »Aber danke, dass du fragst.«

»Meine Mutter sagt, wenn ihr alle zum Mittagessen rüberkommen wollt, seid ihr herzlich eingeladen. Bei uns gibt's Heiligabend immer Fisch-Auflauf. Ziemlich lecker.«

»Du hast deiner Mutter davon erzählt?«

»Mann, du hast es auf Facebook gepostet, alle wissen es.«

»Stimmt.« Sie seufzte wieder. »Danke. Und sag deiner Mutter vielen Dank. Aber ich weiß noch nicht, was wir heute machen.«

»Sie kommt zurück, Hattie. Deine Mutter ist … nun ja … Unkraut vergeht nicht.«

Hattie musste trotz allem lachen. »Das würde sie aber nicht als Kompliment auffassen.«

»Du weißt, was ich meine.«

»Klar.« Noch ein Seufzer. »Es ist so komisch, Hal. Das Haus ist ohne sie so leblos.«

Und das stimmte. Die Luft im ersten Stock war noch kalt, die Therme brauchte eine Weile, um die Heizkörper oben mit warmem Wasser zu versorgen.

»Wieso bist du eigentlich schon auf?«, fragte sie.

Hal antwortete nicht gleich. »Ich bin aufgeregt«, sagte er dann. »Ich find Weihnachten total klasse. Es ist wie früher, als wir klein waren.«

»Kriegt ihr eure Geschenke immer noch in Strümpfen?«, fragte Hattie kichernd.

»Ja, schon. Aber meine Mutter lässt alle Geschenke von ihrer Assistentin im Internet bestellen.«

»Ist ja furchtbar«, sagte Hattie, musste aber lächeln bei dem Gedanken, dass der megacoole Hal sich wie ein Kleinkind auf seine Weihnachtsgeschenke freute. Sie hörte ihn kauen.

»Isst du grade?«

»Ja, Toblerone. Meine Großmutter schenkt mir jedes Jahr eine Riesentoblerone zu Weihnachten. Soll ich dir ein Stück vorbeibringen?«

»Lass gut sein«, sagte Hattie. »Mach deiner Mutter lieber einen Tee.«

»Gott, nein, sie würde vor Schreck einen Herzinfarkt kriegen.« Hal lachte. »Aber wie gesagt, wenn ihr wollt, könnt ihr heute Mittag zum Essen rüberkommen.«

»Danke, Hal«, sagte Hattie leise. Wenn es darauf ankam, waren die Leute echt nett zu einem. Sie beendete das Gespräch und zog sich das Federbett über den Kopf. Sie wollte nicht aufstehen. Sie wollte nicht durch das Haus gehen, solange Lizzy fehlte.

Die Tür ging auf, und Luke streckte den Kopf herein. Seine Haare standen in alle Richtungen ab. Seine Schlafanzughose hing auf Halbmast, und sein altes Metallica-T-Shirt bedeckte nicht mal seinen Bauchnabel. Hattie schaute ihn an. »Hey.«

»Ich kann nicht mehr schlafen«, sagte er. »Was ist, wenn Mum mit einem anderen durchgebrannt ist? Ich meine, so was liest man doch immer wieder, oder?« Er kam ins Zimmer und setzte sich zu Hattie auf die Bettkante. »Vielleicht hat sie im Hotel irgendeinen reichen Sack kennengelernt. Und ist mit ihm weggefahren. Oder vielleicht ist sie von irgendeinem Perversling entführt worden.«

»Sie hat uns eine Nachricht hinterlassen, Luke. Sie hat die Schnauze gestrichen voll von uns und … lässt es sich irgendwo gut gehen.«

»Wie kannst du nur so ruhig bleiben?«

»Ich bin nicht ruhig. Aber was sollen wir denn machen?«

Sie waren zwar gleich alt, aber manchmal hatte Hattie das Gefühl, dass sie viel älter war als Luke. Vielleicht würde es sie trösten, wenn sie es machten wie früher, als sie noch Kinder waren. Sie rückte ein Stück, um Luke Platz zu machen, dann nahm sie die Fernbedienung ihres Fernsehers vom Nachttisch.

»Komm, wir kucken uns ein paar Folgen Fred Feuerstein an«, sagte sie, während sie durch die Sender zappte. »Hal hat eben angerufen. Er sagt, wir können bei ihnen zu Mittag essen, wenn wir wollen.«

»Nein, lass uns lieber hierbleiben. Falls Mum zurückkommt.«

Sie kuschelten sich aneinander. Es war genau wie früher, dachte Hattie. Als sie noch klein waren, hatten sie sich jeden Samstagmorgen in ihr Bett gekuschelt und Zeichentrickfilme geschaut. Nur dass ihre Mutter jetzt nicht jeden Augenblick nach oben kommen würde, um ihnen zu sagen, dass das Frühstück fertig war. Sie warf noch mal einen Blick auf ihr Handy. Für alle Fälle.

Nichts.

KAPITEL 33

An Heiligabend stand Jack früh auf, denn er wollte mit Nat und Clouseau zum Fischhändler im Hafen von Tawcombe fahren. Er hatte sich schon im Internet über die Öffnungszeiten informiert, denn das war etwas, worauf er sich ganz besonders gefreut hatte, als er sich entschlossen hatte, Weihnachten an der Küste zu verbringen: frischen Fisch und Meeresfrüchte einzukaufen. Er zog sich eine Daunenjacke an und steckte Nat in seinen Daunenoverall.

Draußen wehte ein eisiger Wind. Über Nacht waren die Temperaturen gesunken, und der Himmel war grau und düster.

Jack hob Nat auf die Hafenmauer, und sie schauten zu, wie die Wellen gegen die Felsen schlugen. Er schüttelte sich bei dem Gedanken, dass die Fischer bei dem Wetter da draußen waren und den Elementen trotzten. Er würde im Sommer noch einmal mit Nat herkommen, dachte er. Dann würde er ein Boot mieten, ein bisschen angeln. Sie spazierten am Kai entlang, aßen an einem Kiosk Würstchen im Schlafrock. Beim Fischhändler kaufte er dicke Jakobsmuscheln, ein großes Stück schönes weißes Kabeljaufilet und rosafarbene Krabben. Er würde eine deftige Fischsuppe kochen, dachte er, mit Kartoffeln und Dill. Das perfekte Essen für Heiligabend, das einem das Herz erwärmte.

Als sie auf dem Weg zurück zum Auto über das feuchte Kopfsteinpflaster gingen und die kalte Meeresluft einatmeten, dachte Jack: Ich bin vielleicht nicht glücklich, aber froh, dass ich im Moment das Beste aus meiner Situation mache. Er liebte seinen Sohn, seinen kleinen Kumpel. Dieser Ausflug an die Küste tat ihm gut. Simple Freuden. Frische Luft. Neue Leute. Hierherzukommen war auf jeden Fall die richtige Entscheidung gewesen.

Als sie nach Everdene zurückkamen, standen Lizzy und Harley vor ihrer Hütte und unterhielten sich mit einer Frau und einem Jungen, der aussah wie eine Miniversion von Harley. Der Kleine war vielleicht ein Jahr älter als Nat, schätzte Jack.

»Hey Jack«, sagte Harley. »Das ist meine Mutter. Mum, das sind Jack und Nat.«

»Hallo Jack. Ich bin Leanne. Und das ist River.«

Jack zögerte kurz. Dann streckte er ihr die Hand hin, und Leanne schüttelte sie. Sie war zierlich, hatte ein herzförmiges Gesicht, haselnussbraune Augen und blondierte Haare, die vom Wind zerzaust waren. In ihrer pelzgefütterten Bomberjacke und den zerrissenen Jeans wirkte sie auf hübsche Weise burschikos. Die Jungs hatten beide die Anmut und den zarten Körperbau ihrer Mutter geerbt. Was für eine gut aussehende Familie, dachte Jack.

»Hey«, war alles, was er herausbrachte.

Er musste an das denken, was Harley ihm am Abend zuvor erzählt hatte. Dass sein Vater im Knast saß, und wie sehr er den neuen Freund seiner Mutter hasste.

»Wir wollten gerade einen Strandspaziergang machen«, sagte Lizzy. »Und anschließend gehen wir noch ins Ship Aground, da ist heute Weihnachtssingen. Wollen Sie vielleicht mitkommen?«

»Ja, gern«, antwortete Jack. Für Nat wäre es großartig, einen Spielkameraden zu haben, sagte er sich.

»Oooh, ein Mops«, sagte Leanne und sank vor dem Hund auf die Knie. »Wie süß!«

»Das ist Clouseau«, sagte Jack.

»Ich liebe Hunde«, sagte sie. »Aber mein Tony will nicht, dass ich mir einen anschaffe. Vielleicht kann ich ihn ja noch überreden.«

Jack verspürte einen kleinen Stich. Verwundert stellte er fest, dass es ihn enttäuschte, sie von »meinem Tony« sprechen zu hören. Dann sah er auch in Harleys Augen Enttäuschung aufflackern. Am Abend zuvor hatte er deutlich seine Hoffnung zum Ausdruck gebracht, dass seine Mutter sich von ihrem Typen trennen würde. Ihre Blicke trafen sich, und Jack deutete ein verständnisvolles Lächeln an, dann wandte er sich wieder Leanne zu.

»Für Nat und mich ist er ein guter Gefährte«, sagte er. Als sie ihn daraufhin mit großen Augen anschaute, wurde ihm bewusst, was seine Worte implizierten.

River und Nat hatten Stöcke im Sand gefunden und lieferten sich einen Schwertkampf.

»Ich pack die Sachen nur eben in den Kühlschrank«, sagte Jack und hielt die Tüte mit seinen Einkäufen hoch.

In der Hütte warf er einen kurzen Blick in den Spiegel und fuhr sich mit der Hand durch die Haare. Er überlegte kurz, ob er noch etwas Aftershave auflegen sollte, entschied sich jedoch dagegen. Wozu auch?

Aber es war interessant, was für Gefühle diese Frau bei ihm auslöste. Was war das? Eine Mischung aus Adrenalin und etwas, das viel tiefer saß. Schuldgefühle? Weil es ein Verrat an Fran war? Nein, das würde sicherlich niemand so sehen. Nicht einmal Fran.

Er seufzte. Es war sowieso müßig, sich darüber den Kopf zu zerbrechen. Er konnte sich kaum für etwas verurteilen, das sowieso nicht passieren würde: Nicht, solange Leanne über Tony redete, als wären sie unzertrennlich. Vielleicht bedeutete es einfach nur, dass er immer noch ein lebendiges Wesen mit ganz normalen Gefühlen war. Woran er seit einiger Zeit gezweifelt hatte.

Zusammen gingen sie an das andere Ende des Strands, wo Nat und River über die Felsen kletterten und in Gezeitentümpeln stocherten, die Gesichter feucht vom Nebel, der über dem Wasser lag. Clouseau wuselte eifrig um die Kinder herum. Leanne sammelte Muscheln in unterschiedlichen Grautönen, mit denen sie ihre Taschen vollstopfte.

Lizzy setzte sich auf ein dickes Stück Treibholz. Noch nie war sie Weihnachten so viel an der frischen Luft gewesen. Ohne irgendetwas zu tun. Den Kopf vollkommen leer. Die Erleichterung, nicht so tun zu müssen, als wäre alles in Butter, war größer als ihr schlechtes Gewissen, weil sie ihre Familie allein gelassen hatte. Gleichzeitig fragte sie sich, ob das Gefühl der Erleichterung im Begriff war nachzulassen, so wie die Wirkung eines Betäubungsmittels. Denn tief in ihrem Innern nagte etwas an ihr. Sie kannte das Gefühl von früher, als die Kinder klein gewesen waren und Simon und sie hin und wieder abends ausgegangen oder ganz selten mal über Nacht weggefahren waren. Anfangs hatte sie es aufregend gefunden, aber schon nach ein paar Stunden war die Begeisterung verflogen. Dann hatten ihr die Kinder gefehlt. Und das Gefühl war immer intensiver geworden, bis sie schließlich zurück nach Hause musste, weil sie es einfach nicht mehr aushielt.

Fehlten ihre Lieben ihr auch jetzt? War es das, was sie jetzt empfand? Sie fror. Die Temperaturen waren gefallen, und ohne Sonne fühlte es sich noch kälter an. Sie schüttelte sich, stand auf und ging zu den anderen hinüber.

Leanne schaute zu, wie die Kinder im Nebel spielten, der immer dichter wurde.

»Wir sollten allmählich zurückgehen«, sagte sie zu Jack. »Bevor die beiden anfangen zu frieren.«

»Ja«, sagte er. »Durchgefrorene kleine Jungs werden nur quengelig.«

»Ganz genau!«, sagte Leanne und lachte. »River!«, rief sie. »Nat!«

Jack schaute sie an. Es gefiel ihm, wie sie Nats Namen rief. Für gewöhnlich mochte er es nicht, wenn andere das Kommando übernahmen, wenn es um seinen Sohn ging. Vielleicht sollte er lernen, da ein bisschen lockerer zu sein. Vielleicht war heute ein guter Tag, damit anzufangen.

Die Jungs kamen angelaufen, dicht gefolgt von Clouseau. Ihre Gesichter waren gerötet, und ihre Augen strahlten vor Vergnügen.

»Ich schlage vor, wir gehen in den Pub«, sagte Lizzy. »Ein bisschen Singen würde mir jetzt gefallen. Und ich brauche einen Drink.«

Im Ship Aground war alles auf Heiligabend ausgerichtet. Man servierte »*Little Donkeys*«: eine tödliche Mischung aus Wodka, Ingwerwein und Limettensaft. Und es gab Weihnachtskaraoke. Jeder, der Lust hatte, sein Lieblingsweihnachtslied zu einer rockigen Playbackversion zum Vortrag zu bringen, durfte auf die Bühne.

Manche Leute waren kilometerweit gefahren, um den Spaß mitzumachen. Riesige Platten mit Würstchen im Schlafrock und Käsestangen wurden herumgereicht. Fast alle trugen Sweatshirts mit weihnachtlichen Motiven oder Ohrringe in Form von Christbaumkugeln. River und Nat bekamen zur Feier des Tages jeder eine Portion Pommes frites.

Leanne sprang auf, um auf die Bühne zu steigen.

»O nein«, stöhnte Harley und schlug sich die Hände vors Gesicht, konnte sich jedoch ein Grinsen nicht verkneifen. Aber sie machte ihre Sache großartig. Sie sang »All I Want For Christmas Is You« im Stil von Mariah Carey, und sie traf jeden Ton.

Mitten im Lied, als sie gerade den Refrain sang, schaute sie Jack an. Er lief rot an, doch sie lächelte nur und sang einfach weiter. Dann schaute sie weg, hörte jedoch nicht auf zu lächeln.

Weil ihm der Auftritt seiner Mutter unangenehm war, beschäftigte Harley sich mit seinem Handy. Er ging seine Apps durch, schickte Weihnachtsgrüße an Freunde und beantwortete Kurznachrichten. Als er gedankenverloren seine Facebook-Seite aufrief, fiel ihm etwas auf. Er hielt an und scrollte zurück.

Es war ein Foto von Lizzy. Darunter hatten ihre Kinder gepostet: *Wer hat unsere Mutter gesehen?* Der Post war schon ein paar hundertmal im ganzen Land geteilt worden. Harley schaute sich die vielen Nachrichten an und die vielen Antworten von Luke und Hattie, die sich bei den Leuten für ihr Mitgefühl bedankten und immer wieder betonten, was sie sich für große Sorgen machten.

Er kaute nachdenklich am Daumennagel. Wäre es Verrat an Lizzy, wenn er ihnen mitteilte, wo sie sich befand? Er überlegte, wie er sich fühlen würde, wenn seine Mutter verschwände. Er würde durchdrehen. Aber Leanne war auch ganz anders als Lizzy. Leanne würde garantiert ziemlich schnell in Schwierigkeiten geraten. Lizzy dagegen … Sie wirkte nicht so, als würde sie je etwas Unüberlegtes tun. Sich über Weihnachten abzusetzen war offenbar das Abenteuerlichste, was sie jemals getan hatte.

Aber anscheinend fehlte sie ihrer Familie fürchterlich. Bestimmt bereicherte sie das Familienleben mit ihrem Lächeln und ihrer Gelassenheit und ihrer Art, jedem das Gefühl zu geben, etwas Besonderes zu sein, selbst denen, die nicht viel Selbstbewusstsein hatten. Sie sah in allen Menschen das Gute. Sie war loyal und zuverlässig und liebenswürdig. Wenn sie seine Mutter wäre und er nicht wüsste, wo sie steckte, er würde austicken.

Er sah sie lachen, als Jack sie auf die Bühne zerrte, um mit ihm im Duett »Fairytale of New York« zu singen. Harley machte heimlich ein Foto von ihr, sagte sich jedoch dann, dass das wohl nicht das war, was ihre Familie jetzt sehen wollte. Lizzy mit zwei »*Little Donkeys*« intus mit einem wildfremden Mann auf der Bühne.

Er schaute zu seiner Mutter hinüber. Leanne überprüfte gerade nervös ihr Handy auf neue Nachrichten.

»Ich muss nach Hause«, flüsterte sie ihm zu. »Tony will wissen, wo ich stecke. Am liebsten würde ich einfach hierbleiben.«

»Dann bleib doch«, sagte Harley. Er hätte es sich so sehr gewünscht. Alles fühlte sich gut an. Er sah, wie Jack zu ihnen herüberschaute und ihre Nervosität spürte. Und er dachte, vielleicht …

Nein. Das würde nicht passieren. Leanne hatte River bereits seine Jacke angezogen und war gerade dabei, sich hastig ihre Jacke überzuziehen und ihre Handtasche zu schnappen. Für sie war die Party beendet.

KAPITEL 34

Im Pepperpot Cottage hatte Cynthia das Kommando übernommen. Sie fand die Vorstellung unerträglich, dass Lizzy in ihr Zuhause zurückkommen und es kahl und ohne jeden Weihnachtsschmuck vorfinden könnte. Sie war es ihrer Schwiegertochter schuldig, dafür zu sorgen, dass alles genauso war, wie es sein sollte.

Im Grunde, dachte sie, schuldete sie Lizzy noch viel, viel mehr. Dass Lizzy weggelaufen war, weil sie den Druck einfach nicht mehr ausgehalten hatte, tat ihr in der Seele weh. Man konnte nie wissen, wie es im Innern eines Menschen aussah, und manchmal waren es die sonnigsten Gemüter, die unter der gut gelaunten Oberfläche die düstersten Gedanken verbargen. Dagegen schienen Leute, die permanent klagten und jammerten, gut zurechtzukommen.

Sie hatte deswegen alle in der Küche versammelt und Aufgaben verteilt. Hattie hatte sie nach Astley geschickt, um Blumen zu kaufen, Luke hatte sie gebeten, die Einfahrt zu fegen und über der Haustür die Lichterkette aufzuhängen, und während Simon den Kamin im Wohnzimmer gesäubert hatte, hatte sie selbst das Radio lauf aufgedreht und die Küche auf Vordermann gebracht. Am Nachmittag hatten alle das Gefühl, etwas geleistet zu haben.

»Und jetzt«, verkündete Cynthia, »schmücken wir den Weihnachtsbaum.«

Unsicher betrachteten sie den Baum. Immerhin hatte mit

ihm der ganze Schlamassel angefangen. Er war ein eins achtzig großes Mahnmal ihres Versagens. Aber ihn nicht zu schmücken, fühlte sich auch nicht richtig an. Und falls Lizzy nach Hause kam, würde sie sich freuen, ihn in all seiner Pracht und mit brennenden Lichtern dort stehen zu sehen.

Um vier Uhr war der Baum fertig geschmückt und schöner als jeder, den sie bisher gehabt hatten. Hattie hatte das Samtband benutzt, um den Baumschmuck aufzuhängen, und der Baum sah jetzt aus wie der ganz persönliche Weihnachtsbaum der Familie. Das, was vom Samtband übrig geblieben war, hatte Cynthia benutzt, um die Weihnachtskarten, die mit der Post gekommen waren, im Wohnzimmer aufzuhängen.

Später saß Cynthia in der Küche und überlegte, ob sie am nächsten Tag das Mittagessen für die Familie zubereiten sollte. Sie fühlte sich verunsichert. Es war so lange her, dass sie ein Weihnachtsessen gekocht hatte, dass sie kaum noch wusste, wie das ging. In letzter Zeit hatte sie sich fast gar nichts mehr gekocht. Aber wahrscheinlich war das wie Fahrradfahren, so etwas verlernte man nicht. Und das Schwierigste war ja schon erledigt: Es war alles eingekauft. Es war alles da – in der Vorratskammer, im Kühlschrank. Außerdem hatte sie ja Lizzys Weihnachtskochbuch mit den Kochplänen für die einzelnen Tage.

Wie auch immer, das Essen zuzubereiten wäre eine sinnvolle Beschäftigung, für die ganze Familie. Kartoffeln schälen, Gemüse putzen … Sonst würden sie womöglich nur herumsitzen und Trübsal blasen.

Ihr Handy klingelte. Es war Amanda.

Was wollte die jetzt? Sie rief Cynthia nur an, wenn sie etwas von ihr wollte. War sie nicht zum Skilaufen in den Alpen? Was konnte plötzlich so wichtig sein? Cynthia ließ es klingeln.

Ein paar Minuten später rief Amanda erneut an. Cynthia ließ es wieder klingeln.

Als Amanda zum dritten Mal anrief, sagte sich Cynthia, dass das nur aufhören würde, wenn sie ranging.

»Amanda!«, sagte sie mit einem übertrieben fröhlichen Singsang.

»Cynthia, Gott sei Dank.«

Es gab mal wieder irgendeine Katastrophe. Cynthia hörte es an Amandas Ton.

»Ich hab mir das verdammte Knie verrenkt. Ich geh auf Krücken. Ich komme mit dem nächsten Flieger nach Hause. Die Kinder bleiben noch hier, aber ich habe keine Lust, im Chalet rumzuhocken, während sich alle anderen draußen amüsieren. Ich bin schon am Flughafen.«

»Tja, Skilaufen ist eben riskant.«

»Kannst du mich von deinem Fahrer abholen lassen? Und kannst du zu mir rüberkommen und mir ein bisschen zur Hand gehen? Ich kann mich kaum rühren. Ich schaff es gerade, allein aufs Klo zu gehen.«

Cynthia unterdrückte ein Lächeln. Amanda war vor allem stinksauer darüber, dass ihr der Skiurlaub verdorben war, das war nicht zu überhören.

»Tut mir furchtbar leid«, sagte Cynthia zuckersüß, »aber ich kann dir nicht helfen. Ich bin im Pepperpot Cottage. Wir bereiten gerade alles für Weihnachten vor.«

Von Lizzys Verschwinden erwähnte sie nichts.

»Lizzy hat bestimmt Verständnis für meine Situation«, entgegnete Amanda gereizt.

»Nein«, sagte Cynthia. »Tut mir leid. Du findest sicher jemand anderen. Ich komme nächste Woche mal vorbei und bringe dir einen Eintopf.«

Schweigen.

»Na, vielen Dank auch«, fauchte Amanda. »Gut zu wissen, dass man sich in der Not auf dich verlassen kann.«

Sie legte auf. Cynthia musste lachen. Sie konnte gar nicht mehr aufhören, bis sie plötzlich innehielt, als ihr bewusst wurde, dass sie schon lange nicht mehr gelacht hatte.

»Was gibt's zu lachen?«, fragte Simon und kam in die Küche.

»Ach, nichts«, sagte Cynthia. »Eine alberne Bemerkung im Radio.«

Das Festnetztelefon an der Wand klingelte. Simon starrte es einen Augenblick lang an, dann riss er den Hörer von der Gabel.

»Hallo?« Cynthia sah, wie seine Lippen sich anspannten. »Lass mich einfach in Frieden, Amanda, okay? Ich bin nicht dein verdammter Chauffeur. Komm auf den Teppich und nimm dir ein Taxi, wie alle anderen auch.«

Dann legte er auf.

Cynthia schaute ihn an. »Gut gemacht. Glaubt sie im Ernst, du würdest ihretwegen alles stehen und liegen lassen?«

»Na klar glaubt sie das. Du kennst sie doch. Aber mir reicht's.«

Dann sah er seine Mutter an und grinste. Es war das erste Mal, dass er sich seiner Ex-Frau widersetzt hatte. Es fühlte sich gut an.

Wenn Lizzy doch nur hier wäre. Sie wäre mächtig stolz auf ihn. Seine gute Laune war so schnell verflogen, wie sie gekommen war. Er warf einen Blick auf die Uhr. Viertel vor sechs.

»Wie wär's mit einem Drink?«, fragte er.

»Danke, für mich nicht«, antwortete Cynthia. »Ich habe mich entschlossen, eine Weile auf Alkohol zu verzichten.«

»Ach ja?«, sagte Simon überrascht. »Hör zu, was du getan

hast, war schlimm, aber du musst dich nicht dafür bestrafen. Vielleicht reicht es, wenn du es ein bisschen reduzierst.«

»Nein, ich habe darüber nachgedacht. Trinken macht nicht glücklich. Es macht alles nur noch schlimmer.«

Simon fühlte sich erleichtert. Er hatte schon öfter den Verdacht gehabt, dass seine Mutter zu viel trank, aber er hatte sich nie getraut, sie darauf anzusprechen. Außerdem konnte man keinem sagen, er solle mit dem Trinken aufhören oder weniger trinken. Das musste jeder selbst entscheiden.

»Das ist eine gute Entscheidung, Mum. Und wenn du keinen Drink willst, nehme ich auch keinen.«

»Ach, Unsinn. Ich muss mich sowieso daran gewöhnen, dass die Leute in meiner Gegenwart Alkohol trinken. Das gehört doch dazu, oder?«

»Ja, da hast du auch wieder recht.« Trotzdem zögerte Simon.

Cynthia ging zum Weinregal und nahm eine Flasche Shiraz heraus.

»Na, komm schon. Es ist Weihnachten.«

»Eigentlich nicht«, sagte er traurig. »Ohne Lizzy ist es kein richtiges Weihnachten.«

KAPITEL 35

Am Abend stand Jack mit seiner Fischsuppe bei Harley und Lizzy vor der Tür. »Ich hab genug für eine ganze Kompanie gekocht«, sagte er stolz.

Sie setzten sich an den Tisch, und Jack füllte vier klobige blaue Keramikschalen mit cremiger Fischsuppe. Der Duft nach Dill erfüllte den Raum.

»Ich habe beim Kochen geholfen«, sagte Nat, während er sein Brot in die Suppe tunkte. Jack hatte ihm erlaubt, die Muscheln und Krabben eine nach der anderen in die Suppe fallen zu lassen.

»Die Suppe ist köstlich«, sagte Lizzy zu Nat. »Du bist wirklich ein guter Koch.«

Es war gemütlich in der Hütte, und doch waren alle ein bisschen still, weil jeder an die lieben Menschen dachte, die nicht anwesend waren. Draußen heulte der Wind und rüttelte an den Fensterscheiben. Niemand wusste so recht, wie er sich verhalten sollte.

»Ich glaube, wir gehen dann mal«, sagte Jack, nachdem sie fertig gegessen hatten. »Nat wirft mich bestimmt wieder in aller Herrgottsfrühe aus den Federn.«

»Heute Nacht kommt der Weihnachtsmann«, sagte Nat sehr ernst.

»Ganz genau«, sagte Lizzy und umarmte den kleinen Jungen, der sich warm anfühlte und nach Apfelshampoo roch. »Sehen wir uns morgen beim Mittagessen?«

Sie hatten vereinbart, am nächsten Tag gemeinsam ein Resteessen zu kochen.

»Auf jeden Fall. Wenn es nicht regnet, werfe ich den Grill an«, sagte Jack.

Nachdem die beiden gegangen waren, fand Harley keine Ruhe. Lizzy wusste nicht recht, was mit ihm war, aber er wirkte unruhig. Immer wieder schaute er auf sein Handy. Es erinnerte sie an die Zwillinge, und das versetzte ihr einen Stich.

Vielleicht sollte sie ihnen eine SMS schicken und sie wenigstens wissen lassen, dass es ihr gut ging. Es ärgerte sie, dass sie ihr Handy nicht mitgenommen hatte. Natürlich konnte sie sich Harleys Handy leihen, aber sie wusste nicht, wie sie reagieren würde, wenn Hattie oder Luke sich meldete. Sie würde in Tränen ausbrechen. Garantiert. Allein bei dem Gedanken bekam sie einen Kloß im Hals. Vielleicht konnte sie Harley bitten, Hattie oder Luke auf Facebook zu finden und ihnen mitzuteilen, dass es ihr gut ging.

Sie schaute auf die Uhr. Wenn sie zu Hause geblieben wäre, dann wären sie jetzt gerade vom Gottesdienst in Astley zurückgekommen. Sie gingen jedes Jahr hin. Im Haus würde es nach Glühwein und Würstchen im Schlafrock riechen, und wie immer würden Freunde auf dem Heimweg von der Kirche bei ihnen auf ein Glas Glühwein vorbeischauen. Das hatte sich zu einer Tradition entwickelt. Sie fragte sich, ob die drei auch ohne sie in den Gottesdienst gegangen waren.

Nein, dachte sie. Wahrscheinlich waren sie froh, dass sie nicht hinzugehen brauchten. Jedes Jahr musste sie sie antreiben, damit sie rechtzeitig fertig wurden. Und dann kamen sie natürlich doch zu spät und mussten sich in eine der hinteren Bänke quetschen. Auf keinen Fall würden sie in die Kirche gehen, wenn sie nicht da war. Hattie würde vermutlich zu Kiki gehen – Gottesdienst war alles andere als cool –, und

Luke würde bei Hal sein. Simon stöhnte jedes Jahr und fragte, was sie da sollten, wenn sie das ganze Jahr über nicht hingingen. Und dann gefiel es ihm doch, und am besten gefiel es ihm, nachher den Gastgeber zu spielen. Sie versuchte sich vorzustellen, was gerade bei ihr zu Hause passierte, ob sie alle ohne sie zurechtkamen.

Sie spürte, wie sie wieder diese Mischung aus Panik und Verzweiflung beschlich, die ihr in letzter Zeit so vertraut geworden war. Sie trank noch einen Schluck Wein, atmete tief ein und aus und versuchte sich zu entspannen. Eigentlich sollte sie diesen Geschmack der Freiheit genießen. Und von Gefühlen überwältigt zu werden war vollkommen normal, wenn man große Veränderungen durchlebte.

Sie musste sich unbedingt darüber klar werden, was sie von der Zukunft erwartete. Wer sie war, und wo ihr Platz war. Seit sie in der Hütte angekommen war, hatte sie noch gar keine Zeit gehabt, über all das nachzudenken. Aber mehr und mehr kam sie zu dem Schluss, dass sie nicht mehr angestellt arbeiten wollte, dass sie sich von niemandem mehr herumkommandieren lassen wollte. Vielleicht konnte sie sich ja selbstständig machen. Schließlich kannte sie sich mit der Organisation von Hochzeiten und sonstigen Feiern bestens aus. Sie hatte jede Menge Kontakte. Sie konnte ihre eigene Chefin sein. Sie konnte von zu Hause aus arbeiten oder sich in Astley ein Büro mieten. Astley war ein guter Standort, da würde sie schnell Kunden finden.

Außerdem hatte sie ja noch ihre Abfindung. Sie hatte daran gedacht, sich ein neues Auto zu kaufen, aber das wäre Geldverschwendung. Viel sinnvoller wäre es, das Geld als Startkapital zu nutzen. Sie stellte sich ein hübsches Büro in einem ausgebauten Dach vor, vielleicht eine Werbeanzeige in der Zeitung.

Sie seufzte. Wenn das alles so einfach wäre, würden alle es machen.

Harley kam zu ihr. »Hey«, sagte er und hockte sich neben ihren Sessel. »Alles in Ordnung?«

»Ja«, sagte sie. »Mir fehlt nur meine Truppe, wie Hattie sagen würde.«

»Klar.«

»Vielleicht sind sie ja gar nicht so schlimm, wie ich dachte.«

»Ich wette, Sie fehlen denen auch«, sagte er. »Mir würden Sie jedenfalls fehlen.«

»Ach«, sagte sie gerührt, »das ist lieb von dir. Aber ich glaube es nicht. Die machen bestimmt alle ihr eigenes Ding und verlassen sich darauf, dass ich irgendwann zurückkomme, wenn ich mich wieder eingekriegt habe.«

Harley runzelte die Stirn. »Ich glaube eher, dass sie sich große Sorgen machen. Meinen Sie nicht, Sie sollten Ihre Familie mal anrufen?«

»Nein. Ich wüsste nämlich gar nicht, was ich ihnen am Telefon sagen sollte. Ich sollte einfach nach Hause fahren.« Sie hielt ihr Glas hoch und überlegte, wie viel sie getrunken hatte. Ungefähr eine halbe Flasche. Dabei fiel ihr Cynthia ein, und sie spürte sofort Ärger aufsteigen. »Aber jetzt kann ich nicht mehr Auto fahren. Ich habe zu viel getrunken. Ich fahre morgen.«

Harley wirkte enttäuscht. »Wollten wir nicht morgen mit Jack und Nat zu Mittag essen?« Er wollte nicht allein zu den beiden gehen. Er wollte Lizzy dabeihaben. Das war vielleicht egoistisch, aber Lizzy war der ruhende Pol, um den sie hier alle kreisten. Sie hatte offenbar überhaupt keine Ahnung, welche Wirkung sie auf die Leute hatte. Wie sehr sie gebraucht wurde.

Lizzy lächelte. »Keine Sorge. Bis zum Mittagessen bleibe ich noch. Ich werde dich doch nicht im Stich lassen.«

Harley legte ihr eine Hand auf den Arm. »Ich wollte Ihnen sagen … Was Sie für mich getan haben … für uns … Ich kann Ihnen gar nicht genug danken.«

Sie lachte, zuckte mit den Schultern. »Was hab ich denn schon getan? Du solltest dich lieber bei Caroline bedanken.«

»Sie haben mir Mut gemacht. Mut, mich zu behaupten und das Richtige zu tun. Und meine Mutter zu beschützen.« Er wollte sich nicht selbst die Laune verderben, indem er an Tony dachte. Er stand auf. »Ist es okay, wenn ich einen Spaziergang mache? Ich brauch ein bisschen frische Luft, sonst schlaf ich noch im Stehen ein.«

»Ja, natürlich.«

Als er aus der Tür ging, dachte Lizzy, wie stolz Leanne auf ihren Sohn sein musste. Sie wünschte ihr und ihren Kindern, dass sie ihr Leben bald wieder in den Griff bekamen. Es musste schwer sein für Leanne, zwischen ihrem Sohn und ihrem Lebensgefährten zu stehen, aber letztlich hatten die Kinder doch wohl Vorrang.

Plötzlich meldete sich ihr schlechtes Gewissen. Gerade sie musste das sagen. Gab sie ihren Kindern den Vorrang, indem sie bei Nacht und Nebel verschwand? Nein. Sie hatte total egoistisch gehandelt.

Harley lief zum Strand hinunter. Der Wind hatte sich gelegt, und er hörte das Meer leise rauschen. Er nahm sein Handy, rief Facebook auf. Er fand den Post. Nach kurzem Zögern wählte er die Nummer.

»Hallo?«

»Hattie?«

»Ja.«

»Hi. Ich bin Harley. Ich hab deinen Facebook-Post gelesen.

Ich wusste erst nicht, ob ich anrufen soll, aber ich weiß, wo deine Mutter ist.«

Er hörte, wie sie nach Luft schnappte. »Wirklich?« Dann fragte sie ein bisschen misstrauisch: »Und wo ist sie?«

»In Everdene. In der Strandhütte ihrer Freundin Caroline.«

»Caroline? In der Strandhütte?« Anscheinend sagte das ihr etwas. »In Everdene? O mein Gott! Ja, da ist sie früher immer so gern hingefahren. Sie hat mir schon oft davon erzählt.«

»Es ist echt spitze hier.«

»Geht es ihr gut?«

»Ja. Total.«

»Wirklich? Was hat sie dir erzählt?«

»Sie ist cool. Sie kümmert sich um uns.«

»Um euch? Und wer seid ihr?«, fragte Hattie argwöhnisch.

»Ich und meine Mutter und mein kleiner Bruder. Und dann ist da noch der Typ in der Nachbarhütte … Ist eine lange Geschichte.«

»Hat sie dir gesagt, was los ist? Wir machen uns hier ganz verrückt vor Sorge. Ist sie vielleicht krank? Oder steckt sie in irgendwelchen Schwierigkeiten …?« Hattie redete ohne Punkt und Komma.

Harley überlegte sich seine Antwort sorgfältig. »Ehrlich gesagt … ich glaube … sie ist, na ja … einfach abgekämpft.«

»Wegen uns?«

»Wegen … wegen allem. Ich glaub, es war ihr auf einmal alles zu viel.« Er überlegte. Er wollte sich taktvoll und zugleich bestimmt ausdrücken. »Ich glaub, die Sache mit dem Weihnachtsbaum hat nur das Fass zum Überlaufen gebracht.«

»Ach, die Ärmste …« Hattie klang, als würde sie gleich anfangen zu weinen. »Es tut uns allen so leid. Wir sind echt totale Egoisten.«

Harley musste lachen. »Kann sein.«

»Ist sie noch da?«

»Ja, ja. Ich bin nur nach draußen an den Strand gegangen, weil ich hier besseren Empfang hab.«

»Kannst du einen Moment warten? Ich will es nur kurz meinem Vater sagen. Oder kann ich dich zurückrufen?«

»Klar. Du hast ja jetzt meine Nummer.«

»Du heißt Harley, richtig?«

»Ja.« Es gefiel ihm, wie sie seinen Namen aussprach.

»Danke, Harley. Ich kann dir gar nicht sagen, wie dankbar ich dir bin.« Sie holte tief Luft. »Das ist das beste Weihnachtsgeschenk, das ich je bekommen hab. Ich ruf dich gleich zurück.«

Lächelnd steckte Harley sein Handy ein. Er war fest davon überzeugt, das Richtige getan zu haben. Lizzy mochte sich zwar vorgenommen haben, morgen nach Hause zu fahren, aber ihre Familie musste jetzt wissen, dass es ihr gut ging. Dann konnten sie wenigstens am Weihnachtsmorgen in der Gewissheit aufwachen, dass sie in Sicherheit war. Sie dachte vielleicht, dass sie den dreien egal war, aber Harley wusste jetzt, dass sie sich irrte. Und zwar gründlich.

Hattie hatte so ähnlich geklungen wie ihre Mutter, warmherzig und lustig und ein bisschen chaotisch. Unsicher und trotzdem bestimmt. Viele Leute waren total widersprüchlich, dachte er. Seine Mutter zum Beispiel. Sie war zäh und mutig, und dann wieder machte sie sich ganz klein, vor allem Männern gegenüber.

Und er selbst war auch voller Widersprüche, dachte er. Nach außen wirkte er vielleicht cool – es war ein effektiver Schutzmechanismus –, aber in Wirklichkeit sehnte er sich danach, auf eigenen Füßen zu stehen. Er sah seiner neuen Lebensphase ziemlich angespannt entgegen, wusste nicht, wie es weitergehen würde, wenn er im Sommer die Schule hinter sich hatte. Vielleicht war das ja normal, sich unsicher zu fühlen, wenn man nie Stabilität erlebt hatte. Eigentlich sollte er sich auf das Kunststudium freuen, auf neue Erfahrungen, neue Leute. Aber der Gedanke, von zu Hause auszuziehen, drehte ihm den Magen um. Er machte ihm eine Heidenangst.

Erstaunlicherweise war die Angst hier völlig verschwunden. Er hatte den Tag mit wildfremden Menschen verbracht, aber innerhalb weniger Stunden hatte sich zwischen ihnen eine starke Verbundenheit gebildet. Sie standen füreinander ein. Das Zusammensein mit den beiden war wirklich etwas ganz Besonderes. Harley wünschte, sein Leben könnte immer so sein, voller Liebenswürdigkeit und Lachen und Großzügigkeit.

Aber so konnte es natürlich nicht bleiben. Das war ihm klar. Indem er bei Lizzy zu Hause angerufen hatte, hatte er den Bann gebrochen. Lizzy gehörte zu ihrem Mann und ihren Kindern. Und Jack und Nat würden Ende der Woche wieder nach London fahren. Und auch er konnte nicht ewig hier in der Hütte bleiben.

Er musste sich überlegen, wie er sich seinem Vater gegenüber verhalten sollte. Er hatte die Postkarte immer noch in der Tasche. Im Lauf des Tages hatte er sie mehrmals hervorgeholt und zum x-ten Mal gelesen. Immer wieder fragte er sich, wie sein Vater sich wohl fühlte, so ganz allein dort im Gefängnis. War das Gefängnis nicht schon Strafe genug? Man musste doch nicht auch noch alle Menschen verlieren, die man liebte.

Er musste seinen Vater besuchen, dachte Harley. Er wollte es so gern. Das Bedürfnis kam von ganz tief innen. Er wollte seinen Vater unbedingt wiedersehen.

KAPITEL 36

Simon saß im Halbdunkel auf dem Sofa, der flackernde Fernsehbildschirm war die einzige Lichtquelle. Die Lichterkette am Weihnachtsbaum hatte er ausgemacht. Das Geglitzer ging ihm auf die Nerven. Es war, als würde es ihn verspotten.

Er hatte sich am Morgen nicht rasiert, und die ungewohnten Stoppeln, die im Lauf des Tages gewachsen waren, verliehen ihm einen etwas finsteren Ausdruck. Auf dem Sofatisch standen eine Flasche Rotwein und ein Teller mit Käse und Kräckern, die er nicht angerührt hatte. Den Wein hatte er mit Rücksicht auf Cynthia erst aufgemacht, nachdem sie ins Bett gegangen war, obwohl sie ihm versichert hatte, es würde ihr nichts ausmachen.

Vor einer halben Stunde hatte er Mo und Lexi angerufen, um sich zu vergewissern, dass es ihnen gut ging, jetzt, wo Amanda abgereist war. Es war nicht zu überhören gewesen, dass es ihnen gut ging. Den Hintergrundgeräuschen nach zu urteilen hatte er sie in irgendeiner Bar oder Kneipe erwischt, wo ausgelassene Stimmung herrschte.

»Frohe Weihnachten, Dad«, hatte Lexi gesagt. »Wir sehen uns an Silvester. Bis dahin sind wir wieder zurück.«

Silvester, dachte Simon. Bei ihnen wurde immer ins neue Jahr gefeiert. Ihr Haus war offen für alle, die an Silvester nicht wussten, wohin. Würde sie bis dahin wieder zurück sein?

»Super. Bis dann.«

Er hatte nichts von Lizzys Verschwinden erwähnt. Die beiden hätten sich ins nächste Flugzeug gesetzt, aber er wollte ihnen nicht den Urlaub verderben. Was konnten sie auch tun? Nicht mal er selber konnte irgendetwas tun. Es war schrecklich frustrierend. Sie konnten nur warten, aber die Minuten zogen sich quälend dahin.

»Dad!« Hattie kam die Treppe heruntergelaufen und stürmte ins Wohnzimmer.

Simon schaute seine Tochter an. Sie wirkte erregt.

»Ich hab sie gefunden«, sagte sie atemlos. »Ich hab Mum gefunden.«

Er sprang auf und blickte hinter Hattie, als könnte Lizzy dort stehen. »Wo ist sie?«

»In Everdene. In der Strandhütte von ihrer Freundin Caroline.«

»Geht es ihr gut?«

»Ich glaub ja.«

»Wie hast du sie gefunden?«

Hattie druckste ein bisschen herum. »Luke und ich haben was auf Facebook gepostet.«

»Facebook?« Simon runzelte die Stirn. »Jetzt weiß also die ganze Welt Bescheid?«

»Ist doch egal, Dad. Wir haben sie gefunden.«

»Weiß sie es? Hast du mit ihr gesprochen?«

»Nein, noch nicht.«

Simon packte Hattie und drückte sie an sich. »Gott sei Dank«, sagte er. »Gott sei Dank.«

Luke kam ins Wohnzimmer. Als er Hattie in Simons Armen sah, erschrak er.

»Was ist passiert?«

»Wir haben Mum gefunden«, sagte Hattie. »Jemand hat unseren Post gelesen und mich angerufen. Wir haben sie gefunden. Sie ist in der Strandhütte von ihrer alten Freundin.«

»Und worauf warten wir noch?«, fragte Luke. »Wie lange fährt man bis da?«

»Geht nicht«, sagte Simon. »Ich hab viel zu viel getrunken.«

Die Ironie der Situation entging ihm nicht. Er hätte nichts lieber getan, als sich sofort ins Auto zu setzen und zu Lizzy zu fahren, aber in seinem Zustand war das Risiko zu groß.

»Könnte Gran uns nicht hinfahren?«, schlug Luke vor.

»Sie schläft schon. Und sie ist schon ziemlich lange nicht mehr Auto gefahren. Ich halte das für keine gute Idee.«

»Ich schlage vor, wir stehen morgen ganz früh auf und fahren hin und überraschen sie«, sagte Hattie. »Was meint ihr?«

»Aber was ist …« Simon gingen tausend Gedanken durch den Kopf. Ein heimlicher Liebhaber. Das wäre furchtbar. »Was ist, wenn sie mit jemand *zusammen* in der Hütte ist?«

Die Zwillinge schauten ihn entgeistert an.

»Sie ist mit niemand zusammen, Dad«, sagte Hattie sanft. »Jedenfalls nicht so, wie du meinst. Sie nimmt sich nur eine Auszeit.«

Simon ließ sich aufs Sofa sinken und vergrub das Gesicht in den Händen. Zu seinem Entsetzen brach er in Tränen aus. Erst jetzt, wo er wusste, dass sie in Sicherheit war, spürte er die Angst, die er ausgestanden hatte.

Die Zwillinge setzten sich rechts und links neben ihn.

»Dad!« Hattie legte ihm einen Arm um die Schultern. »Es ist alles gut. Mum geht es gut.«

»Ich liebe sie so sehr«, sagte Simon. Es war ihm alles schrecklich peinlich, aber es gelang ihm nicht, sich zusammenzureißen. »Ich weiß gar nicht, was ich ohne sie täte.«

»Das musst du uns nicht sagen.« Luke tätschelte ihm die Schulter. »Das musst du ihr sagen.«

KAPITEL 37

Jack betrachtete Nats Weihnachtsstrumpf, den Nat vor dem Zubettgehen ans Fußende gelegt hatte, und versuchte nicht daran zu denken, wie Fran das goldene N auf den roten Filz gestickt hatte. Er musste den Strumpf noch füllen.

Er war hundemüde. Die lange Fahrt gestern, der ausgiebige Strandspaziergang und der Wein heute forderten ihren Tribut. Aber wenn er einschlief und Nat vor ihm aufwachte und den Strumpf leer vorfand, würde der Kleine untröstlich sein.

Er nahm die Geschenke aus seinem Koffer. Als Erstes steckte er die Geschenke in den Strumpf, die er gekauft hatte – lauter Dinge, die ihn an seine eigene Kindheit erinnerten: ein Kaleidoskop, eine kleine Schachtel Legos, eine lustige Dinosauriermütze. Kleinigkeiten. Er wollte Nat nicht zu sehr verwöhnen. Es waren Sachen, mit denen sie gemeinsam spielen konnten. Es machte ihm immer Freude, Zeit mit seinem Sohn zu verbringen.

Dann nahm er das letzte Päckchen aus seinem Koffer.

Er hielt es in den Händen, spürte es durch das Papier. Als sie das Geschenk verpackt hatte, hatte sie sich vorgestellt, wie Nat es auspackte, und sie hatte gewusst, dass sie es nicht mehr erleben würde.

Er hatte sie im Hospiz besucht, als sie bereits wussten, dass ihr nicht mehr viel Zeit blieb. Sie hatte im Bett gesessen, um den Kopf ein teures Halstuch von Hermès, das sie sich bei eBay bestellt hatte. Es war smaragdgrün und mit Papageien bedruckt.

»Wenn ich mir jetzt keins leiste, wann dann?«, hatte sie lächelnd gemurmelt, als sie auf »Jetzt kaufen« geklickt hatte.

Auf ihrem Bett lagen lauter Bücher, die sie im örtlichen Buchladen bestellt hatte und die in einem großen Karton geliefert worden waren. Und Geschenkpapier hatte sie sich auch besorgt: dunkelblaues mit silbernen Sternchen, dickes, weiches Papier, das sich beinahe wie Stoff anfühlte.

Und Geschenkband natürlich, denn für sie war ein Geschenk erst richtig verpackt, wenn es eine dicke Schleife hatte. Ihre Geschenke sahen immer eindrucksvoll aus, wie etwas, das das Leben des Beschenkten ändern könnte.

»Ich habe Nat für die kommenden Jahre für jedes Weihnachten und jeden Geburtstag ein Buch ausgesucht«, sagte sie in diesem Ton, den er kannte, der keinen Widerspruch duldete. In ihren glänzenden Augen sah er Entschlusskraft, trotz des Morphiums und der Tränen. »Es sind Bücher, die ich als Kind gern gelesen habe, die mir viel bedeutet und mich sehr beeinflusst haben.« Sie hielt *Pu baut ein Haus* hoch. »Wer kann es besser rüberbringen als Winnie Pu? Die ersten musst du ihm natürlich vorlesen.« Sie schob die Bücher auf dem Bett hin und her. »Es ist alles dabei, was er braucht. Roald Dahl. Harry Potter …«

Sie schauten sich an. Jack schluckte schwer. Würde Nat eines Tages darüber hinwegkommen, dass er keine Mutter hatte? Ein Schicksal, das er mit Jack teilte. Aber Nat hatte zumindest seinen Vater.

»Ich klebe Zettel mit den Daten auf die Bücher«, hatte Fran gesagt, »damit du weißt, in welcher Reihenfolge du sie ihm schenken musst. Ich schreibe für ihn nur vorne hinein

In Liebe von Mummy. Alles andere, was er wissen muss, sagen ihm die Bücher.«

»Mein Gott, Fran«, stöhnte Jack. Wenn sie wollte, dass ihm das Herz stehen blieb vor Angst und Trauer, dann hätte sie es nicht besser anfangen können.

»Ich fände einfach die Vorstellung ganz schrecklich, dass er zu Weihnachten und an seinem Geburtstag kein Geschenk von mir auspacken kann.« Dabei schaute sie ihn nicht an, sondern schnitt einen Bogen für das nächste Buch zurecht. Sie schnitt die geradesten Kanten, die er je gesehen hatte.

»Ja, das wäre wirklich traurig«, sagte er. »Aber was auch immer ich ihm schenke, wird auf jeden Fall von uns beiden sein.«

Sie blickte stirnrunzelnd auf und zeigte mit der Schere auf ihn.

»Du suchst dir eine neue Frau«, sagte sie. »Fang ja nicht an, Trübsal zu blasen. Du hast meinen Segen, nur dass du das weißt. Die Vorstellung ist mir lieber als die, dass du immer allein bist.«

Einen Moment lang schaute sie ihm durchdringend in die Augen. Wenn sie noch Augenbrauen gehabt hätte, hätte sie sie streng zusammengezogen. Dann machte sie weiter mit dem Verpacken der Bücher, als hätten sie sich gerade nur über Belangloses unterhalten.

Jetzt schob Jack das Päckchen von Fran in Nats Weihnachtsstrumpf, dann legte er den Strumpf wieder ans Fußende des Betts. Er war schön schwer, wie es sich für einen guten Weihnachtsstrumpf gehörte. Nat rührte sich im Schlaf, und Clouseau hob kurz den Kopf, dann schliefen die beiden friedlich weiter.

In der Kochnische hing eine Uhr. Beide Zeiger standen senkrecht. Mitternacht. Weihnachten. Jack öffnete die Tür und trat nach draußen. Die eisige Luft raubte ihm fast den Atem und machte ihn schlagartig nüchtern. Er war vollkommen in Dunkelheit eingehüllt, die Nacht war pechschwarz, nur über ihm blinkten ein paar Sterne, verstreute Diamanten von einer gerissenen Halskette.

Wenn Fran jetzt hier wäre, würde er die Diamanten einsammeln und sie ihr schenken. Er würde ihr alles geben.

»Frohe Weihnachten, Fran«, sagte er in die Dunkelheit hinein. Denn sie war wie Weihnachten: roter Samt und Lebkuchen und Schneeflocken und Kerzenlicht. Er hob das Gesicht zum Himmel, und zu seiner Überraschung kamen keine Tränen, zu seiner Überraschung fühlte sein Herz sich nicht an, als wäre es zerbrochen wie eine kaputte Kirchenglocke.

Er war vielleicht nicht glücklich, dachte er, aber er hatte wieder Hoffnung geschöpft.

KAPITEL 38

Harley saß immer noch vor der Hütte, und allmählich begann er zu frieren. Endlich klingelte sein Handy.

»Hier ist Hattie.«

»Hi.«

»Mein Vater sagt, wir können heute Abend nicht mehr runterfahren, er hat zu viel getrunken. Also, er ist nicht betrunken, du verstehst schon …«, fügte sie hastig hinzu. »Also, wir fahren morgen ganz früh los.«

»Klingt gut.«

»Dann sind wir so gegen Mittag da. Du musst auf jeden Fall dafür sorgen, dass sie nirgendwohin geht. Wenn sie erfährt, dass wir kommen, nimmt sie vielleicht Reißaus. Aber wir müssen unbedingt mit ihr reden.« Sie zögerte kurz. »Sag ihr, dass wir sie ganz lieb haben.«

»Ehrlich gesagt«, antwortete Harley, »bin ich mir ziemlich sicher, dass sie das weiß. Ich glaub eher, dass sie im Moment ein Problem damit hat, sich selbst zu mögen.«

»Wer mag sich denn schon selbst«, erwiderte Hattie. »Ich jedenfalls nicht. Im Moment hasse ich mich regelrecht.«

»Das solltest du nicht«, entgegnete Harley. »Ich finde, du klingst sehr nett.«

Er war selbst überrascht über seine Kühnheit.

Es dauerte eine Weile, bis Hattie antwortete. Sie klang ziemlich fröhlich. »Danke. Du auch.«

Harleys Herz machte einen kleinen Satz. »Sie ist übrigens

total hilfsbereit. Ich weiß nicht, wie ich das je gutmachen soll.«

»Das brauchst du nicht«, sagte Hattie. »Ich kenne meine Mum. Das erwartet sie nicht, glaub mir. Sie freut sich, wenn sie anderen was Gutes tun kann … O mein Gott, das hört sich an, als wär sie Mutter Teresa. Aber das ist sie nicht. Manchmal kann sie uns echt auf die Palme bringen.«

»Das machen gute Mütter nun mal. Sie bringen einen auf die Palme.«

»Ja, du hast recht«, sagte Hattie. Dann fügte sie hinzu: »Kannst du sie mal für mich umarmen? Ohne ihr zu sagen, dass die Umarmung von mir kommt?«

Harley lachte. »Klar.«

»Und falls sie vorhat, woandershin zu fahren, rufst du mich an, okay?«

»Ich lass sie nicht aus den Augen«, sagte er. »Versprochen.«

Nach dem Gespräch blieb Harley noch eine Weile auf der Verandastufe sitzen. Am liebsten wäre er in die Hütte gegangen und hätte Lizzy erzählt, dass er mit Hattie gesprochen hatte. Aber er wollte die Überraschung nicht verderben. Es war wichtig, dass ihr Mann und ihre Kinder herkamen. Das würde ihr beweisen, wie lieb die drei sie hatten.

Man sollte den Kindern in der Schule beibringen, wie man sich um seine Mutter kümmerte. Mütter wirkten immer so allwissend und kompetent, aber tief im Innern waren auch sie schutzbedürftig.

Völlig durchgefroren ging er schließlich hinein. Lizzy wollte gerade die Leiter hochklettern und sich ins Bett legen.

»Ich bin müde«, sagte sie. »Wir sehen uns morgen früh. Und schlaf doch in einem richtigen Bett, jetzt wo wir Carolines Segen haben.«

Er lachte, dann nahm er sie in Hatties Namen in die Arme.

Sie wirkte überrascht, schien sich jedoch zu freuen, auch wenn sie nichts von der geheimen Bedeutung der Umarmung ahnte.

Später schickte er Hattie eine SMS, um ihr Bescheid zu sagen, dass ihre Mutter zu Bett gegangen war. Nach kurzem Zögern fügte er noch ein Küsschen-Smiley hinzu.

Als die SMS bei Hattie ankam, errötete sie. Doch dann schrieb sie eine Antwort.

Aber was machst du eigentlich in der Hütte? Du hast gesagt, es ist eine lange Geschichte.

Ich bin auch abgehauen.

OMG. Du auch???

Ja. Wir sind ein ziemlich verrückter Haufen hier.

Er schrieb ihr von seiner Mutter und auch von Jack, und wie sie sich alle kennengelernt und miteinander angefreundet hatten.

Sie simsten noch stundenlang, es war, als würden sie sich schon ewig kennen. Sie tauschten sich über Musik aus, über Malerei – sie hatten beide Kunst als Hauptfach – und über die Orte, die sie unbedingt kennenlernen wollten (er: Kopenhagen, sie: Berlin). Es war, als wären sie die besten Freunde, aber es war auch noch mehr. Da war eine tiefe Verbundenheit, das Gefühl, zueinander zu gehören.

Hattie hoffte inständig, dass sie sich das nicht einbildete. Sie hoffte, dass es sich nicht in Wohlgefallen auflöste, sobald sie Harley sah. Sie wusste nicht, was sie erwarten sollte. Er hatte auf seiner Facebook-Seite keine Fotos von sich. Ihre eigenen Fotos war sie hastig durchgegangen und hatte alle gelöscht, auf denen sie bescheuert oder hässlich aussah. Vor allem die Selfies von sich und Kiki, aufgedonnert und mit Sonnenbrille und Schmollmund.

Schließlich verabschiedete sie sich.

Wenn wir morgen ganz früh losfahren wollen, muss ich jetzt schlafen gehen.

OK. Freu mich auf dich.

Ich mich auch auf dich. Danke für alles.

:-*

Weihnachten

KAPITEL 39

»Mum! Er war da!«

Der Freudenschrei riss Leanne aus dem Schlaf. River stand in seinem blau-weißen Flanellschlafanzug in der Tür und hielt strahlend seinen Weihnachtsstrumpf hoch.

»Oh!«, rief Leanne aus. »Wirklich?«

»Ja!« River kam zu ihr gelaufen. »Kann ich ihn aufmachen?«

Sie breitete die Arme aus, und sein glückliches Lächeln wärmte ihr das Herz.

»Verdammt, wie spät ist es?«, knurrte Tony verschlafen. Es hatte ihm nicht gefallen, dass sie gestern den ganzen Tag unterwegs gewesen war, und sie hatte es wiedergutmachen müssen mit Wein und Aufmerksamkeit und gespielter Zuneigung.

Leanne warf einen Blick auf ihr Handy. »Sechs.«

»Sag ihm, er soll sich wieder ins Bett legen.«

»Aber es ist Weihnachten.«

»Es ist zu früh. Sag ihm, wenn er nicht wieder ins Bett geht, holt der Weihnachtsmann seine Geschenke wieder ab.«

»Das kann ich ihm nicht sagen.«

Tony drehte sich zu ihr um und packte sie am Arm. »Es ist zu früh.«

Sie erstarrte. Sie hoffte inständig, dass River im Halbdunkel nicht sah, was vor sich ging. Sie versuchte, sich aus Tonys

Griff zu befreien, doch er packte nur noch fester zu. Er besaß Bärenkräfte, nicht umsonst ging er täglich zum Gewichtestemmen ins Fitnesscenter. Er konnte sie mit einer Hand hochheben. Er hatte es ihr, als zwischen ihnen noch alles gut gewesen war, mehrmals zum Spaß vorgeführt. Schon damals hatte sie gespürt, dass es eine Warnung war. Sie schloss die Augen und überlegte, was sie tun konnte. Sie musste auf jeden Fall verhindern, dass er ihr eine Szene machte.

»Du hast recht«, sagte sie. »Ich bringe ihn zurück ins Bett. Bin gleich wieder da.«

Er ließ sie los. Sie schlüpfte aus dem Bett und hob River auf den Arm.

»Hallo, mein Großer«, flüsterte sie. »Es ist noch ein bisschen früh. Wenn wir jetzt aufstehen, schlafen wir gleich wieder ein. Ich bring dich wieder in dein Bett, und dann schläfst du noch ein Stündchen.«

»Aber wieso kann ich meinen Strumpf noch nicht aufmachen? Ich hab ihn doch hier!«, protestierte er, als sie ihn in sein Zimmer trug.

»Schsch«, machte sie. »Ich weiß. Aber Mummy ist noch zu müde. Nur noch ein Stündchen, okay? Wir legen den Strumpf wieder ans Fußende von deinem Bett. Da wartet er auf dich, bis du wieder aufwachst.«

Sie deckte River liebevoll zu. Er war so ein guter Junge. Er wusste immer, wann er sich durchsetzen konnte und wann er gehorchen musste. Das hatte er wohl von ihr. Wenn sie Glück hatte, würde er wieder einschlafen. Sie reichte ihm seinen Plüschhasen, und er nahm ihn in den Arm. Er hatte die Stirn in Falten gelegt, und es tat ihr leid, dass der Weihnachtsmorgen für ihn so unschön angefangen hatte.

»So ist's gut, mein Schatz«, sagte sie. »Je eher du einschläfst, desto eher bist du wieder wach.«

Er schien über ihre Worte nachzudenken, dann rutschte er tiefer unter sein Federbett und kniff die Augen ganz fest zu. Sie schloss die Augen für einen Moment. Sie wusste nicht, was schlimmer war, ihr momentanes Unbehagen oder der Verdacht, dass es ihnen keinen Deut besser ging als an dem Tag, als der Anruf von der Polizei sie erreichte. Sie hatte sich geschworen, ihren Kindern ein besseres Leben zu bieten. Aber sie hatte sie beide enttäuscht. Und jetzt saßen sie in der Falle. Sie würde geschickt vorgehen müssen. Strategisch. Und sie brauchte eine Menge Glück.

Tony grinste, als sie zurück ins Bett kam.

»Hey«, sagte er, »willst du mal sehen, was der Weihnachtsmann dir gebracht hat?«

Ihr wurde flau im Magen. Er widerte sie nur noch an. Sein Grinsen war unerträglich. Sie spürte immer noch, wo er sie eben am Arm gepackt hatte.

Sie beugte sich über ihn, sodass ihre Haare seine Wange kitzelten, und hielt den Atem an, um seinen Schweiß nicht zu riechen. Er ließ nachts immer die Heizung im Schlafzimmer an, sodass sie sich vorkam wie in einer Sauna. Anfangs war es ihr wie ein Luxus erschienen, jetzt raubte es ihr die Luft zum Atmen. »Ich geh nur noch mal schnell ins Bad«, flüsterte sie ihm ins Ohr, bemüht, möglichst lasziv zu klingen.

»Beeil dich«, sagte er und streichelte ihren Oberschenkel. Sie erschauderte. Sie fuhr ihm mit einer Fingerspitze über die Wange, während sie heimlich mit der anderen Hand hinter sich griff und ihr Handy vom Nachttisch nahm.

Als sie sich in der Tür noch einmal umdrehte, sah sie, wie Tony das Gesicht im Kopfkissen vergrub. Mit ein bisschen Glück würde er wieder einschlafen. Er brauchte morgens immer eine Ewigkeit, um richtig wach zu werden. Einen Moment lang sah sie zu, wie sein Rücken sich hob und senkte, lauschte auf seinen Atem, der langsamer und tiefer ging, dann schlich sie ins Bad.

Sie betrachtete sich im Spiegel. Der Anblick schockierte sie. Ihre Augen waren hohl, ihre Wangen eingesunken, das blondierte Haar strähnig. Zwar hatte sie schlecht geschlafen, aber es war die Angst, die sie so aussehen ließ. Der Belastung, weil sie immer auf der Hut sein musste.

»Du weißt, was du zu tun hast«, flüsterte sie. »Das bist du dir schuldig. Und du bist es vor allem Harley und River schuldig.«

Sie musste es jetzt tun. Wenn sie dieses Mal die Augen verschloss vor dem, was vorgefallen war, würde sie es auch in Zukunft tun. Und es würde immer schlimmer werden.

Sie wollte keinen Mann, der einem kleinen Jungen verbot, an Weihnachten um sechs Uhr aufzustehen.

Sie wollte keinen Mann, der ihren Arm so fest packte, dass sie blaue Flecke bekam – und das nur, weil sie am Tag zuvor später als erwartet nach Hause gekommen war.

Sie wollte keinen Mann, der ihren Sohn aus dem Haus trieb.

Sie hatte Angst. Das flaue Gefühl im Magen wurde stärker, während sie sich ihren Plan zurechtlegte. Sie musste die Nerven bewahren. Sie ging aufs Klo, putzte sich die Zähne, machte alle Geräusche, die sie für gewöhnlich morgens im Bad so machte.

Sie öffnete den Wäschekorb und nahm die Sachen heraus, die sie und River am Tag zuvor angehabt hatten. Schnell zog sie sich an. Dann packte sie ihre beiden Zahnbürsten ein. Sie öffnete leise die Badezimmertür und lauschte. Sie hörte Tonys schweren, rasselnden Atem. Er war also wieder eingeschlafen. River war still. Vielleicht war auch er wieder eingeschlafen. Sie schlich die Treppe hinunter, erschrak jedes Mal, wenn eine Stufe knarzte. Dann lief sie auf Zehenspitzen zur Küche. Mit angehaltenem Atem öffnete sie die Tür und betete, dass sie nicht quietschte. Sie nahm ihre Handtasche von der Stuhllehne, ließ ihr Handy hineingleiten und vergewisserte sich, dass das Geld noch im Geheimfach war. Sie öffnete den Wäschetrockner und zog alle Sachen heraus. Sie nahm Rivers Sweatshirts und Jeans und ein paar ihrer eigenen Sweatshirts und eine Cargohose sowie alles an Unterwäsche, legte es ordentlich zusammen und packte es in einen großen Stoffbeutel. Zum Schluss stopfte sie noch ihre Handtasche obenauf.

Auf der Küchenuhr war es zwanzig nach sechs. Sie eilte in die Diele, öffnete die Haustür und stellte den Stoffbeutel nach draußen. Neben den Beutel stellte sie ihre gefütterten Stiefel und Rivers blaue Crocs, die er immer anzog, wenn sie zum Strand gingen, da konnte er schnell hineinschlüpfen. Für Schuhe zum Zubinden war keine Zeit. Zurück in der Diele vergewisserte sie sich, dass ihre Winterjacken an der Garderobe hingen.

Sie schaute zur Treppe und biss sich auf die Lippe. Sie hatte einen trockenen Mund. Sie konnte immer noch zurück, sie konnte Weihnachten feiern, als wäre nichts gewesen. Vielleicht sollte sie sich mehr Zeit lassen, genau überlegen, was sie wollte. War das nicht vernünftiger? Wegzulaufen nur mit ein paar Sachen, die in einen Stoffbeutel passten, war das nicht verrückt? Und wie groß war ihre Chance, dass sie es schaffte …

Schluss jetzt, befahl sie sich. Mit einem Mann, der dich so behandelt, darfst du nicht eine Minute länger zusammenbleiben. Jeder Tag, der vergeht, bringt dich dem Punkt näher, an dem etwas Schlimmes geschieht. Sie dachte an das Gespräch mit Harley, an die Verzweiflung in der Stimme ihres Sohnes. Er war weggelaufen, weil er sich vor dem fürchtete, was passieren konnte. Jetzt war es an ihr, sie alle in Sicherheit zu bringen.

Sie schlich nach oben und ging in Rivers Zimmer. Er schlief tief und fest. Sie würde ihn wecken und ihn ermahnen, still zu sein. Wenn sie ihn schlafend auf den Arm nahm, riskierte sie, dass er aufwachte und anfing zu weinen. Sie rüttelte ihn sanft.

»Hey, River. Wach auf, mein Schatz«, flüsterte sie. »Aber du musst ganz leise sein.« Als er die Augen öffnete, legte sie sich einen Finger an die Lippen. »Schsch. Wir dürfen Tony nicht wecken, sonst wird er böse.«

River nickte ernst. Er wusste genau, wie schlimm es war, wenn Tony böse wurde, dachte sie schuldbewusst.

»Komm. Ich will dir was zeigen. Eine Überraschung.« Sie schämte sich dafür, dass sie ihn mit einer Lüge beruhigte, aber sie hatte sie sich extra für ihn ausgedacht. »Ich trage dich nach unten, aber du musst wirklich ganz, ganz leise sein.«

Sie nahm den Weihnachtsstrumpf von seinem Bett, hielt ihn mit einem verschwörerischen Lächeln hoch, dann nahm sie River auf den Arm. Es brach ihr fast das Herz, als er sich verschlafen an sie kuschelte. Sie musste es tun. Jetzt. Für River und Harley.

Sie drückte ihren kleinen Sohn ganz fest an sich. Auf der Treppe musste sich vorsichtig sein, um nicht auszurutschen. Als sie schließlich unten angekommen war, nahm sie ihre Jacken von der Garderobe, öffnete die Haustür, stopfte den Weihnachtsstrumpf in den Stoffbeutel mit den anderen Sachen und schob Rivers Füße in die Crocs. Während der ganzen Zeit überlegte sie, ob sie auch nichts vergessen hatte.

»Wo wollt ihr hin?«

Als sie aufblickte, stand Tony auf der obersten Treppenstufe, in T-Shirt und Boxershorts. Sie sprang auf, knallte die

Haustür zu, zog sich ihre Stiefel an und schnappte sich den Stoffbeutel.

»Und die Überraschung?«, fragte River. »Wo ist Harley?«

»Wir fahren zu ihm«, sagte sie mit vor Angst erstickter Stimme.

Sie rannte zu ihrem Auto. Zum Glück war es hinter Tonys geparkt und nicht umgekehrt. Sie öffnete die Hintertür – sie schloss ihr Auto nie ab – und schob River auf den Rücksitz. Sie würde irgendwo anhalten, um ihn anzuschnallen, dazu hatte sie jetzt keine Zeit. Sie warf den Stoffbeutel auf die Sitzbank, nahm ihre Handtasche heraus und suchte ihre Autoschlüssel, kramte verzweifelt in ihren Sachen in der Hoffnung, endlich ihren Schlüsselanhänger zu spüren. River hockte mit angezogenen Knien auf der Rückbank und schaute voller Entsetzen durch die Windschutzscheibe.

In diesem Moment hörte sie Tonys Stimme. »Suchst du die hier?« Er stand in der Haustür und hielt ihre Schlüssel hoch.

Sie richtete sich auf. *Ruhig bleiben.*

»Harley hat angerufen«, sagte sie. »Er steckt in Schwierigkeiten.«

Sie beugte sich in den Wagen, zog River sanft zu sich, hängte sich ihre Handtasche über die Schulter. Alles andere konnten sie zurücklassen.

»So, so«, sagte Tony. »Und warum hast du Rivers Weihnachtsstrumpf eingepackt? Ich dachte, den würden wir gleich zusammen aufmachen.« Er trat auf die Straße. »Am besten, ihr kommt wieder rein.«

Sie musste sich im Bruchteil einer Sekunde entscheiden, was sie tun sollte. Ihr Blick glitt zu den Nachbarhäusern. Sollte sie schreien? Es gab keinen Grund zu schreien. Er hatte ihr nichts getan. Noch nicht.

»Halt dich ganz fest«, flüsterte sie River zu. Dann hob sie

ihn aus dem Auto und rannte los, so schnell sie konnte. In T-Shirt und Boxershorts konnte Tony sie schlecht verfolgen. Viele Leute würden schon auf sein. Es war Weihnachten. Leute würden ihre Vorhänge aufziehen und nach draußen schauen.

Sie hatte nicht viel Zeit. Tony würde höchstens zwei Minuten brauchen, um sich Jeans und Schuhe anzuziehen und ihre Verfolgung aufzunehmen …

Sie versuchte ihren Atem zu regulieren, durch die Nase ein, durch den Mund aus, aber schon jetzt bekam sie kaum noch Luft. Bis zum Ende der Straße, um die Ecke … Sollte sie die Abkürzung zum Hafen nehmen? Nein, besser sie blieb, wo sie gesehen werden konnte. Sie wollte nicht von ihm in die Enge getrieben werden, falls er sie einholte. Sie lief weiter und weiter, wünschte, sie würde jemanden sehen, den sie um Hilfe bitten konnte, aber es war niemand draußen unterwegs. Am Ende der nächsten Straße bog sie rechts ab. Sie wagte es nicht sich umzusehen. Jetzt war sie in der Einkaufsstraße. Vielleicht hatte der Zeitungsladen geöffnet.

Hatte er nicht. Sie lief daran vorbei, spürte, wie Verzweiflung sie erfasste, nachdem dieser Hoffnungsschimmer erloschen war. Am Ende der Einkaufsstraße lag der Hafen. Plötzlich wusste sie, wo sie sich verstecken konnte.

Überall, wo sie hinschaute, blinkte Weihnachtsbeleuchtung. Die Leute in Tawcombe versuchten jedes Jahr aufs Neue, einander im Schmücken ihrer Häuser zu überbieten: Es gab Weihnachtsmänner mit und ohne Rentiere, riesige Christbäume und Schneemänner, alle mit Lichterketten geschmückt, rote, grüne, gelbe Lichter. Es wirkte fast surreal in dem stillen Morgennebel. Und keine Menschenseele weit und breit.

Sie lief ein bisschen langsamer. Jetzt sah sie sich vorsichtig um. Tony war nicht zu sehen. Sie war ihm entkommen. Sie bog nach rechts ab in Richtung Meer. Es gab nur wenige Orte, wo sie sich verstecken konnte …

Sie stolperte an der Kaimauer entlang, zu erschöpft zum Laufen. Das Hafenbecken war fast leer, die meisten Boote waren bis zum Ende des Winters auf dem Parkplatz aufgebockt. Das Wasser sah schwarz aus wie Tinte. Leanne fröstelte.

Endlich stand sie vor dem Spinnaker. Zwischen dem Pub und dem Süßwarenladen nebenan befand sich eine enge Gasse. Im Sommer mischte sich hier der Duft nach Panna Cotta und Zucker mit dem Geruch nach Meerwasser und Algen. Jetzt roch es nur feucht. Am Eingang der Gasse befand sich ein schmales Tor, das aussah, als wäre es abgeschlossen. Aber aus ihrer Zeit als Kellnerin im Spinnaker wusste sie, dass es offen war, dass es einen Trick bei dem Riegel gab und man hineinkam, wenn man wusste, wie.

Keuchend setzte sie River ab. Das Metall war eiskalt. Doch es klappte. Sie bekam den Riegel auf. Sie nahm River an der Hand und zog ihn in die Gasse, dann schlug sie das Tor zu und schob den Riegel wieder vor.

Sie lief zwischen den kalten, feuchten Mauern bis zum Ende der Gasse, wo sich ebenfalls ein Tor befand. Sie schob den Riegel zurück und kam auf den Parkplatz des Pubs. Hinter einem hohen Bretterzaun befand sich der Platz für die Mülltonnen. Dort konnte sie sich verstecken, bis jemand ihr zu Hilfe kam. Falls Tony sie im Hafen suchte, würde er sie hier nicht finden. Vielleicht hatte sie ja auch Glück, und er glaubte, sie wären längst umgekehrt.

Plötzlich merkte sie, dass River seine Crocs gar nicht anhatte.

»O je«, sagte sie und nahm ihn wieder auf den Arm. »Wir

haben deine Schuhe im Auto gelassen.« Sie bemühte sich, möglichst unbekümmert zu klingen.

»Wo gehen wir hin?«

»Da, hinter den Zaun. Schsch. Wir müssen leise sein.«

»Verstecken wir uns?«

»Ja.«

»Warum? Wo ist mein Weihnachtsstrumpf?«

»Schsch.« Sie nahm ihr Handy heraus, wählte Harleys Nummer und betete, dass er dranging.

»Mum?«

Ihr ging das Herz über, als sie seine verschlafene Stimme hörte. »Harley!«, flüsterte sie.

»Mum! Hey, frohe Weihnachten! Na, hat River dich in aller Herrgottsfrühe aus dem Bett geworfen?«

»Harley, ich brauch deine Hilfe. Ich hab ihn verlassen. Ich hab Tony verlassen.«

»Was? Wann?«

»Wir sind einfach weggelaufen. River und ich. Ich hab überhaupt nichts mitgenommen. Er hat meine Autoschlüssel.« Ihr versagte die Stimme. Mühsam unterdrückte sie ein Schluchzen.

»Ganz ruhig, Mum! Ich hole euch. Ich mach mich sofort auf den Weg. Wo seid ihr?«

»Hinterm Spinnaker. Bei den Mülltonnen.«

»Okay. Ich bin in einer Viertelstunde da. Spätestens. Rührt euch nicht vom Fleck!«

»Weißt du, wo der Eingang zum Parkplatz ist? Du musst hintenrum gehen.«

»Klar, weiß ich. Es wird alles gut, Mum. Hab dich lieb.«

»Ich dich auch«, murmelte sie, aber er hatte schon aufgelegt.

»Mir ist kalt«, sagte River.

»Ich weiß, mein Kleiner. Harley kommt gleich. Wir müssen leise sein.«

»Verstecken wir uns vor dem Weihnachtsmann?«, fragte River verwirrt.

»Nein, mein Schatz. Doch nicht vor dem Weihnachtsmann. Komm her. Komm unter meine Jacke, da ist es warm.«

Beeil dich, beeil dich!, dachte sie. Die Meeresluft war kalt. O Gott, dachte sie, was ist nur aus mir geworden, dass ich mich an Weihnachten morgens um halb sieben zwischen Mülltonnen verstecken muss? Warum hatte sie Tony nicht eher durchschaut? Sie war so naiv gewesen. Sobald Harley kam, würde alles gut werden. Sie würde noch einmal von vorne anfangen. Das hatte sie schon einmal geschafft. Sie würde es auch noch einmal schaffen.

KAPITEL 40

Lizzy hatte oft genug den Stimmen der Zwillinge gelauscht, um zu wissen, wie sich eine Krise anbahnte. Als sie Harleys Stimme am Telefon hörte, war ihr klar, dass es ein Problem gab. Sie war sofort hellwach. Sie stand auf und ging zur Leiter, da stand er schon unten und schaute zu ihr hoch.

»Was ist passiert?«

»Meine Mutter. Sie ist von Tony abgehauen. Ich muss sie holen. Können Sie mich fahren?«

Lizzy war bereits dabei, ihre Kleider einzusammeln.

»Klar.«

»Wir müssen uns beeilen. Sie und River haben sich draußen versteckt und frieren bestimmt.«

Sie stieg die Leiter hinunter und hauchte ihm im Vorbeigehen einen Kuss auf die Wange.

»Frohe Weihnachten, junger Mann. Ich geh nur schnell ins Bad und putz mir die Zähne.«

»Frohe Weihnachten …« Er nickte leicht benommen.

»Es wird alles gut«, rief Lizzy, während sie im Badezimmer verschwand.

Harley schnappte sich seine Schuhe. Sein Herz schlug heftig. Er musste seine Mutter abholen, bevor Tony sie fand. Der Drecksack würde sie entweder überreden, zu ihm zurückzukommen, oder …

Über das »Oder« wollte er lieber nicht nachdenken.

Zwei Minuten später kam Lizzy aus dem Bad. »Ich hole die

Autoschlüssel«, sagte sie und stieg eilig die Leiter hoch. Kurz darauf waren sie draußen. Es war immer noch dunkel, und es fiel ein eisiger Nieselregen. Sie liefen über den Sand Richtung Parkplatz.

»Sorry«, schnaufte Lizzy, die nicht so schnell laufen konnte wie Harley. »Ich bin nicht so fit wie du.«

»Schon okay«, sagte er und wünschte, er hätte Flügel. Seit seine Mutter angerufen hatte, waren mindestens zehn Minuten vergangen. Sein Handy klingelte. Er nahm es aus der Tasche.

»Wo bleibst du denn?«

»Wir sind unterwegs, Mum. Wir sind fast am Auto. In zehn Minuten sind wir da. Halt durch.«

Leanne hockte zwischen den Mülltonnen, River auf dem Schoß, den sie eng umschlungen hielt. Sie hatte nicht die Kraft aufrecht zu stehen und ihn zu tragen, aber das Hocken war auch anstrengend. Der Kleine zitterte, der Ärmste. Sie zitterte ebenfalls, aber das lag eher am Schock und an der Angst als an der Kälte.

»Harley kommt gleich«, sagte sie, und Rivers Miene hellte sich auf. Er bewunderte seinen großen Bruder. Wie in aller Welt hatte Tony wichtiger werden können als ihre Kinder?

»Mir war doch so, als hätte ich hier ein Mäuschen gehört.« Ein Schatten fiel auf sie. Leanne blickte auf und drückte River instinktiv noch fester an sich. Tony stand da, hämisch grinsend. »Sieh mal einer an, was haben sie denn hier auf den Müll geworfen? Hab ich mir doch gleich gedacht, dass du dich hier verkriechen würdest. Du konntest ja nicht weit sein. Und jeder, der in Tawcombe aufgewachsen ist, kennt den Trick mit dem Tor.«

»Lass uns in Ruhe«, entgegnete sie, bemüht, mit fester Stimme zu sprechen.

»Meinst du nicht, ich hätte eine Erklärung verdient?«

Er stieß sie mit dem Fuß an, sodass sie das Gleichgewicht verlor und sich mit einer Hand abstützen musste. Der kalte Kies schnitt ihr in die Haut, und ihr Handgelenk knickte um. Sie biss sich auf die Lippe, um nicht laut aufzuschreien.

»Es ist vorbei, Tony. Lass uns in Ruhe.«

»Vorbei? Nach allem, was ich für euch getan hab? Das glaube ich nicht.«

Leanne schloss die Augen und drückte River an sich. Egal, was sie sagte, es konnte nur das Falsche sein. Tony würde nicht auf Argumente hören.

»Du warst am Ende, als ich dich aufgegabelt hab. Ich hab dir ein Dach über dem Kopf gegeben, dir und deinen Kindern. Sogar diesem Rotzbengel, der mich ansieht, als wäre ich ein Stück Scheiße. Die meisten Frauen wären mir dankbar. Ich glaube, ich muss euch mal daran erinnern, wer ihr wart, was ihr wart, was ihr *seid* und …«

»Ich bin dir dankbar, Tony, ehrlich. Aber es ist vorbei. Es funktioniert einfach nicht.«

»Was funktioniert nicht?« Er runzelte die Stirn. »Wer hat denn das ganze Zeug für seinen Weihnachtsstrumpf bezahlt, hä?«

Er zeigte auf River.

Sie sah ihn mit hochgezogenen Brauen an. »Ich würde sagen, der Weihnachtsmann!«, erwiderte sie nachdrücklich.

Er warf den Kopf in den Nacken und lachte. River sah seine Mutter fragend an.

»Warum lacht Tony, Mum?«, fragte er.

»Warum ich lache?«, fragte der und hockte sich vor River. »Weil es deinen Weihnachtsmann überhaupt nicht …«

»Wag es nicht!« Leanne erhob sich. »Noch ein Wort, und ich …« Sie nahm River fest bei der Hand.

»Ja?« Tony war auch aufgestanden, und sie starrten einander über Rivers Kopf hinweg an. Dann schloss Tony die Augen, wie um sich zu beruhigen. Als er sie wieder öffnete, lächelte er Leanne an. »Weißt du was?«, sagte er mit sanfter Stimme. »Wir gehen jetzt alle schön nach Hause, dann kann River seine Geschenke auspacken. Und während er mit seinen neuen Sachen spielt, reden wir beide über alles.«

»Ja, Mum, bitte!« River zog aufgeregt an ihrer Hand.

Leanne seufzte. Es war nicht fair, River das alles zuzumuten. Der Kleine brannte so sehr darauf, seine Weihnachtsgeschenke auszupacken.

»Kommt«, sagte Tony schmeichlerisch. »Ist doch albern, sich hier draußen zu verstecken. Es ist Weihnachten. Was haltet ihr davon, wenn ich uns ein ordentliches Frühstück mache? Mit Speck und Eiern.«

Wie schaffte er das? Wie konnte er sich innerhalb von Sekunden vom Ungeheuer in einen Schmeichler verwandeln?, fragte sich Leanne. Er lächelte sie an, die Liebenswürdigkeit in Person. Sie schluckte. Sie musste so tun, als würde sie mitspielen. Sie musste Zeit gewinnen.

»Also schön«, sagte sie. »Es tut mir leid. Ich habe die Nerven verloren …«

Tony bückte sich zu River hinunter. »Komm her, ich trag dich. Du hast ja nicht mal Schuhe an, du Dummerchen.«

River lachte.

»Nein«, sagte Leanne und nahm ihren Sohn auf den Arm. »Ich trage ihn selbst.« Sie machte sich auf Tonys Protest gefasst. Doch als sie River hochhob, sah sie ein Auto auf den Parkplatz fahren. Bitte, lieber Gott, mach, dass es Harley ist. Das Auto hielt, und in dem Moment, als Tony sich umdrehte, stieg Harley aus.

»Ah, da kommt die Kavallerie«, höhnte Tony.

Harley lief zu dem Tor und öffnete es. »Mum! Alles in Ordnung?«

»Ja.«

»Dann komm.«

Tony stellte sich zwischen die beiden.

»Deine Mutter kommt jetzt mit mir nach Hause. Der Weihnachtsmann ist da gewesen und hat Geschenke gebracht. Stimmt's, River?«

River nickte und schaute mit großen Augen von einem zum anderen. Leanne wollte keinen Ärger. Sie hatte Angst, dass Tony gewalttätig werden würde. Wie sollte sie sich verhalten? Sie standen einander gegenüber: Tony drohend, Leanne stocksteif, Harley angespannt, bereit, auf Tony loszugehen.

In dem Augenblick stieg Lizzy aus dem Auto und kam auf sie zu.

»Uuuh«, sagte Tony spöttisch, »jetzt krieg ich aber richtig Angst.«

Lizzy trat zu ihnen in die Gasse, musterte den Mann. Und runzelte die Stirn. Dann plötzlich hellte sich ihre Miene auf. »Ach, du bist das!« Sie lachte. »Du änderst dich wohl nie, was?«

»Was?«, fragte Tony gereizt.

»Tony Brice«, sagte Lizzy nur. »Lange nicht gesehen.«

»Sorry … kennen wir uns?«

»Hätte mich auch gewundert, wenn du dich an mich erinnerst.«

Tony sah Lizzy abschätzig an, als wollte er sagen, dass an ihr wohl kaum etwas Erinnerungswürdiges war. »Sorry, Süße. Nein. Es sei denn … arbeiten Sie im Co-Op?«

Lizzy straffte sich und sah ihn mit festem Blick an.

»Vielleicht erinnerst du dich ja an meine Freundin Caroline.«

Er schüttelte den Kopf, wirkte jedoch nicht mehr so selbstsicher.

»Tja, offensichtlich hab ich ein besseres Gedächtnis als du«, sagte Lizzy.

»Ich hab keine Ahnung, wovon Sie reden.«

»Ich denke doch«, entgegnete Lizzy. »Das Ship Aground? Sommer 1987? Du hast meine Freundin mit nach Hause genommen. Ich hab ihr geraten, zur Polizei zu gehen und dich anzuzeigen. Aber das wollte sie nicht. Aus irgendeinem Grund dachte sie, es wäre ihre Schuld.« Dann wandte Lizzy sich an Leanne. »Kommen Sie, steigen Sie ein.«

Zu Harleys Verblüffung trat Tony aus dem Weg, als sie alle zu Lizzys Auto gingen. Lizzy und er stiegen vorne ein, während Leanne River auf dem Rücksitz anschnallte. Dann setzte sie sich neben ihn, lehnte sich zurück und schloss die Augen. Harley sah zu Tony, der mit geballten Fäusten den Parkplatz überquerte.

Lizzy schaute Leanne im Rückspiegel an. »Alles in Ordnung? Wollen wir losfahren?«

Leanne nickte.

Lizzy legte den Rückwärtsgang ein, setzte zurück und legte mit quietschenden Reifen ein filmreifes Wendemanöver hin.

»Wow!«, rief Harley. »Sie sind ja echt 'ne Nummer!«

»Die Zwillinge haben mir zum vierzigsten Geburtstag einen Fahrkurs für Fortgeschrittene geschenkt«, sagte Lizzy. Dann legte sie den ersten Gang ein und fuhr mit Karacho vom Parkplatz. Tony drückte sich gegen die Hauswand und schaute ihnen verstört nach.

Tony Brice, dachte Lizzy. Die Katze lässt das Mausen nicht.

KAPITEL 41

1987

»Mädels, ihr kennt die Regeln. Ich verlasse mich darauf, dass ihr sie einhaltet. Am Wochenende bin ich wieder zurück. Und vergesst nicht, mich jeden Abend um sechs anzurufen.«

Carolines Mutter packte ihre letzten Sachen ein. Caroline und Lizzy bemühten sich, so ernst und verantwortungsbewusst wie möglich zu wirken und sich nicht anmerken zu lassen, dass sie die Sekunden zählten, bis Mrs. Keane endlich weg war. Sie hatten es geschafft, Mrs. Keane davon zu überzeugen, dass sie erwachsen genug waren, ein paar Tage allein in der Strandhütte zu verbringen. Sie waren fast achtzehn. Sie hatten die Schule abgeschlossen. Sie galten beinahe schon als Erwachsene.

Carolines kleiner Bruder war stinksauer, weil er nicht auch bleiben durfte. Einen Moment lang hatten sie den Atem angehalten, als Mrs. Keane überlegt hatte, ob es nicht eine gute Idee wäre, ihn bei ihnen zu lassen. Doch die Vernunft hatte zum Glück gesiegt, und sie hatte sich entschieden, Andrew mit nach Hause zu nehmen. Am Freitag würden Mr. und Mrs. Keane und Andrew sowieso schon wieder nach Everdene kommen.

Jetzt war Dienstag.

Sie hatten drei Tage für sich. Drei Tage sturmfreie Bude. Es war Anfang August, und es wurde von Tag zu Tag heißer. Es kamen immer mehr Urlauber, und das Ship Aground war brechend voll mit braun gebrannten und angetrunkenen Jugendlichen, die die Jukebox mit Münzen fütterten.

Mrs. Keane legte einen frischen Zwanzig-Pfund-Schein auf den Küchentisch. »Ich hoffe, dass davon noch was übrig ist, wenn ich zurückkomme«, sagte sie. »Übertreibt es nicht.«

»Machen wir nicht«, versprachen sie, während sie im Kopf ausrechneten, wie viele Dosen Bier das waren. Zu essen brauchten sie sich nichts zu kaufen, es waren noch ausreichend Frosties und Dosen-Ravioli und Kartoffelchips da. Essen war nebensächlich. Alk und Lipgloss und eine Schachtel Marlboro – mehr würden sie nicht brauchen.

Als Mrs. Keane an der letzten Hütte abbog und nicht mehr zu sehen war, hüpften Lizzy und Caroline wild herum vor Freude und fielen sich schließlich um den Hals. Lizzy schaltete den Kassettenrekorder ein, und Belinda Carlisle sang »*Heaven Is a Place on Earth*«.

Für Lizzy und Caroline war der Himmel tatsächlich ein Ort auf der Erde.

Die beiden Mädchen waren grundverschieden. Lizzy war klein, besaß aber dafür eine wilde Lockenmähne, für die manche Mädchen eine Menge Geld bezahlt hätten. Caroline war größer, schlanker und durchtrainiert. Sie hatte eine Dose Aufhellerspray dabei, um ihre Haare umgehend von straßenköterfarben in madonnablond zu verwandeln.

Am Nachmittag – die Sonne stand immer noch hoch am Himmel – lagen sie in ihren Bikinis auf der Veranda, alles, was sie brauchten, in Reichweite. Der Kassettenrekorder stand in der offenen Tür – so weit das Kabel eben reichte. Lizzy blätterte in einer Zeitschrift, während Caroline sich die Zehennägel lackierte.

Vor ihnen schimmerte das Meer türkisblau, allerdings hatten sie nach all dem Aufwand, den sie betrieben hatten, nicht die Absicht, schwimmen zu gehen. Hin und wieder nippten sie an ihrem lauwarmen Bier. Es war ein Wartespiel. Sie waren träge von der Hitze und genossen ihre Freiheit. Sie taxierten jeden, der vorbeiging. Niemand entging ihrem prüfenden Blick. Als die Sonne sich allmählich senkte, sank auch ihre Stimmung, weil keiner von den angesagten Typen vorbeigekommen war und um ihre Aufmerksamkeit gebuhlt hatte.

»Wir gehen ins Ship Aground«, verkündete Caroline, während sie ihre frisch getönten Strähnchen im Spiegel begutachtete. Sie waren ein bisschen hell geraten, doch sie sagte sich, dass sie, bis ihre Mutter zurückkam, wieder nachgedunkelt sein würden.

»Wir brauchen Münzen für die Jukebox«, sagte Lizzy und kramte in ihrer Handtasche. Sie war schon immer die Praktischere gewesen.

Sie warfen sich in Schale: Jeans-Miniröcke, knappe, ärmellose T-Shirts – Lizzy gelb, Caroline pink –, leuchtendblauer Lidschatten, hellrosa Lippenstift und Lipgloss. Um sieben waren sie ausgehfertig. Sie gingen den Strand entlang, eingehüllt in eine Wolke aus Zigarettenrauch und Giorgio »Beverly Hills«, das Carolines Mutter leichtsinnigerweise im Bad hatte stehen lassen.

Alle schauten sie an, als sie das Ship Aground betraten. Lizzy machte sich keine Illusionen, dass die Blicke lange bei ihr verweilten. Caroline dagegen strahlte Verwegenheit aus, mit ihren blonden Strähnchen, den Sommersprossen im sonnengebräunten Gesicht und dem herrlichen Gefühl, ohne elterliche Aufsicht zu sein. Nach zwei Tequila Sunrise war ihr Selbstbewusstsein nicht mehr zu erschüttern. Sie sprühte vor Energie, lachte, plauderte, tanzte. Es machte Lizzy nichts aus, in ihrem Schatten zu stehen. Sie sorgte dafür, dass sie immer genug zu trinken und zu rauchen hatten, warf Münzen in die Jukebox. Der Rhythmus der Bässe vereinigte sich mit dem Herzschlag der Tänzer, treibend, unerbittlich, verheißungsvoll.

Als Tony Brice hereinkam, lief gerade »Hungry Like the Wolf«. Die Mädchen hatten ihn schon ein paarmal im Pub gesehen. Er war aus Tawcombe, stammte aus einer reichen Familie, der die halbe Stadt gehörte. Er mischte sich unter die Menge, schlank, lüstern, sein Blick wanderte über Körper und Gesichter, ein verschlagenes Lächeln umspielte seine Lippen. Lizzy sah ihn vor Caroline, und es lief ihr eiskalt den Rücken hinunter. Sie bildete sich nicht ein, einen sechsten Sinn zu besitzen, der gesunde Menschenverstand reichte aus, um vorherzusehen, was geschehen würde.

Einheimischer Casanova trifft auf naive Urlauberin. Die alte Geschichte. Aber Lizzy befürchtete, dass das keine kitschige Romanze à la John Travolta/Olivia Newton-John werden würde. Sie überlegte, wie hoch die Wahrscheinlichkeit war, dass es ihr gelang, Caroline aus dem Pub zu lotsen, ehe das Unvermeidliche eintrat.

Gleich null.

Allerdings musste sie zugeben, dass Tony Brice umwerfend aussah. Sein Haar war noch blonder als Carolines, seine sonnengebräunte Haut straff, sein Körper muskulös. Über einem weißen Netz-T-Shirt trug er ein schwarzes Jackett, dessen Ärmel er hochgekrempelt hatte, und hautenge Jeans. Er ging direkt auf Caroline zu und lud sie auf einen Drink ein.

Lizzy sah, wie die Einheimischen sich untereinander Blicke zuwarfen. Die Mädchen aus Everdene lächelten ihn an, umarmten ihn zur Begrüßung, küssten ihn auf die Wange, die Jungs prosteten ihm zu, aber irgendwie gingen sie alle auf

Abstand. Caroline dagegen war kaum zu bremsen. Als sie den knallblauen Cocktail in der Hand hatte, konnte sie den Blick gar nicht mehr von ihm abwenden. Sie war hin und weg.

Lizzy näherte sich den beiden und überlegte, wie sie die Situation retten konnte.

»Wir sollten zurückgehen«, sagte sie lächelnd. »Du hast deiner Mutter versprochen, nicht zu spät nach Hause zu kommen.«

Caroline lachte schallend und rührte mit ihrem Strohhalm in ihrem Cocktail. Sie schwankte leicht. »Meine Mutter ist meilenweit weg.«

»Aber sie kommt heute Abend zurück, hast du das vergessen?« Lizzy schaute sie durchdringend an und hoffte verzweifelt, dass Caroline kapierte.

»Sie ist eben erst abgefahren, Lizzy. Bist du besoffen, oder was?« Caroline schmiegte sich kichernd an Tony, und Tony legte lächelnd einen Arm um sie. Lizzy verließ der Mut, als Caroline ihren Kopf gegen Tonys Schulter lehnte. »Du kannst ja gehen, wenn du willst«, sagte Caroline liebenswürdig. »Du brauchst nicht auf mich zu warten.

»Ich geh noch eben aufs Klo«, sagte Lizzy. »Kommst du mit?«

Das musste funktionieren, dachte Lizzy, denn Caroline musste dauernd aufs Klo. Aber Caroline hatte nicht vor, sich aus Tonys Umarmung zu lösen. »Nein«, sagte sie. Die eingängige Basslinie von INXS perlte aus der Jukebox. »O mein Gott! Meine Lieblingsband!«

Sie drückte Lizzy ihr Glas in die Hand, fasste Tony bei den Händen und begann zu tanzen. Lizzy schloss verzweifelt die Augen. So betrunken hatte sie Caroline noch nie erlebt. Entsetzt sah sie, wie die Bewegungen ihrer Freundin immer lasziver wurden. Alle lachten. Dass Tony ein guter Tänzer war, machte alles nur noch schlimmer. Er bewegte sich geschmeidig und verführerisch, aber sein Grinsen sagte alles.

»Du solltest sie retten, bevor es zu spät ist«, flüsterte jemand in Lizzys Ohr.

Aber wovor?, fragte sie sich. Vielleicht tat es Caroline ja gut, sich ein bisschen zu amüsieren. Caroline war davon überzeugt, dass sie das Abschlussexamen in den Sand gesetzt hatte, und fürchtete sich vor dem Tag, an dem die Ergebnisse bekannt gegeben wurden. Sich heute Abend ein bisschen mit Tony Brice zu vergnügen, war vielleicht genau das Richtige, um sich abzulenken.

Lizzy biss sich auf die Lippe. Es machte keinen Spaß, das fünfte Rad am Wagen zu sein und die Anstandsdame zu spielen. Aber sie würde ihre Freundin nicht allein lassen. Sie gesellte sich zu ein paar Jugendlichen und sprach ein Mädchen an, das ziemlich freundlich wirkte.

»Ist es okay, wenn ich mich eine Weile zu euch stelle?«, fragte sie. »Ich möchte meine Freundin ein bisschen im Auge behalten.«

Caroline und Tony hatten angefangen zu knutschen. Sie hatten die Tanzfläche verlassen, und Caroline stand mit dem Rücken an eine Säule gelehnt.

»Viel Glück«, sagte das Mädchen. »Bei Tony soll sie lieber aufpassen. Er kommt nur nach Everdene, weil er in Tawcombe schon alle durch hat.«

O Gott. Lizzy war machtlos. Sie konnte Caroline ja schlecht am Kragen aus dem Pub schleifen. Sie würde einfach hierbleiben müssen. Hoffentlich würde Caroline nicht trinken bis zum Umfallen …

Hör auf, dich verrückt zu machen, sagte sie sich. Caroline will sich nur ein bisschen amüsieren. Sie braucht keinen Aufpasser.

Lizzy tanzte noch ein bisschen mit dem Mädchen, das Suzette hieß, warf noch ein paar Münzen in die Jukebox, und als sie es nicht mehr aushalten konnte, ging sie aufs Klo.

Als sie herauskam, waren Caroline und Tony nirgendwo mehr zu sehen.

Als Lizzy die Strandhütte erreichte, war es schon fast Mitternacht. Sie hatte gewartet, bis der Wirt alle aus dem Pub geworfen hatte, bis auch die letzten aufgekratzten Jugendlichen sich verzogen hatten, und hatte verzweifelt gehofft, dass Caroline wieder auftauchen würde. Sie hatte keine Ahnung, wohin Caroline verschwunden war oder wie sie mit ihr in Kontakt kommen sollte. Ihr war übel von den vielen Cocktails im Pub.

Sie buddelte die Blechdose mit dem Schlüssel aus und schloss die Tür auf. Drinnen ließ sie sich auf das Sofa fallen, wickelte sich in die kratzige karierte Decke ein und wartete.

Sie musste eingenickt sein, denn sie fuhr aus dem Schlaf, als jemand versuchte, in die Hütte einzudringen. Sie sprang auf und riss die Tür auf. Caroline fiel ihr schluchzend um den Hals. Sie sah furchtbar aus. Ihre Wimperntusche war verschmiert, ihre Haare waren zerzaust, und sie war barfuß.

»O mein Gott«, sagte Lizzy. »Was ist passiert?«

Caroline stolperte zum Sofa und ließ sich darauf fallen. Lizzy setzte sich neben sie und legte ihr einen Arm um die Schultern.

»Ich bin mit ihm nach Tawcombe gefahren. Wir waren mehrere. Wir haben auf der ganzen Fahrt hinten im Auto geknutscht.«

»Wer ist gefahren?«

»Keine Ahnung. Einer von seinen Kumpels. Wir sind zu ihm nach Hause gefahren. Er wohnt irgendwo beim Hafen.

Da hat er mich mit auf sein Zimmer genommen. Er wollte, dass ich …« Sie konnte es nicht aussprechen. »Ich dachte, dass ich das auch wollte. Als wir im Pub waren, dachte ich, er wäre genau der Richtige fürs erste Mal …« Caroline begann wieder zu schluchzen.

»Ganz ruhig«, sagte Lizzy und streichelte ihr den Rücken. »Erzähl mir, was passiert ist.«

»Als es so weit war, wollte ich dann doch nicht. Aber er hat davon nichts hören wollen. Er ist grob geworden. Ich hab ihm gesagt, dass ich das nicht will, aber er meinte, ich hätte es doch die ganze Zeit gewollt, ich hätte ihn erst heiß gemacht und dann …« Sie brachte die Worte kaum heraus. »Er hat gesagt, alle im Pub hätten mitbekommen, dass ich … Sex will.« Sie brach ab, schluchzte. »Ich hab mich gewehrt. Ich hab geschrien. Da hat er mich beschimpft, hat gesagt, ich sei verrückt. Schließlich hat er mich die Treppe runtergeschleift und aus dem Haus geworfen.« Sie warf sich Lizzy an den Hals. »Wie konnte ich nur so dumm sein?«

»Unsinn«, sagte Lizzy und strich ihr die Haare aus dem Gesicht. »Es ist nicht deine Schuld, Caroline. Du hast einfach einen Fehler gemacht, das ist alles. Und er ist brutal geworden. Wie bist du überhaupt zurückgekommen?«

»Zu Fuß. Aber von meinen blöden Schuhen hab ich Blasen gekriegt.«

Ihre Füße bluteten. Sie hatte fast zwei Stunden gebraucht von Tawcombe bis zur Strandhütte. Sie fror und war immer noch betrunken. Lizzy hüllte sie in die Decke ein, machte ihr eine Tasse heiße Schokolade und brachte sie anschließend ins Bett. Caroline sagte sie das zwar nicht, aber sie war erleichtert, dass es so ausgegangen war. Sie hatte schon das Schlimmste befürchtet. Aber zum Glück hatte Tony Caroline zu nichts gezwungen. Lizzy ballte die Fäuste, als sie an sein arrogantes, selbstgefälliges Grinsen dachte. Er ging zweifellos davon aus, dass er einfach unwiderstehlich war. Tja, wenn man sich so aufführte, zählte das beste Aussehen nichts.

Am nächsten Tag schlief Caroline bis vier Uhr nachmittags. Das machte Lizzy nichts aus. Sie verbrachte den Tag auf einer Decke am Strand und vertiefte sich in einen alten Roman von Judith Krantz. Sie ließ sich in eine glamouröse Welt entführen, in der allerdings auch nicht alles eitel Sonnenschein war. Billy Ikehorns kompliziertes Liebesleben nahm sie ganz und gar gefangen. Zwischendurch trank sie Zitronenlimonade und aß ein ganzes Paket salzige Kräcker.

Als Caroline endlich aus dem Bett gekrochen kam, blass und mit geröteten Augen, kochte Lizzy Spaghetti. Caroline hatte keine Lust, darüber zu reden, was in der Nacht vorgefallen war. Sie war ziemlich still. Zweimal kullerte eine Träne über ihre Wange und tropfte auf ihren Teller.

»Weißt du was«, sagte Lizzy um sechs Uhr, »wir gehen ein bisschen in den Pub.«

»In den Laden kriegen mich keine zehn Pferde mehr«, sagte Caroline entsetzt.

»Warum?«, fragte Lizzy.

»Da lachen mich doch alle aus.«

»Quatsch.«

»Doch. Die haben doch gestern alle zugekuckt, wie ich mit ihm getanzt hab. Und wie wir geknutscht haben.« Sie begann zu weinen. »Und hast du meine Haare gesehen? Sie sind ganz orange geworden.«

Es stimmte. Gestern hatten sie noch so schön ausgesehen. Jetzt sahen sie ordinär aus. Lizzy schaute ihre Freundin an: Von dem selbstbewussten Mädchen von gestern war nichts mehr übrig geblieben. Stattdessen saß ein Wrack vor ihr. Aber ein Wrack konnte wieder seetüchtig gemacht werden, von innen und außen, bis es in alter Schönheit erstrahlte.

»Du musst wieder auf die Füße kommen«, sagte sie zu Caroline. »Los, geh dich duschen, wasch dir die Haare und schmink dich. Wir haben nur noch zwei Abende, bis deine Eltern wieder herkommen. Wir lassen uns doch nicht von diesem Tony den Spaß verderben.«

»Und wenn er auch da ist?«

»Dann wird er sich wünschen, er wäre zu Hause geblieben«, erwiderte Lizzy grimmig.

Caroline biss sich auf das Innere ihrer Wange. »Tut mir leid, dass ich dich allein gelassen hab«, sagte sie. »Gestern Abend, mein ich. Ich hätte dich fragen sollen, ob du mitkommen willst. Oder ich hätte dich zumindest fragen sollen, ob es dir was ausmacht. Ich bin eine schlechte Freundin.«

»Mach's einfach nicht noch mal, okay? Ich hab mir echt Sorgen gemacht.«

»Gott, war ich dermaßen betrunken? Muss wohl sein. Wenn ich nur an die Cocktails denke, wird mir übel.«

»Du hast mindestens sechs getrunken. Irgendwann hab ich aufgehört zu zählen.«

Caroline schüttelte sich. »Ich glaub, ich hab vor seine Haustür gekotzt.«

»Hoffentlich ist er reingetreten«, sagte Lizzy, dann musste sie lachen. »War es blau?«

Caroline lachte auch. »O Gott! Blaue Kotze! Was würde meine Mutter dazu sagen?«

»Also wirklich, Liebes«, sagte Lizzy in gespielt tadelndem Tonfall.

Sie gingen zum Pub. Lizzy fand die Leute, die sie am Abend zuvor kennengelernt hatte. Suzette, die so nett zu ihr gewesen war, war auch wieder da. Sie plauderten ein bisschen und tranken ein paar Bier und verabredeten sich für den nächsten Tag am Strand, um Kricket zu spielen.

Suzette umarmte Caroline. »Wir sind alle auf ihn reingefallen«, sagte sie. »An Tony Brice kommt man in Everdene leider kaum vorbei. Er sieht vielleicht aus wie ein junger Gott, aber er ist nur ein perverses Schwein. Er kommt nur hierher, weil in Tawcombe keiner mehr was mit ihm zu tun haben will. Nimm's nicht so schwer.«

Caroline kam drüber weg. Als ihre Eltern zurückkehrten, war sie wieder ganz die Alte. Sie und Lizzy verbrachten noch zwei großartige Wochen in Everdene, gewannen neue Freunde, schwammen im Meer, tanzten und lachten. Es waren Sommerferien, wie sie sein sollten.

Caroline vergaß Tony Brice. Aber Lizzy nicht. Sie vergaß niemanden, der einem Menschen, der ihr nahestand, wehgetan hatte. Selbst wenn dreißig Jahre vergingen.

KAPITEL 42

Als Nat seinen Strumpf öffnete und seine Geschenke auspackte, glaubte Jack, ihm würde das Herz zerspringen. Nat zitterte regelrecht vor Aufregung. Es rührte Jack, wie sorgfältig er jedes Geschenk auswickelte, es ernst betrachtete und dann seinen Vater glücklich anlächelte.

»Woher weiß der Weihnachtsmann, was ich mir wünsche?«, fragte er. »Und er hat auch einen Ball für Clouseau gebracht.«

»Der Weihnachtsmann ist eben klug«, sagte Jack und reichte ihm das letzte Geschenk. »Und das«, sagte er mit einem Kloß im Hals, »ist von deiner Mum.«

Nat betrachtete das Geschenk und nickte. Dann packte er es aus.

Der Grinch von Dr. Seuss. Jack schüttelte lächelnd den Kopf. Von wegen Botschaften aus dem Grab. Fran kannte ihn nur zu gut. Sie wusste genau, dass er wie der Grinch sein würde.

»Wovon handelt die Geschichte?«, fragte Nat.

»Von einem miesepetrigen Monster, das allen die Weihnachtsgeschenke klaut. Weil es Weihnachten nicht ausstehen kann. Aber am Ende findet es Weihnachten ganz toll. Weil einfach alle Weihnachten toll finden. Ist doch klar, oder?«

»Liest du es mir vor?« Nat gab ihm das Buch.

Er nahm seinen Sohn auf den Schoß, spürte seinen kleinen Körper, roch den Duft seiner weichen Haare. Dann las er ihm das ganze Buch vor, wohl wissend, dass Fran ihm mit der Geschichte sagen wollte, er solle trotz allem, was geschehen war, sein Leben genießen. Das war typisch Fran. Heute empfand er die Erinnerung an sie nicht als quälend. Es fühlte sich an wie eine Wunde, die zu heilen begann.

Er war kaum fertig mit Vorlesen, als er draußen Stimmen hörte. Er wunderte sich: Es war noch früh, gerade mal acht. Clouseau spitzte die Ohren.

»Komm, wir gehen nachsehen, wer da ist!«

Nat sprang von Jacks Schoß und lief zur Tür. Jack folgte ihm. Draußen standen Harley und Lizzy. Und hinter den beiden standen Leanne und River. Jack spürte, wie sein Puls schneller ging.

»Frohe Weihnachten!«, rief Nat und wedelte mit den Armen. »Frohe Weihnachten!«

»Dir auch frohe Weihnachten, Kleiner«, sagte Lizzy und umarmte ihn. »Hallo Jack. Wir haben noch zwei zusätzliche Gäste zum Mittagessen. Kriegen wir das hin?«

Jack ging lächelnd die Stufen hinunter. »Klar.«

Leanne schaute ihn an und hob ein bisschen verlegen die Schultern. »Ungebetene Gäste«, sagte sie. »Was soll man da machen?«

»Zum Glück hab ich eine Lammkeule gekauft, die so groß ist, dass sie kaum in den Ofen passt.«

»Und wir haben jede Menge Würstchen«, sagte Lizzy.

Jack schaute zum Himmel hoch. Es war ein milder Morgen, und es wehte eine sanfte Brise. Wenn er sich warm anzog, konnte er das Fleisch und die Würstchen auf der Veranda auf dem Grill garen. Dann würde es noch viel besser schmecken.

»Soll ich Kaffee aufsetzen?«, fragte er.

»Gute Idee«, sagte Lizzy. »Können Sie sich um Leanne und

River kümmern? Harley und ich müssen noch schnell was erledigen.«

»Ach ja?«, fragte Harley verblüfft.

»Ja«, sagte Lizzy.

»Kein Problem«, sagte Jack. »Ich habe auch noch ein paar Stückchen Aprikosenkuchen, falls jemand möchte.

»Oh, gern«, sagte Leanne. »Mein Lieblingskuchen.«

»Umso besser«, sagte Jack. »Dann hab ich ja alles richtig gemacht.«

Mit einer einladenden Geste forderte er sie auf einzutreten. Nat und River stapften aufgeregt plappernd hinter ihnen her.

»Okay«, sagte Lizzy zu Harley. »Komm!«

Harley folgte Lizzy, die mit entschlossenen Schritten in Richtung Parkplatz marschierte. Zehn Minuten später fuhren sie in Tawcombe an viktorianischen Reihenhäusern vorbei, die eine kurvige Straße oberhalb des Hafens säumten.

»Die meisten sind in Wohnungen aufgeteilt«, sagte Harley. »Aber er hat ein ganzes Haus. Das hat er von seinen Eltern geerbt.«

Lizzy konnte verstehen, dass Tonys Lebensstil Leanne angezogen hatte. Das Haus war groß und herrschaftlich, wahrscheinlich im neunzehnten Jahrhundert als Ferienresidenz für einen reichen Geschäftsmann errichtet. Sie hielt vor dem Haus.

»Wollen Sie wirklich, dass ich mitkomme?«, fragte Harley. »Könnte nämlich sein, dass er aggressiv wird, wenn er mich sieht.«

»Soll er ruhig«, sagte Lizzy. »Tony Brice muss endlich mal kapieren, dass er nicht alle Leute herumschubsen kann.«

Sie gingen zur Haustür. Harley war nervös. Schön und gut, dass Lizzy ihm eine Lektion erteilen wollte, aber Harley hatte keine Lust auf Tonys Provokationen. Schon gar nicht am Weihnachtsmorgen.

Lizzy klingelte unverzagt. Kurz darauf öffnete Tony die Tür. Als er sie sah, runzelte er die Stirn.

»Was wollen Sie?«, knurrte er. Dann sah er Harley. »Und was machst du hier?«

»Wir sind gekommen, um ein paar Sachen abzuholen«, sagte Lizzy freundlich, aber bestimmt. »Vor allem Rivers Weihnachtsstrumpf. Der ist doch hier, oder? Und ein paar Kleider fürs Erste. Den Rest holen wir dann später ab.«

Sie lächelte. Tony starrte sie an. Man sah ihm an, dass er fieberhaft überlegte, wie er reagieren sollte.

»Harley hilft mir, alles einzupacken.«

»Der kommt hier nicht rein«, sagte Tony.

Lizzy verschränkte die Arme vor der Brust und seufzte. »Es wäre wirklich viel einfacher, wenn Sie kooperieren würden.«

»Wer zum Teufel sind Sie überhaupt?«

»Das habe ich dir schon gesagt. Du hast meine Freundin mit hierhergebracht, du erinnerst dich bestimmt? Und als sie nicht tun wollte, was du von ihr verlangt hast, hast du sie einfach rausgeworfen.«

Tony schüttelte den Kopf, wie um zu sagen, dass er keine Ahnung hatte, wovon sie redete.

»Ich vermute mal, dass so was hier öfter passiert ist, deswegen fällt es dir schwer, dich zu erinnern, welche von deinen vielen Eroberungen es war. Aber keine Sorge. Die Polizei kann deiner Erinnerung bestimmt auf die Sprünge helfen.«

»Die Polizei?«

»Körperverletzung ist Körperverletzung. Selbst nach so vielen Jahren.«

»Ich hab sie überhaupt nicht angerührt.«

»O doch, das hast du.«

Harley sah dem verhassten Mann an, wie er in seinem Gedächtnis grub, wie er überlegte, von welchem Vorfall Lizzy redete, und welche Folgen das haben konnte.

»Also gut, kommen Sie rein«, sagte er schließlich. »Ich gebe Ihnen fünf Minuten.«

»Es dauert so lange, wie es dauert«, sagte Lizzy honigsüß und ging an ihm vorbei. »Komm, Harley. Du packst Rivers Sachen und ich Leannes.« Sie zog eine Rolle mit Müllsäcken aus der Tasche. »Ich hab das hier mitgebracht.«

Sie brauchten ungefähr eine Viertelstunde, um alles einzupacken, was Leanne und River brauchen würden. Mit prall gefüllten Säcken stiegen sie die Treppe hinunter. Tony stand mit verschränkten Armen in der Diele und funkelte sie wütend an.

»Der Weihnachtsstrumpf?«, fragte Lizzy.

»Liegt noch in ihrem Auto.«

»Okay.«

Er hielt sie auf, als sie zur Tür gehen wollte. »Ich schätze mal … damit ist das erledigt, was Sie eben erwähnt haben?«

»Tja«, sagte Lizzy. »Das ist nicht meine Entscheidung. Du hast meine Freundin misshandelt, nicht mich. Aber an deiner Stelle würde ich Leanne keinen Ärger machen. Oder Harley.«

Einen Moment lang bohrten sich ihre Blicke ineinander. Harley trat nervös von einem Fuß auf den anderen. Sein Herz pochte vor Angst, dass das schiefgehen könnte. Auf jeden Fall wuchs seine Bewunderung für Lizzy von Minute zu Minute. Sie war unglaublich.

Dann nickte Tony.

»Kein Ärger«, sagte er.

»Hervorragend. Frohe Weihnachten.« Lizzy schenkte ihm ihr wärmstes Lächeln, dann verließen sie das Haus und packten die Säcke in den Kofferraum von Lizzys Auto. Harley lief noch einmal zurück, nahm Rivers Weihnachtsstrumpf und die restlichen Sachen aus Leannes Auto und packte alles auf Lizzys Rückbank.

»Meine Fresse«, sagte er, als Lizzy losfuhr. »Sie machen keine Gefangenen, was?«

»Nein«, sagte Lizzy, dann schüttelte sie sich. Bilder von damals gingen ihr durch den Kopf … Caroline und Tony, wie sie im Ship Aground zu INXS tanzten … der Geruch von Zigarettenqualm und süßen Cocktails, sonnengebräunte Haut, weiße Zähne …

Harley schwieg ehrfürchtig. Als er Lizzy kennengelernt hatte, hatte er sie für eine nette, harmlose Mutti gehalten. Er hatte sich total geirrt.

Sie war eine Ninja.

Sein Handy klingelte. Er warf einen Blick aufs Display. Es war Hattie.

Wir fahren jetzt los. Frohe Weihnachten :-*

Er antwortete:

Frohe Weihnachten :-*

Dann schaute er Lizzy von der Seite an und fragte sich, was sie wohl sagen würde, wenn die drei eintrafen.

KAPITEL 43

Am Mittag standen Harley und Jack vor den Hütten und beobachteten River und Nat, die Fußball spielten. Zum großen Vergnügen der beiden jagte Clouseau die ganze Zeit zwischen ihnen herum. Jack hatte den Grill angezündet, den er in einem Schrank in seiner Hütte gefunden hatte, und die Holzkohle hatte genau die richtige Temperatur erreicht.

»Gegrillt schmeckt das Ganze tausendmal besser«, sagte er und legte die aufgeschnittene Lammkeule, die er von zu Hause mitgebracht hatte, auf den Rost. Ein köstlich würziges Aroma breitete sich aus. »Das Fleisch liegt seit drei Tagen in der Marinade. Es ist zart wie Butter. Kurz bevor es gar ist, legen wir dann noch die Würstchen auf den Grill.«

»Das ist das verrückteste Weihnachtsessen, das ich je erlebt hab«, sagte Harley und reichte ihm ein Bier. »Mann, das sollten wir als Markenzeichen eintragen lassen.«

»Eigentlich sind wir nur ein paar verlorene Seelen«, sagte Jack und trank einen Schluck.

»Lizzy hat uns zusammengebracht«, sagte Harley. »Stellen Sie sich vor, sie wäre nicht hergekommen. Dann würden wir jetzt jeder in seiner Hütte hocken und uns in Selbstmitleid suhlen.« Er schaute ihn von der Seite an. »Können Sie ein Geheimnis für sich behalten?«

»Tja, ich weiß nicht«, sagte Jack grinsend. »Probieren wir es mal.«

»Ihr Mann und ihre Kinder sind auf dem Weg hierher.«

Jack stieß einen Pfiff aus. »Okay …« Er verzog das Gesicht. »Wird ihr das gefallen?«

»Gestern Abend hat sie zu mir gesagt, sie würde heute nach dem Mittagessen nach Hause fahren. Ich glaub, sie fehlen ihr.«

»So schlimm können sie nicht sein. Sie ist keine, die schlechte Menschen anzieht.«

»Nein.«

Harley wirkte verlegen, und Jack fürchtete schon, dass er taktlos gewesen war.

»Was ist denn jetzt mit deiner Mutter?«, fragte er betont beiläufig.

»Sie hat sich von ihrem Typen getrennt. Gott sei Dank. Ich hoffe bloß, dass sie nicht wieder zu ihm zurückgeht. Aber ich glaub's eigentlich nicht …«

Jack legte ihm eine Hand auf die Schulter. »Sie kann von Glück reden, dass sie dich hat, Kumpel. Du stehst voll hinter ihr.«

»Muss ich ja wohl, oder? Nach dem, was mein Vater ihr angetan hat.«

»Aber du musst deswegen deinen Vater nicht ersetzen. Das weißt du doch, oder? Du musst dein eigenes Leben führen.«

Harley trank einen Schluck Bier. »Zuerst muss ich noch ein paar Sachen klarkriegen.«

»Sicher. Aber denk dran – du musst das nicht alles auf einmal klarkriegen. Lass dir Zeit. Und falls du mal jemanden zum Reden brauchst …«

Harley stieß mit Jack an. »Danke.«

Jack drehte die Lammkeule um. Ein sattes Zischen ertönte.

»Hier fühle ich mich wie ein anderer Mensch«, sagte er

und schaute zum blauen Himmel hoch. Über ihnen hingen ein paar bauschige Wolken, die von der Sonne vergoldet wurden.

»So ist es hier aber nicht immer«, sagte Harley. »Es regnet ziemlich oft.«

»Regen macht mir nichts«, sagte Jack.

Wie er da stand, in der gestreiften Küchenschürze, die Lizzy ihm gegeben hatte, und mit den Grillwerkzeugen hantierte, fühlte er sich zum ersten Mal seit Langem wieder wie er selbst. Clemmie hatte am Morgen angerufen, um ihm frohe Weihnachten zu wünschen. Sie war sofort hellhörig geworden.

»Du klingst ja wieder wie du selbst«, hatte sie gesagt. »Was geht da bei euch vor?«

»Das ist die frische Luft«, hatte Jack geantwortet. »Die pustet einem das Oberstübchen durch.«

»Schön«, hatte seine Schwester gesagt. »Mum und Dad lassen grüßen. Und du sollst Nat für sie drücken.«

Die Erkenntnis hatte etwas Befreiendes. Es war ein Gefühl ungeheurer Erleichterung, gemischt mit Optimismus. Offenbar war es möglich, wenn auch vielleicht nur vorübergehend, die Last der Trauer und der Verantwortung abzuschütteln. Er träumte eine Weile vor sich hin, bis das Zischen der Lammkeule ihn an seine Pflichten als Küchenmeister erinnerte.

In der Hütte nebenan deckte Leanne den Tisch für das ungewöhnlichste Weihnachtsessen, das sie alle je erlebt hatten. Obwohl sie improvisieren musste, gelang es ihr, eine festliche Atmosphäre zu schaffen. Es war erstaunlich, was man mit etwas Fantasie bewerkstelligen konnte. Das Besteck und die Gläser glänzten im Kerzenlicht. Zum Glück hatten sie reichlich Teelichte. Lizzy kochte einen großen Topf Kartoffeln für Kartoffelpüree, das passte gut zum Lamm und auch zu den Würstchen, und in einer Pfanne briet sie Zwiebeln für die Soße. Als Beilage gab es Erbsen, und das war's.

»Das gefällt mir«, verkündete Lizzy. »Normalerweise würde ich jetzt Miniwürstchen braten und Rosenkohl putzen und Klöße füllen und einen Nervenzusammenbruch kriegen.«

»Ich kann gar nicht genug kriegen von Weihnachten«, sagte Leanne. »Ich könnte mich stundenlang damit beschäftigen, alles weihnachtlich zu schmücken.«

»Ich finde«, sagte Lizzy, »man sollte die Sachen machen, die einem Spaß machen, und den Rest einfach sein lassen. Hier, probieren Sie mal. Die hat Jack gemacht.«

Sie hielt Leanne eine Platte mit Kanapees hin: Crostini mit gebackenem Ziegenkäse und gehackten Walnüssen, beträufelt mit Trüffelhonig. Leanne nahm eins und steckte es sich in den Mund.

»Mmh, wie lecker«, sagte sie mit vollem Mund. »Die sind ja unglaublich.«

»Ich glaub, er ist ein richtiger Feinschmecker«, sagte Lizzy.

»Er scheint sehr nett zu sein.« Leanne nahm noch ein Kanapee. Ihre Wangen glühten, und sie wich Lizzys Blick aus. »Übrigens vielen Dank, dass Sie mich heute Morgen gerettet haben. Nicht auszudenken, was passiert wäre, wenn Sie nicht gekommen wären.«

Lizzy lehnte sich an die Küchenzeile und nahm sich ebenfalls ein Kanapee.

»Seien Sie nicht zu streng mit sich«, sagte sie. »Bestrafen Sie sich nicht dafür, dass Sie sich in den Falschen verliebt haben.«

Leanne seufzte. »Ich verstehe mich selbst nicht. Ich war ihm völlig verfallen. Beim nächsten Mal werde ich mir mehr Zeit lassen, ehe ich mich mit Haut und Haaren in eine Beziehung stürze. Aber das ist gar nicht so einfach. Als ich Tony kennengelernt hab, fühlte es sich richtig an.«

»Was haben Sie jetzt vor?«

»Ich weiß nicht. Als Erstes brauchen wir eine Wohnung. Und das ist um diese Jahreszeit nicht so einfach. Vor allem, wo ich keine feste Arbeitsstelle hab.«

»Hören Sie«, sagte Lizzy. »Ich rede mal mit Caroline und frage sie, ob Sie für den Übergang hier in der Hütte bleiben können. Sie hat bestimmt nichts dagegen. Sie und ihre Familie nutzen die Hütte nur im Sommer.«

»Meinen Sie wirklich?«, fragte Leanne mit großen Augen.

»Ich denke schon.« Lizzy wollte nicht ins Detail gehen, aber sie war sich ziemlich sicher, dass Caroline einverstanden sein würde, wenn sie erst einmal die Geschichte hörte. Schließlich war das eine perfekte Gelegenheit, Tony heimzuzahlen, was er ihr vor all den Jahren angetan hatte. Rache mochte vielleicht ein hässliches Motiv sein, aber die Geste wäre so simpel und so großzügig, dass Caroline sicherlich Ja sagen würde.

Sie wischte sich die Hände an der Schürze ab und machte sich daran, die Kartoffeln abzugießen. Insgeheim konnte sie es nicht abwarten, das Mittagessen hinter sich zu bringen. Jetzt, wo sie sich entschlossen hatte, nach Hause zu fahren, wollte sie sich so bald wie möglich auf den Weg machen. Es war das erste Mal, dass sie am Weihnachtsmorgen ohne ihre Lieben aufgewacht war, und sie fehlten ihr fürchterlich. Sie versuchte die ganze Zeit sich vorzustellen, was sie wohl gerade taten. Die Lebensmittel aus dem Supermarkt waren geliefert worden, sie würden also keinen Hunger leiden. Aber würden sie auch wissen, was sie mit dem Puter machen mussten? Nicht dass sie sich eine Lebensmittelvergiftung zuzogen, wenn sie ihn nicht lange genug schmoren ließen …

Sie musste über sich selbst lachen. Sie machte sich schon wieder Sorgen. Aber so war sie nun mal. Sie kümmerte sich um ihre Lieben. Sie waren ihre Familie. Sie wollte sie sehen. In die Arme nehmen. Hören, wie die Zwillinge dummes Zeug redeten, Simons unrasiertes Kinn auf der Wange spüren, das zerrissene Geschenkpapier vom Boden aufsammeln und in den brennenden Ofen werfen.

Sie ging zur Tür und streckte den Kopf hinaus. Jack und Harley standen am Grill, jeder eine Flasche Bier in der Hand.

»Wie sieht's aus? Soll ich die Kartoffeln stampfen?«

Jack reckte einen Daumen in die Höhe. »Fast fertig. Ich lege die Lammkeule zum Ruhen auf eine Platte und lasse die Würstchen noch einen Moment auf dem Grill.«

Um kurz vor eins saßen sie alle um den Tisch, River und Nat, die bereits beste Freunde waren, auf mehreren übereinandergestapelten Kissen. Ein halbes Dutzend Menschen, die einander kaum kannten. Ein halbes Dutzend Menschen mit ihren Geschichten und ihren Nöten, ihren Fehlern und zerbrochenen Träumen – alle zusammen in einer kleinen Strandhütte am Meer. Sonnenlicht fiel durch das Fenster auf ihre Gesichter. Jack öffnete eine Flasche Champagner, und sie alle hoben ihre Gläser, sogar die Kleinen, die einen winzigen Schluck bekommen hatten.

»Frohe Weihnachten!«

»Frohe Weihnachten!«

Dann machten sie sich über das Essen her – über das zarte rosafarbene Lammfleisch, die knusprigen Würstchen und das Kartoffelpüree, das so cremig war wie Sahne.

Nachdem sie sich zugeprostet hatten, ging Jack noch einmal nach draußen unter dem Vorwand, kurz nach dem Grill zu sehen. In Wirklichkeit musste er tief Luft holen. Weihnachten … Er hatte es überlebt. Und vor allem: Nat war glücklich hier am Meer und hatte bereits einen neuen Freund gefunden. Mit so etwas hätte er nie gerechnet. Er hatte sich ein paar stille, nachdenkliche Tage vorgestellt, er mit Nat allein an einem menschenleeren Strand, aber kein Festessen mit diesem bunt zusammengewürfelten Haufen von Leuten, die er alle bereits ins Herz geschlossen hatte.

Als er wieder in die Hütte kam, schaute Leanne ihn an und klopfte mit der flachen Hand auf den Stuhl neben sich. »Kommen, Sie, setzen Sie sich!«, sagte sie. Er schluckte. Es bahnten sich noch mehr Veränderungen an. Er sah, wie sie sich zu Nat hinüberbeugte und ihm das Würstchen in Stücke schnitt. Er ging zum Tisch und setzte sich neben sie …

Harley beobachtete, wie Jack seiner Mutter Wein einschenkte. Ihre Augen leuchteten. Sie war wie ausgewechselt, dachte er. Die Anspannung war aus ihrem Gesicht gewichen, und sie lachte ganz gelöst. Er war erleichtert. Vermutlich lagen harte Zeiten vor ihnen, aber sie würden wieder zu dritt sein, ohne Tony. Sie würden schon zurechtkommen, dafür würde er sorgen. Und wenn der richtige Moment gekommen war, würde er es ihr sagen: Er würde Richie besuchen. Er wollte sie nicht kränken, aber er musste es tun, wenn er herausfinden wollte, was für ein Mensch er selbst war. Die Vorstellung, seinem Vater nach all den Jahren wiederzubegegnen, löste unterschiedliche Gefühle in ihm aus. Verunsicherung, Aufregung, aber auch eine große Vorfreude auf die Zukunft. In ein paar Jahren würde sein Vater aus dem Gefängnis entlassen werden. Und Harley wollte, dass Richie zu seinem Leben gehörte. Nicht, um das Gleichgewicht durcheinanderzubringen, sondern im Gegenteil, um es wieder ins Lot zu bringen. Sein Vater war nicht nur derjenige, der einen großen Fehler begangen hatte, er war auch derjenige, der mit dem kleinen Harley ins Kino gegangen war, um sich *Star Wars* anzusehen. Diesen Mann wollte Harley unbedingt besuchen …

Von ihrem Platz am Kopfende des Tisches aus schaute Lizzy auf die Uhr. Wie bald konnte sie sich verdrücken? Sie wollte möglichst weit kommen, bevor es dunkel wurde. Es tat ihr leid, ihre neuen Freunde allein zu lassen, aber sie würden bestimmt auch ohne sie zurechtkommen. Es beruhigte sie zu wissen, dass Harley, Leanne und River immer noch Jack und Nat hatten, die ja vorerst noch in der Nachbarhütte wohnten. Zumindest würde Jack dafür sorgen, dass die drei genug zu essen hatten.

Harley, der neben ihr saß, schaute unauffällig nach, ob eine SMS von Hattie gekommen war. Wo steckten die drei bloß? Sie müssten eigentlich längst angekommen sein.

KAPITEL 44

»Wow!«, rief Hattie aus, als sie in Everdene die Straße zum Strand hinunterfuhren.

Die Bucht zeigte sich im hellen Winterlicht von ihrer besten Seite – das satte Türkis des wogenden Meers, der blassblaue Himmel, an dem schneeweiße Wolken träge dahinzogen.

»Ich kann verstehen, warum sie hergekommen ist«, sagte Hattie. »Können wir ein paar Tage hierbleiben? Ich möchte nach Gezeitentümpeln suchen.«

»Ich möchte surfen«, sagte Luke. »Die Wellen sind fantastisch.«

»Weil du ja so ein toller Surfprofi bist.«

»Ich könnte es doch lernen!«

»Schsch, ihr beiden, immer mit der Ruhe. Wo ist der Parkplatz?«

»Da vorne«, sagte Hattie. »Und da steht Mums Auto, seht mal!«

Sie sahen Lizzys kleinen Honda, der ganz allein am Rand des Parkplatzes stand. Das Auto, mit dem Lizzy immer zur Arbeit gefahren war, mit dem sie die Zwillinge zur Schule brachte, die Einkäufe erledigte, die Zwillinge nachts von Partys abholte, während im Autoradio Radio 2 lief, Hatties Lieblingssender, über den alle nur stöhnten. Die Wallace-&-Gromit-Lufterfrischer. Die zahllosen Parktickets, die sie nie wegwarf.

Es verschlug ihnen die Sprache. Dass das Auto da stand, bedeutete, dass sie tatsächlich hier war. Gleich würden sie ihr gegenüberstehen.

Hattie schickte Harley eine SMS.

Wir sind da. Parken grade ein.

Er simste zurück.

OK! Sind noch beim Mittagessen. Aber ist noch ne Menge übrig.

Simon parkte neben dem Honda und schaltete den Motor aus. »Also gut«, sagte er. »Dann wollen wir mal.«

Er hatte einen Klumpen im Magen. Er hatte Angst. Angst, dass es vielleicht zu spät war. Dass sie vielleicht nicht zurückkommen wollte. Dass er sie verloren hatte, weil er sich nicht genug um sie gekümmert hatte, weil er ihr nicht gezeigt hatte, wie sehr er zu schätzen wusste, was sie tat, weil er nicht gespürt hatte, was sie brauchte. Doch dann schaute er Hattie und Luke an und dachte – nein. Sie würde ihre Kinder niemals im Stich lassen.

Oder vielleicht doch?

Lizzy hatte darauf geachtet, nur ein einziges Glas Sekt zum Mittagessen zu trinken. Die anderen waren zum Wein übergegangen und hatten sich noch einmal nachgenommen, und sie wartete ungeduldig darauf, dass sie endlich ihre Teller leer aßen, sodass sie die Pavlova und die Schwarzwälder Kirschtorte auf den Tisch stellen konnte, die sie und Harley besorgt hatten. Sie wollte ihnen das Mittagessen nicht vermiesen, aber jetzt, wo feststand, dass sie abreisen würde, sehnte sie sich nur noch nach zu Hause. Und nach ihrer Familie. Nach dem Pepperpot Cottage und nach Simon und Hattie und Luke. Nach allem, was ihr Leben ausmachte.

Aber die Tage hier am Strand waren wunderbar gewesen. Es war keine vergeudete Zeit. Sie hatte etwas bewirkt. Und sie hatte neue Freunde gewonnen. Die Verbindung zwischen ihr und diesen Menschen würde ein Leben lang bestehen bleiben. Es würde ihr schwerfallen, sich von ihnen zu verabschieden, aber auch sie würden in ihr normales Leben zurückkehren.

Und sie musste sich daran machen, ihr Leben neu zu ordnen. Eine Idee war in ihr herangereift, aber sie brauchte jemanden, mit dem sie alles bereden konnte, und dieser Jemand war Simon. Er kannte ihre Fähigkeiten, und er konnte einschätzen, was realistisch war und was nicht. Jetzt kam es darauf an, dass sie zusammenarbeiteten, dass sie sich auf die Stärken ihrer Ehe besannen und nicht die feinen Risse vergrößerten, die entstanden waren. Jede Ehe bekam irgendwann Risse. Wichtig war, sie rechtzeitig zu erkennen und zu kitten.

Es klopfte an der Tür. Sie sah, wie Leanne erstarrte. Wahrscheinlich dachte sie, es wäre Tony. Sie sah, wie Jack ihr eine Hand auf den Arm legte, um sie zu beruhigen und ihr zu zeigen, dass er sie beschützen würde.

Harley sprang auf und öffnete. Vor der Tür standen ein Erwachsener und zwei junge Leute. Lizzy runzelte die Stirn – im Gegenlicht konnte sie sie nicht erkennen.

Als sie eintraten, fiel Lizzy die Kinnlade herunter.

Simon, Hattie und Luke.

Sie schaute Harley an, der sie anstrahlte und unschuldig die Schultern zuckte.

»Frohe Weihnachten, Lizzy«, sagte er.

Sie stand auf. Das Herz schlug ihr bis zum Hals. Alle starrten sie an.

»Lizzy.« Mit drei entschlossenen Schritten war Simon bei ihr und nahm sie in die Arme. Sie atmete seinen Geruch ein. Den Duft des Aftershaves, das sie ihm zum Geburtstag geschenkt hatte, das Waschmittel, das sie immer benutzte, an seinen Kleidern, sein Shampoo.

»Du bist verrückt«, sagte er. »Und wir wollen uns bei dir entschuldigen. Wegen dem Baum. Wegen allem.« Er drückte sie so fest an sich, dass sie kaum Luft bekam.

»*Ihr* seid verrückt«, sagte sie lachend. Dann schaute sie Harley an. »Ist das der Grund, warum du dich seit gestern hier rumdrückst wie eine Katze, die den Kanarienvogel gefressen hat?«

»Erwischt«, sagte er.

»Wir haben eine Vermisstenmeldung auf Facebook gepostet«, sagte Hattie, und Lizzy nahm erst ihre Tochter und dann ihren Sohn in die Arme, und alle drei hielten sich ganz fest.

»Ich hab den Post zufällig gesehen«, erklärte Harley. »Und da hab ich kapiert, dass die drei Sie brauchen.«

Alle schauten Lizzy an. Sie schaute Simon, Hattie, Luke und Harley nacheinander an. Dann lächelte sie.

»Es ist umgekehrt«, sagte sie. »Ich brauche die drei.«

Sie stellte alle vor. »Das ist Simon, das ist Hattie, und das ist Luke. Und das ist Jack, das ist Leanne, das ist River, und das ist Nat …«

Hattie grinste Harley an. »Und ich nehm an, du bist Harley.«

Er schaute sie an, ihr blondiertes Haar mit der blauen Strähne, den gelben Parka, die Springerstiefel. »Ja«, sagte er, plötzlich schüchtern und verlegen.

»Hey«, sagte Luke, trat zu Harley und nahm seine Hand. »Du bist bombig.«

Hattie verdrehte die Augen. »Luke hat zu viel *Breaking Bad* gesehen.«

»Es ist noch jede Menge Essen übrig«, sagte Lizzy. »Kommt, setzt euch. Es ist Platz für alle.«

Jack hatte seinen Stuhl bereits freigegeben und war nach draußen gegangen, um noch mehr Lammfleisch zu holen. Leanne brachte drei Gläser. Die kleine Hütte war so voll wie nie. Es wurde geschwatzt und gelacht. Es war ein einziger Trubel.

Simon hielt Lizzys Hand und wollte sie gar nicht mehr loslassen.

»Komm mal kurz mit nach draußen«, sagte er. »Ich muss mit dir reden.«

»Was hast du dir dabei gedacht?« Zu seinem Entsetzen merkte er, wie ihn nach der Erleichterung, Lizzy wiederzusehen, die Wut packte. »Wir haben uns die schlimmsten Sorgen gemacht. Wir hatten keine Ahnung, wo du warst.«

Sie gingen zusammen zum Strand hinunter. Lizzy hatte die Arme verschränkt, Simon rang die Hände.

»Ich hab euch eine Nachricht geschrieben«, sagte Lizzy.

»Ja, aber einfach so zu verschwinden. Und dann haben wir auch noch das Rezept gefunden.«

»Welches Rezept?«

»Herrgott noch mal. Für das Antidepressivum. An der Pinnwand.«

»Ach so, ja. Die Tabletten wollte ich sowieso nicht nehmen. Die verschreiben einem das Zeug heutzutage bei jeder Kleinigkeit.«

»Aber das konnten wir nicht wissen. Überleg dir doch mal,

wie wir uns gefühlt haben. Wir haben das Schlimmste befürchtet. Dass du Selbstmordgedanken haben könntest!«

»Tut mir leid.« Sie hatten den Meeressaum erreicht. Sie standen nebeneinander und schauten aufs Wasser hinaus. »Ich hab's einfach nicht mehr ausgehalten. Es war alles zu viel. Erst meine Entlassung. Dann der Weihnachtsstress. Die Aussicht, dass die Zwillinge demnächst ausziehen. Ich war nicht mehr ich selbst.«

»Wir hätten doch reden können.«

»Es gibt noch andere Sachen. Über die ich nicht mit dir reden konnte. Sachen, die ich nicht fair finde«, fügte sie aufgebracht hinzu.

»Ich weiß.« Simon nickte. »Amanda. Meine Mutter.«

»Ja.« Lizzy sah ihn wütend an. »Mir hat es einfach gereicht. Ich hab es satt, immer auf alle Leute Rücksicht zu nehmen. Ausgerechnet auf deine Mutter, die …«

Sie verstummte. Sie brachte es immer noch nicht fertig, Cynthia zu verraten.

»Meine Mutter hat mir alles erzählt«, sagte Simon. »Was damals passiert ist. Und dass du es die ganze Zeit für dich behalten hast. Und … ich finde dich großartig. Du bist so liebenswürdig und so loyal. Obwohl meine Mutter deine Loyalität nicht verdient hat. Trotzdem möchte ich dir dafür danken.«

Lizzy seufzte. »Was sie getan hat, war schlimm. Aber sie hat sich so geschämt. Und sie war so verletzlich. Wenn du davon erfahren hättest, wäre sie daran zerbrochen, das war mir klar. Sie hätte es nicht ertragen, noch mehr in deiner Achtung zu sinken, damals, als es ihr ohnehin so schlecht ging.«

»Ach, Lizzy.«

»Und als Amanda im allerletzten Moment unsere ganze

Planung über den Haufen geworfen hat, war das der Tropfen, der das Fass zum Überlaufen gebracht hat. Ich hatte das Gefühl, alles würde sich immer nur um sie drehen, als würde mich niemand beachten.« Sie lachte kurz auf. »Ich kling schon wie die Prinzessin auf der Erbse. Ich weiß, dass sich nicht alles um mich drehen kann. Aber die letzten Jahre waren nicht einfach.«

»Ich weiß, Lizzy. Und es wird sich alles ändern. Von jetzt an bist du die Hauptperson.«

»Darum geht es nicht«, sagte Lizzy. »Ich will nicht an erster Stelle kommen … nur nicht unter ›ferner liefen‹.«

Simon nahm ihre Hände und schaute ihr in die Augen. »Für uns bist du die Hauptperson. Das weißt du. Ohne dich wären wir total orientierungslos. Ohne dich wären wir nichts. Weihnachten hat uns auf einmal überhaupt nichts mehr bedeutet. Und gleichzeitig warst du hier in Everdene und hast dafür gesorgt, dass ein paar wildfremde Leute das beste Weihnachten ihres Lebens haben.« Ihm versagte die Stimme. Er kämpfte mit den Tränen »Wir haben dich nicht verdient, das wissen wir. Und wir haben dich total enttäuscht.«

»Ach was. Es war nicht so schlimm. Und ich war übertrieben empfindlich.« Sie musste lachen. »Ich bin übrigens wegen Ladendiebstahls festgenommen worden. Bei Inglewood's. Kannst du dir das vorstellen?«

»Die haben dir einen Gutschein geschickt und sich entschuldigt.«

»Wirklich?«, fragte sie überrascht. »Na dann. Wenn sie im Januar alles runtersetzen, kauf ich mir davon was ganz Verrücktes. Lederleggings. Das wär doch mal was.«

Sie betrachtete ihre Beine, die weder lang noch schlank waren, und lachte.

Simon nahm seine wunderbare Frau in die Arme und

drückte sie an sich. »Lass uns nach Hause fahren«, sagte er. »Dann feiern wir Weihnachten, so wie du es dir vorgestellt hast. Du und ich und Hattie und Luke. Meine Mutter kocht das Essen. Und dann können wir reden. Über Veränderungen.«

»Ich hatte viel Zeit zum Nachdenken, seit ich hier bin«, sagte Lizzy. »Über die Zukunft.«

Simon erschrak. Was würde jetzt kommen?

»Keine Sorge«, sagte sie lachend. »Nichts Weltbewegendes. Aber ich glaube, ich möchte nicht mehr als Angestellte arbeiten. Ich möchte etwas Neues ausprobieren. Ein eigenes Unternehmen gründen.«

»Großartige Idee«, sagte Simon. »Du hast meine volle Unterstützung.«

»Ich werde aber nicht über Nacht zur Millionärin.«

»Geld ist nicht alles«, entgegnete Simon. »Zeit ist viel wichtiger. Zeit und Familie und … die kleinen Dinge des Lebens.«

»Außerdem dachte ich«, sagte sie und nahm seine Hand, als sie sich auf den Rückweg machten, »wir könnten uns vielleicht eine Strandhütte kaufen. Ab und zu wird eine zum Verkauf angeboten. Wenn wir sie zeitweise vermieten, trägt sie sich selbst. Dann könnten wir manchmal übers Wochenende herkommen.«

»Und über Weihnachten?«, fragte er grinsend.

»Nein«, erwiderte sie entschlossen. »Es hat mir gefallen, zur Abwechslung, aber Weihnachten will ich im Pepperpot Cottage verbringen.«

Harley und Hattie standen auf der Veranda, während Lizzy ihre Sachen packte.

»Wir machen jedes Jahr an Silvester eine Party«, sagte Hattie. Die Worte waren ihr in der Aufregung so herausgerutscht.

»Na ja, keine richtige Party, eigentlich, es kommen ein paar Freunde rum, und wir spielen Brettspiele und Scharaden und so. Du könntest mit dem Zug kommen. Ich würde dich am Bahnhof abholen. Du könntest bei uns übernachten.«

Sie wollte es ihm leicht machen. Sie hatte trotzdem Angst, dass er Nein sagte. Dass er nicht dasselbe empfand wie sie. Sie hatte jedenfalls das Gefühl, als wären sie alte Freunde. Oder vielleicht noch mehr.

»Coole Idee.« Er nickte und lächelte.

Sie hatte noch nie jemanden gesehen, der so grüne Augen hatte.

Sie musste gleich los. Sie gaben sich die Hand, und für einen Moment verschränkten sich überraschend ihre Finger. Damit war alles Notwendige gesagt, über ihre Gefühle und über das, was vielleicht passieren würde.

»Bis nächste Woche«, sagte er schließlich.

»Ich ruf dich an.« Sie konnte sich kaum von seinem Blick losreißen, aber sie wusste, dass es jetzt um ihre Mutter ging, um das, was sie brauchte – und dass sie und Harley schon bald genug Zeit füreinander haben würden.

Nachdem die Kinghams abgereist waren, war es still geworden in der Hütte. Die heitere Stimmung war verflogen.

»Ich gehe mit den Jungs und mit Clouseau noch ein bisschen nach draußen, bevor es dunkel wird«, sagte Jack. »Möchte jemand mitkommen?«

»Ich«, sagte Leanne. »Ich brauche frische Luft.« Sie wandte sich an Harley. »Was ist mit dir?«

Der schüttelte den Kopf. »Ich mach in der Zwischenzeit den Abwasch.«

Leanne umarmte ihn. »Man könnte dich schon fast für perfekt halten«, sagte sie.

»Wer hätte das gedacht?«, sagte Harley. Er war glücklich. Er war abgehauen, weil er befürchtet hatte, Weihnachten würde ein einziger Krampf werden, und dann war doch alles ganz anders gekommen. Den Abwasch zu machen war ein geringer Preis dafür.

Kaum waren die anderen draußen, nahm er die Karte seines Vaters heraus und gab den Namen des Gefängnisses bei Google Maps ein. Es war, wie er gehofft hatte. Es befand sich nicht weit entfernt von dem Ort, wo die Kinghams wohnten. Es gab Zufälle, die eindeutig keine waren.

Die Kinghams fuhren im Konvoy Richtung Heimat. Die Zwillinge fuhren mit Lizzy, um ihr Gesellschaft zu leisten. Sie spielten ihr ihre neuen Lieblingssongs auf ihren iPhones vor und teilten ihre Pfefferminzbonbons mit ihr. Um kurz vor sieben fuhren sie nach Astley hinein. In der kleinen Stadt blinkten still die weihnachtlichen Lichter. Die Straßen waren wie ausgestorben. Die Leute erholten sich in ihren Häusern von der weihnachtlichen Völlerei.

Als Lizzy ihr Haus betrat, ging ihr das Herz über vor Glück, denn dort, in der Ecke des Wohnzimmers, stand ihr Christbaum, die Lichterkette glitzerte, und er sah genauso aus, wie sie ihn sich vorgestellt hatte, als sie das Samtband gekauft hatte. Wie der persönliche Baum der Familie, nur besser. Der vertraute Schmuck erfüllte sie mit Wehmut.

In der Küche war der Tisch festlich gedeckt mit einer karierten Tischdecke und brennenden Kerzen. Der köstliche Duft nach Puterbraten mischte sich mit dem Duft einer Jo-Malone-Kerze – Cynthias Weihnachtsgeschenk. Auf der Anrichte stand ein Eiskübel mit einer Flasche Champagner, daneben eine reichhaltige Käseplatte, und auf einer Kuchenplatte mit Fuß, unter einer gläsernen Haube, wartete der mit einem Ilexzweig verzierte Weihnachtspudding.

Alles war perfekt und genau so, wie es sein sollte.

Cynthia stand in der Küche. Sie hatte sich Lizzys Schürze umgebunden und blickte etwas verunsichert drein, wusste sie doch, dass sie einer der Gründe war, warum Lizzy die Flucht ergriffen hatte.

»Hast du das alles gemacht?«, fragte Lizzy. Es musste ja so sein, denn wer sonst sollte hier die Stellung gehalten haben? Ein Puter bereitete sich nicht selbst zu, ein Tisch deckte sich nicht selbst, und Kerzen zündeten sich nicht selbst an.

Cynthia nickte. »Ich hoffe, es ist alles in Ordnung so.« Sie sah sich prüfend um.

»In Ordnung?«, sagte Lizzy. »Es ist großartig. Und es duftet so herrlich.«

»In einer halben Stunde ist alles fertig«, sagte Cynthia. »Die Zwillinge haben mir eine SMS geschickt, damit ich wusste, wann ihr kommt.«

Sie war so nervös, dass ihre Stimme zitterte. Lizzy wurde ganz warm ums Herz. Simon hatte ihr erzählt, dass Cynthia sich vorgenommen hatte, keinen Alkohol mehr zu trinken. Was Cynthia damals getan hatte, war schlimm gewesen, aber Lizzy hatte zugelassen, dass es das Familienleben beeinträchtigte. Sie mussten beide unbedingt einen Schlussstrich unter die Sache ziehen. Einander verzeihen. Wieder offen miteinander reden und einander helfen, das Bestmögliche aus ihrem Leben zu machen.

»Danke«, sagte Lizzy leise. »Ich freue mich sehr, dass du das alles gemacht hast. Und ich freue mich, dass du hier bist.«

»Wirklich?«, fragte Cynthia. Sie war noch immer verunsichert. Im Lauf der vergangenen Jahre hatte ihr Selbstvertrauen stark gelitten.

»Natürlich«, sagte Lizzy und nahm ihre Schwiegermutter in die Arme. »Du gehörst doch zu uns.«

Als Lizzy sie im Arm hielt, wurde Cynthia bewusst, dass sie sich die ganze Zeit immer nur gewünscht hatte, dazuzugehören, in dieses Haus, zu dieser Familie. Vielleicht war das jetzt möglich, wo ihr Geheimnis ans Licht gekommen war und sie fest entschlossen war, dem Alkohol abzuschwören.

»Ich bin so froh, dass du wieder da bist«, sagte Cynthia. »Die drei wussten gar nicht, was sie ohne dich anfangen sollten.«

Lizzy schaute sich in der Küche um, froh, dass das Gefühl des Alleinseins, das sie vor ein paar Tagen überkommen hatte, verflogen war, ebenso wie ihre Enttäuschung und ihre Wut. Sie war nur noch dankbar. Dankbar für ihre Familie und für ihre neuen Freunde und für ihren wiedergefundenen Seelenfrieden.

Jetzt wusste sie wieder, wer sie war. Nicht die alte Lizzy, sondern die neue Lizzy, die sich ganz neuen Herausforderungen stellte. Sie würde einen Neuanfang wagen und alle anderen mitreißen. Auch für die Zwillinge würde sich das Leben bald von Grund auf ändern, und dann würden sie sie brauchen, nicht mehr an ihrer Seite, aber im Hintergrund.

Plötzlich ertönte die Filmmusik von *Der Schneemann* aus dem Wohnzimmer, und sie lachte und weinte gleichzeitig, weil die anderen sie immer damit aufzogen, dass sie diese Musik jedes Weihnachten hören wollte. Jetzt hatten sie das Stück aufgelegt, um ihr zu zeigen, dass Weihnachten ihr gehörte.

Silvester

KAPITEL 45

»Es ist jedes Jahr dasselbe«, sagte die Frau im Tonfall einer strengen Lehrerin. »Die Leute verschenken sie zu Weihnachten und geraten dann in Panik. Ich kriege immer einen zurück, egal, wie gut ich die Leute aufkläre.«

Sie reichte Simon ein beiges Fellbündel, das er vorsichtig entgegennahm.

»Ich werde bei Ihnen vorbeikommen und mir Ihr Haus ansehen. Mich vergewissern, dass der Garten hundesicher ist und so weiter.« Sie sah ihn eindringlich an. Sie hatte kurzes blondes Haar und trug blauen Lidschatten und rosa Lippenstift. Sie war nicht der Typ, mit dem man sich anlegen wollte.

»Kein Problem«, sagte er und hielt das Tier hoch, um es zu begutachten. Der Welpe beäugte ihn neugierig. Simon hatte das Gefühl, als hielte er einen lebendigen Teddy in den Händen. Der Welpe hatte kurze Beine, um die das Fell in Falten lag, und eine schwarze, platt gedrückte Nase mitten im Gesicht. Die Öhrchen hingen auf Halbmast. Simon wollte den Kleinen unbedingt haben. Er war sich ganz sicher, dass es die richtige Entscheidung war. Er hatte sich auf Lizzys iPad die Chronik ihrer Suchergebnisse angesehen. Im vergangenen Jahr hatte sie mehrfach von Cavapoos gesprochen, aber er hatte dem keine Aufmerksamkeit geschenkt. »Ich kann ihn sofort bar bezahlen, wenn Sie möchten.«

»Sobald ich mich überzeugt habe, dass er bei Ihnen gut aufgehoben ist.«

»Dann kommen Sie doch gleich morgen«, sagte er. Er würde die Zwillinge bitten, Lizzy unter einem Vorwand aus dem Haus zu locken.

»Um elf?«, schlug sie vor, und er willigte ein. Es würde bestimmt nicht leicht werden, die Zwillinge am Neujahrstag so früh aus dem Bett zu werfen, aber wenn er ihnen den Grund erklärte, würden sie sicher nicht protestieren.

»Wenn ich alles zu meiner Zufriedenheit vorfinde, können Sie ihn nächste Woche mitnehmen. Er heißt Marlow.«

»Großartig«, sagte Simon, von Gefühlen überwältigt. Marlow würde den Fauxpas mit dem Schongarer wiedergutmachen. Natürlich würde er anfangs ein ziemliches Chaos verursachen, aber ein kleiner Hund wäre genau das Richtige, um die Leere zu füllen, die zurückbleiben würde, wenn die Zwillinge auszogen. Da würde Lizzy bestimmt seiner Meinung sein.

Als er das Haus der Züchterin verließ, fühlte er sich erleichtert. Er schaute zum Himmel auf. Tiefhängende, dicke graue Wolken. Es roch nach Schnee, dachte er und eilte zu seinem Wagen. Er hatte Mo und Lexi versprochen, sie vom Flughafen abzuholen, und er freute sich auf die beiden. Sie waren inzwischen erwachsen, aber sie würden immer seine Kinder bleiben. Ein Teil seiner Familie. Seiner großartigen Patchworkfamilie. Und heute Abend würden sie alle zusammen Silvester feiern. Er konnte es kaum erwarten.

Hattie stand auf dem Bahnsteig. Der Wind heulte, und es wurde schon dunkel. Der Anzeigentafel hatte sie entnommen, dass der Zug aus Birmingham drei Minuten Verspätung hatte. Es waren die längsten drei Minuten ihres Lebens. Sie konnte es immer noch nicht glauben, dass er tatsächlich kam. Sie hatte die ganze Zeit gefürchtet, er würde es sich im letzten Moment anders überlegen. Immerhin war es eine ziemlich lange Fahrt hierher. Und obwohl sie sich jeden Tag über SMS und Facetime ausgetauscht hatten, kannten sie sich ja eigentlich kaum.

Der Zug lief ein. Die dunkelgrüne Lok kam zischend zum Stehen. Die Waggontüren gingen auf, und jede Menge Leute stiegen aus, mit Blumensträußen und prall gefüllten Plastiktüten bepackt, auf dem Weg zu irgendeiner Silvesterparty. Hattie suchte die Menge ab. Sie konnte ihn nicht entdecken. Vielleicht hatte er es sich in Birmingham anders überlegt und war gleich wieder nach Devon gefahren?

Dann sah sie ihn. Ganz am Ende des Bahnsteigs. Die langen Beine in engen Jeans, eine helle Cordjacke über einem karierten Hemd, einen Rucksack auf dem Rücken. Er ging mit großen Schritten zwischen den Leuten hindurch, zielsicher, als würde er keine Sekunde lang daran zweifeln, dass sie ihn erwartete.

»Harley.« Seine Miene hellte sich auf, als er sie sah. Er stellte seinen Rucksack ab, dann umarmte er sie.

Als sie zu ihm aufsah, fühlte sie etwas Kaltes im Gesicht. Schneeflocken. Es schneite. Flocken so dick wie Gänsefedern segelten herab, blieben in ihren Haaren und an ihren Wimpern kleben. Harley lächelte sie an.

»Hast du den Schnee bestellt?«, fragte er mit einem verschmitzten Lächeln, dann berührten sich ihre Lippen so sanft wie zwei Schneeflocken.

Wie schön das ist, dachte Hattie. *Es fühlt sich an wie Nachhausekommen.*

Dann machten sie sich Hand in Hand auf den Weg zum Pepperpot Cottage.

»Hör mal«, sagte Harley. »Würdest du mir einen Gefallen tun?«

»Was denn?«

»Ich möchte meinen Vater besuchen, und ich wollte dich fragen, ob du mich vielleicht begleiten könntest.«

»So?«, sagte sie verblüfft.

»Du musst ja nicht mit reingehen«, sagte er. »Ich wäre einfach froh, wenn jemand bei mir wäre, wenn ich hinfahre. Und wenn jemand auf mich warten würde, wenn ich wieder rauskomme. Ich hab für übermorgen einen Termin.«

»Klar fahre ich mit«, sagte sie und drückte seine Hand. »Klar!«

Der Silvesterabend im Pepperpot Cottage würde eine richtige Party werden. Hal und seine Eltern hatten sich angemeldet, ebenso Kiki und ihre Eltern, außerdem mehrere Nachbarn. Mo und Lexi waren für die Musik zuständig – sie hatten nicht nur eine beneidenswerte Bräune, sondern auch die neuesten Songs aus ihrem Skiurlaub mitgebracht.

Lizzy hatte sogar ihren Stolz überwunden und Amanda eingeladen. Wenn man sich geliebt fühlte, hatte man die Kraft, großzügig zu sein, und es tat ihr leid für Amanda, dass ihr Weihnachtsfest wegen ihrer Verletzung ins Wasser gefallen war. Doch wie es das Schicksal wollte, hatte Amanda andere Pläne. Sie hatte abgesagt. Doch Lizzy war trotzdem stolz auf sich.

Für die heutige Party probierte sie etwas Neues aus. Stichwort – »schmales Budget«. Es war zugleich die Geschäftsidee für ihre eigene kleine Firma: Partys und Hochzeiten für den kleinen Geldbeutel zu organisieren. Schlicht, aber ergreifend, lautete die Devise. Und für Lizzy stand fest, dass die Kunden auf diese Weise nicht nur weniger Geld ausgaben, sondern auch weniger Stress hatten. Gut, sie würde auf diese Weise auch weniger einnehmen, aber es war ihr wichtiger, den Leuten ihre Träume zu verwirklichen, als sie auszunehmen.

Die Farben des heutigen Abends waren Grün und Weiß, denn diese beiden Farben symbolisierten für sie den Neubeginn. Zu essen gab es Thai-Gerichte mit grünem Curry und einen Kuchen mit grünen Limetten, und überall im Haus hatte sie Vasen mit Grünzeug und weißen Rosen aufgestellt, die im Supermarkt verbilligt angeboten waren, weil sie ihr Frischedatum überschritten hatten.

Sie hatte sich bei Inglewood's ein Hemdkleid mit Leopardenmuster gekauft. Okay, Leoparden waren weder grün noch weiß, aber als Gastgeberin durfte sie ein bisschen aus der Reihe tanzen. Und zum ersten Mal seit Langem hatte sie Lust aufzufallen, anstatt sich in einer Ecke zu verdrücken. Hattie hatte sie frisiert und geschminkt, und Lizzy stellte mit Erstaunen fest, dass eine Formstrumpfhose und künstliche Wimpern durchaus etwas zum Selbstbewusstsein beitragen konnten.

»Du siehst scharf aus«, sagte Hattie.

Lizzy war ganz begeistert von dem neuen »Style«. Nicht dass sie vorhatte, sich von nun an täglich so aufzudonnern, aber es war gut zu wissen, dass sie es jederzeit tun konnte. Selbst neben Meg machte sie eine gute Figur.

Um Mitternacht stellten sie sich alle im Kreis auf, fassten sich an der Hand und sangen »Auld Lang Syne«. Sie stand zwischen Simon und Harley, und einen Moment lang dachte sie an die Strandhütte, in der ihre Verwandlung vonstattengegangen war, und während sie von zehn bis null zählten, stellte sie sich vor, wie die Meeresbrise ihr die Haare zerzauste.

»Ein frohes neues Jahr«, rief sie, als die Schläge von Big Ben aus den Lautsprechern ertönten. »Ein frohes neues Jahr!«

Und ein frohes neues Ich, dachte sie.

KAPITEL 46

Jack bereitete Hot Buttered Cider zu. Er drückte die Ränder von zwei weißen Henkeltassen erst in Zitronensaft, dann in Salz. Er mischte Butter mit Ahornsirup und Vanillearoma, dann erhitzte er in einer Kasserolle den Cider zusammen mit dunklem Rum. Schließlich gab er den Cider in die Tassen und füllte sie mit der Butter-Sirup-Mischung auf.

Der Cider duftete köstlich und geheimnisvoll und verführerisch.

Er hatte sich entschlossen, noch eine Woche länger in der Strandhütte zu bleiben. Sein Kunde, der ihm die Hütte zur Verfügung stellte, hatte ihm am Telefon gesagt, das sei kein Problem. Und die Arbeit konnte warten. Er hatte das ganze Jahr über keinen richtigen Urlaub gehabt. Die Arbeit war seine Droge, sein Betäubungsmittel, aber am vergangenen Wochenende hatte er festgestellt, dass es noch mehr im Leben gab. Und auf einmal war es ihm wichtig gewesen, Silvester an der Küste zu verbringen, ein paar Entscheidungen zu treffen, ein paar Dinge in seinem Leben zu ändern.

Er hatte Leanne und Harley in der vergangenen Woche dabei geholfen, ihr Leben neu zu organisieren. Zwischen Weihnachten und Neujahr ging natürlich gar nichts, aber gemeinsam hatten sie eine Liste mit Wohnungs- und Stellenangeboten für Leanne aufgestellt. Harley hatte mit ihm über seinen Wunsch gesprochen, Kunst zu studieren. Die Bewerbungsfristen für dieses Jahr hatte er verpasst, aber sobald er seine Schulabschlussprüfungen hinter sich hatte, konnte er sich für einen Studienplatz bewerben. Jack hatte ihm erzählt, wie wichtig das Studium für ihn gewesen war, dass es seinen Horizont erweitert und ihm ganz neue Welten eröffnet habe. Auf jeden Fall war Harley inzwischen bereit, seinen eigenen Weg zu gehen.

»Bisher hatte ich immer zu viel Angst, meine Mutter allein zu lassen«, hatte er zu Jack gesagt.

»Deine Mutter kommt schon zurecht«, hatte Jack ihm versichert. »Und sie will bestimmt nicht, dass du ihretwegen wichtige Entscheidungen hinauszögerst.«

River und Nat waren auf dem Sofa eingeschlafen, vor ihnen auf dem Sofatisch eine Riesenschüssel mit Popcorn. Sie hatten zu viert den ganzen Abend Brettspiele gespielt, und jetzt war es fast Mitternacht.

»Komm, wir gehen nach draußen auf die Veranda«, sagte Jack zu Leanne, die beiden Tassen in den Händen. Sie nickte und nahm ihre Lammfelljacke.

Sie gingen nach draußen, schlossen ganz leise die Tür und nippten an ihrem Cider. Es war eine Tradition, dass die kleinen Küstenstädte in der Silvesternacht eine nach der anderen ihr Feuerwerk abbrannten. Jack warf einen Blick auf seine Uhr.

Um Punkt Mitternacht ging das erste Feuerwerk in der Bucht los.

»Hab ich extra für dich bestellt«, sagte Jack, und Leanne lachte und schmiegte sich an ihn.

Noch nie hatte ein Mann solche Gefühle bei ihr ausgelöst. Normalerweise wurde sie von Unsicherheit und Selbstzweifeln befallen, wenn ihr ein Mann gefiel. Aber jetzt stand sie hier an Jack geschmiegt und trank mit einem halben Pfund Butter versetzten Cider.

Das Feuerwerk im nächsten Städtchen setzte ein.

»Sieh mal«, sagte Leanne. »Das ist sogar noch schöner.«

»Ist dir auch wirklich nicht kalt?«, fragte Jack. »Komm her.«

Er legte seinen starken Arm um sie und zog sie an seine Brust. Sie fühlte sich so wohl, so sicher, so erfüllt von … sie wusste es selbst nicht. Es war so anders als die Gefühle, die andere Männer bisher in ihr ausgelöst hatten, Gefühle, die sie elektrisiert und erregt, aber auch verwirrt hatten. Mit Jack war alles freundlich und zärtlich und zugleich auf ganz eigene Weise berauschend, so ähnlich wie der süße Cider, den sie trank.

Sie schauten sich in die Augen. Dann lächelte er. Es war ein Lächeln, das zugleich geheimnisvoll und schelmisch war. Sie stellte sich auf die Zehenspitzen und drückte ihre Lippen auf die seinen. Der Kuss schmeckte nach Apfel und Rum.

Dann lösten sie sich voneinander – ein bisschen verblüfft und ein bisschen atemlos. Sie lachten.

»Wir haben beide harte Zeiten hinter uns«, sagte Jack. »Und wir sind wahrscheinlich beide noch nicht bereit für die große Liebe.«

»Was noch nicht ist, kann ja noch werden«, sagte Leanne. »Auf jeden Fall will ich dir nicht wehtun.«

»Keine Sorge«, sagte er. »Ich bin vielleicht empfindlich, aber nicht zerbrechlich.«

Leanne lachte. »Ich werde ganz vorsichtig mit dir umgehen.«

Sie erschauderte vor Wonne, als er mit den Fingern durch ihr Haar fuhr, ihren Kopf mit seinen großen Händen hielt und ihr in die Augen schaute.

»Und ich werde auch vorsichtig mit dir umgehen«, versprach er ihr. »Das sollst du wissen. Und wenn es nicht die große Liebe wird, werde ich trotzdem immer dein Freund sein.«

Sie sagte nichts, denn sie konnte nicht sprechen. Sie war zu sehr von ganz neuen Emotionen überwältigt.

Und Jack dachte: Es ist alles gut. Endlich konnte er akzeptieren, dass er Fran nicht betrog, wenn er sich diesen Gefühlen hingab. Jemanden zu lieben bedeutete nicht, dass man bis an sein Lebensende unglücklich sein musste, wenn man den geliebten Menschen verlor. Man war den Toten nichts schuldig. Man durfte einen neuen Menschen lieben.

Das Licht in den Fenstern der Strandhütte hinter ihm leuchtete orangefarben, und das violette Meer vor ihm murmelte seine Zustimmung, während die Nachtluft sie einhüllte, ein bisschen eifersüchtig auf ihre Küsse. Weiter unten an der Bucht stieg das nächste Feuerwerk auf, aber Jack und Leanne hatten die Augen fest geschlossen und bekamen nichts davon mit.

KAPITEL 47

Hallo. Ich bin Lizzy Kingham. Willkommen bei Günstig-Feiern-Events, dem neuen Konzept für die Planung Ihrer Hochzeit oder jeder Art von Feier. Wir von Günstig-Feiern-Events wollen, dass jeder Penny, den Sie ausgeben, gut angelegt ist. Ich bin seit zwanzig Jahren im Geschäft und habe genug Erfahrung und Kontakte, damit Ihre Feier ein unvergessliches Ereignis wird, ohne dass Sie dabei arm werden. Es geht nicht darum, am falschen Ende zu sparen, es geht darum zu wissen, worauf es ankommt, zu wissen, was Eindruck macht, was einem wichtig ist und woran man sich später erinnern möchte, wenn man zurückblickt …

Lizzy saß im Wohnzimmer auf dem Sofa und lächelte. Jetzt holte sie tief Luft.

»Wie war ich?«

»Super, Mum.« Luke legte das iPad ab, mit dem er sie gefilmt hatte. »Du bist ein Naturtalent.«

»Ich kann mir nicht alles merken.«

»Macht nichts. Wir nehmen es stückweise auf. Hab ich dir doch erklärt. Ich schneide es dann hinterher zusammen.«

Lizzy schaute in den Spiegel, der ihr gegenüber an der Wand hing. Sie hatte ihr Leopardenmuster-Kleid an, aber diesmal trug sie flache Schuhe dazu und hatte sich etwas dezenter geschminkt. Sie sah elegant und professionell aus. Wie eine Frau, die einst ihr eigenes Unternehmen gegründet hatte und zwanzig Jahre später marktführend war. Gut, das mit dem marktführend war ein bisschen übertrieben, aber die Vorstellung war doch aufregend.

Sie fand ihr Konzept originell: ein Partyservice, der es nicht darauf anlegte, seine Kunden auszunehmen, sondern ihnen zu zeigen, wie man auch mit einem kleinen Budget bekommen konnte, was man wollte.

Die Zwillinge halfen ihr so gut sie konnten. Luke gestaltete ihre Website und drehte einen kleinen Imagefilm. Hattie war für das Design zuständig. Und Simon suchte nach passenden Räumlichkeiten. Lizzy würde mit den Lieferanten reden, mit denen sie im Lauf der Jahre zu tun gehabt hatte, und ihnen ihr Konzept vorstellen.

Selbst Cynthia übernahm Aufgaben. »Ich kann deine Bücher führen, wenn du willst«, hatte sie angeboten. »Das hab ich früher ja auch für Neville gemacht. Dann bin ich beschäftigt und komme nicht auf dumme Gedanken. Und ihr braucht euch keine Sorgen zu machen, dass ich mich bereichern könnte. Das ist immer die größte Sorge, wenn man ein eigenes Unternehmen führt.«

Lizzy hatte ganz vergessen, über wie viel Insiderwissen ihre Schwiegermutter verfügte. Sie war eine gewiefte Buchhalterin. Sie konnte ihr wertvolle Dienste erweisen. Die Vorstellung, so ein Unternehmen ganz allein auf die Beine zu stellen, war ohnehin illusorisch.

»Danke, mein Schatz«, sagte sie jetzt zu Luke.

Sie zog die Brauen zusammen, als die Zwillinge zu kichern begannen. »Was ist los?«

Hatte sie etwas Dummes gesagt? Hatte sie Lippenstift an den Zähnen?

»Kuck mal hinter dich, Mum«, sagte Hattie.

Lizzy drehte sich um. In der Tür stand ein winziger Welpe.

Ein beiges Fellknäuel mit kurzen Beinchen und neugierigen Augen.

»Hallo«, quiekte eine Stimme hinter der Tür. »Ich heiße Marlow, und ich wohne jetzt hier.«

Lizzy schlug die Hand vor den Mund. Sie brachte keinen Ton heraus.

»Na, mach schon«, quiekte die Stimme. »Komm her und begrüß mich. Nicht so schüchtern.«

Lizzy schaute die Zwillinge an, dann wieder zu dem Welpen. Dann stand Simon in der Tür und grinste.

»Dein verspätetes Weihnachtsgeschenk«, sagte er.

»Das darf doch nicht wahr sein«, sagte Lizzy, sprang auf, lief zur Haustür und sank vor dem Welpen auf die Knie. Marlow legte den Kopf schief und schaute sie an. Sie nahm ihn in die Arme und drückte ihm einen Kuss auf den Kopf. »Ach Gott, ist der süß! Danke! Vielen, vielen Dank!« Sie hielt den Welpen hoch, um ihn genauer zu betrachten. »Du süßer Kleiner. Willkommen im Irrenhaus. Willkommen im Pepperpot Cottage.«